Jochen Hauser

Die bewegten Jahre der Rechlins

Roman

Das Neue Berlin

WAS BISHER GESCHAH

Berlin 1961, kurz nach dem Mauerbau: Ingelore Rechlin ist empört, wütend: Der Staat verwehrt ihr den Besuch der Tochter, die soeben das erste Enkelkind der Rechlins zur Welt gebracht hat. Die Tochter wohnt in Spandau (Berlin West), die Rechlins am Hackeschen Markt (Berlin, Hauptstadt der DDR). Ihr Mann, Johannes, arbeitet als Straßenbahnfahrer und Lehrausbilder, Ingelore als Beiköchin in einem Großbetrieb. Tochter Beate war vor dem Mauerbau der Liebe wegen nach Spandau gezogen, Sohn Bernd ist Schriftsetzer, und das dritte Kind, René, begeht die Jugendweihe. Zur Familie gehört auch noch Opa Erich, dessen bevorzugte Welt die Trabrennbahn Berlin-Karlshorst ist.

Zwei markante Eigenarten zeichnen Ingelore Rechlin aus: Sie kennt keinen Respekt vor der Obrigkeit und tut dies auch entsprechend kund, und sie ist ein Familienmensch, der nichts lieber hat, als »für alle zu machen und zu tun«. Die Familie gehört an einen Tisch. Wenigstens ab und zu. Also leidet sie unter der Trennung von Beate, und sie leidet daran, daß Bernd sich eine Frau nimmt, die »so gar nicht zu ihm paßt«. Und daß sich der Jüngste, René, bei Tante Emmi in dem »Lausenest« Templin wohlfühlt, geht ihr auch gegen den Strich. Ihr größter Ärger aber ist, daß Hannes in die SED eintritt, weil er meint, dadurch seine Ideale von sozialer Gerechtigkeit verwirklichen zu können. Eigentlich ein Scheidungsgrund! Aber was soll sie machen? Sie liebt diesen Mann. Ein Leben ohne Hannes an der Seite? Undenkbar.

Als es Beate gelingt, ihrer Mutter auf nicht eben legalem Wege eine Besuchsvisum für Westberlin zu besorgen, ist die Freude selbstverständlich groß. Aber auch die Enttäuschung, die sie erlebt: Spandau und Hackescher Markt sind zwei verschiedene Welten geworden. Das Berlin, das sie kennt und in dem sie sich zu Hause fühlt, gibt es nicht mehr.

Die Jahre vergehen, man arrangiert sich – in der Familie und mit den Verhältnissen im Land. Doch René, inzwischen Tischler, sieht wenig Sinn im normalen Berufstrott. Vielleicht ändert sich das, wenn er erst für Frau und Kind zu sorgen hat? Ingelore gelingt es, ihren Jüngsten zu ihrer Vorstellung vom Glück zu überreden.

Als Bernd zu einem Lehrgang nach Köln geschickt wird, versteht sie sich mit der anfangs gar nicht geliebten Schwiegertochter bald besser als mit dem leiblichen Sohn. Und doch ist die Harmonie bei den Familientreffen am großen Tisch in der Wohnung am Hackeschen Markt oft nur vorgespielt. Ingelore versucht immer wieder, mit Witz und kraftvollem Tun ihr Ideal von der heilen Familie in die Realität umzusetzen.

I. INGELORE

ERSTES KAPITEL

1 Zwei Handvoll alte Häuser, eine Straßenbahnhaltestelle, ein kleiner Parkplatz neben einer noch kleineren Rasenfläche – kein Mensch zählte den Hackeschen Markt zu den Sehenswürdigkeiten der geteilten Stadt Berlin.

Eigentlich führte der Name in die Irre. »Hackescher Markt« ließ an Handel und Geschäftigkeit denken, an Ständereihen mit duftendem Obst, Blumen und Gemüse. Dergleichen jedoch gab es hier nicht, hatte es auf den wenigen Quadratmetern zwischen Bahnhof und Wohnhäusern nie gegeben. Und was das Wort »Hacke« anging, so wußte kaum ein Ansässiger über dessen Herkunft Bescheid. Was aber kein Malheur war, da ja doch niemand danach fragte. Nur als Umsteigemöglichkeit zwischen den Fahrgelegenheiten des Nahverkehrs oder als Ausgangspunkt zum nahegelegenen Krankenhaus war der Hackesche Markt einigermaßen bekannt. Mehr an Bemerkenswertem ließ sich an ihm nicht finden.

Neuerdings existierten Baupläne, auf denen war der Platz in die, wie es hieß, »innerstädtische Bebauung« einbezogen. Auf Pappmodellen erkannten die Leute schmucke, rekonstruierte Häuser und denen gegenüber, dort, wo jetzt Gras und Stiefmütterchen gediehen und Hundedreck herumlag, eine Reihe von Neubauten. In deren Erdgeschossen leuchteten Zunftschilder, verhießen Ladennamen wie »Tutti frutti« oder »Modeboutique« beinahe weltstädtisches Flair.

Ingelore Rechlin, eine etwas füllige, entschlossen wirkende Frau, hatte als eine der unmittelbar betroffenen Anwohnerinnen des Hackeschen Marktes bei der Besichtigung der Pappmaché-anlage recht mißtrauisch dreingesehen, während sich ihr Ehemann Johannes vor lauter Begeisterung über die Schönheit der Anlage kaum fassen konnte. Wie aus 'ner Pralinenschachtel sähe alles aus, mäkelte Ingelore, was Johannes laut zurückwies. Die Bauten seien schön, praktisch und menschenfreundlich sowieso.

Der kleine Streit zwischen den Eheleuten fand in einer großen Menschenmenge statt, denn die Ausstellung war eine der wenigen, in der die Bevölkerung vorher sehen durfte, womit man sie später erfreuen wollte. Entsprechend groß war der Andrang. Jedenfalls hatte Johannes vor Publikum die Politik des Staates gelobt, und so etwas mochte seine Frau »auf den Tod nich leiden«. Ingelore fand, Selbstverständlichkeiten solle man nicht preisen. Die Leute, dachte und sagte sie auch – Ingelore Rechlin sagte grundsätzlich, was sie dachte –, die Leute werden in aller Regel hart rangenommen, sie bezahlen ihre Steuern, und niemandem fliegen gebratene Tauben in die Mäuler. Weshalb also sollten sie vor Dankbarkeit zerfließen, wenn sie eine ordentliche Wohnung erhielten?

Johannes, der Lehrausbilder bei den Verkehrsbetrieben Berlins, hatte geschwiegen und gelächelt, denn im Grunde mochte er das Schimpfen seiner Frau. Ihre Augen funkelten dann in einer Weise, wie sie früher bei ganz anderen Gelegenheiten gefunkelt hatten. An diese Gelegenheiten erinnerte sich der Mann nur allzu gern, und so sprach er denn in eine Atempause seiner Frau hinein: »Hast ja recht, Ingeken.« Was die sonst so resolute einstige Köchin eines Großbetriebes derart verwirrte, daß sie glatt den Faden verlor.

Mittlerweile war die Ausstellung längst Geschichte, vom angekündigten Baugeschehen hatte es bisher nicht einmal eine feierliche Grundsteinlegung gegeben. Lediglich den Bahnhof hatte man eingerüstet, denn der sollte auf höchsten Beschluß hin im Jubiläumsjahr der Stadt in alter Schönheit erstrahlen. Vor einigen Jahren waren die Ziegelwände des S-Bahnhofs mit Plaste verkleidet worden, wahrscheinlich, um dem ganzen maroden Werk einen Hauch von Moderne zu geben. Auf alle Fälle sollte damals zu den Weltjugendfestspielen möglichst wenig an das alte Aussehen des einst »Zur Börse« genannten Haltepunktes erinnern. »Börse« war ein bürgerliches Wort und paßte absolut nicht in die helle Zeit, da der Kommunismus vor der Tür stand, nicht wahr. Jetzt aber wurde die Plaste abgerissen. Irgendwie war irgendwem die Erkenntnis gedämmert, daß man sich eines schönen Gebäudes nicht schämen müsse, auch wenn dort einst »Ausbeuter« auf den Stufen gestanden hatten. Johannes jedenfalls zählte die Gerüste zu den Zeichen gewachsener Souveränität seines Staates, Ingelore hingegen nahm sie als Beweis für die Brüchigkeit moderner Baustoffe.

»Und außerdem«, hatte sie erst am Morgen dieses Septembertages zu ihrem Mann gesagt, »ein Bahnhof wird auf Vordermann gebracht, in der Wohnung aber trippt der Wasserhahn, weil es keine Dichtungsringe gibt, solche lächerlich billigen Dinger für höchstens zwanzig Pfennig.« Der Hausverwalter hatte erklärt, im Moment gäbe es keine Dichtungsringe, Ingelore solle einen besorgen, dann würde der Schaden schnell beseitigt. »Ich geh zur Stadtverwaltung und rück denen nicht eher von der Pelle, bis daß ich das Ding in der Tasche hab!« hatte Ingelore daraufhin erklärt. In Wahrheit hielt selbst sie die Vorstellung, ein für Handel und Versorgung Verantwortlicher könnte ihr einen Dichtungsring über den Tisch reichen, für absurd. »Dampf ablassen« aber war sie sich schuldig, denn sie wußte, in diesem Land gab es fast alles. Wenn auch nicht immer. Und nie für alle.

Mit aller Kraft warf Ingelore den tropfnassen Scheuerlappen auf den Küchenboden. Die Krätze konnte man sich an den Hals ärgern, die Krätze! Mit dem Lappen fuhr sie in den schmalen Raum zwischen Küchenschrank und Spültisch. Saubermachen war wieder einmal angesagt. Bevor sie nämlich verreiste, ob für drei Wochen oder drei Tage, mußte die Wohnung in einem »tipptopp Zustand« sein. Mochte das Johannes auch für noch so unsinnig halten und meinen, sie solle ihre Energie lieber für das fehlerfreie Ausfüllen der Zählkarte aufheben.

Das nun war auch so eine Sache, die sie absolut nicht mochte: Befriedigung von Bürokratie. Stöhnend setzte sie sich an den Tisch, erhob sich gleich wieder, denn das Schreibgerät fehlte. Im Vertiko lagen die rund tausend Kugelschreiber, die sich im Lauf der Jahre angesammelt hatten. Und jeder war funktionsbereit! Johannes untersuchte alle Vierteljahre jeden Schreiber auf seine Schreibfähigkeit, und jede ausgetrocknete Mine wurde durch eine neue ersetzt, während das Fernsehprogramm lief oder die Frau neben ihm an einem Pullover strickte, den sie dann nach zweimaligem Tragen als unmodern in den Schrank verbannte. Jedem Tierchen sein Pläsierchen.

Ingelore begab sich zurück an den Tisch, wollte sich endlich ans Ausfüllen der Pappe machen, bei der das Verschreiben nicht nur verflixt leicht fiel, sondern auch verdammt peinlich war. Zuerst wurde der Familienname verlangt. Nichts leichter als das. Geburtsjahr: 1925. Vorsicht! Aufpassen, nicht in die falsche Spalte rutschen. Hannes, so fiel ihr plötzlich ein, Hannes würde im übernächsten Jahr Rentner sein. Und seine erste Zählkarte ausfüllen dürfen. Dreimal wird er sich dabei verschreiben! Mindestens dreimal!

Mit Hannes nach Spandau fahren, die Tochter besuchen ... Oder wie einst im Mai, lang, lang ist's her, durch den Grunewald wandern, sich das heutige Kreuzberg ansehen, das Kino, vor dem sie sich das erste Mal getroffen hatten ... Gewiß wünschte Ingelore ihrem Mann nichts Böses, aber daß er möglichst schnell diese magische Zahl 65 erreichen würde, das ersehnte sie sehr. Auch eine landestypische Mode, dachte die Frau. Den meisten Menschen auf dieser Welt graust es vor dem Alter wie vor dem siebenschwänzigen Teufel. Bei uns aber können sie gar nicht früh genug ins Rentnerdasein springen. Und das nicht, weil ihnen ihre Arbeit zu viel geworden wäre, nein, nur dieser einen Möglichkeit wegen: Ab 65 darf man in den Westen. Rentner dürfen, was einem Nichtrentner nur in Ausnahmefällen gestattet wird: Westluft schnuppern. Diese Luft, Ingelore wußte es aus eigenem Erleben, sie war auch nicht gesünder als die am Hakkeschen Markt, aber in ihr gediehen doch Konsumartikelchen feinster Art. Zum Beispiel auch Dichtungsringe.

Wütend legte Ingelore den Kugelschreiber aus der Hand. Tausend zu eins möchte ick wetten, die Dinger jibt et zwischen Charlottenburg und Spandau in jedem Klempnerladen ... Na jut, in jedem Fachgeschäft für Sanitärartikel. Oder in der Heimwerkerabteilung eines jeden Kaufhauses. Bei uns aber, bei uns wird ein Dichtungsring zur Staatsaktion, pfui Deibel noch eins.

Schimpfen fiel Ingelore allemal leichter als das Ausfüllen der Karte. Wohnort? Berlin. Kreis? Mitte. Was »Mitte« bedeuten soll, hatte sie ein Uniformierter neulich beim Grenzübertritt gefragt und sie aufgeklärt, daß Mitte kein Kreis, sondern ein Stadtbezirk sei.

Nun stand es doch wieder da: Mitte. Und wenn es deshalb Ärger gab? Belehrungen und das Ausfüllenmüssen einer neuen Zählkarte? Ich hätte man doch lieber warten sollen, bis Hannes zurück ist, dachte die Frau. Warum aber auch rennt der dauernd zu seinen Versammlungen! Und ich hock zu Hause und werde mit dem Ausfüllen dieser dämlichen Pappe nicht fertig! Das ist doch überhaupt so ein Widersinn! Da will ein Mensch, der seit über sechzig Jahren in Berlin lebt, von einer Ecke der Stadt in eine andere, will seiner Tochter die Hand schütteln und, weil es leider nicht vermeidbar ist, auch dem Herrn Schwiegersohn. Will ein paar schöne Weintrauben kaufen und eine kleine Dose Penaten-Creme. Und was geschieht mit diesem Menschen? Mit dem Ausfüllen einer Zählkarte wird er geschunden! Aber denkt nur nicht, ich bring so einen Dichtungsring mit! Der würde ja höchstens eine Mark kosten oder auch gar nichts, wenn Beate die Sache in ihre Hände nimmt. Aber nein, das könnte denen passen! Denen hüben und denen drüben! Die bei uns freuen sich, wieder mal auf billige Art ein Problem losgeworden zu sein, die in Spandau jubeln: Nicht mal so einen schäbigen Dichtungsring haben die in ihrem Osten!

Ein kurzes, zweimaliges Klingeln riß Ingelore aus ihren Gedanken. Hannes kündigte das Öffnen der Wohnungstür an. Ingelore stöhnte. Saß Hannes erst daneben, verschrieb sie sich unter Garantie. Und Streit gab es auch. Politischen. Irgendein belangsloses Wort wurde zum Auslöser einer Stunde bösen Schweigens. Warum aber war sie mit dem Ausfüllen der Zählkarte nicht fertig? Weil sie sich über einen fehlenden Dichtungsring ärgerte. Und wer trug Schuld am Fehlen der Gummischeibe? Die angeblich dem Westen so meilenweit überlegene Planwirtschaft des Staates, den ihr Mann als Genosse forderte und förderte. Letztendlich also war Hannes die Ursache dafür, daß ihm seine Frau heute nicht mit dem Satz »Na, biste endlich da!« entgegenkam und er sie für den Bruchteil einer Sekunde an seinen klapperdürren Brustkasten drücken konnte. Heute empfingen ihn die Worte: »Stör mich nich!«

»Die Zählkarte wieder?« Johannes Rechlin schüttelte den Kopf. »Zum wievielten Mal füllst du die aus?«

Oberlehrer! Dachte die Frau und setzte ein Kreuz hinter das Wort »Privat«. Nun noch die Anschrift der zu besuchenden Person. Wozu eigentlich? Was ging die Leute in gewissen Ämtern des einen Landes die Adresse ihrer Tochter im anderen Lande an? Na gut, keine Diskussionen jetzt. Hannes, dachte Ingelore, Hannes entschuldigt in seinem Staat fast alles. Die

Dußligkeit kann noch so groß sein, für ihn sind es höchstens Kindereien. Wenn der Käse auch noch so stinkt, Hannes findet eine Glocke zum Drüberstülpen.

»Das Geburtsdatum steht falsch.«

Ingelore schnaufte.

»Mach wenigstens einen Pfeil, damit man weiß, was gemeint ist.«

Ingelore schnaufte lauter.

Der Mann trat einen Schritt vom Tisch zurück, beäugte die schreibende Frau aus sicherer Entfernung. Er hatte Hunger, doch war es nicht üblich, daß er das Abendessen auf den Tisch stellte, wenn Ingelore zu Hause war. In Küchendingen hatte sie den Hut auf, absolut. Und er konnte nicht behaupten, daß ihm dies unangenehm gewesen wäre. Er ging zum Fernsehapparat, wurde aber auf dem Weg dahin von einer gänzlich unerwarteten Frage aufgehalten. »Warum füllst du eigentlich keine Karte aus?«

Nun wurde der Mann doch ärgerlich. Er vertrug keine dummen Späße, zumindest nicht auf leeren Magen.

»Beate hat in 'nem Vierteljahr Geburtstag.« Ingelore zog Hannes neben sich auf einen Stuhl. »Am besten, du reichst gleich morgen einen Antrag ein. Bei mir in der Kantine, vom dicken Albrecht die Schwester, die durfte sogar zu ihrer Cousine. Und det is nich ma 'ne echte Cousine, vastehste?«

»Seit Mittag hab ich nichts im Magen.«

»Beate aber is deine echte Tochta. Und zu 'nem runden Jeburtstach, da müssen se dir lassen.«

»Müssen überhaupt nicht.«

»Oder trauste dir nich? Det mit dem Antrag?«

Beate überraschen ... Hannes stellte sich vor: Zuerst würde Ingelore allein vor Zümmrichs Wohnung stehen, und dann, wenn der erste Begrüßungswirbel vorbei war und Beate das gesagt hatte, was sie bei solcher Gelegenheit immer sagte, nämlich: »Schade, daß Vater nicht auch kommen darf«, dann würde er klingeln. Die Augen seiner Tochter dann ... Sie geriet ganz nach ihm, die Große. Das kantige Gesicht, die schmalen Lippen und daß sie auf die Welt nichts kommen ließ, in der sie Zuhause und Auskommen hatte.

»Na also«, hörte er Ingelore sagen. »Ich bring dir von Beate die Einladung mit und auch sämtliche Papiere, und dann stellste den Antrag, unverzüglich. Und wenn die auch nur mit einer Wimper zucken, schlägste mit der Faust auf den Tisch.« Ingelore erhob sich einige Zentimeter, um Hannes einen Kuß auf die Wange zu drücken: »Mensch, du un ick, wir beede in Spandau ...«

Was blieb Hannes, dem Überrumpelten, anderes übrig als ein halbes Eingeständnis. »Ja«, sagte er leise, »das würde mir auch gefallen.«

»Oder siehste da irjendwo Schwierigkeiten?«

Der Mann schwieg. Er wollte nicht sagen, daß er wegen eines solchen Antrags zum Kaderleiter mußte. Und der Kaderleiter war bereits seit längeren auf ihn nicht sonderlich gut zu sprechen. Denn der Genosse Rechlin hatte gegen den Mann gestimmt, als es um die Verteilung von »Westautos« an verdiente Betriebsangehörige gegangen war. Nein, hatte er gesagt, der Genosse Kaderleiter sei mit Sicherheit ein ehrenwerter Mensch, doch um den Betrieb habe er sich keine besonderen Verdienste gemacht. Wie denn auch, da er eben erst aus der Armee entlassen worden war?

Hannes' Magen knurrte laut und vernehmlich.

Ingelore schien taub auf beiden Ohren. »Wat is nu?«

Hannes spürte, die Kraft zu einer »grundsätzlichen Diskussion« fehlte ihm. Zumindest jetzt, da er hungrig war. Er nickte schwach.

Ingelore küßte ihn auf den Mund und wieselte Richtung Küche.

Was bin ich nur für Trottel! schalt sich der Mann. Ist aber gegen diese Frau ein Ankommen? Nein, war es nie und ist es nicht. Und außerdem – gern würde ich sehen, wie Beateken lebt. Jetzt schon würde ich es gern erleben, nicht erst in zwei Jahren. Die Welt in zwei Jahren ... Weiß ich, wie die aussehen wird?

2

Am nächsten Tag begab sich das Ehepaar Rechlin zur Tränenhalle am Bahnhof Friedrichstraße. Da Ingelore seit ihrem Eintritt ins Rentnerdasein im Schnitt einmal pro Monat nach Spandau fuhr, war dieser Weg Routine geworden und längst nicht mehr mit Aufregung und Atemnot verbunden. Was nicht bedeutete, daß Ingelores Herz doch jedes Mal eine Spur schneller schlug und ihr die Hände schweißnaß wurden. Sie konnte ein noch so gutes Gewissen besitzen: Sobald sie die Stufen hinaufschritt, an deren Ende ein Schild »Das Passieren ist nur mit gültigen Reisepapieren gestattet« angebracht war, kribbelte es in ihrem Körper. Hannes schimpfte deshalb manchmal mit ihr. Ob die Genossen an der Grenze denn keine höflichen Menschen seien?! Dochdoch, sagte sie dann, klar sind sie das, zumindest korrekt, nicht wahr, meistens jedenfalls. Aber es war doch immer ein Schritt von einer Welt in die andere. Und wer keine »gültigen Papiere« besaß und dennoch in den Westteil wollte, der riskierte gar sein Leben ... Ja, sie hatte längst begriffen: Berlin war nicht mehr die Stadt von einst, die Stadt ihrer Kindheit. Berlin war zum Symbol einer geteilten Welt geworden, ein Seismograph für politische Befindlichkeit. Dennoch: Das Auseinandertriften eines Gebildes, welches in Hunderten von Jahren – 750 waren es demnächst, schoß es ihr durch den Kopf – zusammengewachsen war, die Tatsache, daß ihre Tochter in dieser und sie in jener anderen Welt ihr Zuhause hatte und daß sich beide Teile der Welt spinnefeind gegenüberstanden, das alles raubte ihr oft genug den Schlaf. Deshalb also das Herzflattern und die nassen Hände.

An diesem frühen Septembertag allerdings achtete Ingelore kaum auf die Anzeichen ihrer Nervosität; sie war ganz damit beschäftigt, Hannes an sein Versprechen zu erinnern. Gleich heute sollte er zu diesem Kaderfritzen. »Du sagst, du willst unbedingt fahren, da gibt es keine Diskussion. Hörste?!«

Leute drängelten am Ehepaar vorbei. Aus jeder S-Bahn, die in die Halle fuhr, hasteten die meist älteren und auch ein wenig gebrechlichen Menschen hin zur Tränenhalle. Und zwar mit einer Behendigkeit, die ihre Ärzte in helles Erstaunen versetzt hätte. Es war, als schwebe die Furcht über ihnen, das große Tor könne geschlossen werden, falls sie es nicht in Sekundenschnelle erreichten. Den zwei Rechlins war die Drängelei unangenehm, Hannes nannte sie gar »würdelos beschissen«, und er wollte, daß seine Frau endlich die Stufen zum Grenzübergang hinaufschritt, damit er das Theater nicht länger ansehen müsse. »Ich sagte dir, ich kümmere mich, also kümmere ich mich. Punkt.«

Zufrieden strich Ingelore eine seiner grauen Haarsträhnen hinters Ohr, ein zages Lächeln von ihr, ein Schnaufer von ihm – das war denn wieder einmal der Abschied.

Seit Spandau an das U-Bahnnetz angeschlossen war, fuhr

Ingelore mit der Stadtbahn bis Bahnhof Zoo, von wo aus sie sich dann unter der Erde zum Wohnsitz ihrer Tochter begab. Die neuen Bahnhöfe waren aufwendig gestaltet, René hatte Bilder davon mit den Moskauer Metrostationen verglichen. Ingelore kicherte. Gemeinsamkeiten zwischen Spandau und Moskau ... Beates Schwiegervater, der ehemalige Karlshorster Feinkosthändler Zümmrich, für den das Gras nirgendwo so grün aussah und der Regen so naß herabfiel wie in Spandau, was der wohl zu einem solchen Vergleich sagen würde? Das Gebiß würde ihm vor Entsetzen herausfallen, um danach nuschelnd bekanntzugeben, daß sich mit diesen neuen Berliner U-Bahnhöfen nichts vergleichen lasse. Was ein weiterer Beweis dafür war, daß olle Zümmrich eben doch kein richtiger Berliner war. Ein Mensch, der in Wittenberg an der Elbe aufgewachsen ist, der konnte sich noch so sehr des »ickedettekiekemal« bedienen, ein richtiger Berliner wurde der nie. Der echte Berliner nämlich verabscheut jede Prahlerei, und nichts gibt es für ihn, woran nicht zu kritteln wäre.

Selbstverständlich wartete Beate vor dem Bahnhof. Gut sah sie wieder aus, fand Ingelore, und schlank, fast zu schlank. Ingelore erschrak direkt über das »notleidende Aussehen« ihrer Tochter. Beate jedoch hakte sich frohgelaunt bei ihrer Mutter ein und erklärte, es gehe ihr ausgesprochen prächtig. Vier Kilo habe sie bislang abgenommen. Und die scharfe Yvonne, »die zweite Frau von Feinkost-Hellmann, du kennst die! Die neulich so besoffen war, daß sie den Sekt aus der Flasche trank, ja, die!«, also die scharfe Yvonne habe es unter den gleichen Kurbedingungen bisher nur auf drei Kilo gebracht. »Achtzehn Tage Hollywood-Kur. Heute ist erst der vierzehnte. Am Schluß paßt mir wieder jedes Kleid im Schrank, ich wette.«

Während sich Ingelore noch erklären ließ, daß »Hollywood« in diesem Fall ausschließlich Verzehr von mageren Steaks bedeutete, zog sie die Tochter aufmerksamkeitheischend am Arm. Sie wollte auch einmal zu Wort kommen.

»Vater stellt einen Antrag. Zu deinem Geburtstag bring ich ihn mit.«

»Den Antrag?«

»Vater!«

»Vater?« Beate blieb stehen. »Vater ist doch noch lange nicht Rentner.«

Die Ampel zeigte auf Grün, und weil die Grünphase nur kurz war, mußten sich die Frauen sputen, um unbeschadet die andere Straßenseite zu erreichen. Dort hakte sich die Ältere bei der Jüngeren ein und erklärte ihr, neuerdings seien die Löcher im Sieb etwas größer und sie kenne mehrere Leute, die weit vor ihrem Rentnerdasein hätten in den Westen reisen dürfen.

»Als Agenten vielleicht!«

»Red nich so dummes Zeuch!« Wenn in diesem Moment nicht die Sonne hinter einer Wolke hervorgesehen und die Havelpromenade in ein märchenhaft schönes Licht getaucht hätte, wäre Ingelore Rechlin wahrscheinlich furchsteufelswild geworden.

Beate meinte, sie habe ihren Vater keineswegs mit irgendwelchen krummen Sachen in Verbindung bringen wollen, aber weshalb dürfe er auf einmal nach Spandau? Jahrzehntelang sei das verboten gewesen!

Ingelore zuckte mit den Achseln. Alle Sachen brauchten ihre Zeit. Und Wasser fließe immer nach unten.

»Du meinst, das klappt wirklich?«

Nun half der schönste Sonnenschein nichts mehr. Ingelores Blick wurde zunehmend grimmig. Jubelnde Freude hatte sie erwartet, aber das, was Beate da äußerte, klang das nicht eher nach Unzufriedenheit?

»Da guck!« lenkte Beate vom Thema ab. »Nur sieben Männekens steigen auf die Fähre. Wie die auf ihren Profit kommen, die Eigner von dem Kahn, das würd ich gern mal wissen.«

»Was ist?« fragte Ingelore. »Willste Vater in Spandau sehen oder wat?«

»Na klar. Ick würd mir freuen wie dolle un verrückt.«

»Dann fang mal langsan an damit.«

Beate zeigte zum Pommes-Stand. Pommes-Essen war mittlerweile zum festen Programmpunkt eines ersten Besuchstages geworden. Pommes mit einem kleinen Berg Mayonnaise, die Ingelore nicht wie gewohnt schmeckte, sondern irgendwie nach frischgeschlagener Sahne, »westlich« eben.

Am heutigen Pommes-Essen teilzunehmen lehnte Beate mit einem Hinweis auf ihre schöne Diät kategorisch ab, doch ihre Mutter erklärte, sie habe Gott sei Dank mit Hollywood nichts zu schaffen.

In der Neuendorfer Straße dann, in Zümmrichs Wohnung, briet sich Beate ein angeblich fast fettfreies Stück Fleisch, und

Ingelore nahm in einer Illustrierten Fürstenleid und Fürstenglück zur Kenntnis. Bis sie in einen kurzen Mittagsschlaf sank. Danach bedauerte sie wieder einmal, daß es am Hackeschen Markt keinen Telefonanschluß gab, sonst hätte sie gern Hannes ihre gute Ankunft vermeldet.

»Ruf doch bei Schiefenagels an.«

»Ich bin doch noch zu retten. Übrigens: Mußt du heute noch in die Gaststätte?«

»Ins Restaurant? Nein.«

»Du mußt nicht, aber du möchtest.«

Als Antwort kamen neue Strophen eines Ingelore längst bekannten Liedes. Thema: Die Unzuverlässigkeit des Personals. Ingelore hörte den Klagen ihrer Tochter nur halb zu, sie wußte, es hatte keinen Sinn, mit Beate über solche Fragen zu streiten. Sie, Ingelore, war weder die Pächterin des Restaurants noch die Arbeitgeberin, und wahrscheinlich sah sie in der modernen Marktwirtschaft doch nicht so richtig durch.

Draußen ging ein Gewitter nieder, ein kurzer, kräftiger Regenguß pladderte gegen die Scheiben. »Habt ihr mir Rätsel aufgehoben?«

Beate zeigte auf den Rollschrank. Dort lagen die Zeitschriften, aus denen Ingelore dann in aller Ruhe die Kreuzworträtsel für sich und Hannes ausschneiden würde.

Auf der Rückseite eines Rätsels fand sie das originelle Rezept für Chicoree mit Kochschinken. Ingelore lachte auf. Kriegst du das Gemüse, gibt es keinen Schinken, hast du Schinken, fehlt es am Gemüse. Chicoree ... Für den Westen eine Selbstverständlichkeit, für den Osten noch immer ein Luxus. Weshalb, warum, wieso? Hannes meinte, auf Delikatessen käme es nicht an. Die Grundlage der Werte, die das Kraut fett mache, sei die Abschaffung des Privateigentums, beispielsweise. Und daß Arbeitslosigkeit ein Wort sei, das sie nicht kennen würden, und selbst der schlimmste Assi lebe in sozialer Sicherheit. Soll er recht haben, dachte Ingelore, aber Schweineschinken zählt zu den Delikatessen? In Deutschland? Und Chicoree bauen wir doch selbst an, noch und noch gedeiht das Zeug. In Renés Genossenschaft, dort in Mecklenburg, da wird das Gemüse tonnenweise geerntet. Was aber passiert damit? Container mit der Aufschrift »Frische Grüße aus Holland« rollen heran, ein Auto nach dem anderen. Möchte nicht wissen, zu welchem Spottpreis wir das an die Holländer verkaufen. Und die verhökern es dann nach Westberlin. Wäre kein Wunder, wenn ich in Spandau Chicoree esse, der nach Mecklenburg schmeckt. Und überhaupt: Wenn wir sogar Möhren und Kohlrabi nach dem Westen verkaufen, wo bleibt nur das schöne Geld, was daran verdient wird? Wo bleibt es? Ich jedenfalls sehe nichts davon.

René, so fiel ihr ein, René muß ich unbedingt schreiben. Und eine Ansichtskarte für Susanne in den Umschlag legen. Aus jedem Stadtteil Berlins wünscht sie sich eine Karte. Den Osten hat sie längst vollständig, nur im Westen, da klaffen Lücken. Nach Kreuzberg müßte ich unbedingt. Von wegen Angst, wie Beate mir immer einreden will! Ich binde mir ein Kopftuch um, und schon sehe ich aus wie Ibrahims Oma.

Das Telefon klingelte. Der Schwiegersohn war am Apparat. Seine überschwenglich freundliche Begrüßung machte sie sofort mißtrauisch. Und wirklich, Siegfried kam schnell zu Sache. »Was Opa angeht ... Zu Beates Geburtstag ist er wirklich bei uns?«

»Ich hoffe.«

»Das wäre ja wunderbar.«

»Finde ich auch.«

»Und er darf?«

»Sicher.«

»Auch als Genosse?«

»Klar.«

»Hm.«

Es kribbelte Ingelore unter der Haut. Bis unter die Haarspitzen kribbelte es.

»Ich dachte nur, Leute wie Opa dürften grundsätzlich nicht. Wegen der Geheimhaltung.«

»Was soll Hannes denn geheimhalten? Den Fahrplan der Straßenbahn?«

Siegfried lachte. »Na hör mal! Ein Genosse weiß mehr als ein Nichtgenosse.«

Mit der rechten Hand hielt Ingelore den Telefonhörer, mit der linken durchblätterte sie eine Zeitschrift. Ein Foto zeigte ein nacktes Pärchen im Bett. Bei Dreharbeiten. Und daneben die Beantwortung der Leserfrage von Frau Lisa W. aus Annaburg. Die Frau wünschte Klarheit, ob die Darsteller denn wirklich miteinander oder ... »Sagtest du was, Siegfried?«

»Ich dachte nur, Opa seien derartige Reisen verwehrt. Grundsätzlich. Als Privatperson.«

»Sag mal ehrlich, Siggi, es wär dir lieber, wenn Opa nicht käme, ja?«

»Ich will nur keinen Ärger, verstehst du?«

»Das finde ich nett, Siggi. In dieser Hinsicht verstehen wir uns sehr gut. Ich will auch keinen Ärger.«

»Wenn ich mir vorstelle ... Die Diskussionen zwischen Opa und meinem Vater ...«

»Mach dir keine Sorgen, Siggi.«

»Ich ... Ich wollte dir auch nur Guten Tag sagen. Und bis zu Beates Geburtstag, na ja ... Heute abend wird es für mich etwas spät ... Wir sehen uns morgen, ja?« Knack. Siegfried Zümmrich hatte aufgelegt.

Ingelore trocknete sich die Hände. Was sind das nur für Menschen! dachte sie. Siggi hat Angst um sein Erbe, nichts weiter. Weil Hannes hierherkommen will. Und weil Zümmrich senior meinen Mann nicht leiden kann! Mich auch nicht, aber Hannes ist er noch viel weniger grün. Von Anfang an hatte er was gegen uns. Der Plebs vom Hackeschen Markt und der feine Mittelstand ... Sein Sohn Siegfried hatte sich mit Plebs nicht abzugeben, da konnte der Alte sehr konsequent werden. Und Leute, die anderer Meinung als olle Zümmrich waren, zählten automatisch zum Plebs, besonders, wenn sie dort wohnten, von wo er kam, nämlich im Osten. Wenn Zümmrich von seiner Bekanntschaft mit den Russen erzählte, damals, 45, in Karlshorst ... »Die haben – unglaublich! – die haben die Kartoffeln im Toilettenbecken gewaschen! Die Besetzer Karlshorsts, wir hatten welche im Haus, ich sage euch! Kommt doch die Matka von denen und bringt Kartoffeln und ... Hahaha!«

Vor langer Zeit hatte es am Hackeschen Markt eine Begegnung zwischen olle Zümmrich und Johannes Rechlin gegeben. Seitdem war Hannes für Zümmrich senior ein rotes Tuch, und wenn er von ihm sprach, nannte er ihn, »meinen miesen Ostverwandten«. Beate hatte ihrer Mutter das alles erzählt. Ein bißchen Erdbeerwein, und schon wurde Beate lockerer. Ihr und Siegfried waren die Geschichten des alten Zümmrich zwar peinlich, aber sie wußten, es wäre nicht gut, dem ehemaligen Firmenchef die Freude zu nehmen. Beide hatten sich eine Existenz aufgebaut, die auf dem Vermögen von olle Zümmi beruhte ...

Und wenn der mit Enterbung drohte, dann war das ernst zu nehmen. Also wäre es besser, wenn Johannes zu Beates Geburtstag wegbliebe.

Wütend schnitt Ingelore ein neues Rätsel aus. Sollte doch Horst Zümmrich wegbleiben. Das falsche Aas, das elende. Beate schmeicheln noch und noch, aber seinem Sohn mindestens dreimal im Jahr vorhalten, daß er sich bei der Wahl seiner Ehefrau nicht sonderlich klug verhalten habe. Diese Vorhaltungen dann gestand Siegfried seiner Frau im Ehebett. Beate sagte, Siggi wäre bei einer solchen Gelegenheit besonders schön aktiv.

Rätsel um Rätsel schnitt Ingelore aus. Ohne eine Frau wie Beate wäre Siggi längst pleite, ging es ihr durch den Sinn. Eine seltsame Ehe … Und Ingelore dachte sofort an ihren Sohn Bernd und seine Steffi. Nebenher statt zusammen, kein Begehren mehr für irgendeine Gemeinsamkeit ... Ingelore legte die Schere weg, atmete tief durch. Was sollten jetzt Gedanken an die Kinder. Wie kriegte sie Hannes nach Spandau – das allein war wichtig. Maurice, der Sohn der Zümmrichs, studierte in Bremen und besaß längst eine eigene Wohnung. Sein ehemaliges Kinderzimmer war als Gästestube umgebaut worden.

Beate hatte die Vorhänge zugezogen und noch nach einem eventuellen Wunsch ihrer bereits unter der Schlafdecke liegenden Mutter gefragt. In diesem Moment hielt Ingelore Beate fest. »Was ist? Wollt ihr Vater wirklich nicht zu deinem Geburtstag sehen?«

»Zümmrichs wollen uns demnächst den Anteil überschreiben. Siggis Erbteil. Wenn aber der Alte und Vater aneinandergeraten …!«

»Vielleicht ist olle Zümmrich bei deinem Geburtstag gar nicht dabei. Könnte ja was dazwischenkommen bei ihm.«

»Wie meinst du das?«

»Ich komme einen Tag vor deinem Geburtstag, da bestellste auch deinen Schwiegervater. Und ich koch was Schönes. Wer es einmal mit der Galle hat, den piekt es immer wieder. Wenn er nicht entsprechend ißt, zum Beispiel. Und er wird doch wohl essen, was ich koche. Wird doch wissen, was sich gehört, der Alte.« Ingelore grinste in bißchen. »Verstehste, was ich meine?«

Beate grinste auch.

3 Ein strahlender Spätsommertag. Sein einziger Fehler: Johannes Rechlin wurde neuerdings bei solchem Wetter die Luft knapp. Niedriger Blutdruck, keine Tragödie. Er hatte Tabletten verordnet bekommen, die sollte er regelmäßig einnehmen. Was er aber zuverlässig vergaß, sobald er keine Beschwerden hatte. Heute aber hatte er an die Medizin gedacht, hatte sogar zur Bekräftigung des Heileffekts eine Tasse Salbeitee getrunken, denn Salbei half nach Meinung der Rechlins bei fast allen Beschwerden. Auf dem Weg zur Arbeit jedoch fiel ihm der wahrscheinlich einzig wahre Grund seiner Übelkeit ein: In der nächsten Stunde würde er dem Genossen Kaderleiter gegenübersitzen.

Seine Fahrschüler warteten bereits vor der Straßenbahn. Hannes teilte ihnen mit, die Abfahrt verzögere sich um einige Minuten.

»Det sowieso, Meesta«, erwiderte einer der Truppe. »Gisa is noch nicht an Land.«

Gisa war alleinstehende Mutter. Die Krippe für das Kind befand sich in der Nähe vom Treptower Park, die Wohnung in Biesdorf-Süd. Unter Tränen hatte sie dem Lehrmeister versichert, sie bekomme keinen anderen Krippenplatz. Fuhr also mit dem Kind quer durch die Stadt. Kein Wunder, daß sie sich immer wieder verspätete. Also gut, sagte sich Johannes, ich hab ja sowieso mit Hertzog zu sprechen.

Er klopfte an die Tür zum Zimmer des Kaderleiters, öffnete sie. Hertzogs breites Gesicht tauchte hinter dem »Sportecho« auf. Seine Miene verkündete Unwillen. Ja, wenn er wenigstens bei der Lektüre des Zentralorgans ertappt worden wäre! Der Kaderleiter versuchte, das Beste aus der Situation zu machen: »Unsere Gewichtheber, was? Einsame Spitze. Bei vier Wettbewerben viermal vorn.«

»Ganz vorn?« Hannes knöpfte sich den obersten Hemdknopf auf. Ihm war plötzlich sehr warm.

»Was dachtest du! Wenn unsereins losstemmt! Ich war früher auch mal dabei. Stemmen war meine Zuckerdisziplin.« Zufrieden lehnte sich Hertzog zurück.

»Wenn du mir kurz zuhören würdest?«

Hertzog griff sofort zum Kugelschreiber. »Schieß los, Genosse.«

Das Lächeln seines Gegenübers gefiel Hannes nicht, eigentlich mißfiel ihm der ganze Genosse. Und daß er sich Hertzog gegenüber mies fühlte und verklemmt, das mißfiel ihm am allermeisten. Wie konnte er jetzt über seinen Wunsch reden, für paar Tage nach Westberlin zu fahren? Unmöglich konnte er das. Über die kleine Gisa aber … Daß das Mädchen einen Krippenplatz in der Nähe ihrer Wohnung bekommen mußte, das würde er wohl schaffen.

4 Am frühen Nachmittag kam Ingelore in der Gaststätte ihres Schwiegersohnes an. Hinter ihr lag eine Tour durch die Kaufhäuser in der Wilmersdorfer. Das viele Gehen und Sehen hatte sie müde und hungrig gemacht. Da der »Ungarische Hirte« nicht weitab vom Einkaufszentrum lag, war der Gedanke nicht fern, sich dort die Hände zu waschen und einen Happen zu essen.

Ein Pärchen, Schüler noch, schmuste bei einer Flasche Cola, eine Dame mit Hut verzehrte eine riesige Portion Rostbraten, wozu sie Kirschwasser trank.

Ingelore setzte sich an den Tisch vor das große Fenster. Der Kellner, Herr Janos, ein Mann hoch in den Sechzigern, reichte ihr mit einer Verbeugung die Hand. »Gnädige Frau, es ist mir eine Ärre.« Der Mann stammte aus Ungarn. Buchhalter war er gewesen, bis zu jenen Herbsttagen des Jahres 1956, da seine gesamte Familie in den Westen flüchtete. Herr Janos sprach ungern über die Vergangenheit. »Was ist interessanter als Gäggenwart, hä?« pflegte er zu sagen. »Hoite ist hoite, alles andere ist vorbei.« Er war ein ruhiger, sehr korrekter Mensch. Geld besaß er, so meinte jedenfalls Beate, so viel wie ein Schwein Borsten.

»Eine Suppä? Suppä von Fisch?« Herr Janos schnippste mit den Fingern. »Eine Delikatesse, gnä Frau.«

Kaltes Schnitzel wär mir lieber, dachte Ingelore, aber wenn mir ein Mann von Welt zu Fischsuppe rät! Hannes würde sich kringeln vor Vergnügen. Wenn Hannes neben mir sitzt, werde ich Herrn Janos sagen, er soll ihn mit »Herr Baron« ansprechen.

Der Kellner ging in die Küche, ließ dabei die Tür offen. Was Ingelore in der Küche wahrnahm, erinnerte sie an ein Bild aus der Familienbibel: Die Verteilung von Brot an Bedürftige. Nur daß die Kinder, die vor der türkischen Küchenhilfe saßen, gewiß nicht Hunger litten. Und es war auch kein Brot, was sie in die Hände gedrückt bekamen. Eis war es, kleine bunte Eiskugeln in einer Glasschale, auf der Spitze eines jeden Eisberges staken ein Schirmchen und eine Waffel. Bonbonstreusel waren über die Kügelchen gestreut, und kakaobraune Soße bildete den See, aus dem der Eisberg ragte. Ingelore beobachtete, wie geschickt Klein-Hugo, der Koch, die Soße aus einem winzigen Topf in die Schalen goß und wie die Türkin ihm die Schale abnahm, um sie mit würdevoller Geste an eines der Kinder weiterzureichen. Drei Kinder erkannte Ingelore von ihrem Sitz aus, sieben, als sie in die Küche trat. Alle im Alter zwischen vier und acht Jahren. Sie hockten auf dem gefließten Fußboden wie eine feierliche Gesellschaft. Kiek an, dachte Ingelore, so 'ne bildhübschen kleenen Türken ... Lange schon hatte sie so ein schönes Bild nicht gesehen. Sieben kleine Menschen, denen es gut ging ...

Ihr Näherkommen war bemerkt worden, zumindest von den Erwachsenen. Der Koch hatte ihr freundlich zugenickt, die Küchenhilfe hatte eine Verbeugung angedeutet. Nur die Kinder schenkten ihr keinen Blick, denn die waren ganz und gar mit ihren prachtvollen Eisbechern beschäftigt.

Ingelore setzte sich auf eine Küchenbank, beobachtete mit Herrn Janos, dem kleinen Koch und der Türkin die genießende Kinderschar. Wenn sie die doch alle um den Tisch am Hakkeschen Markt hätte! Hier hocken sie auf kalten Fliesen, erkälten sich womöglich. Es war ihr, die seit jeher nichts lieber tat, als liebe Menschen zu versorgen, froh und weh zugleich zumute. Drei Kinder hatten ihr Mann und sie in die Welt gesetzt, und von wie vielen Enkeln wurden sie besucht? Von keinem, denn es gab keine. Bis auf den heute zwanzigjährigen Maurice natürlich. Maurice, der als kleiner Junge einmal im Jahr zu seiner »Omma« in den Osten mitgenommen worden war und der sich dort nett und höflich verhalten hatte, weil er sonst von Mutter oder Vater mittels einer gewaltigen Ohrfeige an derlei Tugenden erinnert worden wäre. Steffi und Bernd ... Die Ehe war aus »medizinischen Gründen« kinderlos geblieben. Vor Jahren hatten sie ein Kind adoptieren wollen. Als von Streitigkeiten zwischen den Eheleuten die Rede war, hatte das Jugendamt der Adoption nicht zugestimmt. »Nur gut«, sagte Bernd heute.

Und der Jüngste? René? Selbst wenn in seiner Ehe demnächst was Kleines ankommen würde – Mecklenburg lag viel zu weit weg. Himmel! ging es Ingelore durch den Sinn, was gäbe ich drum, sieben Kindern Eisbecher zu servieren!

Sie sah: Die Kinder kamen, um die freundliche Türkin kosten zu lassen. Jedes rutschte mit einem Löffel voll Eis auf die Frau zu. Verlegen lächelnd sah die Frau zu Ingelore, während sie die Bitten der Kinder erfüllte und mit großen Gesten und viel Getöns von allen Löffeln leckte. »Gebt auch dem Hugo was!« lachte die Frau. »Und auch Herrn Janos.« Wieder kratzten die Löffel über die Eiskügelchen. Herr Janos sperrte weit den Mund auf. Ob man auch sie kosten ließ? Ingelore rückte näher an den Kreis.

In diesem Moment wurde die Tür aufgerissen. Wie eine Glucke stürzte die Türkin zu den kleinsten Kindern, nahm sie auf die Arme. Ingelore hörte Herrn Janos' überraschtes »Oh! Pardon, gnä Frau«, und sie sah Hugo in den Lagerraum flitzen. »Vorn warten die Gäste und hier … Auch noch die Silberlöffel!« Siegfried reckte sich zu furchterregender Größe, die Türkin und die Kinder wieselten durch die Küche, in Sekundenschnelle waren die Schälchen mit dem Eis verschwunden. Ingelore verstand nicht: Waren die denn überhaupt schon leer gewesen?

Stunden später in der Neuendorfer Straße bat Beate ihre Mutter um einen möglichst genauen Bericht. Jedes der sieben Kinder habe also einen Eisbecher erhalten, habe in der Küche gesessen und geschlemmt.

»Ja, es hat ihnen geschmeckt. Ein Bild für die Götter!«

»Für die Götter!« Beate schien die personifizierte Wut. Sie wanderte zwischen Tür und Fenster auf und ab. »Siegfried wird sich mit seinem Anwalt beraten. Heutzutage darfst du ja nicht einmal einen Kümmeltürken ungestraft vor die Tür setzen. Entweder du kriegst ein deutsches Gericht auf den Hals, oder du darfst dich in bestimmten Gegenden deiner Heimatstadt nicht blicken lassen. Du ahnst ja nicht, wie rachsüchtig Türken sind.«

Ingelore richtete sich im Bett auf, denn es war nach zweiundzwanzig Uhr, eigentlich längst Schlafenszeit für sie. Beate aber gab immer noch keine Ruhe. Siegfried war mit den Worten: »Den Ärger muß ich mir runterspülen« aus dem Haus gegangen. Welchen Ärger eigentlich? hatte sich Ingelore gefragt. Warum benahm sich ihre Tochter, als habe man ihnen sonst was Böses angetan. Die Löffel, mit denen die Kinder das Eis gegessen hatten, hatte sich alle angefunden, also – was war der Grund?

Beate schnaufte. »Die Gören denken doch jetzt, die können bei uns in der Küche wirtschaften, wie sie wollen! Bringen vielleicht noch die ganze Sippe an!« Wieder einmal durfte Ingelore sich anhören, daß sie absolut ahnungslos sei. Schon wegen der Hygienebestimmungen sei der Aufenthalt fremder Personen in einer Restaurantküche verboten. Selbst sie, Ingelore, habe im strengen Sinne dort nichts verloren, es sei denn, sie trage Arbeitskleidung, ein Häubchen und so. Jetzt aber habe sich dort ein Rudel Kinder aufgehalten, türkische Kinder. Gut, gut, zwei von deutschen Müttern seien auch dabei gewesen, das aber spiele für die Hygiene keine Rolle. Punkt zwei: Jedes Kind habe einen Eisbecher erhalten. Ob sie, Ingelore, den Wert ausrechnen könne, der da rausgegangen sei. Sieben Eisbecher mit Schokolade und Krokant!

»Klitzekleine Portionen!«

»Geld ist Geld.«

»Ihr habt die Kinder nicht einmal aufessen lassen!« Ingelore fand, es sei Zeit für ein Offensive. Es kränkte sie, daß eine geborene Rechlin Kindern ein Eis mißgönnte, und es wollte ihr auch nicht in den Kopf, daß sie gewissermaßen Zeugin einer Straftat sei. »Von wejen Hygiene! Nach Krätze sah keena von den Piepels aus. Schlimm jenuch, det se sich nich in die Gaststätte jetraut haben. Da hätte es ihnen bestimmt besser jeschmeckt.«

»Die Türkin fliegt raus. Fristlos. Das Recht steht auf unserer Seite.«

»Det Eis war ja sowieso überlagert, hat euer Herr Janos selbst zugegeben. Das haben sich die Türkin und der kleene Koch eben jedacht: Überlagert heißt noch lange nicht verdorben. Und warum sollen wa det Zeuch in'n Abfall schütten. Früher habt ihr solchet Eis zu uns an den Hackeschen Markt jebracht, und nur, weil Vater mal jesacht hatte, bei uns würde man sich auch nach den Verfallsdaten richten ... Ach wat, weeste ja allet selba!«

»Mutti, bei uns inne Jejend ... Laß von den Gästen nur

jemand beobachten, det bei uns inne Küche Kinder uffm Boden sitzen. Det wär unsa Ruin, vastehste det nich?«

»Nein«, antwortete Ingelore. »Und ick will et och nich vastehn!«

5 Neben dem Frühstücksteller lag ein Zettel. »Lieber Vater! Hiermit lade ich Dich zu meinem fünfundvierzigsten Geburtstag am 23. November 1986 herzlich ein. Deine Tochter Beate.«

»Den Wisch von der Polizei schick ich dir in den nächsten Tagen. Die Bestätigung, daß es mich auch wirklich gibt, nicht wahr.«

»Danke, Tochter.« Zufrieden schnitt sich Ingelore das Brötchen auf.

»Und wenn du sonst noch einen Wunsch hast ...« Auch Siegfried bestand heute morgen nur aus Freundlichkeit. »Sag ruhig.«

»Nur eine Kleinigkeit. Bei uns in der Küche ist der Wasserhahn kaputt. Ich bräuchte einen Dichtungsring.«

»Welcher Durchmesser?«

»Keine Ahnung. Nullachtfuffzehn gewissermaßen.«

»Heute am Abend hast du ihn.«

»Aber nicht zu spät! Um sechse will ich zurück.«

Fünf Stück brachte der Schwiegersohn an. Jeder Ring war in Folie eingeschweißt. Das war Ingelore denn doch ein bißchen komisch: Sollte sie »fünf Dichtungsringe« auf den Zollzettel schreiben? Und dem Uniformierten vielleicht erklären müssen, was damit gemeint sei?

Beate riß die Packungen auf, nahm die Ringe heraus und ließ sie in eine Jackentasche ihrer Mutter gleiten. »So wird das gemacht. Punkt.«

Zümmrichs begleiteten Ingelore zur S-Bahn, drückten und herzten sie, trugen ihr wieder und wieder Grüße an die Daheimgebliebenen auf. Dann gebot eine Lautsprecherstimme »Einsteigen!«, und Ingelore stieg ein. Und wieder mal war der Besuch in einer anderen Welt vorbei.

Bevor Ingelore der Angstschweiß vor der Grenze noch richtig ausbrechen konnte, merkte sie, wie ihr ein Uniformierter den Paß in die Hand drückte. Sie war in der Heimat angekommen. Und der Kuß, den sie jetzt kriegte, der kam von Hannes.

Ihr Mann hatte sie vor der Tränenhalle erwartet; der Alltag hatte sie wieder.

Zu diesem Alltag gehörte das Verteilen des Mitgebrachten. Hannes erhielt die von ihm geliebten »echten Eukalyptusbonbons« und zugleich den Auftrag, den Klempner zu bestellen. Und dann, ach so: »Was hat denn nun dein führender Genosse gesprochen? Hat er dir die Bewilligung schriftlich gegeben?«

Im Fernsehen gab es die Übertragung eines Fußballspiels. Hannes langweilte das Geschehen, doch zog er es vor, Aufmerksamkeit zu heucheln, denn wie sollte er seiner Frau sagen, daß er mit Hertzog »darüber« noch kein Wort gesprochen hatte?

Ingelore wartete. Bis zur Halbzeitpause. Da servierte sie dem Mann neben einem Bier die dringliche Frage, ob die Sache geklärt sei.

»Du hast mit dem Landvogt gesprochen?«

»Hertzog. Ja.«

»Und?«

»Geht alles seinen Gang.«

»Wer weiß, worüber du mit dem gesprochen hast. Über die Baumwollernte in Usbekistan vielleicht!«

»Ich hab einen amtlichen Termin bei ihm. Nächsten Montag. Da ist seine Sekretärin zurück; die kann den Schriebs dann gleich in die Maschine tippen. Mein Wort.«

Ingelore drückte einen Kuß auf den nach Eukalyptus schmeckenden Mund ihres Mannes. Später fragte sie, ob sich während ihrer Abwesenheit Steffi oder Bernd gemeldet hätten. Hannes verneinte.

Also fuhr Ingelore am nächsten Vormittag in die Prenzlauer, dorthin, wo sich das Geschäft befand, in dem Steffi arbeitete. Wie immer fand Ingelore den Laden voll mit Menschen, das Angebot an Strickwaren jedoch beklagenswert kläglich. Das sollte man vermeiden, dachte sie, nach einem Einkaufsbummel über die Wilmersdorfer muß man paar Tage in Quarantäne, bevor man sich dem hiesigen Geschäftsleben aussetzt.

Steffi allerdings meinte, das Angebot sei im Moment außerordentlich gut, sogar Pullover in den Größen 38 und 40 seien in ausreichender Stückzahl geliefert worden. »Wunder über Wunder«, sagte Ingelore, hakte sich bei Steffi ein und ließ sich von ihr zum Mittagessen in eine Gaststätte führen. Dort schob sie Steffi die kleine Tüte mit dem Mitgebrachten zu. Ein bestimmtes Parfüm, eine kleine Flasche Rheinwein, Penaten-Creme.

Steffi bedankte sich höflich.

»Und sonst?« Ingelore löffelte den Linseneintopf. »Bißken blaß siehste aus um die Neese.«

»Bernd hockt auf dem Gartengrundstück von unseren Nachbarn.«

»Auch über Nacht?«

»Freilich.«

»Keene Spur von Eifersucht?«

»Nee. Leider.«

Schweigend wurden die tiefen Teller gelehrt. Die Art, in der Steffi »Bernd« gesagt hatte, erschreckte Ingelore. Sie wußte, der Schwiegertochter gefiel die räumliche Trennung von ihrem Mann zuweilen sehr gut.

»Ich will die Scheidung.« Und ehe Ingelore noch ein Wort sagen konnte, fuhr Steffi fort: »Was meinst du, was ist günstiger? Wenn ich einen Anwalt nehme oder nicht?«

Scheidung?! Irgendwie war sie bei den Kindern ja auf fast alles vorbereitet, aber daß nun wirklich ...

»Bernd ist einverstanden.« Steffi redete mit einer Ruhe, als gelte es die Wasserstände und Tauchtiefen der Unterelbe zu verkünden. »Wegen der Wohnung, da haben wir Tauschpartner. Da wollen zwei Unverbesserliche zusammenziehen. Die eine Wohnung ist hier in der Nähe, die andere in Hellersdorf. Die nimmt Bernd. Dafür darf er die Autoanmeldung behalten.«

Auf der Straße ging Ingelore wie in Trance. Bis sie endlich leise fragte, wozu sie, Steffi, denn überhaupt einen Anwalt brauche, wo sie sich doch mit Bernd so einig sei.

»So 'ne Scheidungsklage aufsetzen, davor graut mir.«

»Vor dem Schriftstück, aber nicht vor der Scheidung!«

»Mutti! Das macht keinen Sinn mehr mit Bernd und mir. Tut mir leid, ist aber so.«

»Kleckert man sich Ei uffs Hemd, denn tut einem det leid. Aber nich, wenn man seine Ehe uffkündigt!«

»Wäre Bernd nicht ein derartiger Egoist ...«

»Schieb nich allet uff den Jungen, det rat ick dir. Der Bengel hat seine Fehler, det weeß ick. Aber so janz uneben biste ja wohl ooch nich!«

»Es ist auch meine eigene Schuld, jajaja. Aber Liebe is nich mehr. Is nich un wird nich, hörste?«

»Keene Pullover mit spitzem Ausschnitt und keene Liebe ...«

»Irrtum. Pullover mit spitzem Ausschnitt sinn heute jenuch jekomm.«

Die Mittagspause war vorbei. »Tschüs, Mutti.« Steffi winkte kurz, schloß die Tür zur »Strickwarenboutique« auf.

Sie haben schon Tauschpartner in Aussicht, dachte Ingelore, und Bernd darf die Autoanmeldung behalten. Ist das nicht wunderbar?

Beim Abendessen schien ihr Hannes etwas zu blaß und müde. Sie sagte nichts, denn sie dachte: Wahrscheinlich sehe ich auch nicht aus wie das blühende Leben.

Kurz nach neun war es erst, da lagen sie bereits im Bett. Ingelore nahm die Hand ihres Mannes und berichtete, was sie von Steffi erfahren hatte.

Wahrscheinlich sei es besser so, meinte Hannes. Ein Leben ohne Liebe sei ein verqueres Leben.

Einige Atemzüge lang schwieg Ingelore, dann sagte sie: »Als ich in Spandau war ... Zümmrichs fürchten sich direkt vor deinem Besuch, weil du für den Feinkostfritzen so wat wie'n rotet Tuch bist, vastehste?«

»Und?«

»Jrade deshalb mußte fahrn. Um so 'nem alten Knacker zu beweisen, det nicht nur Leute in den Westen dürfn, weil se 'n toten Briefkasten ausräumen solln.«

»Am Montag red ich mit Hertzog.« In diesem Moment wußte Johannes Rechlin, daß er das auch wirklich wollte. Und im selben Moment glaubte ihm auch seine Frau.

Zufrieden schloß Ingelore die Augen. Als sie die noch einmal öffnete, kam ihr etwas merkwürdig vor. Ungewohnt. Sie tappste zum Fenster, zog die Gardine zurück. »Hannes! Die Reklame is nich mehr am Haus! Drüben an der Brandmauer von der Sieben. Die Schnapsreklame!«

»Komm ins Bett. Du bist barfuß.«

»Das Vorher – Nachher – Immer, erinnerste dich? Die Boonekamp-Reklame!« Ingelore kicherte.

»Wahrscheinlich ist die Anlage abgeschaltet worden. Weil überhaupt nicht mehr so viel gesoffen werden soll. Der neue Generalsekretär in Moskau, der will strikt gegen Alkohol angehen.«

»Is das der, der wie der Westberliner Wodka heißt?«

»Gorbatschow. Das ist bei denen wie bei uns Müller oder Meier.«

»Janz schön mutig, der Mann, wa?«

»Ich bin müde, Ingeken.«

»Ick ja ooch, Hannes. Darfst nich so viel erzähln vorm Einschlafen.«

ZWEITES KAPITEL

1 Wie immer hatte das Fenster in der Nacht einen spaltbreit offen gestanden. Morgens, nach dem Aufstehen, wurde es geschlossen. Also schloß es Ingelore jetzt, kurz vor sieben Uhr. Ein sonniger Morgen. Die Stare auf der Kastanie neben dem Zeitungskiosk lärmten, vom Bahnhof her drang die Ansage, wonach Reisende Richtung Erkner bis Ostkreuz vorfahren und dort umsteigen sollten.

»Hannes!« rief die am Fenster stehende Frau, »Hannes! Uffstehen! Is gleich sieben.«

Keine Bewegung hinter ihr.

Sie drehte sich um, ging die zwei Schritte bis zum Bett, hielt den Atem an. So wie jetzt hatte der Mann doch noch nie ausgesehen. Seine Augen waren geschlossen, der Mund stand halboffen. Zitternd berührte sie seine Stirn. Die war eiskalt. Die Stirn eines Toten.

»Hannes«, sagte Ingelore und dann noch einmal: »Hannes ...«

Klick, machte es in ihrem Hirn, wie ein Automat: Klick. Telefonieren, einen Arzt holen. Angezogen bin ich auch noch nicht. Der Arzt muß her, schnellstens. Hannes ist tot.

Sie schlüpfte in ihre Hausschuhe, griff den Bademantel aus dem Schrank, ging zur Wohnungstür, blieb stehen, zog den Bademantel aus, kleidete sich an. Schiefenagels werden schon wach sein, dachte sie, hoffentlich ist ihr Telefon nicht kaputt, neulich funktionierte es nicht, kein Rufzeichen, überhaupt kein Zeichen. Tot.

Im Treppenflur war es kalt. Irgendwer hatte die Haustür offen gelassen. Es zog. Vielleicht hatte die alte Frau Scholz von einem ihrer Enkel Besuch erhalten. Frau Schiefenagel hatte neulich erst bemerkt, die Enkel der Scholz wüchsen wahrscheinlich im Zirkuszelt auf, das Türenschließen jedenfalls hätten sie nicht gelernt.

Hannes, dachte Ingelore, Hannes ...

Schiefenagels Klingel schnarrte überlaut. Ingelore lehnte an der Hauswand, registrierte voller Unruhe die Stille hinter der Tür der Nachbarn. Wenn die nun nicht zu Hause waren? Die Telefonzelle am Bahnhof? Die konnte man vergessen. Bernd muß auch Bescheid wissen, fiel ihr ein. Bernd sitzt auf dem Engelkeschen Grundstück. Und Beate ... Wenn ich nun sofort zu Beate fahre? Nein, ich muß den Arzt abwarten. Vater ist tot, Beate. Vater ist tot, Bernd. Mein Mann.

»Sie sind es!« Ilse Schiefenagel stand vor Ingelore. Niesreiz durchschüttelte sie.

»Der Hannes ... Wenn ich schnell den Notarzt ...«

»Eine Kolik?« Frau Schiefenagel zog Ingelore in den Flur. Die aber schüttelte den Kopf, sah ihr Gegenüber nur an. Da schlug sich Frau Schiefenagel mit der Hand vor den Mund.

Ingelore nickte. Ein Stuhl wurde ihr zugeschoben. Von Herrn Schiefenagel, der plötzlich neben ihr stand. Im weinroten Trainingsanzug. Stimmt es also doch, dachte Ingelore, der Mann ist unter die Jogger gegangen. Der Arzt habe es ihm empfohlen, zur Stabilisierung des Kreislaufes. Sie saß im Flur und beobachtete wie aus weiter Ferne den Nachbarn am Telefon. »Akut«, hörte sie ihn sprechen, »Rechlin, Hackescher Markt vierzehn.«

»Hannes ist tot«, sagte Ingelore sehr leise, und die Frau neben ihr erwiderte, das sei nicht möglich, denn gestern noch habe sie mit ihm gesprochen und nichts, aber auch gar nichts, habe man ihm angemerkt.

»Was redest du da!« fauchte Herr Schiefenagel seine Frau an. Die begann zu weinen.

Ingelore aber fiel ein: Warum weine ich nicht? Und dann hoffte sie, der Arzt möge schnell, sehr schnell kommen. Bernd sitzt auf dem fremden Grundstück, und Beate ist auch so schwer zu erreichen. Westberlin anrufen ... Schon nach der Vorwahl hörst du das Besetztzeichen, und ich weiß auch gar nicht, ruf ich in der Wohnung an oder im Restaurant ... Sie fühlte sich von Frau Schiefenagel in die Stube geführt. Ob sie einen Kaffee trinken wolle. Oder lieber einen Tee. Ingelore wehrte ab, wollte nach oben in die eigene Wohnung, aber Frau Schiefenagel sagte, Albrecht würde den Arzt vorm Haus abwarten, sie solle sich nicht sorgen.

Der Gong der Standuhr schlug achtmal. »Wann … wann haben Sie es denn bemerkt?« Die Stimme von Frau Schiefenagel klang dünn.

Ingelore starrte auf das Teppichmuster, war unfähig, auch nur ein Wort zu erwidern. Sie merkte, daß die Nachbarin das Zimmer verließ und wenig später mit einer Tasse Tee zurückkam. »Vorsicht, heiß«, warnte sie.

»Ich hab neben ihm gelegen. Ich weiß nicht, wann es passiert ist.«

»Hatte er denn Beschwerden?«

Ingelore hob die Schultern.

»Wollen Sie …« Die Frau deutete zum Telefon. »Ihre Tochter vielleicht?«

»Ich hab die Nummer nicht im Kopf.«

»Hannes hat sie uns gegeben.«

Ingelore betrachtete die an einem heftigen Schnupfen leidende Frau. Hannes, dachte sie, Hannes ist tot.

Zwei Männer betraten das Zimmer. Der eine von ihnen trug einen weißen Kittel. »Sie sind Ingelore Rechlin?«

»Die Tür war nicht verschlossen«, sagte Herr Schiefenagel. »Da hab ich den Arzt gleich gebeten …«

Der Mediziner drückte Ingelore die Hände. Wenn er einen Trost spenden könne, dann diesen: Ihr Mann habe einen leichten Tod gefunden. Im Schlaf sei er von einem Übermächtigen bedrängt worden. Gegenwehr unmöglich. Den Totenschein habe er bereits ausgefüllt. Er legte ein Blatt Papier auf den Tisch. Ingelore erkannte viele schwarze Buchstaben, schwarz umrandete Kästchen und Zahlen. Ob er ihr helfen könne, wollte der Arzt wissen, vielleicht mit einem Mittel zur Beruhigung? Sie schüttelte den Kopf. Der Arzt, er war noch sehr jung, drückte noch einmal ihre Hände. Dann verließ er neben Albrecht Schiefenagel das Zimmer.

»Trinken Sie«, hörte Ingelore die Nachbarin sagen. Sie aber saß und betrachtete das Papier. Hinter »Sterbeort« war ein Kreuz im Kästchen mit der 2, das bedeutete »zu Hause«, hinter »Todesart« war das Kästchen mit der 1 angekreuzt, das hieß »natürlicher Tod«. Sie brauche den Schein dann für das zuständige Standesamt, sagte Ilse Schiefenagel, ihr Mann werde sich zwecks Abholung des Verstorbenen kümmern, sie kenne das Bestattungsunternehmen Langner. Von ihrer Arbeit in der Poliklinik her kenne sie das. Ob Frau Rechlin etwas gegen das Bestattungsunternehmen Langner einzuwenden habe.

Hannes, dachte Ingelore, mein Hannes.

Herr Schiefenagel trug jetzt ein weißes Oberhemd mit einer dunklen Krawatte darüber. »In aller Form, liebe Frau Rechlin, wir trauern sehr mit Ihnen. Dieser unerwartete Verlust ...« Seine neben ihm stehende Frau schluchzte laut. Ingelore betrachtete das Ehepaar, ihre Nachbarn seit Jahrzehnten, als nehme sie es zum ersten Mal wahr. Das schwammige, rosige Gesicht des Postangestellten, das schmale blasse der Frau, die ewig und drei Tage an ihrem allergischen Schnupfen litt. Ob sie sich hinlegen wolle? Nein.

Wie durch eine Wand von Watte tappste Ingelore zur Tür. Der Mann eilte heran, stützte sie. Frau Schiefenagel tupfte sich wieder und wieder die Augen. »Danke«, sagte Ingelore. »Vielen Dank.«

Sie stieg die Stufen zur Wohnung hinauf, öffnete die Tür, ging über den Flur, blieb vor dem Schlafzimmer stehen. Johannes ... Sollte sie neben ihm auf dem Bett sitzen? Wachen? Vom Herzen her stach es ihr bis in die Stirn? Schmerz? Furcht? Sie wußte nur: Sie hatte Angst. Angst, sie könne zeitlebens nur noch dieses eine Bild in Erinnerung behalten, sobald sie an das Leben mit Hannes dachte: Das Sitzen neben dem toten Mann. Schweiß brach aus, sie zitterte. Vorsichtig, als fürchte sie jemand zu erschrecken, zog sie sich von der Schlafzimmertür zurück, betrat die Küche. Die Sonne schien, eine Straßenbahn rollte vorüber. Sie hörte die quietschenden Räder. Hannes hatte ihr neulich erzählt, mit dem Gleisbett sähe es mau aus. Die ständige Belastung durch die modernen Wagen, die weit schwerer als die vorigen waren ... In der Alten Schönhauser mußte ein altes Haus mit Balken vor dem Einsturz bewahrt werden. Immerhin war das Haus in einer Zeit erbaut worden, als an Straßenbahnen noch nicht zu denken war. Hannes ist tot, dachte die Frau, und mir geht es wie dieser Bruchbude in der Alten Schönhauser: Ich fall zusammen. Balken, welche Art von Balken soll man mir einziehen? Ich bin nicht eingerichtet auf ein Leben ohne Hannes; kein Gedanke an ein Leben ohne ihn.

Sie setzte sich auf ihren Lieblingsstuhl. Vor Monaten erst hatte den René zusammengeflickt und dabei gesagt, solches Holz halte ewig und drei Tage. Direkt zärtlich war sein Blick gewesen, mit dem er die alten Holzbeine betrachtet hatte. Damals, als Opa und Oma, ihre Schwiegereltern, in diese Wohnung gezogen waren, damals nahm man noch Hölzer für ein einfaches Möbelstück, die verarbeitete man heute höchstens zur Ausstattung von Palästen. Hatte René gesagt, und Hannes hatte nikkend daneben gestanden.

Hannes, mein Hannes.

Die Uhr schlug neun, die Kuckucksuhr, die ihr Hannes zum fünften Hochzeitstag geschenkt hatte. Die Jahre gleich nach dem Krieg ... Hannes hatte ihr nie verraten, von wem und für wieviel er die Uhr erstanden hatte. Er hatte sich damals eben erst das Rauchen abgewöhnt. Bestimmt hatte er die Uhr bei einem Arbeitskollegen gegen Zigaretten eingetauscht. Zigaretten galten als beliebtes Zahlungsmittel. Sie aber hatte mit Hannes geschimpft. Schuhe nämlich wären weit dringlicher gewesen, ordentliche Lederschuhe, nicht solche Treter aus Gummi, wie er sie als Straßenbahnfahrer zugeteilt erhielt, Schuhe, in denen er im Sommer schwitzte und im Winter fror. Aber nein, eine Kukkucksuhr mußte es sein, eine »echte Schwarzwälder«. Der Schwarzwald, eine Landschaft, von der sie als Urlaubsort immer geträumt hatten. Damals, in jenen ersten Jahren nach dem Krieg, da hatte man das mit der Teilung Deutschlands nicht so ernst genommen. Jedenfalls hätte keiner gedacht, daß die Sache mit den Ost- und Westsektoren länger dauere als eine Handvoll Jahre. Damals galt der Schwarzwald als begehrter Filmdrehort, jeder dritte Film spielte dort. Weil es im Schwarzwald eben so schön war. Geräucherter Schinken, Kirschwasser. Und Forellen in den Bächen. Dunkle, rauschende Tannenwälder, die gruselig und anziehend zugleich wirkten. Später war jahrzehntelang keine Rede vom Urlaub im Schwarzwald gewesen, schließlich wollte man sich nicht vor sich selbst lächerlich machen. Noch später kamen im Westfernsehen die Bilder vom sterbenden Wald, gerade der Schwarzwald sei am stärksten betroffen. Ingelore erinnerte sich an einen Film: Der Bundespräsident wanderte in Begleitung einer Schar ernster Männer durch den Wald, und der oberste Revierförster zeigte auf kahle Wipfel. Da stürbe er hin, der schöne deutsche Wald. »Sollen sie was tun!« hatte

Hannes damals die Fernsehbilder kommentiert. »Sollen sie auch nur die Hälfte von den Rüstungsgeldern in den Wald stecken.«

»Und bei uns?« hatte sie geantwortet. »Bei uns ist der Wald gesund, ja? Bei uns ist grundsätzlich alles gesund, nicht wahr? Das ist wie mit dem Smog, den die in Westberlin dauernd haben. Zu uns kommt der nicht. Ist ja die Mauer dazwischen.«

Er hatte geschwiegen. Genosse Johannes.

Diese Sehnsucht aber nach dem Schwarzwald, die war geblieben. Sobald wir beide Rentner sind, reisen wir dahin. Ganz so schnell stirbt der Wald nicht, hatte Hannes gemeint. Wir werden flinker alt als der Wald kaputt.

Ingelore stand auf, um ein Foto vom Küchenschrank zu ziehen. Zwischen Glas und Holzrähmchen steckten viele kleine Zettel. Rechnungen, Garantiescheine, Ansichtskarten, Grüße und Mitteilungen. Die Zettelchen und Belege wechselten im Lauf eines Jahres, nur ein einziges Foto blieb. Siegfried hatte es aufgenommen: Die Familie Rechlin vor dem Märchenbrunnen im Friedrichshain. Maurice war damals erst drei Jahre alt gewesen, seine Eltern hatten seit langem wieder einmal an den Hakkeschen Markt reisen dürfen, die Besuchsregelung für Westberliner war endlich Gesetz geworden. Das galt damals, Mitte der sechziger Jahre, als eine große politische Errungenschaft.

Behutsam strich die Frau über das Foto. Opa hatte den »Rennkurier« in der Jackentasche stecken. Die Aufnahme war an einem Sonnabendnachmittag entstanden, gleich nach dem Mittagessen waren sie zu einem Spaziergang aufgebrochen. Opa trieb zur Eile, denn wenigstens das Karlshorster Hauptrennen wollte er nicht verpassen. Beate im neuen Kostüm. Saharabraun. Oder saharagelb? Ingelore starrte auf das Bild. Später hatte ihr Beate erklärt, höchstens dreimal habe sie das Kostüm getragen, sie wisse auch nicht warum, aber sie fühle sich nicht wohl darin. »Möchtest du es nicht? Oder Steffi?« Für Ingelore jedoch war das Kleid viel zu eng, für Steffi zu groß. Es »in die Winterhilfe zu geben« hatte Beate abgelehnt. »Stell dir vor, die verschicken das Kleid in den Nahen Osten. Und wenn ich in Kairo den Basar besuche, du weißt ja, Siggi und ich wollen unbedingt zu den Pyramiden, da seh ich womöglich mein Kostüm auf einem Bügel! Du ahnst ja nie, in welche Kanäle deine Spenden wandern.« Beate war in den letzten Jahren sehr mißtrauisch geworden. Die Fältchen um die Augen, die kamen nicht vom vielen

Lachen. Mißtrauen hatte die entstehen lassen. Es geht alles seinen Gang, pflegte die Tochter zu sagen, du mußt nur mitgehen, damit es richtig geht.

Auch die Einladung zu Beates Geburtstag steckte zwischen Rahmen und Glas.

Im Schlafzimmer lag er, ihr Hannes. Vorbei die Möglichkeit, das Glück, neben ihm durch Spandau gehen. Auf dem Foto trug er Maurice auf dem Arm, kitzelte seinen Nacken. Ingelore erkannte: Die Haltung des Jungen war ganz Abwehr, sein Opa aber strahlte ihn an, als trüge er das freundlichste Kind der Welt. Sein Enkel, sein einziger.

Steffi und Bernd standen verliebt vor einem Sandsteinzwerg. Bernd mit der Hand auf Steffis Schulter. Sein Gesicht war runder als heute. Neben ihm René im Jugendweiheanzug. War das letzte Mal, das er den getragen hatte. Schon war ihm die Jacke zu kurz geworden; vor der Aufnahme hatte sie noch kräftig an den Ärmeln gezogen. »Au!« hatte der Junge geschrien. »Mutter reißt mir die Arme aus.« Und Bernd hatte geantwortet: »Sei froh, brauchste nich zur Armee.« Und Siegfried, der eben die Kamera aufs Stativ schraubte, hatte gesagt: »Wieso? Nehmen Sie bei euch nicht auch Einarmige?« Woran man sich nicht alles so erinnert ... Sie starrte auf das Foto. Hannes, klapperdürr wie immer ... Hätte er sie nicht mitnehmen können? Was wäre, wenn er sie in der Nacht angestoßen und gesagt hätte: »Du, da ist jemand im Zimmer. Knochenkarlchen. Guckt aber ganz freundlich. Und versprochen hat er mir: Wenn ich jetzt mitkomme, tut nichts weh. Du weißt ja, der Tod hält sein Versprechen. Was ist? Willst du mit? Sterben müssen wir alle, da hilft nichts. Und so wie Opa, der nie sterben wollte, weil er immer noch ein Pferderennen erleben wollte, so wirst auch du nie einen Tag finden, an dem uns nichts Gutes mehr erwartet. Das nämlich macht den Menschen aus, weißt du, daß er immer was Schönes erwartet. Das ist es, was ihn manches erdulden läßt und weshalb er schuftet und immer weiterkraucht. Weil er noch was Schönes erleben will. Und da ihm immer was neues Schönes einfällt, wird es nie was mit dem Sterben. Es ist aber doch schon so rappelvoll auf der Welt. Was also ist, Ingeken? Kommste mit? Pfeif auf Spandau, und das Kind von René und Susanne wird auch ohne uns groß. Wir hatten unsere Zeit. Bis zuletzt hatten wir die. Und du weißt ja: Wenn es am schönsten ist, soll man aufhören.«

Die Wohnungsklingel schrillte. Ein ihr unbekannter Mann streckte ihr seine Hand entgegen, wobei er murmelte: »Langner. Aufrichtige Anteilnahme.« Hinter ihm drängte ein etwa achtzehn Jahre alter Bursche in den Flur, nach ihm das Ehepaar Schiefenagel.

Die Nachbarin nahm Ingelore in den Arm, wollte sie in die Küche führen. Ingelore aber wandte den Kopf um, beobachtete, wie der Mann und der Junge einen flachen Kasten über den Flur ins Schlafzimmer trugen. Auf dem Pulli des Jungen sah sie drei große Buchstaben: HSV.

Frau Schiefenagel zog Ingelore in die Küche. »Dem Junior«, sie deutete nach nebenan, »dem Junior fehlt noch die Seriosität.«

»HSV?« fragte Ingelore. »Ist das nicht eine Fußballmannschaft?«

Frau Schiefenagel putzte sich die Nase. »Ohne Seriosität ist aber in einem solchen Unternehmen kein Vorankommen.«

Albrecht Schiefenagel sah in die Küche, sagte, er warte unten.

»Wir fahren Sie zu Bernd«, erklärte die Nachbarin.

Auf dem Flur schlurften Schritte. Frau Schiefenagel eilte aus dem Zimmer, um den Männern die Wohnungstür zu öffnen. Von ihrem Stuhl aus sah Ingelore, wie der flache Gegenstand an ihr vorbeigetragen wurde. Und ich sitz hier, dachte sie, und wünsche mir, daß ich für den Rest des Lebens nicht aufstehen muß.

Es war noch immer Sonntagvormittag. Ingelore hatte neben Ilse Schiefenagel im Auto der Nachbarn Platz genommen, um sich zur Wohnung von Steffi und Bernd fahren zu lassen. Vor und hinter ihnen eine lange Autoschlange. Der sonnige Spätsommertag lockte die Leute aus der Stadt. In wenigen Minuten würden sie die Ausflugslokale, Ruderboote und Waldwege stürmen. »Blödmann, dämlicher!« Vehement trat Herr Schiefenagel auf die Bremse. Der Fahrer vor ihm hatte seinen Wunsch, rechts abzubiegen, doch etwas spät angezeigt.

»Einer aus Potsdam!« Herr Schiefenagel zeigte auf das Nummernschild. »Die üben auf der Dorfstraße!«

Hinter ihnen hupte es energisch.

Der Nachbar legte endlich den Gang ein, gab Gas.

Ingelore nahm von alledem so gut wie nichts wahr. Sie wußte nur: Sie fuhr ins Köpenicker Neubaugebiet, um den Kindern zu sagen, daß Vater tot sei. Das Benzingeld, fiel ihr ein, wenigstens das muß ich Schiefenagels ersetzen. Du hattest recht, Hannes, irgendwie hilfsbereit sind sie ja. Und die Frau mit ihrem ewigen Schnupfen kann mir richtig leid tun.

Irgendwann waren sie von der verstopften Straße abgebogen, fuhren nun durch das Wohngebiet. Den Kindern Bescheid geben, wie mach ich das? »Ihr dürft nicht erschrecken, aber ich muß euch was Schlimmes sagen …« Ich entsetze sie ja nur. Wie aber sollte ich das nicht? Denn da ist doch etwas geschehen, woran kein Mensch dachte. Das bißchen Schwindelgefühl hin und wieder und daß ihm manchmal kalt war … Sein Vater war über Achtzig geworden! Und so richtig krank war er doch nie gewesen, ihr Hannes. Zwei Jahre vor der Rente holt ihn der Tod.

»Aufgang C, nicht wahr?« Albrechts Schiefenagels Stimme holte sie in den Alltag zurück.

Sie gingen zum Aufgang, stiegen eine Treppe hinunter. Das Türschild mit dem Namen »Rechlin«. Vergebliches Klingeln. Herr Schiefenagel schlug mit der Faust gegen die Wohnungstür.

»Tut mir leid«, sagte Ingelore. »Niemand zu Hause.«

»Dann geben wir Nachbarn Bescheid. Damit die Ihrem Sohn sagen, er solle sich sofort bei Ihnen melden.«

Ingelore schwieg. Sie wußte ja, daß Bernd und Steffi eigentlich nur eine Nachbarfamilie kannten. Die Engelkes. Und die waren im Urlaub. Steffi und Bernd lebten in diesem Haus wie Einsiedlerkrebse.

Ungeduldig trat Herr Schiefenagel von einem Fuß auf den anderen.

»Ich … ich steck den Kindern einen Zettel an die Tür.«

Ilse Schiefenagel steckte ihr ein kleines Stück Karton zu. »Komm sofort zu mir«, schrieb Ingelore darauf. »Es ist wichtig. Mutti.« Die Karte piekte sie mit einer Sicherheitsnadel an die Wohnungstür.

Auf der Rückfahrt hörte Ingelore Frau Schiefenagels Magen knurren. Da fiel ihr ein, sie selbst hatte noch nicht einmal gefrühstückt. Nur einen Sahnedrops hatte sie sich in den Mund geschoben. Sie lehnte sich zurück, hielt die Augen geschlossen. Daß das Ehepaar schwieg, war ihr nur recht. In die Stadt hinein fuhren weniger Autos; der Trabbi kam gut voran.

Am Hackeschen Markt luden Schiefenagels die Nachbarin zum Mittagessen ein, doch Ingelore sagte, sie bringe keinen

Bissen hinunter, nur hinlegen wolle sie sich. Und vielen Dank für all die Mühe.

Die Wohnung, so fiel ihr ein, jetzt bin ich ihr alleiniger Nutzer. Drei große Zimmer, Wohnküche, Bad und Balkon. Und eine kleine Schlafkammer. Was soll ich damit? Wenn ich nun mit den Kindern tausche? Mit welchen? Steffi und Bernd lassen sich scheiden, und Susanne und René – die haben eben erst in Mecklenburg Wurzeln geschlagen.

Als sie die Tür zum Schlafzimmer öffnete, war ihr, als risse in ihrem Inneren etwas entzwei. Das Bett, in dem Hannes gelegen hatte, war abgezogen, ihr eigenes sah ordentlich aus und knitterfrei. Ob Ilse Schiefenagel das besorgt hatte? Hannes, dachte Ingelore, Hannes. Sie bezog auch sein Bett und dachte dabei: Ebenso gut könnte ich es aus dem Fenster werfen.

Mehrmals mußte es klingeln, bis Ingelore endlich das Geräusch wahrnahm. Steffi war gekommen. »Schiefis haben mir schon alles erzählt …« Sie umarmte ihre Schwiegermutter, weinte hemmungslos. Nur ich, ich kann nicht weinen, dachte Ingelore. Nicht einmal weinen kann ich.

2

Bernds Arbeitsplatz befand sich im Stadtzentrum. Als Texterfasser konnte er von seinem Computer aus weit über die Karl-Marx-Allee blicken. Wo du aber sowieso nichts siehst, pflegte er zu sagen.

Steffi und Ingelore standen in der Eingangshalle des Verlages. Nein, sagte Steffi, einen Passierschein brauche sie nicht, nur die Telefonnummer der Textverarbeitung. Die dicke Frau hinter dem Schalter beleckte ihre Finger, schlug ein Verzeichnis von vorn nach hinten und von hinten nach vorn. Ingelore raunte Steffi zu, ob sie denn Bernds Telefonnummer nicht im Kopf habe.

»Verdrängt«, antwortete Steffi und betrachtete Ingelore kurz. »Schwarze Strümpfe müssen wir noch kaufen.«

Gern hätte sich Ingelore gesetzt. Doch in den drei Sesseln des Vorraums lümmelten sich Burschen, die wohl auf einen Fototermin warteten. Schön genug schienen sie sich jedenfalls zu finden.

»Da ist sie doch!« Ungeduldig wies Steffi auf eine Zahlenreihe. Die Dicke griff zum Telefon.

Die Kleene ist mächtig genervt, dachte Ingelore. Ob ihr die Scheidung doch nicht so angenehm ist, wie sie behauptet? Und dann fiel ihr ein: Steffi hat recht. Ich muß ja Trauer tragen.

Plötzlich stand Bernd neben ihr, deutete flüsternd auf Steffi. »Hat sie es sich anders überlegt? Weil sie so grantig ist.«

»Es geht nicht um eure Scheidung«, antwortete Ingelore. »Vater ist tot.« Sie fühlte, wie der Junge mit beiden Händen nach ihr faßte.

»In der Nacht zum Sonntag. Als du bei Engelkes auf dem Grundstück warst. Er hat nicht gelitten, sagt der Arzt.«

Nun bin ich es, die Trost vergeben will, fiel ihr ein, ich, die ich überhaupt nicht getröstet wurde, weil mich kein Mensch und nichts trösten kann.

»Warst du schon ... Ich meine, mit der Beisetzung und dem Standesamt ... Und in Vaters Betrieb? Wissen die Bescheid?«

»Nein.«

In zehn Minuten sei er wieder unten. Dann habe er Zeit für sie.

Steffi sah zur Uhr. In zwanzig Minuten müsse sie ihren Laden aufschließen. Um die schwarzen Strumpfhosen solle sich Ingelore nicht kümmern; sie selbst werde bei einer Kollegin anrufen. Denn seit Schwarz als Modefarbe gelte, würde selbst der »Trauerausstatter« gestürmt. »Am Nachmittag holst du mich ab, Ja? Ich bleib bei dir, solange du willst.«

Es regnete. Ingelore vermißte ihren Schirm.

»Erinnere Bernd, daß er Beate ein Telegramm schickt.«

»Kommt beide zu mir. Du und Bernd. Wir müssen doch alles bereden. Wegen Vater. Und was nun werden soll.«

»Ich helf dir«, antwortete Steffi. »Bernd auch. In solchen Dingen ist Verlaß auf ihn. Ansonsten aber... Zusammen bringst du uns nicht wieder. Niemand wird das gelingen.«

Bernd eilte aus dem Verlagsgebäude. Schnell flüsterte Steffi Ingelore zu, es sei also abgemacht, sie komme am Abend zum Hackeschen Markt. Ingelore aber entgegnete, daraus werde nichts, denn dann sei sie in Templin. Bei Emmi, der Schwester von Hannes. Sie hakte sich bei ihrem Jungen ein, drehte sich auf dem Weg zur Bushaltestelle nach Steffi um. Sie war sicher: Ihre Schwiegertochter würde sich umsehen. Doch sie irrte sich; jene kleine Frau dort im hellen Kostüm und dem hochgeschlagenen Kragen, sie sah sich ganz und gar nicht um.

3 Der Pförtner im Lichtenberger Straßenbahndepot staunte nicht schlecht, als Ingelore und Bernd vor seiner Hütte standen. Und als ihm Ingelore sagte, weshalb sie gekommen seien, zog er den Kopf ein, als habe er eins auf die Mütze gekriegt.

Der ehemalige Kollege von Johannes Rechlin brachte die Hinterbliebenen zur »Leitungsbaracke«, klopfte an eine Tür nach der anderen. Doch alle blieben verschlossen.

»Der Herr Ziem ...«, flüsterte Ingelore. »Wenn der Herr Ziem hier wäre ... Die kannten sich gut, der Ewald und mein Mann.«

Bernd schien die Situation peinlich. »Aber Mutti, du weißt doch!« Er deutete heftiges Trinken an.

Der Pförtner verstand sofort. »Ach, der Ziemi! Der, den se wejen Suff uff Rente jesetzt ham. Der is schon lange nich mehr da.« Und für diesen Vorgang jetzt sei die Abteilung Kaderfragen zuständig. Nur sei dummerweise der Genosse Hertzog mal wieder nirgendwo zu finden.

Hertzog! schoß es Ingelore durch den Kopf. Das ist doch der, mit dem Hannes wegen Spandau gesprochen hat. Oder auch nicht. Weil Hannes es nicht fertigbringt, was für sich zu wollen. Weil er es nicht fertigbrachte.

Hinter einer Tür mit Milchglasscheibe wurde gewispert und gekichert. Der Pförtner riß die Tür auf. Zwei junge Frauen waren mit dem Abtrocknen von Weingläsern beschäftigt. Sofort herrschte eine der beiden den Pförtner an. Wer denn jetzt am Tor sei?!

»Jar keener. Ick hab Leimruten ausjelecht. Damit alle jungen Spionierer dran kleben bleiben.« Der Mann reichte Ingelore noch einmal seine rechte Hand. »War ein feiner Mensch, der Hannes, ein sehr feiner.«

Sofort rief die ältere der zwei Frauen: »Genosse Rechlin? Was ist mit ihm?«

Die zweite Kollegin, hochrot im Gesicht, führte Ingelore und Bernd in ihr Arbeitszimmer, steckte sich mit zitternden Händen eine Zigarette an. »Genosse Hertzog hat heute Studientag. Ich bin seine Vertretung, nicht wahr.«

Bernd wollte wissen, ob der ehemalige Kollege Ziem telefonisch erreichbar sei. Ingelore hatte sich auf der vorderen Kante eines Stuhls niedergelassen. Über ihr das Bild des Staatsratsvorsitzenden, daneben eine Kinderzeichnung: ein Haus mit einer knallgelben Sonne darüber und einem bunten Ball, der war größer als das Haus.

»Das Bild ist von meinem Jungen«, sagte die Frau hinter dem Schreibtisch.

Welches? hätte sie fragen wollen. Das mit dem Ball oder das mit dem Vorsitzenden?

»Anschließend gehe ich mit meiner Mutter zum Bestattungsunternehmen. Da wäre es schon gut, ich wüßte was über die Gestaltung der Trauerfeier. Und es wäre uns schon recht, wenn Ewald Ziem der Redner wäre.«

»Selbstverständlich. Obwohl ...« Der Kugelschreiber der Angestellten tippte hilflos in die Luft.

»Geben Sie uns die Nummer«, sagte Ingelore.

Als sie wenig später das Zimmer verließen, trafen sie im Halbdunkel der Baracke auf Leute. Frauen und Männer, die meisten in ihrer Arbeitskleidung als Straßenbahner. Ernst und verlegen standen sie rechts und links an den Wänden, auch eine Köchin im weißen Kittel stand dabei. Sie gingen einen Schritt auf Ingelore zu, einer nach dem anderen, sie gaben ihr die Hand und nickten stumm. Die Männer nahmen ihre Kopfbedeckung ab, während sie sich vor der Frau ihres ehemaligen Kollegen verbeugten. Kaum einer sagte ein Wort, nur daß sie alle da waren. Ingelore erkannte kaum eines der Gesichter, die sie wie durch einen Schleier wahrnahm. Weinen konnte sie nicht, aber sie sah den Leuten in die Augen und dankte ihnen sehr, obwohl sie kein Wort über die Lippen brachte.

4 Im Personenzug nach Templin tobten Schulkinder durch die Abteile, rissen Türen und Fenster auf, balgten sich, daß die Funken stoben. Die zwei Lehrer lasen ungerührt ihre Zeitungen. Denen hätte Hannes aber was erzählt! Dachte Ingelore. Was ist, wenn eines von den Gören die Außentür aufreißt? Der Zug kraucht zwar wie eine Schnecke, es soll aber auch Leute gegeben haben, die wurden von einer Dampfwalze überrollt. Sie fragte die Lehrer, ob sie schon einmal was von einer Aufsichtspflicht gehört hätten. Daraufhin pfiff einer gellend auf zwei Fingern, und der andere bemerkte: »Meckern kann jeder.«

In Ingelore kochte es gewaltig. Und sie merkte: Zum ersten

Mal dachte sie nicht an Tod ihres Mannes. Mußte sie den Gören und ihren trägen Erziehern nicht dankbar sein?

Wie fast immer, wenn sie allein nach Templin fuhr, verfehlte sie die Straße zu Emmis Haus. Eine schreckliche Stadt, schimpfte Ingelore, alles sieht gleich aus: Die Blumentöpfe vor den Fenstern, die Auslagen in den Geschäften. In der HO steht das Waschpulver auf der linken, im Konsum auf der rechten Seite, beim Privaten steht ein Strohblumenstrauß dazwischen. Und Emmi hält es hier seit Ewigkeiten aus. Seit sie geheiratet hat, gute fuffzich Jahre also. Wie alt ist Emmi eigentlich jetzt? Siebenundsiebzig? Mindestens.

Als sie klingelte, wurde ein Fenster in der ersten Etage geöffnet; sie hörte den fast unwilligen Ruf: »Du bist es?!«

Weiß Gott, dachte Ingelore, ich wünschte, ich müßte es nicht sein.

»Is Hannes nich ooch mit?«

»Mach auf, Emmi.«

Emmi brabbelte, daß sie eigentlich krank sei und sich schonen müsse, weil sie mit ihren Knochen nicht mehr so richtig vorwärtskäme. Emilia Müller, geborene Rechlin, arbeitete noch immer »aushilfsweise« in der Buchhaltung der Tischlereigenossenschaft. Deren Leitung hatte sich an diese »vorübergehende Lösung« so gewöhnt, daß man sie als dauerhaft ansehen mußte. Weshalb auch sollte sich der Chef mit den »jungschen Dingern« volle acht Stunden am Tag eine ganze Woche lang ärgern, wenn Emmi deren Leistung auch an drei Tagen bewältigte.

Nun aber hatte das Rheuma Emmi erwischt. Sie könne den Schmerz nur lindern helfen, hatte die Ärztin in der Poliklinik erklärt. Ächzend ließ sich die alte Frau in den Sessel fallen. »Warum haste denn deinen Mann nich mit?«

Ingelore suchte nach einer Antwort, sah sich unfähig, ein schnelles Wort zu sagen.

Unterdessen beklagte sich die Schwägerin über ihre Ärztin, welche ihr ein Medikament aufgeschrieben habe, das man eben so knapp über zwei Mark kosten würde. »Am liebsten wäre denen, wir bleiben alle im Westen oder lassen uns bei Rot über die Kreuzung stoßen.«

René, so ging es Ingelore durch den Kopf, René ist der einzige, der mit Emmis Wesen klarkommt. René behauptete, die Hälfte vom Verstand seiner Tante genüge zur Eroberung der

Welt. Der Junge aber, wie gesagt, er hatte einen Narren an Emmi gefressen, konnte nicht genug hören von den Abenteuern in deren holder Jugendzeit. Bummstrallera in Groß-Berlin, Emmi, die verhinderte Künstlerin. Denn das hatte ihr eigentlich vorgeschwebt: Chansonette wollte sie sein, in feinen Hotels auftreten, nachts an der Bar ... Eine Dame erscheint, streift langsam die langen schwarzen Handschuhe ab, erhebt ihre rauchig klingende Stimme ... Stattdessen tippte sich die Büroangestellte Emilia Rechlin die Fingerkuppen blutig, denn der Bewegungsunterricht, die Ausbildung der Stimme, das alles kostete kolossal viel Geld. Aber dann kam doch alles anders ... Der Sohn vom Direktor der Baufirma Müller & Co. aus Templin war emsig und letztendlich erfolgreich hinter ihr her gewesen. Daß er sie in einem Moment heiratete, als die Firma pleite ging und er weiter nichts erbte als einen großen Karton mit Krawatten, das galt als Emmis Pech. Meinten jedenfalls fast alle in der Familie Rechlin, nur René wußte es besser. Nicht der Juniorchef, so René, sondern Emmi wäre mit dem Heiratsvorschlag gekommen. Denn der plötzlich verarmte Müller junior sei bereits mit einem Strick in der Hand auf dem Weg zum nahen Wald gewesen. Eine schöne Geschichte. Für schöne Geschichten war Emmi immer gut.

Einen Kaffee hatte Emmi ihrer Schwägerin noch nicht angeboten; sie hatte lediglich auf die Vitrine gedeutet, Ingelore solle sich ein Cognacglas herausnehmen. Cognac stünde auf dem kleinen Tisch neben dem Schrank.

»Ich muß dir was sagen, Emmi. Hannes ist tot.«

Emmi sah auf. Ihr Mund, dachte Ingelore, ihr Mund steht ja völlig schief.

»Hannes? Hast ja jar keene Trauerkleidung an.«

»Er hat nicht gelitten, sagt der Arzt. Plötzliches Herzversagen.«

»Inne vajangene Nacht?«

»Die Nacht davor.«

»Vajangene Nacht hatt ick nämlich so dumm jeträumt, weeßte ...« Sich auf die Sessellehnen stützend, schraubte sich Emilia Müller in die Höhe. Ingelore erwartete, sie werde ihr die Hand geben oder sie gar kurz umarmen. Doch nichts dergleichen geschah. Emmi ging sich einen Cognac eingießen, brachte ein zweites Glas mit.

Ingelore lehnte entschieden ab, Emmi aber leerte das Glas auf einen Zug. »Det war uff dein Wohl, Hannes.« Sie setzte sich zurück in den Sessel, sah an Ingelore vorbei aus dem Fenster. Die Wanduhr tickte, auf der Straße krakeelten kleine Kinder.

»Ick hoffe, wenn René zu die Beisetzung kommt, det er sich denn bei mir in Templin sehen läßt.«

»Auf alle Fälle seht ihr euch in Berlin. Zur Beisetzung.«

»Mit meinem Rheuma nach Berlin? Nee.«

»Du wirst doch wohl zur Beerdigung deines Bruders ...«

»Is nich mein Bruder. Is'n toter Körper. Ohne Seele. Nur Material.«

Ingelore sah zur Uhr.

»Haste Hunger?«

Als die Schwägerin nickte, schlurfte Emmi zum Fenster, rief nach einer Lissi. Sie drehte sich um und erklärte, Lissi sei eine Nachbarin. Wenn sie die nicht hätte!

Aus einem Fenster gegenüber sah ein wuscheliger Frauenkopf.

»Sag Jonni, er soll zwei Portionen bringen. Aber ordentlich, hörste?«

»Is jut.« Der Frauenkopf verschwand.

»Lissi kellnert inne Gaststätte, hat aber frei heute. Wenn det nachher klingelt, jehste runta und nimmst die Sachen ab. Bezahlen mußte nich, jeht allet uff Rechnung.«

Emmi sagte, das Gästebett sei immer frisch bezogen. Und falls Ingelore länger in Templin bleiben wolle, im Ferienheim suchten sie eine Köchin. »Sobald du alleene inne Wohnung sitzt, kriegste dumme Jedanken. Kann ick dir 'n Lied von sing. Wart ma! Isset jetzt nich kurz vor sieben? Det is doch die Zeit für den Krimi, wa?«

»Mir is nich nach Krimi.« Ingelore sagte es mit einiger Schärfe. »Schönen Gruß übrigens von Bernd und Steffi.«

»Wolln sich scheiden lassen, ick weeß. Bernd pussiert mit 'ner Nachbarin.« Emmi lächelte. »Hat mir René jeschrieben. Vor drei Tagen erst. Det se wat Kleenet erwarten und det Steffi sich von Bernd scheiden läßt.«

Ingelore verschlug es die Sprache. Ein Brief Renés ... Die Nachricht, daß was Kleines unterwegs ist ...

»Kiek selba nach. Irjedwo uffm Sekretär muß er liejen, der Brief.«

Ingelore riß den Brief an sich. »Liebes Tantchen, falls Du mal was Angenehmes lesen willst: Susanne muß sich neuerdings morgens immer übergeben ...«

Plötzlich stand Emmi neben ihr, legte ihr eine Hand auf die Schulter, stützte sich ab. »Hannes hat sich nie wat jemacht aus mir. Für Hannes war ick imma nur 'n Mensch mit'm Spleen. Det war früher so, und det war verjangene Woche so.«

Ingelore schwieg.

»Bei euch inne Familie braucht bloß eena meinen Namen zu sagen, schon brüllt allet uff vor Lachen.«

Ingelore zupfte an den Kordeln der alten Tischdecke. »Wat René sich so einbildet! Jungen Frauen wird schnell mal schlecht.«

»Willste wirklich keenen Schnaps? Ick nehm noch einen.«

Ingelore stand auf. Sie wollte den letzten Zug nach Berlin schaffen.

5 In den ersten zwei Reihen der Friedhofskapelle waren noch freie Sitze. Die Freunde und Bekannten des Verstorbenen hatten dort keinen Platz zu nehmen gewagt, da sie wußten, diese Plätze gehörten üblicherweise den nächsten Angehörigen. Und wer konnte schon wissen, wie groß diese Schar sein würde! So kam es, daß neben Ingelore, Bernd, Beate, Siegfried, Steffi und René Stühle unbesetzt blieben, während man hinten in der Kapelle notgedrungen an der Wand lehnte.

Ein älterer Mann stand vor den Kränzen und Blumengebinden; neben ihm auf einem marmorierten Sockel die Urne. Der Mann, der vor einigen Jahren noch rund und rotwangig gewesen war, hing »wie reingeborgt« in seinem schwarzen Anzug, seine Gesichtsfarbe war grau, und die Stimme klang brüchig. Am Anfang seiner Rede schien es den Anwesenden, als wolle sich Ewald Ziem dafür entschuldigen, daß er und kein Würdigerer die Abschiedsrede zu Ehren des Verstorbenen hielt. Bald aber straffte sich die Stimme des Redners, und die Trauergemeinde vergaß, auf die zu weite Anzugsjacke und den zusammengezogenen Hosenbund zu achten.

»Lieber Hannes«, sagte der Mann, »du und ich, wir haben gleich nach dem Krieg zusammen Tennis gespielt, draußen in Wilmersdorf, was schon immer eine feine Gegend gewesen ist.

Einmal stand da eine Frau an der Haltestelle vom Bus, und wir, du und ich, wir haben sie gefragt, ob sie mit uns zum Tennisplatz will. Hat sie genickt, und du hast gegrinst. Denn du hattest ja vorher schon neben ihr im Kino gesessen, und als der Film aus war, hast du ihr gesagt, jeden Mittwochabend fährst du nach Wilmersdorf raus zum Tennis und du würdest dich freuen, wenn du sie da mal sehen würdest. Hättest ihr ja auch verraten können, daß du in Berlin-Mitte wohnst, Wilmersdorf aber klang besser, Wilmersdorf war schon immer eine feine Gegend, wie gesagt. Die Spiele dort, die hatten sich bald ausgespielt, denn das Benutzen der Plätze mußte plötzlich bezahlt werden. Und das Geld, das wir verdienten, war über Nacht nichts mehr wert in dieser feinen Gegend. Da sind wir denn in Berlin-Mitte geblieben. Der eine aus Bewußtsein, der andere aus Tradition. Ist beides nichts Schlechtes. Du kriegtest deine Ingelore und bald auch Beate und den Bernd, und als du dachtest, jetzt sind die Kinder groß, da gab es den René. Erst bist du Straßenbahn gefahren, dann hast du anderen das Fahren beigebracht. Tennis haste wohl nie wieder gespielt. Du hattest Familie, Wohnung, Garten, hattest den Betrieb. Und doch auch immer einen Blick über all das darüberweg, rein in die Welt ging dein Blick, so war es deine Art. Groß Wind zu machen, das konntest du nicht. Du, Hannes, du hast mit deiner schmächtigen Figur oft nur dagesessen, hast geguckt, zugehört, geschwiegen, warst einfach nur da. Aber wer Augen und überhaupt einen Sinn für so was besaß, deine Frau zum Beispiel und die meisten deiner Kollegen, die haben sich sofort sicherer gefühlt. Wenn du nur neben ihnen gesessen bist. Das war direktemang seltsam mit dir, Hannes, in deiner Anwesenheit ließ sich schwer Stroh dreschen. Und das kam daher, weil du in Wahrheit nämlich ein starker Mann gewesen bist. Die schmalen Schultern, das war nur äußerlich, im Inneren warst du einer von den Kräftigsten. Wenn du Ja gesagt hast, dann war das ein Ja, und sagtest du Nein, dann war auch Nein gemeint. Und auch persönlich, du und ich … Das ist nicht gut, wie du so lebst, so hatteste zu mir gesagt, Abhängigkeit ruiniert ... Wenn du das gesagt hast, galt mir das mehr als anderer große Worte. Weil ich wußte: Du denkst deine Gedanken auf gerade Art. Das aber ist was Seltenes geworden, Hannes. Die meisten Leute, zum Beispiel, wenn du sie so fragst, sie treten allesamt für den Fortschritt ein und dafür, daß es vorangeht. Da findeste kaum einen, der dir widerspricht. Nur daß sie fast alle eine Tatsache übersehen: Oft muß der Mensch einen Schritt zurück- und kürzer treten, damit der andere neben ihm in die richtige Reihe kommt. Das einzusehen fällt verdammt schwer. Jeder von uns will das Gute. Und für sich das Beste. Das gilt als menschlicher Zug. Da konntest du jammern und klagen, Hannes, du konntest es nicht ändern. Aber wenigstens versucht hast du es. Und dafür sagen wir dir Dank. Mach's gut, Hannes. Schlaf in Ruhe. Du hast sie dir verdient.«

Von der Empore klang dünnes Orgelspiel. Ingelore hatte sich weder »ein frommes Lied noch was mit roten Fahnen oder so« gewünscht. Daher hatte man sich auf »Lieder im Volkston« geeinigt. Der Orgelspieler intonierte »Am Brunnen vor dem Tore ...«

Während die Musik noch spielte, betraten vier Männer die Kapelle, ein Gesangsquintett. Drei Auftritte hatten die Sänger an diesem Tag bereits hinter sich gebracht, und zum Ausfüllen ihrer Pausen war ihnen nichts Besseres eingefallen, als Wein zu trinken. Nun glänzten ihre Gesichter, als gäbe es eine Faschingsfeier. Kaum waren sie auf der Empore angelangt, begann der zweite Tenor mit dem Gesang. Seine Kollegen stukten ihm in die Seite, denn zuerst sollte vom Mann an der Orgel ein »A« vorgegeben werden. Und auch während des Liedes schien der zweite Tenor von Fröhlichkeit überwältigt, viel zu laut schallte seine Stimme. »Warte nur, warte nur balde, ruhest du auch ...«

René wandte sein Gesicht Bernd zu. Der zog nur die Mundwinkel nach unten. Beide Jungen faßten ihre Mutter unter, denn nun – während die Sänger die Treppe mehr herunterfielen denn stiegen –, nun erklang abermals die Orgel, und andere Männer betraten die Kapelle, um Urne und Blumen aufzunehmen.

Ingelore blickte auf die Steinplatte, ließ sich von ihren Jungen führen und dachte weiter nichts als: Hannes.

René flüsterte ihr zu, sie solle nicht bös sein, weil Susanne fehle. Aber der Arzt habe ihr dringend Ruhe empfohlen. Gerade in den ersten Wochen der Schwangerschaft. Ingelore nickte.

Verborgen hinter einer Hecke blies ein Trompeter die Melodie des Freiheitschores aus »Nabucco«. Wieder zuckte es in Bernds Gesicht, aber Ingelore nahm auch diesen Vortrag nicht wahr.

DRITTES KAPITEL

1 Das Dorf bestand aus Niedorf Alt und Niedorf Ort. Die Mollenthins seinerzeit hatten ihr Haus genau auf die Grenze zwischen Alt und Ort gebaut. Das hatte Ärger gemacht, aber auf einen Streit mehr oder weniger war es Rolf Mollenthin, einem von der Partei aufs Land geschickten Schlosserbrigadier, nie angekommen. Der Mann war mit seinen vierundzwanzig Jahren einer der jüngsten LPG-Vorsitzenden geworden. Daß er außerdem einer der unqualifiziertesten war, stand außer Frage. »Wo steht das Klavier?« pflegte er zu rufen, packte zu und hob es von der Stelle. Das betraf auch »Klaviere«, die er lieber nicht hätte anfassen sollen. An einem Freitagabend war Mollentin mit seinem Motorrad noch einmal zum Schweinestall gefahren, kam dort jedoch nicht an. Mit der Maschine gegen einen Baum. Kein Alkohol im Blut, keine technischen Mängel am Fahrzeug, trokkene Landstraße. Man vermutete totale Erschöpfung. Für den Bruchteil einer Sekunde mußte der junge Mann eingeschlafen sein. Annerose Mollenthin war mit einundzwanzig Jahren Witwe geworden. Ihre älteste Tochter Susanne war drei Jahre alt, die jüngere Tochter ein Jahr und sieben Monate, und fünf Monate nach der Beisetzung ihres Mannes kam die dritte Tochter zur Welt. Die Mädchen hatte es so schnell als möglich aus dem Dorf gezogen, hinein in die Stadt: Die jüngste war Musiklehrerin geworden, die zweitjüngste Krankenschwester, nur Susanne, die älteste, war als Veterinärgehilfin im Haus der Mutter geblieben. Und hatte nun einen Mann nach Hause mitgebracht, René Rechlin. Annerose Mollenthin, die »kleine Schwarze«, wie sie im Dorf genannt wurde, wußte kaum etwas gegen den jungen Berliner zu sagen, für ihn aber ebensowenig. Einerseits war ihr die Solidität des Mannes durchaus angenehm, andererseits jedoch mißtraute sie solcher Bravheit. Sie selbst war seit einiger Zeit nicht mehr brav, hatte sich vielmehr vorgenommen, die Zeit, die sie als Frau beim alleinigen Aufziehen der Töchter versäumt hatte, nachzuholen. Im Büro hatte sich »die kleine Schwarze« von der »Tippse« zur ökonomischen Direktorin hochgearbeitet, Haus und Hof waren geordnet, jetzt endlich blieb Zeit für anderes. Aus der Kreisstadt hatte sie die Bekanntschaft mit einem Kunsthistoriker mitgebracht, der sich

in der Nähe von Niedorf eine Scheune als Sommersitz ausgebaut hatte, aus dem Urlaub die eines Kaufhallenleiters. Daß beide Männer verheiratet waren, störte sie nicht. Von Mai bis September ließ sie dem Kunsthistoriker freien Zutritt in ihr Haus, in der kalten Jahreszeit dem Kaufhallenmenschen. Anfangs hatten sich die Einwohner des Dorfes die Mäuler über das plötzlich »unordentlich« gewordene Privatleben der noch immer als Zugereiste geltenden Annerose zerrissen, letztendlich aber gewöhnten sie sich daran.

René hatte seine Schwiegermutter gefragt, ob seine Mutter bis zur Fertigstellung der oberen Räume die Kammer neben dem Schlafzimmer Anneroses beziehen dürfe. Dem hatte Frau Mollenthin bedenkenlos zugestimmt. Sie kannte Ingelore Rechlin seit der Hochzeit ihrer Tochter. Was man eben so »Kennen« nannte. Sie hatte mit den Rechlins Brüderschaft getrunken, fremd waren ihr die Berliner dennoch geblieben.

Der Besuch sei nicht auf Dauer, hatte René erklärt, er wolle nur, daß seine Mutter nicht allein in ihrer großen Wohnung sitze; sie müsse auf andere Gedanken kommen, und da sie von Natur aus weder faul noch wehleidig sei, wette er zehn zu eins, daß sie in einigen Wochen in der Schule oder im Kindergarten des Dorfes arbeiten würde.

»Nach einigen Wochen? Hast du nicht was von einem Kurzbesuch gesagt?!«

»Sobald wir die oberen Räume fertig haben, nehmen wir Mutter zu uns.«

»Für immer?«

»Das kann man nicht wissen. Susanne jedenfalls versteht sich sehr gut mit ihr.«

So war denn Ingelore in Trauerkleidung angereist, und Annerose Mollenthin hatte, wie es sich gehört, Worte der Anteilnahme gefunden. Und René hatte den großen Koffer in die Kammer neben Frau Mollenthins Schlafgemach getragen.

Morgens wartete Ingelore, bis sie den Geräuschen entnahm: Das Bad ist frei. Dann stand sie auf, zog sich an, um mit Susanne zu frühstücken. Die junge Frau war noch immer krankgeschrieben; die ersten Wochen der Schwangerschaft bekamen ihr nicht. »Umso besser und schneller vergeht der Rest«, pflegte Ingelore die Schwiegertochter zu trösten. Nach dem Frühstück befolgte Susanne einen Rat ihres Arztes, legte sich noch einmal hin, um bis zum Mittag zu schlafen. Das Essen bereitete Ingelore. Wenn René in seiner Arbeitspause nach Hause eilte, winkten ihm zwei Frauen freundlich entgegen. Schwieriger gestalteten sich die Abende, dann nämlich, wenn es in der Wirtschaft der jungen Leute nichts mehr zu tun gab und Ingelore ahnte, sie störe die Zweisamkeit des Pärchens. Da zog sie denn in das Wohnzimmer von Annerose Mollenthin, verfolgte deren schnelle Handgriffe und hörte bald, sie solle den Fernseher einschalten. Fernsehen mußte laufen, egal, was gesendet wurde.

Ingelore starrte auf den Bildschirm. Die Erinnerung an die Gemeinsamkeiten mit Hannes, der sofort einsetzende Schmerz – alles war unausbleiblich.

Nachts schlief sie schlecht. Die Wand zwischen Schlafzimmer und Kammer bestand aus einer dünnen Platte. Jedes Geräusch von nebenan schreckte sie auf. Dann lag sie wach und überlegte: Wie lange bleib ich noch? Steffi versorgt unseren Garten in Berlin, sieht auch am Hackeschen Markt nach dem Rechten ... Bleib ich, bis Susanne wieder auf dem Damm ist? Oder bis zur Geburt des Kindchens? Oder für immer? In Niedorf alt werden? An jedem Mittwoch kommt die Friseuse, einmal im Monat fährt ein Bus ins Theater ... Mit Hannes war ich nur einmal hier, damals haben wir das Haus hier kaum betreten. Gefeiert wurde im Klubhaus, sehr vornehm übrigens, mit Stoffservietten und Kristallgläsern. Eine reiche Genossenschaft ist das hier. Frühgemüse bringt gutes Geld.

Am Morgen riet ihr Annerose, sich nicht zu wundern, wenn im Verlauf des frühen Nachmittags ein weinroter Skoda vor dem Haus hielte und ein Mann mit grauem Bart aussteige. Das sei der Professor Deitz. Sie und er seien gewissermaßen gute Bekannte, nicht wahr. Dezi wolle einige Schüsseln abholen. »Schüsseln mit Salat und so. Dezi gibt eine Party. Ich bleib dann über Nacht. Falls der Mann was trinken will, du bietest ihm nichts an. Festsetzen soll er sich nicht.« Annerose schwang sich aufs Fahrrad. Das Büro wartete.

Bevor Ingelore hinauf zu Susanne ging, konnte sie es nicht unterlassen, die in der Speisekammer aufgereihten Schüsseln zu inspizieren: Selleriesalat, Kartoffelsalat mit Hering, eingelegtes Sauerfleisch ... Als sie Susanne davon erzählte, winkte die nur ab; sie bezweifle, ob bei dem alten Zausel Sellerie noch was bewirke.

»Deine Mutter ist jung«, sagte Ingelore. »Vielleicht heiratet sie noch mal.«

Das Mädchen lachte spitz. Ingelore wunderte sich oft über den doch recht spröden Umgang der beiden Frauen. Sie stutzte, überlegte: Wie gehen Beate und ich eigentlich miteinander um? Fühlte sie sich Beate nicht oft genug fremd gegenüber? Neenee! Sofort verbot sie sich derlei Gedanken. Beate ist schon in Ordnung. Sie hat sich im Westen einen Platz erobern müssen, und sie hat es – wie alle ehemaligen Ostler – dort nicht leicht. Das ist wie in einem Zugabteil: Wenn einer dort allein sitzt, guckt er böse, sobald ein zweiter einen Platz begehrt. Und kommt dann ein Dritter, guckt der Zweite wie vorher der Erste, genau so stieselig. Außerdem schreibt Beate dauernd, ich soll zu ihr rüberkommen. Auf alle Fälle für längere Zeit, nicht nur für drei Tage. Und ich soll mich freuen, weil ich wohlauf bin. Woher weiß sie eigentlich, daß ich wohlauf bin? Was versteht sie überhaupt darunter? Geht's mir gut, weil ich auf dem Friedhof nicht umgekippt bin? Weil ich in einer fremden Küche, hier in Niedorf, Erbseneintopf koche?

Langsam ging Ingelore durch das Haus, sah dabei immer wieder zur Straße hin, wartete auf den angekündigten roten Skoda. Sie schüttelte den Kopf. Zwei verheiratete Männer und eine Frau. Wenn das die Schiefenagels wüßten! Die Leute in Niedorf meinen, bei uns in der Großstadt herrsche Sünde weit und breit, aber was bei denen im Ort alles gang und gäbe ist! Das kalte Grausen kann einen überfallen. Ist gut Hannes, daß du davon nichts mitbekommst. Jaja, ich weiß, was du sagen willst: Immer zuerst vor der eigenen Tür kehren. Ich bitte dich! Einen Mann für den Sommer, einen für den Winter! Das werde ich doch wohl zumindest seltsam finden dürfen, oder was?

Sie stand im Türrahmen zur Wohnstube, betrachtete die Übergardinen. Ein Brief an Steffi, ein Brief an Beate waren längst fällig. Nach Schreiben aber stand ihr nicht der Sinn. Sich mit Hannes unterhalten, meinetwegen auch streiten, das wäre viel besser gewesen. Rede und Gegenrede. Auch wenn der Mann nicht körperlich anwesend war. Ihr wurde es leichter bei solchen Gesprächen, bis zu jenem Moment jedenfalls, da ihre Stimmung in Verzweiflung umschlug. Die Erkenntnis, daß dieser Mann, mit dem sie sprach, in Wahrheit nie wieder mit ihr reden würde, die Erkenntnis schmerzte sehr.

Kurz nach zwei Uhr hielt das angekündigte Auto vorm Haus. Ein Herr entstieg dem Wagen, ein Mann in einem offenbar maßgeschneiderten Anzug.

»Na, wie geht es unserer Hauptstadt?« Der Professor begrüßte Ingelore wie eine längst Vertraute. »Das Stadtjubiläum fest im Griff? Was glauben Sie, Verehrteste: Vor drei Wochen gab es noch vier Bauhandwerker in Magdeburg. Die wurden jetzt auch endlich nach Berlin abkommandiert! Tun wir doch alles gern für unser schönes, stolzes Berlin.« Während der Mann Schüssel um Schüssel an Ingelore vorbei ins Auto trug, nahm sein Geschwätz kein Ende. Als der Professor die dritte Salatschüssel an Ingelore vorbeitrug, merkte die, daß es dem Mann sehr schwerfiel, sich flott und frisch zu geben. Arme Annerose, dachte Ingelore.

2 Tage später wurde bei Susanne und René gefeiert. Ein großes Ereignis hatte stattgefunden: Der Kauf eines Autos, eines acht Jahre alten »Trabant« zum Freundschaftspreis von zehntausend Mark. Der vorherige Besitzer, ein Melker, hatte beim Verkauf also noch einen Gewinn gemacht, da er es selbst nur für runde neuntausend ladenneu erworben hatte. Eben vor acht Jahren. Ingelore konnte nur den Kopf schütteln, doch die jungen Leute meinten, das wäre schon in Ordnung so. René empfahl ihr, sich »keinen Kopp zu machen«. In vier Jahren sei er mit seiner Anmeldung an der Reihe, dann würden sie den Trabant verkaufen, und fünftausend sprängen da mit Sicherheit noch heraus.

Selbstverständlich lagen bei den jungen Leuten die erforderlichen Scheine nicht auf der hohen Kante. Der Ausbau des Hauses kam teuer genug. Rechlins am Hackeschen Markt besaßen rund zwanzigtausend Mark Erspartes, als »Notgroschen« gewissermaßen. Ingelore bot ihrem Jüngsten die Hälfte dieser Ersparnisse an, doch der sagte, Susannes Mutter habe das Geld schon vorgeschossen, jeden Monat zahlten sie zweihundert ab, keine Bange.

»Und warum borgst du es nicht von mir?«

»Weil du es mir schenken würdest.«

Mit Sorge registrierte Ingelore die viele Arbeit ihres Jungen. Von früh bis spät in die Nacht hinein stand er in der Werkstatt, die er sich in einem alten Schuppen eingerichtet hatte. Ringsum die Leute bestellten bei ihm Tische und Regale, sogar ein Stehpult wurde verlangt. Wenn er sich nur nicht übernimmt, bangte die Mutter. René jedoch schien es gut zu gehen, besonders seit Susanne die morgendliche Übelkeit überwunden hatte und wieder durchs Haus trällerte.

Nun also standen sie im Hof vor dem neuen Auto. Susanne schwenkte einen Blumenstrauß, und René fuhr eine Ehrenrunde. Ein zitronengelb gespritzter Trabant. Die Schmetterlinge werden gern drauf scheißen, dachte Ingelore. René lud zu einer Probefahrt. Annerose wurde im Büro gebraucht, also zwängten sich nur Ingelore und Susanne in das Gefährt. »Nur ein kurzer Ausflug«, sagte René und fuhr bis in die Bezirksstadt, wo er seine Frau vor dem Haus einer ihrer Freundinnen absetzte.

»Und nun?« Ingelore nahm auf dem Beifahrersitz Platz.

Der Junge schien verlegen, erklärte, er habe etwas über ihren Kopf weg organisiert, einen Arzttermin. Sie sähe schon seit Tagen viel zu blaß aus. »Eine Lehrerin in Niedorf ... Ihr Sohn ist hier Internist. Soll sehr gut sein, der Mann.«

»Dann wird er sich nicht langweilen, wenn ihm eine Patientin wegbleibt. Ich weiß selbst, was mir fehlt.« Sie stukte den Jungen in den Rücken. »Fahr noch ein Stück.«

René seufzte, gab Gas.

Der Weg führte eine von Apfelbäumen gesäumte Landstraße entlang. Der Junge hielt, um für seine Mutter und für Susanne je einen Apfel zu pflücken. Dabei erklärte er, die Früchte gehörten der Genossenschaft, und wer sich einen Korb voll pflücke, riskiere eine Anzeige wegen Diebstahls von Volkseigentum. Die Bauern aber hatten höchstens im Januar Zeit, diese Äpfel von den Bäumen zu holen. Also vergammele das Zeug.

Ingelore stieg aus. »Falls die mich erwischen, besuch mich im Knast. Ich pflück den Kofferraum voll. Zu Hause koch ich uns Gelee.«

Immerhin half ihr der Junge beim Pflücken. Das schlechte Gewissen war ihm dabei anzusehen. Er kommt eben ganz nach dir, Hannes.

Er habe gestern am Abend mit Susanne über diesen Punkt gesprochen, hörte sie René sagen. Es gäbe ja nun verschiedene Möglichkeiten ... Entweder sie richteten ihr »fürs Erste« den als Kinderzimmer gedachten Raum ein, oder Mutter gäbe die Wohnung in Berlin auf und ziehe in diese Gegend. »Muß ja nicht Niedorf sein. Aus Neubrandenburg wollen viele nach Berlin.«

»Die Wohnung in Berlin aufgeben? Spinnst du?«

Ein riesiges Feld. In den Staub, den die Erntemaschinen aufwirbelten, fiel Kartoffelkraut. Ingelore beobachtete, wie die Knollen über ein Band in den Hänger fielen. »Landwirtschaft wär nichts für mich. Schon der Anblick macht mich trübsinnig. Daß du es hier aushältst ... Wahrscheinlich haben wir dich in einem Kornfeld fabriziert. Wenn ich mich recht erinnere, hatte Vater damals zum ersten Mal einen Ferienplatz gekriegt. Irgendwo auf dem flachen Lande.«

»Deine Gedanken sind nur bei Vater! Und in Berlin, wenn dich jedes Möbelstück an ihn erinnert, wird das bestimmt noch schlimmer. Susanne meint auch: Das beste Mittel gegen Trauer ist radikale Veränderung.«

Sie waren wieder auf dem Weg in die Bezirksstadt. Seine Schwiegermutter, so erzählte der Junge, habe sich damals nach diesem Unglück nur in Arbeit gestürzt. Habe jahrelang nur Dachziegel besorgt und überlegt, wer ihr die Kläranlage baut. Das sei zwar schlimm gewesen, habe sie aber von ihrer Trauer abgelenkt.

»Und wenn ich von meiner Trauer gar nicht abgelenkt werden will?«

»Irgendwas muß passieren, Mutti. Die Dinge nur so laufen lassen, geht nicht.«

Ingelore schwieg, denn sie wußte nicht, was hätte passieren sollen.

3 Je älter der September wurde, desto ärger gestaltete sich Anneroses Laune. Ingelore ahnte den Grund, hütete sich aber, darüber sprechen. Eines Abends saßen die zwei Frauen, Babysachen strickend, vor dem Fernsehapparat. Ingelore, in der festen Überzeugung, Renés erstes Kind würde ein Junge, verstrickte blaue Wolle. Annerose aber war nicht davon abzubringen: In ihrer Familie seien immer nur Büchsenmacher am Werk. Im Fernsehen führte ein anscheinend nie älter werdendes Pärchen durch ein Wunschkonzert. Bläsergruppen in bunten Trachten, pausbäckige Jodlerinnen, Männerchöre. Ein für Strickarbeiten sehr geeignetes Programm. Plötzlich fragte

Annerose, ob die lange Dauer von Ingelores Ehe auf Liebe oder auf Zweckmäßigkeit gegründet war. »Ihr hattet nie vor, auseinanderzugehen?«

»Nein.«

»Kein Krach und so?«

»Reichte nie zum Auseinandergehen.«

Annerose sagte, sie sei man eben am Überlegen. Ihre eigene Ehe damals... Außer zum Kindermachen habe sie den Mann eigentlich nicht gesehen. Ob sie mit ihm hätte dauerhaft leben können? Sehr fraglich. Wie es überhaupt fraglich sei, es mit ein und demselben Mann so lange aushalten zu können.

»Deshalb hast du ja zwei.«

»Ach ja«, sagte Annerose und wirkte dabei sehr souverän. »Gut, daß du mich erinnerst. Im Winter spielt sich mein Liebesleben in diesen Räumen ab. Dann ist Kremm an der Reihe.« Kremm, der Kaufhallenchef.

Ingelore beugte sich über die Strickarbeit. Sie nahm sich vor, René zu bitten, energisch bei der Leitung der Genossenschaft vorzusprechen. Deren Gästezimmer waren doch höchstens drei Tage im Jahr belegt. Außerdem, so dachte sie weiter, was soll ich hier auf Dauer? Ich werde nicht so dumm sein, der werdenden oder jungen Mutti alle Arbeit aus dem Weg zu räumen. Außerdem hat sie einen Mann, der sie liebt. Warum also sitze ich noch hier? Aus Angst vor der leeren Wohnung am Hackeschen Markt? Da muß ich durch, Hannes, nicht wahr? Oder was meinste? Womöglich überfällt mich daheim die große Strickwut, und ich vergeß dabei, daß du sonst neben mir warst. Ich sitz und strick Pullover en gros. Wolle hab ich genug. Oder ich laß mich von Frau Schiefenagel zur Mitarbeit in ihrem Frauenverein breitkloppen. Stricken für eine gute Sache, Stricken für Nikaragua, Stricken für den Weltfrieden, zwei rechts, zwei links.

Kräftiger Wind ließ die Dachziegel klappern. Annerose verließ das Zimmer, um mit René zu schimpfen, weil der angeblich versäumt hatte, die »richtige Versicherung« abzuschließen. Ingelore hörte die laute Stimme der Frau, dazwischen die beruhigenden Worte ihres Jungen. Von einem Orkan könne ja wohl keine Rede sein, und der Schonstein sei ordentlich gebaut, und zur Versicherung werde er bei nächster Gelegenheit gehen.

Kein Wunder, dachte Ingelore, kein Wunder, daß die Frau

voller Unruhe steckt. Die Sommerliebe schwindet, die Winterliebe ist noch nicht erschienen.

Endlich hörte sie Susannes Stimme: »Gib Ruhe, Mutter!«

Ingelore registrierte, wie sich Annerose nebenan aufs Bett warf. Sie legte das Strickzeug beiseite. Ich hau ab, nahm sie sich vor, eher morgen als übermorgen. René muß ich dabei vor vollendete Tatsachen stellen. Er und Susanne bringen es fertig und stimmen mich um. Besonders das Mädchen mit seinen veilchenblauen Augen. »Bleib doch bitte, Mutti ...« Den Buchstaben i zieht sie wie ein Gummiband. Und René steht daneben, eine Hand auf der Schulter seiner Frau. Kannst du Susanne widerstehen, Mutti? Bringst du das wirklich übers Herz?

Nichts da! Ich kauf mir morgen eine Fahrkarte. Das Beste wird sein, ich laß mir von Steffi ein Telegramm schicken, wonach irgendwas mit der Wohnung ist. Rohrbruch oder so; meine Anwesenheit jedenfalls ist dringend erforderlich.

Sie ging in ihre Kammer. Im Vollmondlicht fand sie Bleistift und Papier, knipste zum Schreiben die Nachttischlampe an. Doch sie legte den Stift beiseite, ohne auch nur eine einzige Briefzeile an Steffi verfaßt zu haben. Schwach fühlte sie sich, ausgesprochen schwach. Und abgenommen hatte sie auch wieder. Früher hatten ihr die Kinder, halb im Scherz und halb im Ernst, immer mal geraten, nicht zu tief in den Teller zu fassen. Dicke nämlich bekommen Beschwerden mit ihrem Kreislauf, und Kreislaufkrankheiten rangieren in der Statistik der Todesursachen an erster Stelle. Seit dem Tod ihres Mannes waren derartige Ermahnungen überflüssig. Jedweder Appetit fehlte ihr, die Röcke schlackerten um die Taille, nichts paßte mehr. Auf einmal galt für die Kinder, das, was sie jahrelang herbeireden wollten, als Alarmzeichen: Mutter nahm ab. Tief durchatmend griff Ingelore noch einmal zum Stift. »Liebe Steffi! Nur ganz kurz: Schick mir ein Telegramm, wonach ich unbedingt von hier abreisen muß. Aber telegrafier nichts sehr Schlimmes, weil in dieser Poststelle kein Geheimnis verborgen bleibt. Am besten wäre, du rufst bei Annerose im Gemeindeamt an und sagst, es gibt Ärger mit den Nachbarn. So was ist immer glaubhaft. Ansonsten geht es mir gut. Deine Mutti.«

Tiefe Müdigkeit überfiel Ingelore. Der Wind pfiff noch immer mächtig ums Haus, und nebenan in Annerose Mollenthins Schlafzimmer gingen Schritte lange auf und ab.

4 Das Radio der jungen Leute versagte den Dienst. »Wirf es an die Wand«, riet René am Frühstückstisch.

Susanne hielt dagegen. Sie hätte sich das Gerät vom ersten Gehalt gekauft, und bisher habe es doch funktioniert.

»Bisher, bisher!« Maulend und nervös zog der Junge davon. Sein Arbeitskollege Schorch hatte endlich die benötigten Leisten besorgt. Am Wochenende würden die Handwerker das Haus in Beschlag nehmen. Unruhe war vorprogrammiert.

Manchmal befürchtete Ingelore Schlimmes. Eigener Herd ist Goldes wert – der Erfinder dieses Spruches kannte das Thema Eigenheimbau nicht. Sie beobachtete, wie ihre Schwiegertochter mit einer fast zärtlichen Geste den Stecker aus dem Radio zog. »Gib her.«

»Bei dir spielt es auch nicht.«

»Ich bring es zur Reparatur.«

»Die alte Kiste? In der Annahmestelle lachen die dich nur aus.«

»Lachen ist gesund. Her damit.« Sie hatte einen Einfall: Das Radio war ein schöner, ein überzeugender Grund, mit dem Morgenbus in die Bezirksstadt zu fahren. Denn das war ihr in der vergangenen Nacht klar geworden: Wenn sie im Dorf einen Eilbrief aufgäbe, um zwei Tage später ein Telegramm vom Adressaten des Briefes zu erhalten, machte sie sich verdächtig. Die Alte von der Poststelle würde es René unter Garantie stekken, und der Junge war viel zu sehr der Sohn seiner Mutter, als daß er sich nicht einen Reim auf die Sache machen würde.

Ingelore zog eine warme Jacke über und erklärte, es werde ihr eine Freude sein, für das Radio in der Bezirksstadt einen Retter zu finden.

An der Haltestelle vor dem Klubhaus lehnten zwei Frauen; die sich über den fälligen Besuch in der Poliklinik unterhielten. Dann waren da noch eine junge Mutti im Kinderwagen und ein gewaltig nach Alkohol riechender Mann. Der Bus hielt, Ingelore stieg ein. Achtzig Pfennig betrug der Fahrpreis. Sie reichte dem Fahrer ein Markstück, was der nickend zur Kenntnis nahm. Doch Ingelore verharrte auf dem Platz neben dem Lenkrad, bis sich der Bursche zum Drehen an der Fahrscheinkurbel bequemte und ihr dann auch noch zwei Groschen eher hinwarf als hinlegte. Das nämlich war – Ingelore hatte es schon oft beobachtet – zu einem ungeschriebenen Gesetz geworden: Ohne

Fahrschein und Wechselgeld in Empfang zu nehmen, rückten die Niedorfer in die Wagenmitte. Zwanzig Pfennig – was ist das schon! Und ohne Fahrschein? Kommt sowieso keine Kontrolle. Gönnen wir dem Fahrer einen kleinen Gewinn. Soll er sich ruhig eine Scheibe von der großen Wurst abschneiden. Betrügen tun sie alle. Die Großen im großen Stil, die Kleinen ... Nun ja, eine Mark! Lächerlich! Ach, Hannes, dachte Ingelore, bist du deshalb so schnell weg, weil du das nicht mehr erleben wolltest? Konntest nicht sehen, wie Betrug und Schummelei zur Gewohnheit werden, nicht wahr?

Der Bus rumpelte zur Stadt. In der Nähe des Kaufhauses vermutete Ingelore die Annahmestelle für kaputte Radios. Als sie einen Passanten danach fragte, sagte der ihr, die Annahmestelle befände sich im Neubauviertel, im Haus der komplexen Dienste. Und warum sie dort nicht ausgestiegen sei, wo der Bus doch direkt davor halten würde.

Na bitte, sagte sich Ingelore. Leuten ohne Begehr nach Fahrschein und Wechselgeld schenkt der Busfahrer ein freundliches Wort, unsereins, mit dem Radio in der Hand, unsereins bleibt unbeachtet. Strafe muß sein, nicht wahr?

Mißmutig machte sie sich auf dem Weg zum Neubaugebiet. Das Radio war nicht schwer, aber unhandlich. Der Bus zurück nach Niedorf fuhr in knapp siebzig Minuten; falls sie den verpaßte, durfte sie Anhalter spielen. Sie legte einen Schritt zu, reichte das Radio über den Tresen, bekam eine Quittung und die Aufforderung, den Kasten in vier Wochen wieder abzuholen. Nebenan eine Post. Eine große Schalterstelle, aber nur ein geöffneter Schalter. Ingelore reihte sich in die Schlange ein. Den Bus konnte sie wohl abschreiben. »Offenbar haben die hier nur für die Verwaltung jenuch Personal«, murrte sie laut.

Der Mann vor ihr drehte sich um. »Dem Dialekt nach stammen Sie aus Berlin.« Der Mann betrachtete sie, lächelte. »Fast möchte ich wetten! Sie sind Frau Rechlin!«

»Und woher kennen Sie mich?«

»Ich hab oft mit Annerose telefoniert. Sie hat mir von Ihnen erzählt.« Der Mann streckte Ingelore seine rechte Hand entgegen. »Gestatten: Kremm. Eberhard Kremm.«

Anneroses Winterliebe ... Wie Ingelore erfuhr, hatte der Mann im pikobello sitzenden Anzug, hellblauem Oberhemd und grauer Krawatte dienstlich in dieser Gegend zu tun. Und da er ein leidenschaftlicher Philatelist sei und heute ein neuer Satz erscheine, stünde er jetzt hier, und er freue sich, sie kennenzulernen.

Brav erwiderte Ingelore, die Freude sei ganz auf ihrer Seite und ob er ihr einen in der Nähe befindlichen Taxistand nennen könne. Sie habe den Bus verpaßt und wolle nicht, daß sich Susanne Sorgen mache.

Worauf der freundliche Herr Kremm erwiderte, er werde sie selbstverständlich nach Niedorf fahren. Auf diese halbe Stunde käme es nicht an.

Der Mann erhielt seine Briefmarken, wartete, bis Ingelore den Brief als Eilbrief aufgegeben hatte.

Im Auto erzählte sie dem Beinahefremden, was es mit dem Schreiben auf sich hatte und hörte, er würde bedauern, daß sie schon wieder weg wolle.

»Anneroses Tochter wird auch ohne mich fertig.«

»Im Moment denke ich auch mehr an Annerose als an ihre Tochter.«

»Annerose? Die wird mich am allerwenigsten vermissen.« Fuhr der Mann eigentlich absichtlich so langsam?

»Was halten Sie überhaupt von Annerose?« fragte sie Herr Kremm.

Zwei Mopeds überholten das Auto. Ingelore schimpfte mit sich. Dumm, höchst dumm von ihr, sich freiwillig aufs Glatteis zu begeben. Sie holte tief Atem.

»Reden Sie«, sagte der Mann am Steuer.

»Also gut. Und wenn ich mir auch die Zunge verbrenne: Das Leben der Frau geht mir mächtig verquer. Einerseits ist sie eine intelligente Person, andererseits ... Wie sie mit den Männern und mit sich selbst umgeht, da ist doch keine richtige Achtung bei, oder?«

»Weil sowohl der Professor als auch ich verheiratet sind?«

»Ihre Ehen interessieren mich nicht. Tatsache ist nur: Annerose läuft dem Professor nach und sie Annerose. Und wenn sie zu Ihnen ein gutes Wort sagt, dann würde sie das lieber zum Professor sagen.«

»Sie meinen: Ich müßte sie links liegenlassen?«

»Ich habe gar nichts gemeint.«

Das Niedorfer Ortsschild. Stumm lenkte Kremm das Auto vor Mollenthins Hoftor.

»Ja, so ist das«, sagte Ingelore beim Aussteigen. »Immer will der Mensch die Wahrheit wissen. Nur hören will er sie nicht.«

»Und wenn ich Annerose ehrlich liebe?«

Ingelore spähte nach den Fenstern der oberen Etage. Ihr war, als bewege sich dort die Gardine.

»Bin ich ihr also hörig? Bin ich verrückt?«

Susanne öffnete ein Fenster, winkte der Schwiegermutter zu. Ingelore winkte zurück.

Der Mann schwieg noch immer. Ingelore bedankte sich fürs Bringen, wollte ins Haus. In diesem Moment sagte er leise: »Sie haben recht. Annerose pfeift, und ich komme. Sie pfeift wieder, und ich verschwinde ...«

Ingelore wandte sich noch einmal zu Herrn Kremm. »Wissen Sie, früher ... Meine Großmutter väterlicherseits, die haßte ihren Mann wie der Teufel das Weihwasser. Sie war als uneheliches Kind geboren und in einem Waisenhaus aufgewachsen. Der Mann hatte das Mädchen, wie man so sagte ›aus der Gosse geholt‹. Nun hatte sie ihm logischerweise dankbar zu sein. Mal hat er sie grün und blau geschlagen, mal hat er sie mit aller Lust beschlafen; er hat ihr aus Freude an der Schikane kein Wirtschaftsgeld gegeben und trotzdem sein Essen verlangt, er hat ihr fünf Kinder gemacht und der ledigen Schneiderin im Nebenhaus zwei. Aber: Sie kam, wenn er pfiff.«

»Ich mag Annerose«, antwortete der Mann. »Ich mag sie. Punkt.«

»Ihr gutes Recht«, antwortete Ingelore.

Die Wagentür schlug zu. Das Auto entfernte sich schnell.

Auf den oberen Stufen der Vortreppe waren Hausschuhe und Pantoffeln aufgereiht. Das bedeutete: Annerose war mit einem größeren Hausputz fertig. Ingelore schimpfte noch immer mit sich. Was misch ich mich in fremde Liebesgeschichten ein! Ich lern und lern es nicht, die Klappe zu halten. Johannes hatte sich aber auch immer einmischen wollen. Wenn es einer besser weiß, so war sein Spruch, und es nicht sagt, der verdient es nicht, daß er es besser weiß. Ach ja, der Hannes mit seinen Sprüchen!

Im kleinen Flur lag ein Brief für sie. Steffi hatte geschrieben. Steffi, der sie vor einigen Minuten erst einen Eilbrief geschickt hatte. Hastig riß sie den Umschlag auf.

»Liebe Mutti, wir sind voneinander geschieden, Bernd und ich. Wie erwartet, geschah die Angelegenheit ohne Ärger und

Zeitverzug. Auf Anraten meiner Rechtsanwältin hatten wir, Bernd und ich, vorher ein Schreiben aufgesetzt, wonach wir die Wohnung gegen zwei Einraumwohnungen tauschen wollen. Über die Möbel verfüge ich, ihm bleibt die Autoanmeldung. Der Prozeß begann auf die Sekunde genau elf Uhr. Zwanzig Minuten später verlas die Richterin das Urteil. Sie war noch sehr jung und verhaspelte sich beim Lesen dauernd. Ob es uns leid tat oder warum wir uns auseinandergelebt haben, danach fragte niemand. Da würden die auf dem Gericht ja auch nie fertig, wenn sie alles wissen und ergründen wollten. Wozu auch! Wenigstens in seinem Privatleben muß sich der Mensch frei entscheiden dürfen.

So, nun noch was Lustiges. Als ich vom Scheidungszimmer (oder wie sich das nennt) auf den Flur trat, bot sich ein komisches Bild. Auf einer Holzbank saßen eine Frau und ein Mann. Die Frau thronte auf dem Schoß des Mannes, und sie küßten sich heftig. Nach mir kam die Richterin raus, und wie sie die zwei Leute so sitzen sah, eilte sie freudestrahlend auf das Pärchen zu. Versöhnung, ja? Und die Frau hat geantwortet: Nee, det is mein Neua.

Eigentlich wollten Bernd und ich nach der Scheidung zusammen essen gehen, denn immerhin haben wir uns nicht als Feinde getrennt. Dann war mir das doch zu blöd und ihm wahrscheinlich auch. Jedenfalls ist er, ohne sich umzusehen, davongepeest. Ich vermute, er wird sich an diesem Tag mächtig betrunken haben. Ich bin in aller Ruhe nach Hause gegangen und habe mir Heringe gebraten. Mindestens fünf solcher Viecher hab ich verputzt und eine schöne Flasche Rotwein dazu.

Bernd wird Dir sicherlich auch noch schreiben.

Ich grüße Dich herzlich. Viele Grüße auch an die Mecklenburger. Die zugezogenen und an die gebürtigen. Deine Steffi.«

Kaum, daß Ingelore die Lektüre beendet hatte, begann sie von vorn. Was ist das nur für eine Welt? dachte sie dabei. Wer oder was hat die Seele dieser Frau auf dem Gewissen? Wem geb ich die Schuld an solcher Kälte?

Susanne polterte die Treppe herunter, in Straßenschuhen. Ihre Mutter würde gewaltig zetern. Ob das Mittagessen fertig sei. Nein, antwortete Ingelore, in absehbarer Zeit würde das auch nicht fertig werden.

»Kummer?« Susanne zeigte auf das Briefpapier.

Ingelore zuckte mit den Schultern, fühlte sich auf die Stirn geküßt. »Geht alles vorüber«, trällerte Susanne, »geht alles vorbei ... Und warm essen tu ich am Abend mit René.«

Ingelore sah der davonschwirrenden jungen Frau nach, merkte: Sie las nicht, sie hielt nur Papier in den Händen. Entweder du gehst jetzt in die Küche oder spazieren, befahl sie sich. Auf der Treppe hocken kommt nicht in Frage. Sie steckte den Brief in die Handtasche, wechselte erneut die Schuhe. Feste Treter mußten es diesmal sein. Der Regen der vergangenen Tage hatte die Wege aufgeweicht, die Wege aus dem Dorf hinaus, ins kleine Wäldchen hinein, einen einbetonierten Bach entlang. Ingelore wollte allein sein. Sie mußte sich mit Hannes unterhalten.

Auf der Straße kam ihr eine ehemalige Lehrerin entgegen. Die große, vierschrötige Frau mit der dröhnenden Stimme und den hektischen Bewegungen suchte seit ihrer Befreiung vom Schuldienst ständig Menschen, die sie belehren durfte. Sie wohnte allein im Dorf. Die Familie des einzigen Sohnes beschränkte das Zusammenleben mit der belehrfreudigen Dame auf das Mindestmaß.

»Sie waren in der Stadt, Frau Rechlin?« Ingelore hatte der Lehrerin nicht ausweichen können. »Wer in der Großstadt aufgewachsen ist, der braucht Trubel um sich.«

Ingelore zeigte auf ihren Mund.

»Zahnschmerzen? Dann sollten Sie nicht durch kalte Luft spazieren.«

Abermaliges Kopfschütteln. Deuten auf den Hals. »Keinen ... keinen Ton ...«

»Was halten Sie von einem Arztbesuch, sagen Sie?!«

»War ich.«

»Und wo? In Neubrandenburg?«

Ingelore nickte schnell, versuchte sich an einem freundlichen Gesicht, eilte auf die andere Straßenseite. Dort schien für den Moment die Sonne. Sie hörte die Lehrerin etwas von den schädlichen Nebenwirkungen der Antibiotika rufen, nickte mehrmals und registrierte erleichtert, daß die Frau zurückblieb.

Ach, Hannes, sprach sie zu sich, kannste dich erinnern, wie ich damals gewettert habe, als unsere Steffi in die Familie schneite? Schieber-Hedwigs Tochter als Frau von unserem

Bernd ... Und wie sehr ist se mir dann ans Herz gewachsen, die Steffi! Weißte noch, beim Ausflug vor paar Jahren, die Dampferfahrt mit deinem Betrieb, da hielten die Leute Steffi für unsere Tochter. Weil se mir so ähnlich sieht. Nich nur um die Taille herum. Das ganze Wesen von ihr, so 'ne selbstverständliche Freundlichkeit den Leuten jejenüber. Bernds Verklemmtheiten dagegen! Der Junge macht den Mund doch nur noch zum Bierreinschütten auf. Ja, ick weeß, ick bin unjerecht, wat solls! Nich mal zwanzig Minuten habe die Prozedur jedauert, die Ehe keene zwanzig Jahre, die Scheidung keene zwanzig Minuten. So schnell is die Zeit. Toll, wa?

Am Wartehäuschen vor dem Klubhaus nahm sie die auf einer leeren Tafel mit offenbar sehr haltbarer Farbe gemalte Schrift war: »Der Landfilm zeigt.« Kino aber gab es in Niedorf seit Jahren nicht mehr.

Dann das frischverputzte Gebäude vom Rat der Gemeinde. Eben trat der Bürgermeister heraus, winkte Ingelore freundlich zu. Sie erwiderte den Gruß nur mit einem kurzen Nicken, denn sie wußte, ließ sie sich auf ein Gespräch mit dem Mann ein, war der Bürgermeister nach zwei Sätzen bei einer »ganz großen Bitte«. Die Kinderkrippe suchte schon seit Monaten eine Köchin.

Schnell ging Ingelore weiter, kam an den feingeharkten Vorgärten der Einfamilienhäuser vorbei. Sauber und hell war es in Niedorf, da konnte man nicht meckern. Hier kehrten die Bürger noch vor der eigenen Tür, buchstäblich. Und die Garagen waren mit bunten Glitzersteinen verziert, viel wertvolles Material war zu allerlei Schnickschnack verarbeitet worden. Die Leute wollten sich ihr Leben »schön machen«. Wohin auch sonst sollten die Vierzigjährigen mit ihrem Geld? Das Haus war hochgezogen, das Auto stand im Stall. Einmal im Monat fuhr der Niedorfer Durchschnittsbürger in die Bezirksstadt, einmal im Jahr nach Berlin. Da konnte es dann nicht kostspielig genug zugehen. Hinterher schimpfte man über das Restaurant, in dem man »fast hunnert Mark« bezahlt hatte und »so richtig satt is keiner geworden«. Die Tatsache jedoch, daß man »fast hunnert Mark« auf den Tisch blättern konnte, befriedigte. »Die Sparkonten mancher Bauern solltest du sehen! Du würdest es nicht glauben!« sagte René. O doch, sie konnte sich die Summen vorstellen. Wer zuverlässig arbeitete, bei dem kam in schöner

Gleichmäßigkeit ein gutes Stück Geld auf die hohe Kante. Doch wohin damit? Das Landwarenhaus deckte den sogenannten »Grundbedarf«. Neuerdings gab es ein Regal voll mit delikaten Schnäpsen. Vielleicht gehörte so etwas jetzt auch zum Grundbedarf.

Ingelore bog in den Weg zum Wäldchen. Eine durchsichtige Angelegenheit, dieser von hohen Kiefern bestückte Flecken. Ein Moor in seiner Mitte, Birken breiteten sich krüppelig gedeihfreudig aus. Ingelore mochte den Ort schon wegen seiner gewissen Gruseligkeit. Wenn die Sonnenstrahlen durch die Wipfel der Kiefern brachen, wenn die schlanken, schiefen Birkenstämmchen beinahe leuchteten, eine Unmenge von Kleingetier auf und ab wirbelte, es vom Moorwasser her quakte – so waren das Dinge, die den Großstadtmenschen Ingelore Rechlin an die Stimmung alter Kriminalfilme erinnerten. Man weiß: Die Gegend verbirgt ein Verbrechen, doch bei allem Nebel, Flimmern und Flirren – am Ende würde das Gute siegen, das Böse entlarvt und der gerechten Strafe nicht entgehen.

Dafür hatteste keinen Sinn, sagte Ingelore zu ihrem Hannes, während sie langsam Schritt vor Schritt setzte. Für alles Spinnrige wollteste 'ne Erklärung finden, und fandeste die nich, so wurde det Janze als Unfug abjetan. Kiek doch nur, wie die Sonne durch die Mückenschwärme sticht. Scheint den Mücken unanjenehm zu sein, brennt ihnen wahrscheinlich zu sehr uff die Pelle. Jetzt schwirrt die Masse ab, det heeßt, kiek hin, Hannes, erst wissen se nich, wollen se nu nach rechts oder wollen se nach links. Schatten lockt uff beeden Seiten. Da schweben se nu unentschieden hin und her, un wenn se sich nich beeilen, vabrutzeln se inne ultraviolette Strahlung. Siehste, jetzt jeht die Post ab! Se biejen nach rechts. Würdeste gleich wieda politisch deuten, wa? Det is ooch so 'ne Anjelejenheit, die ick nich so richtich kapiert habe, Hannes ... Warum du noch mit Vierzig inne Partei bist... Weil du mithelfen wolltest bei de Verbesserung der Welt, ick weeß, det haste mir oft jenuch so jesacht. Aber ick sare dir: Die Welt, Hannes, die Welt is zu jroß und zu rund für unsaeens, meinetwejn ooch zu kantig, einfach zu wenig einsehbar, vastehste? Zu unfaßlich uff alle Fälle. Een kleenet Licht wie unsaeens kann die Welt nich inne annre Richtung drehn. Überleg doch mal! Wenn jetzt in diesem Moment eene von den Mücken im Schwarm, eene oder 'ne Handvoll, is janz ejal, wenn die 'ne Partei gründen un beschließen: Wir schweben nich mit nach rechts, wir schweben nach links, denn links jet et den Leuten besser. Janz alleene wären se jeblieben, un alleene können se nicht überleben. Frag mich nich, warum der Schwarm nach rechts jezogen is, vielleicht hat'n der Wind hinjetrieben. Woher soll unsereins wissen, worauf Mücken reagieren. Ick ahne, wat du jetzt sagen willst, ick weeß jenau, wat kommt. Der Mensch zeichnet sich von allen Lebewesen dadurch aus, daß er vernunftbegabt is. Ick sare dir: Begabt is der Mensch, aber ob er seine Begabung in jedem Fall ooch nutzen tut, det is doch sehr dahinjestellt. Der Kremm zum Beispiel, Anneroses Winterliebe, der für die Versorjung in eena Kaufhalle verantwortlich is ... Bedauernswerter Posten, wa? Kann ja ooch nur vateiln, wat ihm anjeliefert wird. Un wat wird schon anjeliefert heutzutage!

Ja, ick weeß, ick komm vom Thema ab. Ick will dir wat über den einen Liebhaber Anneroses erzählen un komm immer wieder davon ab. Det is, weil du mir nich untabrechen tust. Weeßte noch, am Abend ... Ick erzähl dir wat, die Kinder sinn im Bett, oder später, als se ausm Haus warn, wenn du dann von deina Arbeit jekommen bis un ick von meiner ... Hatte dich ja den janzen Tach nich neben mir ... Jedenfalls hab ick mir immer uff den Moment jefreut, wo ick dir wat erzähln konnte. Un wat is passiert? Du knurrst: Wat willste eijntlich, Ingeken? Wovon redeste? Davon oder davon?

Det hat mir oft jenuch jeärgert, Hannes. Manchmal nämlich war mir det reinewech schnurzpiepe, ob ick dir davon oder davon erzählt hab. Hauptsache übahaupt. Aber so wat haste nich vastanden. Keen Mann versteht seine Frau, jedenfalls nich imma. Der Kremm zum Beispiel, wie jesacht, der denkt, die Annerose kann sich nich zwischen ihm un den Professor entscheiden. Er denkt, se schwankt. Keene Spur! Im Winter der, im Sommer der! Der jefällt et jenau so, wie et is. Komisch, wa?

Die Mücken, siehste, die sinn da nu im Schatten und bleiben wahrscheinlich dort bis zum Ende von ihrem kurzen Mückenleben. Annerose hinjejen, die nimmt sich det Beste von rechts und det Beste von links. So wat steht ihr zu, sacht se. Jut, wa?

Un noch wat, wat ick dir sagen muß: Wenn unsa René 'n Schreibtisch zusammentischlern soll oder 'ne Regalwand, oder wie neulich, als er det kleene Zimmer vom Klubhaus mit Holz austäfeln mußte, da is der Junge immer froh, weil er damit aus seinem Arbeitseinerlei rauskommt. Er sacht, det macht ihn uff Dauer rammdösig, immer und ewig an een und derselben Sache basteln, er sagt, er findet seine Arbeit oft jenuch rundweg beschissen. Unsaeens war ja ooch froh, wenn er ma 'n schönen Braten herrichten durfte, nich immer nur Nudelsuppe. Abwechslung erfreut, sagt René. Und Annerose sacht et ooch. So schließt sich der Kreis, siehste. Demnächst isset ja nu soweit, Kremms Saison beginnt. Einzuch der Winterliebe. Und ick in der Kammer nebenan. Nich, det ick det nich vakraften könnte, aber peinlich is et wohl doch. Einfach abreisen jeht nich. Erst muß mir Steffi det bestellte Telegramm schicken.

Ach, Hannes, warum biste nich mehr da! Einfach so abzuhauen ... Noch keene fünfunsechzig und eijntlich doch kernjesund. Du und ick, wat hätten wa noch allet anstellen können! Nu fahr ick alleene zum Hackeschen Markt zurück. Da seh ick ma schon inne Küche sitzen und uff die dämliche Schwarzwälder Uhr kieken. Hock da, wie bestellt und nich abjeholt ... Ick weeß, Hannes, ick weeß, jammern hilft nischt. Solange sich der Mensch bewegen kann, muß er sich bewegen. Ooch so'n Spruch von dir ... Die Mücken kannste noch immer tanzen sehn, und wie det aus dem Moor hochsteigt, richtje Kringel inne Luft ...

5 Den Abend verbrachte Ingelore bei den jungen Leuten. René hatte eine Flasche Wein spendiert, einfach nur so. Susanne versprach, nur daran zu nippen.

Das wird ein lustiger Abend, ging es Ingelore durch den Sinn, wenn zwei sich lieben, stört der dritte. Und außerdem ist für heute der Einzug des Eberhard Kremm angesagt.

Schnurrend lehnte Susanne an der Schulter ihres Mannes, lobte den Zustand der Faulheit. Draußen hielt das von allen erwartete Auto. Kaum hört ein Niedorfer vor seinem Haus eine Benzinkutsche, schon eilt er ans Fenster. Anfangs hatte sich Ingelore über diese »Unsitte« lustig gemacht, jetzt war es auch ihr zu Gewohnheit geworden. Die Niedorfer Hauptstraße war eben nicht der Hackesche Markt, wo man höchstens beim lautstarken Zusammenstoß zweier Kraftfahrzeuge aus dem Fenster sah.

Eberhard Kremm entstieg dem Auto. In seiner Rechten ein kleines, elegantes Lederköfferchen. Ingelore vermutete Schlafanzug und Zahnbürste darin, einmal frische Unterwäsche und ein Oberhemd zum Wechseln.

»Wo bleibt Mutter denn?« fragte Susanne. »Geht sie ihm nicht entgegen?«

René schüttelte den Kopf. »Läßt ihn wirklich erst dreimal klingeln ...«

Sekunden später wurden Türen geöffnet, Türen geschlossen. Die Winterliebe war angekommen.

Susanne nippte am Wein. René beugte sich über einen großen Bogen Millimeterpapier. Er wollte den morgigen Einsatz der Handwerker »stabsmäßig« vorbereiten.

Es klopfte an der Zimmertür. Annerose fragte, ob Ingelore nicht zu ihr runterkommen könne. Was denn, wunderte sich diese, am ersten Abend sollte sie unten bei Annerose und Klemm sitzen? Sehr schick sah Annerose übrigens aus in ihrer weißen Bluse mit dem Spitzeneinsatz, dazu ein halblanger Rock, der an einer Seite weit aufgeschlitzt war. O doch, sie hatte was zu bieten, diese Frau. Wozu aber brauchte sie heute einen Anstandswauwau?

»Ebbs meint, in Gesellschaft ißt es sich besser.«

»Hat er denn nicht Gesellschaft genug an dir?«

»Er will sich gern mit dir unterhalten. Was dagegen?«

So ist es, dachte Ingelore, Feiertagskleidung macht noch keine Feiertagslaune.

Annerose goß Tee in die Tassen, sagte »Mahlzeit«.

Wie Ingelore sehr schnell erfuhr, war Eberhard Kremm »zum ersten Mal in seinem Leben« im goldenen Westen gewesen, hatte einen Bruder in der Nähe von Kiel besucht. Und nun mußte er darüber reden. Spräche er mit Leuten wie Annerose, Leuten, denen Westbesuche verwehrt sind, käme er sich sehr merkwürdig vor. Entweder er werde für einen Aufschneider oder für einen Blödian gehalten. »Aber manchmal, Frau Rechlin, manchmal ist das Leben dort so, wie es bei uns in der Zeitung steht. Und dann will man es erst recht nicht glauben. Oder was meinen Sie?«

Ingelore nickte aus voller Überzeugung.

Die Hausfrau übrigens lang recht zögerlich zu beim Abendbrot. Angeblich müsse sie auf die Linie achten, doch Ingelore wußte es besser: Ärger macht satt. Und ärgern tat sich die gute Annerose, da konnte sie lächeln und freundlich tun, wie sie wollte. Als Schauspielerin würde die Frau keine müde Mark verdienen.

Kaufhallendirektor Kremm, ihr Liebhaber, der Mann, der nach einer längeren Pause wieder an ihrem Tisch sitzen und wenig später in ihrem Bett schlafen durfte, er schien die Säuernis nicht zu bemerken.

Ingelore war sich sicher: Absichtlich hielt er Annerose am langen Arm, ein bißchen Rache seinerseits, weil sie ihn vor der Haustür warten ließ. Gut, der Mann!

Kremm erzählte: Sein ältester Bruder war Ende der vierziger Jahre als junger Mann zu seiner Braut in ein Fischerdorf an die Ostsee gezogen; nun war der Mann sechzig Jahre alt geworden. Kremm hatte das, wie er sich ausdrückte, »Wagnis« einer Westreise unternehmen dürfen. »In meiner Position ist solch eine Fahrt ja immer ein Risiko.«

»Für wen?« fragte Ingelore. »Für Sie oder für die Position?«

Kremm lachte. Zwei Geschichten müsse er unbedingt loswerden, eine besonders schöne und eine schlimme.

Ingelore überlegte: Das Schönste? Was konnte das für diesen Mann gewesen sein? Für einen »guten Genossen« wie Kremm. Vielleicht hatte er ein Flugblatt der Kommunistischen Partei gefunden. Und das Schlimmste? Auf einen überzeugten Menschen wie Kremm mußte das attraktive Sterben des Kapitalismus ganz allgemein sehr furchtbar wirken.

»Die schlimme Geschichte zuerst ...« Kremm krempelte die Ärmel hoch, lockerte die Krawatte. »Als ich über die Grenze fuhr ... Kollegen hatten mich darauf hingewiesen, daß es mit geschlossenen Augen zu spüren sei, sobald der Zug über Westgleise rollt. Kennen Sie das auch?«

Ingelore nickte.

»Eben wollte ich den Kopf an meine Jacke lehnen und eine Runde schlafen, als ich draußen im Gang eine Stimme hörte. ›Ostleute? Ostleute?‹ Eine Rentnerin, die in Marienborn zugestiegen war, wurde unruhig. Was soll's! Hab ich gedacht. Kremm, du hast ein gutes Gewissen, dir kann keiner was.«

Annerose lächelte ironisch.

Wahrscheinlich langweilt sie sich, dachte Ingelore. Die Geschichten ihres Liebsten kennt sie längst auswendig. In diesem Fall jedoch ... Wo der Mann doch kaum aus dem Westen zurück ist? Eigentlich könnte sie ihm ein bißchen zuhören.

Endlich sei es soweit gewesen, erzählte Kremm, die Tür zu ihrem Abteil wurde aufgerissen. Eine ältere Dame im Habitus der Rote-Kreuz-Gilde habe sich gezeigt, in ihren Händen ein großer Plastebeutel. Kaum habe sie wieder ihr »Ostleute!« gerufen, schnippte seine Nachbarin, die da in Marienborn zugestiegen war, energisch mit den Fingern. Worauf die Frau mit der Roten-Kreuz-Jacke eine Banane aus dem Beutel zog und der Oma in die Hand drückte.

Kremm sagte, es habe ihm die Sprache verschlagen; wie ein Affe habe er sich gefühlt. Dann wurde die Abteiltür zugeschlagen, die Schritte hin zum Nachbarabteil. In diesem Augenblick habe sich die Oma aus Marienborn zu ihm gebeugt. An seinem Paß habe sie gesehen, er sei doch auch aus dem Osten, und weshalb er sich nicht gemeldet habe. Danke, habe er gesagt, er mache sich nichts aus Bananen. Daraufhin sei die Oma wie ein Blitz raus aus dem Abteil. »Hallo!« hörte er sie auf dem Gang rufen, »da ist noch einer, der hat sich nur nicht gemeldet.« So war die Oma zu einer zweiten Banane gekommen, und ihm sei zum Speien übel gewesen. Ob das Frau Rechlin verstehen könne.

Ingelore nickte und erwiderte, etwas ähnliches habe sie bei der Grünen Woche in Westberlin erlebt. An einem Stand mit holländischen Tulpenzwiebeln. Ach, so herrliche Tulpen! habe der Mann immer wieder gerufen. Was aber nutze es ihm, da er ja »von drüben« sei. So lange habe der Kerl gejammert und geflennt, bis ihm eine Frau einen Zehnmarkschein in die Hand gedrückt und gemeint habe, er solle endlich aufhören wie ein Hund zu heulen.

Annerose gähnte.

»Nun aber das Schönste!« Ingelore tippte Kremm auf die Schulter. »Das Schönste wollen wir mal nicht unterschlagen.«

»Ja, das Schönste ... Mein Bruder ist ein, nun ja, ein sehr von sich eingenommener Mensch. Überaus fleißig und stolz auf das, was er sich in all den Jahren erarbeitet hat. ›Achtstundentag‹ ist für ihn ein Fremdwort, er als Besitzer einer kleinen Aalräucherei ... Für ihn und seine Angestellten ist Arbeitszeit auch wirklich Leistungszeit. Merkwürdig, nicht wahr? Im Westen kennen sie zwar unsere Parolen nicht, aber sie leben danach ...« Wie in Gedanken legte der Kaufhallenchef einen Arm um Annerose, das heißt, er versuchte es, denn mit einem schnellen, unmißverständlichen Stuhlrücken entzog sich die Frau. Der Mann jedoch betrachtete sie weiterhin sehr freundlich.

Ingelore hüstelte laut und dachte: Vielleicht ist's besser, wenn ich verschwinde.

Doch Eberhard Kremm wandte sich ihr zu und fragte, ob sie sich an Waldmeisterbrause erinnern könne.

»Aber ja!« antwortete sie, »solch grünes Zeug, was angeblich Krebs verursacht. Deshalb soll es das ja auch bei uns nicht mehr geben. Bin gespannt, wann das Toastbrot aus dem Verkehr gezogen wird und überhaupt alles Gegrillte.«

»Mein Bruder also nahm mich eines Tages mit zu einem riesigen Supermarkt. Ein Sortiment, für uns nicht vorstellbar ...«

In Kremms Augen erkannte Ingelore einen sehnsüchtigen, schier verzückten Ausdruck. Der hiesige Handelsfunktionär schwärmte vom Angebot in einem westdeutschen Supermarkt! Laufen also doch nicht alle Funktionäre mit einem Brett vorm Kopf durch die Welt, dachte sie. Oder sind im Lauf der Jahre, der Jahrzehnte immerhin, die Bretter morsch geworden, die man sich vor die Stirn halten muß? Oder die uns vor die Stirn gehalten werden? Vielleicht darf Holz zu derartigen Zwecken nicht länger mißbraucht werden. Und die Qualität der Bretter hat auch nachgelassen. Manche Leute, Ingelore fielen die zwei Schiefenagels ein, laufen mit Brettern herum, die sind dünn und besitzen Astlöcher. Es läßt sich zumindest durchschmulen.

In den leuchtendsten Farben berichtete Kremm vom Warenangebot im Supermarkt. Vierzig verschiedene Sorten Vollmilchschokolade! Dabei habe er nur die Hundertgrammtafeln gezählt! Zwei Regale voller Pilsner! Man würde es nicht für möglich halten, hätte man es nicht mit eigenen Augen gesehen. Achtzehn Sorten »Deutsches Pilsener«. Extrem, wirklich extrem.

Ingelore erinnerte an die Waldmeisterbrause.

»Ich steh also im Supermarkt. ›Kaufhalle‹ darf ja nicht gesagt werden, daran wird unsereins sofort als Mensch aus dem Osten erkannt.«

Annerose gähnte wieder. Diesmal nahm sich gar nicht erst die Hand vor den Mund.

»Ich steh zwischen den Regalen, ich zähl die Artikel, und langsam werden mir die Knie weich, ehrlich. Ich denke an das Feiertagsangebot in unserer Kaufhalle Nord, und meine Knie werden noch weicher. Mann! denke ich, was haben wir alles noch vor uns! Achtzehn Sorten Pilsener müßten es nicht sein, aber wenigstens etwas an Fertiggerichten in der Tiefkühltruhe, Obst, ein bißchen bunte Vielfalt. Nun ja ... In diesem Moment spricht mich mein Bruder an. Ich solle einen Wunsch äußern, den Wunsch nach einem x-beliebigen Lebensmittel. ›Was immer du willst, hier kriegst du es!‹ Mein Bruder sprach, als gehöre ihm der Supermarkt. Und überhaupt ... Kennen Sie das auch, Frau Rechlin? Diese gewisse Überheblichkeit der Westdeutschen? Wir haben es zu etwas gebracht, ihr hingegen kaut noch immer an euren Margarinebroten?«

»Hm«, sagte Ingelore.

»Nun sollte ich also auf der Stelle eine Ware nennen. Und mein Bruder garantierte, die sei vorhanden. Jede Wette schließe er ab. Ich weiß nicht, was meinem Bruder vorschwebte: Ungarische Salami, Budweiser Bier... Ich stand jedenfalls da wie Pik Sieben. Ich hatte absolut keinen Wunsch. Vor einer guten halben Stunde erst waren wir vom Mittagstisch aufgestanden, und wer satt ist, der lebt bekanntlich bescheiden. Vielleicht war mir nach einem Underberg, aber damit, so dachte ich, damit kränkst du nur das Bruderherz. Underberg ist ein Massenartikel, den findest du an jedem Kiosk. Da, der Teufel muß mich geritten haben, fällt mir die Waldmeisterbrause ein. In Gedanken sah ich die Flaschen mit den Schnappverschlüssen vor mir, jeder Krämerladen führte in meiner Kindheit derartige Limonade. Rote, gelbe, grüne. Wenn ich mir eine aussuchen durfte, damals, ich nahm immer die mit dem Waldmeistergeschmack. Sag ich also jetzt zu meinem Bruder: Eine Flasche Waldmeisterbrause würde ich gern trinken.

Mein Bruder zuckt mit der Schulter, war ihm wohl zu simpel der Wunsch. Dann zieht er mit mir los zur Ecke mit den alkoholfreien Getränken. Was heißt Ecke! Ein riesiges Areal mit Flaschen und Dosen. Die gesamte Verkaufsfläche von Petersdorf Nord brächte ich dort unter. Von allem jede Menge, jede Sorte. Große Flaschen, kleine Flaschen, Pfand oder kein Pfand, süß oder nicht süß, nur Waldmeisterbrause, die fehlte.

Mein Bruder wird nervös, sucht die Regale auf und ab, ein Verkäufer spricht ihn an, kehrt mit dem Oberverkäufer zurück, großes Bedauern auf Seiten des Supermarktes. Waldmeisterbrause ist momentan nicht gelistet. Die Nachfrage danach sei sehr gering, genauer gesagt: Gleich null. Selbst Götterspeise mit Waldmeistergeschmack zeige im Absatz eine rückläufige Tendenz. Sei aber vorhanden. Mein Bruder bietet mir grüne Götterspeise an, als Pulver oder fertig als Gelee. Er schreit, ob ich meinen verdammten Durst nicht auch mit anderem Zeugs stillen könne, ich aber sage: ›Durst hab ich überhaupt keinen, nur einen Wunsch. Und denn kannst du mir nicht erfüllen.‹ Triumphiert hab ich wirklich nicht, nur – ein kleines Grinsen konnte ich mir nicht verkneifen. Dort, wo es alles gab, wurde ein Mangel entdeckt. Und der, der den Mangel entdeckte, der kam aus dem Osten, aus einem Land chronischen Mangels.

Gestern sagte meine Schwägerin am Telefon, mein Bruder habe bei der Leitung des Supermarkts Krach geschlagen, und Waldmeisterbrause sei wieder im Sortiment. Mein Bruder aber habe geschworen, diesen Schuppen nie wieder zu betreten.«

»Ein dummer Hund!« Annerose fuhr Eberhard Kremm durch den Haarschopf. »Liegt in deiner Familie, nicht wahr?«

Ingelore bedankte sich für den unterhaltsamen Abend, sagte, sie müsse noch ein spannendes Buch auslesen. Sie reichte Kremm die Hand, und erst im Moment, da ihr der Mann die Hand drückte, fiel ihr das Unpassende der Geste ein. Würde sie Kremm nicht morgen früh wieder begegnen?

Im Bad brauchte Ingelore nicht viel Zeit. Durch die Milchglastür sah sie im Vorübergehen ins Wohnzimmer. Annerose und Kremm verharrten noch immer auf ihren Plätzen. Sie legte sich ins Bett, suchte im Radio nach Musik, die sie lauter als gewöhnlich einstellte. Ob die Liebesleute das Licht brennen ließen? Die Helligkeit fiel vom Schlafzimmer in den Garten. Ingelore zog die Vorhänge nie zu, grundsätzlich nicht. Der Mensch, so war ihre Meinung, der Mensch muß mit dem Tageslicht vor Augen aufwachen. Jetzt aber stand sie doch auf, machte sich an den Vorhängen zu schaffen. Dabei überlegte sie: Woher hatte sie eigentlich diese Marotte mit dem Nichtzuziehen? Von René! Richtig. Der hatte die Angewohnheit aus der Mongolei mitgebracht. Von seinem dortigen Arbeitseinsatz. Oft, sehr oft erzählte der Junge von dieser längst vergangenen Reise. Die Ausflüge in die verschiedenen Klöster, die Gespräche mit dem Onkel eines mongolischen Arbeitskollegen ... Auf Russisch hatte er sich mit dem unterhalten können. Schaffe er heute nicht mehr, klagte der Junge. Wird ja auch nichts mehr gefordert von ihm. »Merke dir um jeden Preis: Was man nicht wäscht, bleibt niemals weiß.« Steht bei Tante Emmi in Templin auf einem sogenannten Überhandtuch. Gar zu gern würde der Junge wieder in die Welt ziehen, auf Dauer gefällt ihm das heimatliche »Schaffe, schaffe, Häusle baue« überhaupt nicht. Er überlege, ob er sich für Afrika bewerbe, hatte er erklärt und wohl auch eine solche Bewerbung abgeschickt. Zum Glück keine Antwort darauf erhalten. Susanne dreht es das Herz um, sobald das Thema auch nur zur Sprache kommt. Wär ja auch schlimm: Der Ehemann und Vater begibt sich auf eine solch weite Reise! Das sieht der Junge ja auch ein, Hannes, zumindest sagt er das. Im Geheimen aber wünscht er sich schon eine derartige Abwechslung. Hat Angst, Rost anzusetzen, das ist es. Hättest eben nicht heiraten sollen, hab ich ihm erklärt.

Das Flurlicht ging an. Ingelore hörte: »Besten Dank! Danke bestens!« Sehr laut gesprochene Frauenworte. Dann ein Türknallen, eine Autotür, scharfes Gasgeben. Sie legte ein Ohr an die Wand zu Anneroses Schlafzimmer. Tatsache: Annerose weinte. Hemmungslos.

Sofort war Ingelore aus dem Bett, zog im Gehen den Morgenmantel über, klopfte.

»Herein« hörte sie nicht. Die Tür öffnete sie trotzdem. Quer über dem Doppelbett lag in voller Kleidung die schluchzende Hausbesitzerin. Schon wollte Ingelore zu einer tröstenden Bemerkung, einer anteilnehmenden Frage ansetzen, als sich Annerose aufrichtet. »Du hast es geschafft!« schrillte es Ingelore entgegen. »Vorher hat er nie mit mir in so einer Art gesprochen! Nie! Von wegen Professor oder er! Das war ausgemacht, daß so was nicht zu Debatte steht. Auf einmal aber ...« Annerose zog die spitzhackigen Schuhe von den Füßen, schleuderte sie in die nächste Ecke. »Wer weiß, was du mit ihm geredet hast! Jedes zweite Wort von ihm: Frau Rechlin hat gesagt, Frau Rechlin hat gemeint! Zum Kuckuck mit dir!«

Ingelore schloß die Tür. Auch nicht schlecht, dachte sie, jetzt brauch ich Steffis Telegramm nicht abzuwarten.

VIERTES KAPITEL

1 Die Veranstaltung sei in einem »nun ja, kirchlichem Raum.« Nur mühsam ging Frau Schiefenagel diese Mitteilung über die Lippen. Ingelore mußte energisch nachfragen, bis sie erfuhr: Das Treffen des Textilzirkels fand in einem Aufenthaltsraum vom Sankt-Marien-Krankenhaus statt. Daß dieses Krankenhaus von Katholiken geleitet wurde, war allgemein bekannt. Ordensschwestern umsorgten hier die Patienten. »Als normal Sterblicher«, so jedenfalls meinte Ingelore zu wissen, gelangte man nur mit Beziehungen ins Sankt Marien. Auch die Genossen sollten sich angeblich darum reißen, ihre Gallensteine in diesem Krankenhaus loszuwerden. Denn da waren sie liebevoller Pflege gewiß.

»Üblicherweise treffen wir uns ja im Kulturhaus«, sagte Frau Schiefenagel und nahm einen weiteren Schluck Kaffee, den ihr die Nachbarin extra nicht so stark gebrüht hatte.

Wenn ich es Susanne und René nicht in die Hand hinein versprochen hätte, mehr »unter die Leute zu gehen«, Madame Schiefenagel hätte sich die Zunge fusselig reden können. Allerdings, so dachte Ingelore weiter, die Stricksachen, die sie mir gezeigt hat, sind feine Arbeit. Material wird auch geliefert, und mit der Partei hat das Ganze absolut nichts zu tun. Und daß in der Gemeinschaft auch zwei »kirchlich gebundene« Frauen mitstrickten, sei reiner Zufall und vielleicht auch von einer tieferen Symbolik, denn letztendlich, so Ilse Schiefenagel, säßen sie doch alle in einem Boot.

Ingelore horchte auf. Gänzlich neue Töne! Bis jetzt saßen die Genossen immer in einem Extrakahn und boten den als einzige Möglichkeit an, sich über Wasser zu halten. Nun hockt Frau Schiefenagel neben einer strickenden Christin und erfindet mit der zusammen neue Muster. Und ich setz mich dazu, denn ich kann mir vorstellen, mit so einem Kissenbezug wie diesem da bei Beate Eindruck zu schinden.

»Den Weg zu Sankt Marien werden wir schon finden«, sagte Ingelore. »In der Not mit einem Krankenwagen, nicht wahr. Und ein Wollknäuel ist überall rund.«

Die zustimmende Kopfbewegung schien Frau Schiefenagel schwerzufallen. »Daß die Handwerker aber auch nie fertig werden! Dieses bißchen Renovieren! Wir hatten uns in den Räumlichkeiten des Kulturhauses so gut eingerichtet!« Die Frau erhob sich stöhnend. Am späten Nachmittag treffe man sich dann.

»In Ordnung. Und das Versicherungsbuch steck ich auch ein.«

»Wozu das?«

»Wenn wir schon mal in einem Krankenhaus sind! Man kann nie wissen!«

Die Nachbarin lächelte gequält.

Ingelore sah ihr nach und dachte: Es sitzt zu viel Angst in ihr. Angst vor tausend Wehwehchen, vor dem großen Unbekannten, dem Leben allgemein. Und auch die Angst vor dem morgigen Tag. Das aber ist neu. Alle Jahre hindurch kannte Madame nur die rosigste Zuversicht. Immer wenn man sich mit ihr unterhielt: Es ging nur aufwärts, höher, weiter, schneller. Jetzt aber scheint es auch ihr zu dämmern, daß die Welt nicht so läuft, wie es sich die Genossen erträumten. Gestern erst, als mir das alte Heft mit Beates Schulaufsätzen in die Hand gefallen ist ... Ein Aufsatz aus dem Jahr 1957, Thema »Wie lebe ich im Jahr 1990?« Das sozialistische Lager streckte sich demnach über alle Kontinente und Ozeane. Nur in den Vereinigten Staaten von Amerika war es noch nicht ganz so weit mit der Errichtung des kommunistischen Staatssystems. Aber der fortgeschrittene Teil der schwarzen Bevölkerung war schon mächtig am Agieren, einige Jährchen noch, dann leuchtete Lenins Portrait auch in Washingtoner Amtsstuben. Und das Leben im Vereinigten Sozialistischen Deutschland – ein reines Zuckerschlecken. Geld kannte man nicht mehr, war überflüssig geworden, denn jederman lebte nach seinen Bedürfnissen, fuhr kostenlos mit Bus und Bahn, erholte sich pro Jahr vier Wochen bei Frühsport und Zeitungsschau in einem Ferienheim am Schwarzen Meer.

Vor rund dreißig Jahren hatte Beate diesen Aufsatz geschrieben. Dreißig Jahre, war das nun eine lange oder eine kurze Zeit?

Im Grunde, so sagte sich Ingelore an ihrem Küchentisch sitzend, war der Aufsatz nichts weiter als ein Märchen. Nur mit dem Unterschied, daß Beate das Gesumms jener Jahre damals hatte glauben sollen. Daß sie es nicht tat, dafür wurde in ihrem Elternhaus gesorgt. Leute wie Ilse Schiefenagel jedoch hatten all die Sprüche für bare Münze genommen, hatten sie aufgesogen wie mit Honig gesüßte Milch. Märchen, dachte Ingelore, immer wollen die Menschen ihre Märchen, immer und überall brauchen die Menschen ihre Märchen, wollen sie unbeschadet durch den Alltag kommen. Damals im Konfirmandenunterricht ... Die Verheißung vom himmlischen Jerusalem, erinnerte die nicht auf den Punkt genau an jene Stadt, wie sie von Beate in ihrem Aufsatz beschrieben worden war?

Ingelore ärgerte sich noch heute über derlei Dummheiten. Für sie zählte, was mit Händen zu fassen war. »Überholen ohne einzuholen« – keiner hatte je gewußt, was und wie das passieren sollte. Heute war der Spruch vergessen; erinnerte sie Schiefenagels daran, so taten die, als hätten sie ihn nie gehört. Die Vernunft hatte den Spruch aussterben lassen. Auf Dauer nämlich, so Ingelores feste Überzeugung, auf Dauer läßt sich Vernunft nicht unterdrücken. Hab ick von dir jelernt, Hannes.

Die Frauen versammelten sich vor dem großen, dunklen Gebäude von Sankt Marien. Ingelore und die Nachbarin waren den kurzen Weg dahin zusammen gegangen. Ilse Schiefenagel mit einem falschen Dauerlächeln im Gesicht und Ingelore mit einem leicht mulmigen Gefühl im Magen. Das hatte sie grundsätzlich beim Betreten eines Krankenhauses. Sie hielt sich einige Schritte hinter der Truppe entfernt. Das Dunkel hinter dem großen Tor mißfiel ihr. Fast hätte sie Frau Schiefenagel recht gegeben: Für eine gesellige Zusammenkunft ist ein Krankenhaus nun wirklich nicht geeignet ... Dazu in einem Haus, in dem es nicht nur nach Desinfektionsmitteln, sondern auch nach Weihrauch roch.

Mediziner eilten an den Frauen vorüber. Jeder wie der Herrgott persönlich! ging es Ingelore durch den Sinn. Hannes hatte zeit seines Lebens nie in einem Krankenhaus gelegen, sie selbst übrigens auch nicht, na gut, damals, als die Kinder geboren wurden. Einmal, nach Renés Geburt war das gewesen, da hatte sie im Morgenmantel am offenen Fenster gestanden, tief durchgeatmet. »Wir sind hier nicht auf dem Ku-Damm!« hatte ihr mißbilligend eine Krankenschwester zugerufen. »Ach ja?« hatte Ingelore geantwortet. »Stehen Sie dort im Morgenmantel?« Nein, sie mochte Krankenhäuser wirklich nicht.

Und nun betrat sie eine solche Institution freiwillig. Und weshalb? Weil ihr Mann plötzlich verstorben war. Weil sie allein in der großen Wohnung lebte. Weil ihr die Decke auf den Kopf fiel.

Weil sie ihr Leben neu einrichten mußte. Mit zweiundsechzig Jahren ein neues Leben beginnen ... Sie kannte Leute, die sehnten sich nach dieser Chance. Weiß Gott, sie gehörte nicht dazu.

In der Mitte der großen Treppe, dort, wo fast alle Besucher eine kleine Verschnaufpause einlegten, dort hing ein Kruzifix mit dem daraufgenagelten Herrn Jesus. Du sollst nicht stehlen, nicht ehebrechen, nicht falsch Zeugnis reden wider deinen Nächsten ... Plötzlich erinnerte sich Ingelore an die Stunden im Konfirmationsunterricht. Der weißbärtige Pfarrer, der es trotz seines hohen Alters aus irgendwelchen Gründen nicht zu einer »eigenen Gemeinde« gebracht hatte ... Kam eine Antwort nicht schnell genug, zog einen der Alte am Ohrläppchen, sehr kurz, sehr schmerzhaft. Den Kindern waren die zehn Gebote als eherne Gesetze dargebracht worden; zu Hause aber hatte jedes Kind längst die Wackligkeit der Sätze kennengelernt. Dieses Gebot »Du sollst nicht töten« zum Beispiel. Wie verhielt es sich denn damit im Krieg? Schwiegervater hatte einige Zeit im Knast gesessen, weil er sich an der Front als feig erwiesen und nicht schnell genug auf die Franzosen geschossen hatte. So ist es doch immer, dachte Ingelore, die Obrigkeit biegt sich jeden schönen Spruch, so wie sie ihn eben braucht. Das nennt man dann Politik. Dieser Mann aber, der mit der Krone aus Dornengestrüpp und den dick aufgemalten Blutstropfen, er hatte nicht an Politik gedacht. Nie! Dessen war sie sicher. Ein Phantast war er, ein Schwärmer. Nie hatte sie sich um Leben und Lehre des Jesus Christus gekümmert; als Kind hatte sie Sprüche von ihm auswendig gelernt, weil das von ihr verlangt wurde. Einmal, sie war ein junges Mädchen, da hatte sie von ihrer Mutter wissen wollen, weshalb der »Herr Jesus von Nazareth« zu den guten Menschen gezählt wurde, während doch sonst alle Juden als böse galten. Letzteres hatte sie am Morgen erst in der Schule zu wissen bekommen: Der Führer Adolf Hitler hatte das Kaufhaus an der Ecke schließen lassen, weil sein Besitzer ein Jude war und ein von Natur aus böser, habgieriger Mensch. Alle Juden wollten den Deutschen an die Gurgel. Und wehren wird man sich doch wohl dürfen! Also – warum ist der eine Jude gut, die anderen alle schlecht?

Ihre Mutter – bevor sie geheiratet hatte, war sie Wäscherin bei der Firma Spindler in Köpenick gewesen – ihre Mutter hatte nur geknurrt, was diese blöde Frage solle. Falls das Kind zu viel

Zeit für Flausen habe – in der Küche warte der Abwasch. Außerdem war Jesus ein guter Mensch. Basta.

»Und warum der und andere nich?«

»Jesus von Nazareth! Det is adlich, vastehste. Wer von Adel is, is imma wat besonderet.«

Händeklatschend bat Frau Schiefenagel in ein Zimmer. Irgendwie verspürte Ingelore keine Lust mehr nach Wolle und Nadeln. Lieber hätte sie allein in ihrer Küche gesessen und mit Hannes über Gott, die Welt und andere wichtige Sachen gesprochen.

Hohe Fenster hatte der Raum. Blumentöpfe standen auf breiten Brettern davor. Die Töpfe blühten wunderbar.

»Warum auch nicht!« flüsterte Frau Schiefenagel. »Wo die hier doch alles aus dem Westen beziehen. Bestimmt auch den Blumendünger.« Sie setzte sich Ingelore zur Rechten. Links von Ingelore wurde ein Stuhl herangezurrt, eine winzige Person mit einem großen grauen Haardutt nahm darauf Platz.

Als Frau Schiefenagel und die anderen Frauen bereits munter mit den Nadeln klapperten, wußte Ingelore immer noch nicht, was eigentlich von ihr erwartet wurde. Nu sitz ick da wie Piefke im Rejen ... Sie spürte nicht übel Lust, die Sachen zu packen und davonzugehen. Wenn da nicht eine dumme Angewohnheit wäre, die ihr oft zu schaffen machte: In einer fremden Umgebung verlief sie sich fast immer. Erich Rechlin, ihr Schwiegervater, hatte dafür eine Erklärung parat gehabt: Dieses Verlaufen, so Erich Rechlin, sei noch immer ein Rudiment aus grauer Vorzeit. Immer seien die Männer Jäger und Sammler gewesen, die Frauen aber hätten vor dem Feuer gesessen. Deshalb habe der Sinn für Orientierung bei den Männern weit mehr Zeit für seine Entwicklung gehabt ... Das Krankenhaus jedenfalls dehnte und streckte sich endlos, war schier unübersehbar mit all den langen Korridoren, den Nischen und Aufgängen. Es wäre Ingelore schrecklich peinlich gewesen, irgendwo auf Station, statt auf der Straße anzukommen.

Frau Schiefenagel neben ihr kicherte. »Soeben habe ich meiner Freundin erzählt, daß Sie den Versicherungsausweis bei sich haben.«

Ingelore nahm einen Wollknäuel und strickte stumm drauflos. Ob es nun ein Schal wird oder nicht, mir egal, es wird am Ende der Stunde keine Zensuren geben, und ich sitz sowieso das erste und das letztemal zwischen diesen Weibern. Sie bemerkte: Die kleine Frau mit dem großen Dutt hielt ihr ein Stück Papier vor die Augen. Darauf war ein Muster gezeichnet. Sie hörte die Frau sagen, zuerst müsse sie drei Maschen aufnehmen, bevor es an das eigentliche Muster gehe.

Daß ich da nicht gleich drauf gekommen bin! Ingelore ärgerte sich. Aber das macht der Geruch in so einem Krankenhaus. Der macht mich reineweg trieselig im Koppe. Sie wandte sich an die kleine Nachbarin. »Als Gesunder in einem Krankenhaus ... Komisch, wa? Und dann die Kreuze überall und die Bilder mit den Männern, wo ein Heiligenschein über die Stirn gemalt ist. Eigentlich warte ich immer, daß die Tür aufgeht und eine Schwester kommt mit 'ner Spritze an oder giftgrünen Tabletten. Geht es Ihnen auch so?«

In diesem Moment öffnete sich wirklich die Tür und eine junge Krankenschwester trat herein. Allerdings befanden sich auf ihrem Wägelchen keine Spritzbestecke, sondern Geschirr und Kaffeekannen. Die kleine Frau neben Ingelore begann Teller und Tassen zu verteilen. »Ist gut, mein Mädchen«, sagte sie dabei zur Krankenschwester. »Hab schönen Dank.«

Ingelore hörte die Frau sagen, sie empfehle die Kekse sehr. Schwester Hedwig habe die gebacken, eine wahre Künstlerin, wenn es darum gehe, möglichst wenig Mehl zu verwenden.

»Sie kennen sich ja gut aus hier!« sagte Ingelore.

»Das möchte sein. Wo ich doch seit fast dreißig Jahren hier beschäftigt bin.«

Stumm trank Ingelore Kaffee. Links und rechts wurde dem Gebäck fleißig zugesprochen. Nur Frau Schiefenagel hielt sich zurück, sie kriege doch solch Sodbrennen von allem Süßen.

»Warum eigentlich«, Ingelore beugte sich zu der kleinen Frau, »warum machen Sie bei einer solchen Sache mit? Ich meine, das Stricken in diesem Verein.«

»Es hat sich so ergeben. Gottes Wille. Nichts weiter.« Sehr freundlich sah die kleine Frau in Ingelores Gesicht.

Die Stricknadeln klapperten, die Wolle nahm ab. Frau Schiefenagel klatschte in ihre Hände. Es sei doch erstaunlich, wie schnell so ein Stündlein vergehe, und sie danke den Gastgebern, und wenn sie sich wieder im Kulturhaus träfen, würde es bestimmt noch netter.

Während sie das sagte, verbeugte sich Madame Schiefenagel

ein wenig vor der kleinen Frau mit dem Dutt, und Ingelore nahm sich vor, auf dem Heimweg der Nachbarin einige Takte zu flüstern. Denn das wahr wohl doch ein zu starker Tobak: Im Haus der Gastgeber einen anderen Ort über den grünen Klee zu loben! Im Hinausgehen sah sie sich nach Frau Schiefenagel, tat es auch dann, als die erste Treppenstufe heran war. Begleitet vom Aufschrei der Frauen fiel sie die Treppe hinunter. Bilderbuchgleich rutschte sie mit dem Hinterteil von Stufe zu Stufe. Vielleicht wäre nichts weiter passiert, als daß sie sich ein paar blaue Flecke geholt hätte, aber im Hinunterrutschen griff sie nach dem Geländer, ihr schwerer Körper geriet aus der Balance und ihr linker Knöchel schlug hart gegen die Wand.

Als erste war die Duttfrau bei Ingelore, und während sie nach dem Fuß faßte und Ingelore diesen Griff mit einem Schmerzensruf beantwortete, sagte sie lächelnd: »Wie gut, daß Sie Ihren Versicherungsausweis mitgebracht haben.«

2 Unverändert kam es Ingelore vor, das ehemalige Wohnzimmer von Steffi und Bernd. Nur im Bücherregal klafften Lücken. Die historischen Romane fehlten. Und die Nußknacker, die sonst das ganze Jahr über auf den Möbeln gestanden hatten. Ob er es wollte oder nicht – Steffi hatte die hölzernen Ungeheuer zu Bernds Büchern gepackt. Alles andere war geblieben, selbst die Polstergarnitur, die sich Bernd wenige Monate vor der Scheidung von ersparten Prämiengeldern gekauft hatte. Dort, wohin der Mann verzogen war, gab es keinen Platz dafür. Engelkes Bungalow war klein.

»Wolltet ihr die Wohnung nicht in zwei kleinere tauschen?« fragte Ingelore ihre ehemalige Schwiegertochter.

Steffi schob sich eine Praline in den Mund. Wenn Bernd nichts unternähme – sie dränge ihn nicht. »Außerdem: Mit Frau Engelke an der Seite kann es ihm nicht eng genug zugehen.«

»Wie meinst du das?«

»Wie du es verstehst.«

»Diese Lehrerin, die so furchtbar sächselt? Die ist doch verheiratet! Und Bernd versteht sich so gut mit ihrem Mann!«

»Alles richtig.« Steffi breitete eine Decke über Ingelores Füße. »Mach's gut. Ich muß in den Laden.«

Ingelore aber hielt Steffi fest. Das könne nicht wahr sein, sagte sie, das sei nur so eine Bosheit, wie sie zwischen Geschiedenen üblich sei, nicht wahr?

Steffi lachte nur. »Vergiß den Verbandswechsel nicht.«

Schlecht sieht sie aus, dachte Ingelore, müde, überanstrengt. Ist wohl doch keine leichte Sache, von heute auf morgen für eine ganze Kaufhausetage verantwortlich zu sein. Der kleine Laden in der Prenzlauer war doch viel übersichtlicher gewesen. Hat sich nicht richtig gewehrt, die Kleine. Dachte wohl, bißchen Abwechslung nach dem ganzen Scheidungstrara täte ihr gut. Nun schluckte Steffi jeden zweiten Abend eine Faustan zur Beruhigung; wenn man sie aber fragte, antwortete sie, es gehe ihr gut wie seit Vater Abrahams Zeiten nicht mehr.

»Soll ich deinen Knöchel kühlen, bevor ich gehe?«

»Sag lieber, was mit Bernd ist!«

Steffi aber winkte ab, trug Ingelore nochmals auf, den linken Fuß mit aller Vorsicht zu behandeln. Daß der Knöchel nur angeknackst sei, wäre noch lange kein Grund zum Walzertanzen.

Ingelore blieb allein im Zimmer, richtete sich mühsam auf, um nach der Fernbedienung des Fernsehapparates zu angeln. Drückte aber keinen Knopf. Ein Brief müßte geschrieben werden. Immerhin war es mittlerweile tiefer November geworden, Beates Geburtstag nahte, der Tag, den sie mit Hannes zusammen in Spandau hatte verleben wollen. Nun würde sie nicht einmal allein nach Spandau fahren. Absolutes Gehverbot hatte der Arzt ausgesprochen.

Sie lag in Steffis Wohnzimmer, draußen in Köpenick; sie sah das Laub von den Bäumen trullern und durfte von einer Geburtstagsfeier im Westen lediglich träumen. Beate hatte ihr schriftlich einen Krankenbesuch versprochen, aber Ingelore ahnte: Bis die Vielbeschäftigte ihre Worte in die Tat umsetzen würde, wäre der Knöchel längst geheilt. Feiern würden sie in Spandau ohne einen Rechlin. Und olle Zümmrich, dem sie gern ein Abführmittel ins Dessert gegeben hätte, der durfte hemmungslos über die Ostler herziehen. Das war überhaupt der Punkt, der sie am meisten ärgerte. Hätte sie nur nicht Madame Schiefenagel zu dieser Strickstunde begleitet! Wieder einmal lag es klar auf der Hand: Gemeinsamkeiten mit Schiefenagels bekamen ihr nicht.

Ingelore seufzte tief. In ihrem Auftrag hatte Steffi bereits vor einigen Tagen ein Päckchen mit einem Kissenbezug (handgestrickt!) zur Post gebracht. Nur die »persönlichen Zeilen«, die fehlten noch.

Also: »Meine liebe Beate! Da lieg ich nun in Steffis Wohnung und hör die Flöhe husten. Auf dem Fensterbett hopsen die Spatzen und schimpfen, weil der Futternapf leer ist. Steffi hat mir das Auffüllen verboten, da es mit dem Winter noch Zeit hat; sie sagt, man würde den Viehchern im Endeffekt nur schaden ...« Ingelore hielt im Schreiben inne, wollte die soeben verfaßten Zeilen durchstreichen. Was red ich von Spatzen! schalt sie sich, Beate will wissen, wie es mir und dem Knöchel geht. Am liebsten wäre ihr wahrscheinlich, ich würde mir Salbe wünschen, irgendeinen wundertätigen Mist; der Westen steckt ja voll davon. So ein Zeugs, was nur dem Hersteller gut tut.

Es klingelte an der Wohnungstür. Steffi, weil sie wieder mal was vergessen hatte?

»Mutter?«

Bernds Stimme.

»Schlüssel liegt unterm Abtreter!«

Sie hörte, wie sich der Schlüssel im Schloß drehte. Als der Junge ins Zimmer trat, fragte sie schnell: »Haste Steffi noch jesehn?«

»Ja, auf der anderen Straßenseite.« Er wickelte rosa Nelken aus dem Papier.

»Danke. Stell se in 'ne Vase.«

»Und wo find ich eine?«

»Du wirst doch wohl wissen, wo bei euch die Vasen stehen!«

»Standen.«

»Dort, wo früher deine Sportzeitung gestapelt war.«

Bernd verließ mit den Blumen das Zimmer. Als ihn seine Mutter wiedersah, hatte sich seine Miene mächtig verdustert. In der eigenen Wohnung etwas suchen müssen, das hatte ihn wohl mitgenommen. »Und« ,wollte er wissen, »was macht der Knöchel?«

»Wie geht es Frau Engelke?«

»Engelke?« Lässig ließ sich Bernd auf einem Stuhl nieder.

»Heißt se nich mehr so?«

»Kühlst du den Knöchel auch regelmäßig?«

»Die Lehrerin aus der Nachbarwohnung! Wat Besseres is dir wohl nich einjefalln!«

»Du kennst die Frau?«

»Nee. Hab auch nich die jeringste Sehnsucht nach ihr.« Im selben Moment fiel ihr ein: Genauso hab ich mit Bernd gesprochen, als er mit Steffi ankam, mit Schieber-Hedwigs Tochter ...

»Wirst du schwer verstehen ...« Bernd strich mit einer Kraft über die Bettdecke, als müsse er auch das kleinste Fältchen tilgen. »Die Menschen heute leben anders als du und Vater. Ist eben eine andere Welt, verstehst du. Die Zeiten ändern sich und die Menschen auch. Zu allen Zeiten war das so: Die Leute müssen sich den Verhältnissen anpassen. Sonst wären sie längst ausgestorben.«

Energisch schüttelte Ingelore den Kopf. Er solle keinen Schnee quatschen, sondern klipp und klar antworten: Was sei mit ihm und dieser Lehrerin! Gern hätte sie irgendwas in die Hand genommen und mit aller Kraft an die Wand geworfen.

Der Junge drehte die Daumen umeinander.

War er schlanker geworden? Oder kleidete er sich neuerdings nur vorteilhafter? Auf alle Fälle sah er nicht eben leidend aus. Und das müßte ein frisch in die Wüste geschickter Mann eigentlich sein: ein rechtes Häufchen Elend. Bernd hatte eine Nachtschicht hinter sich. Einmal im Monat war jeder Setzer mit dieser ungeliebten Arbeitszeit an der Reihe. Wirkte aber ganz und gar ausgeschlafen. Hielt ihn die neue Liebe so wach? Hätten sie nicht im übernächsten Jahr Silberhochzeit gefeiert, Steffi und Bernd? Wie sie ihren Jungen kannte, hatte der bereits mit der Organisation einer besonderen Reise begonnen. Was aber war geschehen, während Bernd die Silberne plante? Steffi schloß hinter ihm die Tür ab, selbst wenn er nur die paar Meter bis zum Briefkasten ging.

Da tat er ihr nun doch leid, der Junge, und sie fragte sich, weshalb sie ihn nicht näher winkte, ihn nicht beim Kopf nahm und drückte. Wie zu Besuch saß er vor ihr. Trug übrigens ein neues Oberhemd. Bestimmt hatte das diese Frau Engelke für ihn ausgesucht. Was war eigentlich mit dem Gatten der Lehrerin? War der, weil ihm jemand diese Frau abgenommen hatte, vor lauter Freude aus dem Fenster gesprungen?

»Du hörst mir nicht zu«, sagte Bernd. »Manfred lebt seit fast einem Jahr für immer in Eichwalde.«

»In seinem Bungalow? Ich denke, da steckst du?!«

»Gegenüber. In einem festen Wohnhaus. Bei einer Architektin, deren Mann bei einem Westbesuch drüben geblieben ist.«

»Ach so! Du bist der Tröster von Frau Engelke!«

»Wir mögen uns.«

»Majoran mag man.«

»Wir fühlen uns wohl miteinander.«

»Aber ihr liebt euch nicht.«

»Wir mögen uns.«

»Weißt du was? Du wiederholst dich, mein Junge.«

»Nein«, sagte Bernd. Und er sagte es mit Nachdruck. »Wiederholen werde ich mich nicht. Noch einmal laß ich mich nicht vor die Tür setzen.« Er ordnete die Nelken in der Vase. »Die rosa Farbe stört dich hoffentlich nicht?« Für einen winzigen Moment berührte er die Wange seiner Mutter. »Ohne Heidrun hätte ich die Scheidung nicht überlebt.«

»Geht es dir jetzt wenigstens gut?«

Es klingelte an der Wohnungstür.

»Ob das vielleicht Beate ist?« fragte Ingelore schnell. »Manchmal geschehen ja Zeichen und Wunder.«

Bernd ging zur Tür, kam nach wenigen Sekunden wieder. Hinter ihm die kleine Frau mit dem großen Dutt. Die Bekannte aus dem Krankenhaus von Sankt Marien. Ingelore wußte nicht einmal ihren Namen. Bernd verabschiedete sich schnell, und die Frau sagte, sie wolle niemanden vertreiben. Die Besucherin legte eine in Weihnachtspapier gewickelte Dose neben Ingelore. Da seien solche Kekse drin, wie sie sie bereits probiert habe.

Ingelore überlegte angestrengt. Die Frau arbeitete doch im Krankenhaus? Weshalb war sie zu ihr gekommen? Aus christlicher Nächstenliebe? Oder weil der Unfall im Sankt Marien passiert war?

Die Frau sagte, sie wolle nicht wie die Katze um den heißen Brei herumreden. Ein großes Anliegen führe sie her.

Lange putzte sich Ingelore die Nase, wartete.

Als ein Krankenwagen eine Tour nach Köpenick fahren mußte, habe sie die Gelegenheit beim Schopf gepackt. Patienten begleiten, das sei sonst nicht ihre Aufgabe, sie wäre in der Wirtschaftsführung beschäftigt. Kalkulationen und viele Zahlen. »Falls Sie mir meine Bitte abschlagen, ich würde es Ihnen nicht übelnehmen, Frau Rechlin.«

»Was denn für Bitte?«

»Sie wissen, wie es mit den Arbeitskräften steht. In einem

Krankenhaus wie dem unsrigen ist es nicht anders damit bestellt als in einem staatlichen. Nun sagte mir der Arzt, der sie behandelt, bald kämen Sie wieder auf die Beine. Spätestens in drei Wochen. Das wäre also noch vor Weihnachten. Wissen Sie: Wir wollen und wir müssen um die Feiertage herum unseren Mitarbeitern Urlaub gönnen, es sind ja so viele mit Familie dabei. Wenn Sie nun bei uns in der Küche aushelfen würden? Bezahlt wird mit kleiner Münze, der Herrgott aber, sehen Sie es einer Christin nach, wenn sie einen solchen Satz mit Überzeugung spricht, der Herrgott wird es Ihnen lohnen.«

»Arbeiten?« Ingelore schluckte. »Über die Feiertage? Zu Weihnachten und Neujahr?«

»Seien Sie gewiß, Frau Rechlin: Im Alleinsein tut Ihnen die Weihnachtszeit mehr weh als der angeknackste Knöchel.« Die kleine Frau drückte Ingelore ein Kärtchen in die Hand. Mit der Telefonnummer des Krankenhauses. Ingelore möchte bitte Schwester Liesbeth verlangen. Liesbeth Mulle, das sei ihr Name.

Die Frau mit dem Dutt blieb noch einen Moment neben Ingelore sitzen, dann meinte sie, falls Ingelore eine Stütze brauchte, sobald sie wieder auftreten dürfe, als Begleitung zu einem Spaziergang vielleicht – sie, Liesbeth Mulle, stünde gern bereit.

3 Zwei Wochen später bereits erlaubte der Arzt Ingelore längere Gänge. Es gelte sich taktisch klug zu verhalten, hatte er gesagt, einerseits dürfe der Fuß nicht überlastet, andererseits müsse er an seine Funktion erinnert werden.

Der November kam in diesem Jahr mit Frühlingstemperaturen. Weihnachten kündigte sich nur in den Dekorationen der Geschäfte an. Anfang der Woche hatte Ingelore ihr »Weihnachtsvorfreudepaket« von der Post abgeholt. Beate hatte es wenige Tage vor ihrem eigenen Geburtstag abgeschickt. Zum versprochenen Krankenbesuch war es nun doch nicht gekommen. »Aufgeschoben ist nicht aufgehoben, liebe Mutter.« Ingelore hatte das Paket ausgepackt und sich mächtig geärgert. Orangeat, Marzipanmasse ... Was sollte sie damit? Steffi hatte ihrer »Linie« zuliebe wieder einmal allen Süßigkeiten abgeschworen, die Leute in Niedorf aßen bekanntlich eher ein Stück Wurst als Kuchen. Für wen sollte sie backen? Für sich selbst? Niemals.

Unten bei der Familie Schiefenagel waren in diesen Tagen oft die Enkel zu Besuch. Die Tochter Elviras war schon fast eine Dame, die Nachzügler waren zwei kesse kleine Burschen, zum Anbeißen süß. Der spillerigen Elvira, der ersten Liebe Renés, war ein solcher Treffer eigentlich nicht zuzutrauen gewesen. Die Kinder polterten durchs Treppenhaus, verfolgt von der mahnenden Stimme Madames. Ob sie für die Zwillinge einen Kuchen backen sollte? Mit Schokoguß und aufgespritztem bunten Zucker? Was aber gingen sie die Knaben an! Elvira fiel vor Arroganz fast vom Stengel, sobald sie ihr im Treppenhaus begegnete. Ihr Mann, so der Bericht Ilse Schiefenagels, war unlängst zum Oberstleutnant befördert worden, ein Mann mit Goldlametta auf den Schultern. Wahrscheinlich dürfen die Kinder einer solchen Größe überhaupt keinen Kuchen mit Westzutaten naschen. Ach was, alles Schiet, ein kleiner Gang ums Karree stand an. Der Knöchel mußte belastet werden. Sie ahnte: Ihr Weg würde »rein zufällig« am Sankt Marien Krankenhaus vorbeiführen. Was gibt es auch dagegen zu sagen, wenn sie der Frau Mulle einen »Guten Tag« wünschen will? Nichts, gar nichts.

Als sie einen jungen Mann im weißen Kittel nach dem Arbeitszimmer von Schwester Mulle fragte, wies der auf eine Tür am Ende des Flurs, dort befände sich die »Mullstation«. Der dunkle Flur mißfiel ihr noch immer, doch tapfer schritt sie voran, klopfte an eine schwere Tür. Die ihr bereits bekannte Stimme bat »herein«.

Wie versteckt saß die kleine Frau Mulle hinter einem riesigen Schreibtisch. Nur ihr Haardutt ragte hinter dem Papierstapel hervor. »Frau Rechlin! Wie geht es Ihnen?«

»Mit dem Fuß oder allgemein?«

Die Frauen betrachteten einander, lachten.

»Nehmen Sie doch Platz, Frau Rechlin.«

»Neenee. Weswejen ick jekommen bin: Ob Se wohl am Wochenende Lust uffm Spaziergang mit mir hätten? Un dabei erzähln Se mir denn, wat mir jenau erwartet, falls ick bei Ihnen im Krankenhaus wirklich Aushilfe spielen sollte.«

Liesbeth Mulle befreite einen Stuhl von den daraufliegenden Zeitungen, indem sie das Bündel kurzerhand auf den Fußboden kippte. »Wunderbar! Und jetzt setzen Sie sich erst einmal.«

Auf den gemeinsamen Spaziergang am kommenden Sonntagnachmittag hatten sich die Frauen schnell geeinigt. Die schwierige Frage war nur: Wohin? Durch den Treptower Park oder rund um das Köpenicker Schloß? Sie könnten ja auch mit dem Vorortzug nach Kloster Chorin fahren ...

»Das bereist unser Chor regelmäßig. Ich denk, dort kennt mich jeder Grashalm. Aber – Sie sind doch waschechte Berlinerin, nicht wahr? Sie könnten mir den Wannsee zeigen.«

»Okay. Zücken wir unsere Pässe und los!«

Wie Frau Mulle Ingelore berichtete, stammte sie aus der Gegend um Frankfurt an der Oder. Kurz vor dem Mauerbau war sie nach Berlin gebeten worden. Der Grund: Die Wirtschaftsführung von Sankt Marien war fast zur Gänze nach Westberlin gezogen. »Mein gewissermaßen christliches Gewissen ließ mir keine Ruhe, obwohl mich absolut nichts in das mir viel zu große Berlin zog.« Nun wohnte sie hier seit fast dreißig Jahren, in einem möbilierten Zimmer des Krankenhauses. Von der Stadt aber kannte sie nur wenig. Das Köpenicker Rathaus, nun ja, das Märkische Museum und was man halt so kennen muß. Die Gegend um den Wannsee aber reize sie sehr. Und als Rentnerin dürfe sie bekanntlich westlichen Reizen nachgeben.

So vereinbarten denn die Frauen, sich »auf den Punkt genau um elf« vor der Tränenhalle am Bahnhof Friedrichstraße zu treffen.

Es war ein kühler, aber immer noch sonniger Tag. Fast gleichzeitig trafen Ingelore und ihre neue Bekannte am vereinbarten Treffpunkt ein.

»Ich bin ja so aufgeregt«, bekannte Frau Mulle. »Westberlin soll ja ein gefährliches Pflaster sein, nicht wahr.«

Ingelore, die erheblich größer und schwerer war als die Mulle, tat es wohl, den Arm der kleinen Frau stützend bei sich zu haben. »Ihre Kette mit den größten Diamanten ist hoffentlich zu Hause geblieben!«

»Meine Diamanten?!«

»Frau Mulle! Legen Se bloß nich jedet Wort von mir uff die Goldwaage.Un kieken Se nich so verängstigt. Reihen wir uns ein in die Rentnergilde!«

Wie immer ging es in der Halle vor dem Grenzübertritt lebhaft bis hektisch zu. Die diensthabenden Uniformierten gaben sich Mühe mit dem Dirigieren der in den Westen drängenden Menge. Ingelore zückte die Zählkarte. Hoffentlich ist alles richtig ausgefüllt, schoß es ihr durch den Kopf.

Keine drei Minuten später fand sie sich mit Liesbeth Mulle auf der Treppe wieder, die in den Westen führte.

Liesbeth Mulle tupfte sich gerührt die Augen. »Unsere Schwester Yvonne sagt, wenn man mit der S-Bahn bis zur Station Wannsee fährt und von dort mit dem Bus bis Glienikker Brücke, dann kann man vom Westen aus nach Potsdam sehen.«

»Richtig.«

»Yvonne stammt aus Potsdam. Nicht weit weg von ihrem Haus verläuft die Grenze. Immer träumt sie davon, einmal auf der anderen, auf der westlichen Seite des Sees spazierzugehen. Vielleicht kann ich ihr nun wenigstens erzählen, wie es sich da so geht.«

»Wie alt ist denn diese Yvonne?«

»Achtunddreißig.«

»Und keine Tante, keinen Onkel im Westen?«

Frau Mulle schüttelte den Kopf. »Wenn man sich das so überlegt ... Erst als Rentnerin wird Yvonne auf einem Weg gehen, der in ihrer Kindheit direkt vor ihrer Nase lag ... Was für eine traurige Welt!«

»Jenau!« sagte Ingelore. »Etwas vor der Nase haben, was man nicht packen darf. Das macht die Leute kribbelig. Und man weiß nicht, was noch passiert, wenn die Kribbelei noch lange anhält.«

Gestützt von Liesbeth Mulle stieg Ingelore vorsichtig die Treppe zum S-Bahnhof hinauf. Als sie die letzte Stufe erreicht hatte, fiel ihr ein: Sie hatte den Fahrschein nicht entwertet. Fände auf dem Bahnsteig eine Fahrscheinkontrolle statt (sie wußte, daß eine solche Kontrolle bis einschließlich Lehrter Bahnhof möglich war), stünde sie als ertappte Schwarzfahrerin da. Schwarzfahren – ein Vergehen, dessen sich die Frau eines Straßenbahnfahrers nie und nimmer schuldig macht. Oder doch fast nie. Ängstlich hielt Ingelore nach einer blauen Uniform der Reichsbahnangestellten Ausschau. So deutlich, daß Frau Mulle neben ihr erschrocken aufblickte.

»Is weita nischt. Ick hab nur das Knippsen der Fahrkarte vajessen.«

»Welcher Fahrkarte?«

»Für die S-Bahn.«

»Aber Frau Rechlin! Jeden Monat fahren Sie einmal nach

Westberlin und wissen nicht, daß für uns Ostler die Benutzung der öffentlichen Verkehrsmittel in Westberlin umsonst ist?«

»Trotzdem is für die eene Station bis Lehrer Stadtbahnhof 'ne Fahrkarte nötig, weil dis noch als Ostberliner Gebiet gilt. Preisstufe zehn sogar.«

Frau Mulle gestand erblassend, weder eine Karte der Preisstufe eins noch zehn bei sich zu haben. Ihre Stimme ging im Geräusch eines einfahrenden S-Bahnzuges unter.

Ingelore überlegte: Kehrten sie jetzt um (was auch bedeutete, sie mußte die Treppe noch einmal bewältigen), rauschte die Bahn ohne sie ab, und es galt über eine halbe Stunde auf den Bus zur Glienicker Brücke zu warten. Also? Ingelore schob ihre Begleiterin in den Wagen.

Während der Fahrt zur nächsten Station sah Ingelore nur auf ihre Schuhe. Dann hielt der Zug. Kam ein kontrollierender Reichsbahner oder kam keiner? Stumm und blaß saß Frau Mulle neben ihr. Wahrscheinlich betet sie jetzt, dachte Ingelore, hoffentlich für mich gleich mit.

Die Bahn ruckte an, Ingelore wagte es, der Frau neben ihr auf die Schulter zu klopfen. »Keine Gefahr mehr.«

»Gott sei Dank«, antwortete Frau Mulle. Wahrhaftig, das klang echt.

Eine Art Euphorie überfiel Ingelore. Hatte die Mulle nicht gesagt, sie kenne so gut wie nichts von Westberlin? Was wäre, wenn sie mal ein bißchen durch einen großen Supermarkt spazierten? »Wir steigen Charlottenburg aus. Ich zeig Ihnen was.« Zunehmend locker erklärte Ingelore das Stadtbild. Ein Parkhaus, die Spitze der Siegessäule mit der Goldelse obendrauf, die Ausläufer des Tiergartens ... Dann rollte der Zug auch schon in den Bahnhof Zoo. Bis auf wenige Fahrgäste leerte sich der Wagen. Zwei junge Männer, die ebenfalls Friedrichstraße eingestiegen waren, blieben auf ihren Plätzen, blinzelten sich auffallend zu. Ingelore hielt sofort ihre Handtasche fester.

Savignyplatz. An der nächsten Station hieß es aussteigen. Auf den Supermarkt freute sie sich. Wenn es auch immer ein Ärgernis war, daß die Dosen mit dem Katzenfutter appetitlicher als die Konserven im KONSUM aussahen.

»Charlottenburg!« Ingelore erhob sich.

Im selben Moment drängten auch die zwei gutgekleideten jungen Männer zur Tür.

»Jetzt haben die doch ihre Tasche liegengelassen!« Frau Mulle nahm die Tasche an sich und sagte, die werde sie gleich bei der Aufsicht abgeben.

Als die Frauen der Aufsicht zutrebten, standen plötzlich drei Männer vor ihnen. Die lächelten höflich, und einer von den dreien hielt ihnen ein großes Abzeichen vor die Nase. »Guten Tag. Zollkontrolle. Sie kommen vom Bahnhof Friedrichstraße. Dürfen wir in Ihre Taschen sehen?«

»Bitte.« Ingelore öffnete ihren Einkaufsbeutel. »Berliner Luft. Ostberliner.«

Frau Mulle zitterte ein wenig, als sie das Schloß ihres Handtäschchens aufklickte.

»Nein, die Tasche bitte.«

»Die gehört uns nicht«, sagte Frau Mulle. »Wir wollten sie soeben zur Aufsicht bringen.«

Schon hatte ihr ein Beamter die Tasche abgenommen. Und schon sahen sie den Inhalt: Zigaretten, mehrere Stangen, verbotene, da unverzollte Ware.

»Jetzt versteh ich!« rief Ingelore. »Vor uns sind zwei Männer raus. Denen gehört die Tasche.«

»Die Zigaretten sind hiermit sichergestellt. Von einer Personenerfassung sehen wir in diesem Falle ab. Guten Tag.« Die Zollbeamten trugen die Tasche weg.

Ingelore Rechlin und Liesbeth Mulle blieben auf dem jetzt menschenleeren Bahnsteig zurück. Ingelore zitterten die Knie. »Ganoven aber auch! Stellen Sie sich vor, die Zöllner hätten uns bestrafen wollen!« Ingelore hakte sich bei ihrer Begleiterin ein. »Uff den Schreck leisten wa uns 'n Kaffee. Bei Tchibo. Ick lad Sie ein.«

Eine gute Stunde später saßen die Frauen im Bus zur Glienikker Brücke. Die Sonne schien, und der kalte Wind vom Vormittag blies auch nicht mehr. Von ihren Sitzen aus betrachteten sie das breite, ruhige Wasser zu ihrer Rechten. Ingelore tat kund, der Anblick der Havel-Seen gehöre für sie zum Besten vom Besten.

Frau Mulle nickte.

»Im vergangenen Jahr«, erzählte Ingelore, »sind wir noch mal in Werder gewesen, wo die Havel ja eigentlich am prächtigsten ist. Das Baumblütenfest, das wird Ihnen sicherlich ein Begriff sein ...« Sie putzte sich lange die Nase. »War die letzte gemeinsame Reise mit meinem Hannes jewesen.«

Hinter den Frauen schnatterten junge Mädchen, sehr modisch gekleidete Wesen.

Der Bus kurvte durch die Straßen der Stadt, in denen nicht eben die ärmsten Berliner ihr Domizil gefunden hatten. So ist das überall, dachte Ingelore, die Reichen zieht es immer ans Wasser. Aber sie schwieg, denn sie hörte mit, was die Mädchen hinter ihnen sich zu sagen hatten.

»Studium in Hannover? Ach, Gottchen nein!«

»Im Dunstkreis von Brüssel ist es nicht viel anders.«

»In Brüssel studierst du jetzt?!«

»Stuttgart war mich echt zu passiv. Außerdem wohnt mein Bruder in Brüssel. Mit seiner Familie.«

»Find ich stark.«

»Von ätzendem Geiz, der Macho.«

»Echt?«

»Zur Uni brauch ich mit dem Bus eine halbe Stunde. Und bei meinem Bruder stehen zwei Wagen in der Garage. Kannst du mir einen leihen, frag ich ihn. Sagt der, meine Autos fahr ich selber zu Schrott. Wenn du unbedingt willst, kauf ich dir eins.«

Ingelore hielt den Atem an.

»Und weiß du, was der mir kaufen wollte? Was für einen Wagen? Einen Wartburg! Ich sag dir, der Kerl kratzt noch mal ab mit seinem Geiz!«

»Was meinst du mit Wartburg?«

»Na, dieses Ostauto.«

»Das wird in Belgien verkauft?«

»Ätzend, was?«

»So ein stinkendes Scheißding? Igitt!«

Frau Mulle flüsterte Ingelore zu, die jungen Leute hinter ihnen, das sei nun mal eine andere Welt, und Ingelore fragte zurück, ob sich Frau Mulle vorstellen könne, daß diese zwei Welten, die ihre und die der beiden jungen Mächen, daß die jemals wieder eins werden würden.

Nein, sagte Frau Mulle, das könne sie sich nicht vorstellen. Sie gestand, sehr gern Reisebeschreibungen zu lesen. Besonders solche aus früheren Zeiten. Aus diesen Büchern gehe eindeutig hervor, daß die deutschsprachige Bevölkerung seit jeher von einem deutsprechenden Land in ein anderes deutschsprechendes gereist sei. Von Preußen nach Bayern, von Hamburg in den

Spessart. Immer aber war eine Grenze zwischen den Staaten. Damals so wie heute.

»Nur daß die Leute damals nicht warten mußten, bis sie Rentner sind.«

Vor ihnen tauchte die »Brücke der Einheit« auf. Eine stabile Tafel war am Ufer befestigt, worauf zu lesen war, daß diejenigen, die der Brücke den Namen gegeben hatten, Jahre später Mauer und Stacheldraht hochgezogen hätten. Was die Frauen wahrnahmen: Von der amerikanischen Besatzungsmacht wurden Mauer und Stacheldraht nicht akzeptiert. Aus einer Art Schilderhaus hatte ein amerikanischer Soldat den Verkehr auf der Brücke zu beobachten, seit damals, als die Stadt in vier Sektoren aufgeteilt wurde. Nun gab es aber keinen Verkehr mehr zwischen dem amerikanischen Sektor auf der einen und dem russischen Sektor auf der anderen Seite. Alle Jubeljahre tat sich auf dem Übergang etwas; dann nämlich, wenn der Osten und der Westen Leute austauschten, die man, je nachdem, »Agenten« oder »Kundschafter« nannte.

Von der drübigen Seite, dem Babelsberger Ufer, leuchteten die hellen Mauern des Parkschlößchens herüber, putzige Türmchen zierten die Dächer. Dazu die breit fließende Havel, Wolkentupfer auf Himmelsblau, der Soldat, der im Schilderhäuschen ein Kreuzworträtsel löste ...

Tief aufseufzend bemerkte Frau Mulle, wie gut es sei, sich in Gottes Hand fühlen zu dürfen. Und Ingelore erwiderte, sie wolle ihr den Glauben nicht nehmen, aber Gottes schöne Welt und die Mauer dazwischen, ob das wohl zusammenpasse?

Frau Mulle schwieg.

»Übrigens«, Ingelore räusperte sich, »das war auch die Meinung von meinem Johannes. Die Mauer, so hat er gesagt, ob sie uns gefällt oder nicht, sie gehört zu unserem Leben.«

Noch immer betrachteten die zwei Frauen über die Grenzbefestigung hinweg den Babelsberger Park. Sie sahen über die schöne Gegend und über die Mauer, bis Ingelore das Ganze »zu blümerant« wurde, was soviel bedeutete, daß sie in eine immer tiefere sentimentale Stimmung geriet. Dergleichen Stimmungen jedoch mochte sie nicht. Zumindest wollte sie sich nichts anmerken lassen. Also wandte sie sich von der Brücke ab und erklärte, genug gesehen zu haben.

»Ihr Mann«, sagte die Mulle, »ihr Mann war politisch, nicht wahr? Auch Genosse?«

»Das hatte sich erst später ergeben. Anfangs war er ganz normal, ich meine, naja, so was wie ein Pastor hing schon immer an ihm. Und je älter er wurde, desto energischer wollte er die Menschheit verbessern. Wollte einfach nicht wahrhaben, daß ein krummer Nagel ein krummer Nagel ist. Wobei ick allerdings bemerken muß, manche krummen Nägel lassen sich geradekloppen, det is schon wahr.« Ingelore erwartete, die Frau Mulle würde von ihrem Christentum reden wollen, aber die Frau lächelte und schwieg. Und fragte plötzlich: »Wenn Sie am Mittwoch vor Weihnachten beginnen?«

»Womit?«

»Mit der Arbeit in unserer Küche.«

»Jottchen! Det hätt ick jlatt vajessen.«

»Bitte, Frau Rechlin, vergessen Sie es nicht.« Sie sei sicher, daß es für ihre Begleiterin besser sei, in der Küche vom Krankenhaus über zu viel Arbeit zu klagen, als am Hackeschen Markt zu Weihnachten allein in den Regen zu sehen.«

»Wieso denn Regen?«

»Schwester Rita hat ihr Reißen in den Knien. Das sicherste Vorzeichen für Regen.«

Irgendwie ist das doch ein recht angenehmer Tag, dachte Ingelore.

4 Wunderliches Weihnachten: Ingelore am Heiligabend in der Küche des Sankt-Marien-Krankenhauses. Zum Leidwesen der Angstellten und wohl noch mehr zum Leid der betroffenen Patienten, ließ sich auch über die Feiertage manch Aufenthalt in einem Stationsbett nicht vermeiden. Krankheiten richten sich nach keinem Kalender.

Kurz vor neunzehn Uhr fragte Schwester Sophie, ob sie wohl für eine halbe Stunde entbehrlich sei.

»Was fragen Sie mich!« antwortete Ingelore. »Sie sind die Chefin.«

»Ich möchte gern die Weihnachtsmesse erleben.«

»Erleben Sie in aller Ruhe, Schwester, ich laß nichts anbrennen.«

Eigentlich gab es in dieser Stunde wenig zu tun. Was vorbereitet werden konnte, war es längst. Ingelore hätte also an dem kleinen Tisch mit den roten Kerzen sitzen und das tun können, wovor sie ausgerissen war: Grübeln. Doch sobald sie sich an diesen Tisch setzte, erschien wie von einem geheimen Signal gerufen eine Stationsschwester und bat um einen mit möglichst wenig Butter zubereiteten und dennoch schmackhaften Brei; ein Patient, der noch sehr schwach sei, wünsche sich den. Oder ein Arzt kam und wünschte einen Kaffee. Den hätte er sich wahrhaftig auch selbst aufbrühen können oder eine Schwester hätte das gern – manchmal auch sehr gern – übernommen, aber nein, der Medizinmann mußte bei ihr in der Küche sitzen. »Gemütlich haben Sie's, Frau Rechlin.«

Ingelore nickte dankbar.

Der Arzt genoß seinen Kaffee, forderte sie auf, drei Schritte vor und drei zurückzugehen, lobte sie wegen ihres festen Auftretens und riet, sie möge ein wenig mehr auf ihr Gewicht achten. Keine allzugroße Belastung sei vorteilhaft. Dabei stopfte der Mediziner das Marzipan pfundweise in sich hinein. Schlank waren sie fast alle, die Leute vom Krankenhaus. Wahrscheinlich fanden die Kalorien bei ihnen keine Zeit für die Umwandlung in Fett.

Schließlich aber saß Ingelore doch einmal allein vor dem Kerzenkranz. Zu Hause, so nahm sie sich vor, steig ich gleich in die Wanne, danach wickle ich mich in den Bademantel und kiek Fernsehen bis zum Abwinken. Vielleicht genehmige ich mir sogar einen Schluck vom mittelsüßen Sherry. Beate hatte eine Flasche davon geschickt, fein verpackt in hauchzarte Späne und Luftblasenpapier. Auf jeder Blase ein aufgedruckter Kinkerlitz, ein Lebkuchen oder die Miniaturausgabe eines Weihnachtsmanns. Worauf die im Westen alles kamen! Beate übrigens hatte heute ebenfalls Dienst. Ein Fitneßclub feierte im »Ungarischen Hirten«. Ach Jott, dachte Ingelore, was hat Beate immer geschimpft, wenn ich zu Weihnachten mit der Arbeit kein Ende fand! »Setz dich endlich hin, Mutti. Lies was oder guck einfach in die Luft. Wozu mußt du denn jetzt Sahne schlagen? Ißt doch sowieso keiner, satt wie wir alle sind!« Das Kaffeetrinken am ersten Feiertag ... Der große Tisch mußte ausgezogen werden ... Stolle gab es und Pfirsichtorte. Wie immer. Und jedesmal hatte René die Schüssel mit der Schlagsahne ausgekratzt ...

Nach Niedorf war sie selbstverständlich eingeladen worden. René hatte aber auch geschrieben, daß er ihre Idee mit der Arbeit im Krankenhaus gut fände. Nun war Emmi nach Niedorf gefahren. Da hatte sich das richtige Gespann gefunden: Emmi und Annerose. Das beliebteste Thema der zwei Tratschen: Die böse Ingelore vom Hackeschen Markt. »Denkt, weil ihr der Mann weggestorben ist, muß eine andere Frau auch keinen haben. Sagen Sie nichts, Frau Mollenthin! Ich kenn meine Schwägerin!«

Ach was! Sollen sie erzählen, was sie wollen. Außerdem: In Renés Beisein werden sie sich keine Gehässigkeiten erlauben. Der Junge hält zu mir. Der Junge ... Im nächsten Jahr hält er seinen Sohn im Arm. Oder seine Tochter. René als Vater, ach Jottchen nee. Det stell dir mal vor, Hannes, unser Jüngster schiebt 'nen Kinderwagen. Hast recht, jawoll: Zeit wird es allemal. Höchste Zeit sojar. Außadem könnten wa längst Urgroßeltern sein. Aber mit dem Maurice von Zümmrichs ... Beate sacht, sie erschlägt ihn mit 'nem nassen Lappen, wenn er mit sowat kommt. Wir ham ja noch so viel Spielzeug zu Hause! Und im Keller erst! Die Eisenbahn zum Uffziehn, weeßte, die mit die breiten Gleise. Ick seh noch immer Opa mit Bernd damit durch die Zimmer rutschen. Und nu? Vastaubt eben allet. Vielleicht will et René ma für seine Kinder. Hoffentlich übasteht Susanne die Schwangerschaft uff beste Art. Mit fast dreißig Jahre det erste Kind ... Bißken spät, wa? Schon jut, ick weeß, ick unke wieder ... Hörste det? Die Schritte im Flur? Det sinn die Krankenschwestern, die vasammeln sich zum Jesang. Is so üblich, det se von Station zu Station ziehn, um die Patienten mit den vatrauten Weisen zu erfreun. Hier vor der Küche werden se hoffentlich nich singen. »Stille Nacht, heilige Nacht ...« Ick will nischt hörn davon. Is jut, Hannes, ick halt 'n Mund, denn eijntlich jeht et mir janz passabel. Is nur so, wenn ick die Zwillinge von Elvira krakeelen hör, det tut mir weh. Ick hör uff, is jut. Schwester Sophia wird ja wohl bald ausjebetet haben. Denn laß ick ma von ihr wieder jruslige Jeschichten erzähln. Kannste dir vorstellen, det se mal 'nem Patienten det falsche Been abjenomm haben? Nich hier im Sankt Marien, aber dort, wo Sophia vorher beschäftigt jewesen is. Wat hier so riecht? Riecht?

Ingelore sprang auf, rechtzeitig genug, um ein größeres Stück Fleisch zu retten.

Auf dem Flur sangen die Krankenschwestern: »Macht hoch die Tür, die Tor' macht weit ...« Schnell legte Ingelore den Deckel auf den Topf. Tränen sind kein gutes Gewürz.

5 Unmittelbar nach den Feiertagen setzte im Krankenhaus der große Ansturm ein. Es war, als hätten sich die Kranken mit Müh und Not über Weihnachten und Silvester gerettet, nun aber schrien sie förmlich nach stationärer Behandlung. Nur gut, daß die Aushilfskraft Ingelore Rechlin zur Verfügung stand. Am Ende eines langen Tages wußte die: Nicht ohne Grund soll eine Frau mit Sechzig in die Rente gehen.

Als sie an einem der ersten Wochentage des neuen Jahres die Stufen zu ihrer Wohung hinaufstieg, hockte da der Fritz Bartscheit vor der Tür. Bartscheit, der Chef der Betriebsküche, in der sie jahrelang gearbeitet hatte. Der Mann hielt eine Schachtel Pralinen in der Hand und nuschelte, er sei zufällig in ihrer Nähe gewesen, bekanntlich wohne seine Schwiegermutter in der Brunnenstraße.

»Ach ja?« Ingelore musterte ihren ehemaligen Chef nicht eben freundlich.

Bartscheit wischte sich über die trockene Glatze. »Weiß ich, ob dir Männerbesuche recht sind.«

»Du bist kein Mann, du bist ein Kollege.« Ingelore brühte Kaffee. Sie ahnte: Grundlos war der Dicke nicht erschienen. Wahrscheinlich war die Küche im alten Betrieb wieder mal unterbesetzt. »Also los! Weshalb biste hier?«

Der Dicke stützte seine Hände auf die Oberschenkel, schaukelte mit dem breiten Körper, als müsse er die Sätze, die er sprechen wollte, erst von hinten nach vorn schütteln. »Du arbeitest plötzlich für die Kirche, sag mal?«

»In der Küche eines Krankenhauses.«

»Kennst du deren Tarife?«

»Interessiert mich nicht.«

»Läßt dich lieber in die Gebete einschließen, wa?«

»Meine Sache.«

»Hab dir eine Einladung mitgebracht. Die Jahresfeier für unsere Veteranen.«

»Danke.«

Dick und schwer hockte der Mann vor ihr. »In diesem Jahr ...

Das Ferienlager in Thüringen ... Wir kriegen es in Gang gesetzt, wenn wir als Betrieb eine Köchin stellen.«

»Ich will froh sein, wenn meine Arbeit im Krankenhaus rum ist.«

»Winter in Thüringen! Ist doch 'ne feine Sache!«

»Nee, Bartscheit. Fehlt mir die Kraft.«

»Den Katholiken hilfste, deinen Kollegen nicht. Na jut, weiß man wenigstens Bescheid.« Ächzend schraubte sich der Mann in die Höhe.

»Wat is?« fragte Ingelore. »Wollteste mir nicht 'ne Einladung zum Veteranentreffen geben?«

Im Gehen warf Fritz Bartscheit einen Briefumschlag auf den Tisch.

6

Ingelore fühlte sich schwach. Steffi und Frau Schiefenagel drängten auf einen Arztbesuch, doch die Kranke lehnte entschieden ab. Allgemeine Schwäche habe sie überfallen, nichts weiter. Die Arbeit im Krankenhaus war doch ein bißchen hart gewesen. Ansonsten: Unkraut vergeht nicht.

Es war Januar. Der Januar des Jubiläumsjahres. Berlin schickte sich an, seinen siebenhundertfünfzigsten Geburtstag zu feiern. Es war ein recht trister Januar, zumindest dem Wetter nach. Nieselregen, Wind, Landregen.

Frau Schiefenagel saß neben der auf der Couch liegenden Frau, strickte und redete. Worüber, das hätte Ingelore nicht sagen können. Denn sie hörte nicht zu. Irgendwas schwätzte die Frau Nachbarin immer, querbeet, Gott und die Welt. Naja, von Gott vielleicht weniger.

Bernd kam und sagte, er sei beunruhigt. Blaß sähe sie aus. Und derart willenlos habe er sie noch nie erlebt.

Ingelore winkte ab.

Mehrere Tage ging das so. Endlich nahm Frau Schiefenagel Steffi beseite und verkündete ihren Beschluß, einen Arzt zu holen. Kaum hatte sie diesen Satz ausgesprochen, klingelte es. Besuch war gekommen. Unerwarteter Besuch. Siegfried Zümmrich, der Schwiegersohn aus Spandau. Mit hochrotem Gesicht stand er plötzlich vor Ingelore. Und ein kleines Fähnlein Alkohol umwehte ihn.

Schöne Grüße von Beate solle er ausrichten, und sie habe ihr einen Brief geschrieben. Den habe er ihr lieber persönlich geben wollen, nicht, daß die Post darin rumschmökert. »Lies mal, Mutti.«

Siegfried Zümmrich, der Sohn von Feinkost-Zümmrich, er nannte sie auf einmal »Mutti«! Wann war das je passiert? Ingelore durchzuckte der Schreck.

»Liebste Mutti,

mir geht es nicht besonders gut. Einen Tag vor Silvester habe ich im Restaurant Spülmittel in ein Bowlegefäß geschüttet. Essig, Verdünnung, Essenzen, auch Wein und Schnaps, alles, was ich an Flüssgkeiten greifen konnte. Siegfried und der kleine Koch haben mich mit Gewalt festhalten müssen. Ich weiß noch, ich habe gerufen, die Bowle ist alle, dann riß bei mir der Film. Im Krankenhaus war ich nur zwei Wochen. Tabletten mußte ich kaum schlucken, nicht daß Du Dich ängstigst. Nur geschlafen hab ich noch und noch. Und ein gelehrtes Haus, ein Herr Professor, hat sich lange mit mir unterhalten. Nicht einfach so Blabla, er nannte es Konsultation und war entsprechend teuer. Ich dürfe mir Überanstrengen nicht leisten, sagte er, was natürlich ein Witz ist. Jeder Kneiper muß sich ab und zu überanstrengen. Und ich solle für einige Wochen total ausspannen. Siegfried war auch gleich einverstanden. Also bin ich seit Anfang dieser Woche in diesem Sanatorium hier. Und fühl mich sehr allein. Siegfried kann nicht kommen, schließlich können wir das Restaurant nicht einfach zumachen. Wegen der Kosten mach dir keine Sorgen, wirklich nicht. Und falls in der Zeit, in der Du hier bist, Dein Visum abläuft, da finden wir schon einen Weg, damit es keinen Ärger gibt. Wie gesagt, ich hatte nur so einen Aussetzer, geht schon wieder. Behalte mich lieb und komm sofort. Deine Beate.«

Während Ingelore den Brief las, langsam, Wort für Wort, stand Siegfried wie ein Büßer vor ihr. »Wenn ich gewußt hätte, wie es um sie steht ... Die Silversterparties hätte ich abgesagt.«

»Ja«, sagte Ingelore, »wenn man immer alles vorher wissen würde ...«

»Dir geht es im Moment selbst nicht gut, stimmt's?«

»Beate geht es schlechter als mir.«

»Das Sanatorium liegt im Teutoburger Wald. Ich würde dich mit dem Auto hinbringen, aber du verträgst ja lange Autotouren so schlecht.«

Ingelore nahm einen Kalender zur Hand. »Heute ist Dienstag, am Donnerstag bin ich in Spandau, am Freitag bei Beate.«

Siegfried atmete erleichtert auf. Da legte sie einen Arm um die Schulter des Mannes und spürte: Diese Geste tat dem Mann sehr gut. Sie waren seit jeher eher fremd miteinander gewesen, nun aber, nun ja, eine Sekunde Vertrautheit.

»Das Sanatorium ist eine Nervenheilanstalt?«

»Eine Art Hotel. Mit ärztlicher Betreuung.«

»Okay. Sag ihr, ich komme.«

Kaum hatte Siegfried die Wohnung verlassen, setzte sich Ingelore an den Tisch. Es mußte ein Plan erstellt werden. Vor jeder größeren Reise muß genau überlegt sein, wer, wie, wo und was. Steffi mußte die Blumen am Hackeschen Markt gießen, die Zeitungen aus dem Briefkasten nehmen. Arztgespräch, Frau Schiefenagel Bescheid geben, Rentnerfeier absagen. Keine Zeit für so was. Es galt, für einen lieben Menschen zu sorgen. Ingelore Rechlin fühlte sich zunehmend besser.

FÜNFTES KAPITEL

1 In dem Moment, da der Zug anruckte, stieß die am Fenster sitzende Dame einen Schrei aus. Denn sie sah: Ein Mann riß die Wagentür auf, um sich in den bereits fahrenden Zug zu schwingen. Sekunden später saß dieser Mann in ihrem Abteil. Ein älterer Herr, dessen Kleidung ganz auf Zweckmäßigkeit ausgerichtet war: Locker sitzender Anzug aus hellem Jeansstoff, unter der Decke ein dicker Pullover mit einem Muster, wie es Ingelore noch nie gesehen hatte. Nachdem der Zusteiger den zwei Frauen im Abteil einen »Guten Morgen« gewünscht hatte, entnahm er seiner ledernen Reisetasche das Frühstück.

»Finden Sie das Aufspringen nicht höchst leichtfertig?« meldete sich die Dame am Fenster.

»Wenn man es kann, gnädige Frau, ist es ein Kinderspiel. Man muß es nur früh und oft genug üben. Was Hänschen nicht lernt, lernt Hans nimmermehr.« Er wandte sich zu Ingelore. »Oder heißt es Kläuschen, gnädige Frau?«

»Hänschen. Und auf gar keinen Fall gnädige Frau.«

»Besten Dank. Mögen Sie eine Stulle? Über die Deutschen läßt sich reden, was man will – vom Wurstmachen verstehen sie was. Sie dürfen auch von meinem Tee haben. Deutsche Frauen führten früher auf Reisen immer einen Lappen bei sich. Wenn Sie damit den Becherrand abwischen?«

Ingelore erwiderte, die Lappen der deutschen Hausfrauen hießen heutzutage Papiertaschentücher. Sie trank den ungesüßten Hagebuttentee und fragte den Mann, woher er denn käme. Der Mann deutete auf seine Stulle. »Erst aufessen, dann reden. Hab ich von meiner Mutter gelernt. Meine Mutter war in allem sehr deutsch.«

Hinter der Station Wannsee verließ der Zug Westberlin, kroch durch die schöne Stadt Potsdam, um auf die Gleise Richtung Magdeburg zu schwenken. Der Mann im Jeansanzug unterhielt sich mit Ingelore, manchmal fragte er, ob das Wort, welches er soeben gebraucht hatte, gar zu altmodisch sei.

Er war kanadischer Staatsbürger, stammte aus Magdeburg, war am ersten Tag des Ersten Weltkrieges geboren worden, hatte Architektur studiert und war nach der Machtübernahme durch die Nazis in die Emigration gegangen. Weil er geahnt habe, daß »das mit Hitler« unmöglich gut enden könne. Arbeit fand er zuerst in Argentinien, später fuhr er nach Hamburg zurück, um seine Frau abzuholen. »Als ich merkte, sie würde nie eine Faschistin werde, habe ich ihr einen Heiratsantrag unterbreitet.«

Die Dame am Fenster hüstelte.

Ja, nun lebe er seit langem in Kanada und sei von Arbeit seit Jahren befreit.

»Sie sind also Rentner«, sagte Ingelore.

»Pensionär«, kam es vom Fenster.

»So oder so, gefällt mir gut, das Leben.« Womit er seine Zeit ausfülle? Mit Reisen und Hundausführen. Er lade die Damen hiermit zu einem Spiel ein. Sie sollten ein x-beliebiges Land nennen, worauf er »ja« oder »nein« sagen werde. Er möchte wetten, er wird immer mit »ja« antworte, denn er sammle den Besuch von fremden Ländern wie andere Leute Briefmarken.

»Nepal!« rief die Dame am Fenster. Sie legte die Zeitung beiseite und erklärte aufgeregt, dort sei sie unlängst mit ihrem Gatten gewesen. Auf dem Dach der Welt, nicht wahr.

»Weiter«, bat der Kanadier. »Nepal kenn ich schon lange.«

»Island!« Die Dame war nicht zu bremsen.

»Ja.«

»Albanien«, sagte Ingelore.

»Gewonnen. Albanien kenne ich nicht.«

»Und Ihre Frau reist nicht mit Ihnen?« Ingelore zog die Stirn kraus.

»Vierzig Jahre reisten wir zusammen. Jetzt führt sie lieber unseren Hund aus.«

Der Zug kroch über die Gleise. Flaches Land, auf den Feldern grauer Schnee, bröckelnder Putz an den Hauswänden, grüngestrichene Zaunlatten, hinter denen Panzer standen. Der Mann streckte Ingelore die Hand entgegen. »Gärtner. Heinrich Gärtner.«

»Angenehm. Rechlin. Ingelore Rechlin.«

Die Dame am Fenster lächelte säuerlich. »Sie wollen bestimmt nach Köln, nicht wahr Herr Gärtner?«

Im Flur ließen sich die ersten Uniformierten blicken.

»Nichts da mit Köln!« rief der Kanadier. »Heute reise ich gen Magdeburg.«

»Dort hält der Zug doch gar nicht!« sagte Ingelore.

»Ich bitte Sie! Ein Zug Richtung Hannover! Warum hält der nicht in Magdeburg?«

»Weil es ein besonderer Zug ist. Ein Interzonenzog. Der hält nur kurz in Marienborn.«

»Aber auch nur zum Einsteigen«, sagte die Dame am Fenster.

Herr Gärtner lachte herzlich. Das sei wirklich eine schöne Überraschung! In einem Zug zu sitzen, der das große Magdeburg durchfährt und stattdessen im winzigen Marienborn hält.

Ein Uniformierter öffnete die Abteiltür.

»Entschuldigung ...« Ingelore wandte sich an den breitschultrigen Mann. »Der Herr hier kommt aus Kanada und möchte nach Magdeburg.«

Die Amtsperson fragte, weshalb der Mann nicht über Berlin-Schönefeld gefahren sei. Habe man ihm das in der Auskunft nicht gesagt?

»Mein Sohn!« rief der Kanadier. »Ich habe ohne Auskunft aus der Wüste herausgefunden. Da werde ich doch wohl meine Geburtsstadt von alleine finden!«

Der junge Mann verschwand mit den Papieren Heinrich Gärtners, kehrte nach wenigen Augenblicken zurück. In diesem speziellen Fall sei ihm das Aussteigen in Marienborn gestattet. Aber eine Zuzahlung sei fällig.

Der Kanadier bedankte sich höflich. Als wäre nichts geschehen, zumindest nichts Außergewöhnliches, hielt er Fotos in den Händen. »Sehen Sie: Mein Haus, meine Familie. Die Enkeltochter. Und das ist der Himmel über Kanada. Sehr schön, finden Sie auch?«

Langsam fuhr der Zug in Marienborn ein.

»Nächstes Jahr fahren wir wieder nach Spanien«, bemerkte die Dame am Fenster. »Da ist es uns doch am vertrautesten.«

»Und ich fahr nach Rußland.« Heinrich Gärtner schulterte seine Tasche, reichte Ingelore die Hand, um als einziger Zivilist in Marienborn den Zug zu verlassen. Auf dem Bahnsteig wurde er von Leuten in Uniform erwartet. Die nahmen ihn in ihre Mitte, während sie auf das Bahnhofsgebäude zugingen.

Irgendwer rief aus dem Zug: »Vopos, laßt den Mann in Ruhe!«

Ingelore sah den Kanadier lächeln und freundlich auf die ihn begleitenden Bahnpolizisten einreden. Die aber blieben stumm und schienen durch ihre ungewohnte Aufgabe irritiert.

»Wer weiß, wieviel die dem armen Mann abknöpfen werden!« Die Dame am Fenster spähte böse zu Ingelore. »Die Leute aus dem Osten wollen doch alle mit Gewalt an unser Geld!«

Ingelore winkte ab. Und ihre Reisegefährtin wechselte kein Wort mehr mit ihr. Was Ingelore nicht ärgerte.

2 Ihre ersten Worte, nachdem sie Beate auf dem Bahnsteig entdeckt hatte: »Da bin ich zum Glück umsonst angetanzt!« Derart gesund und froh wirkte ihre Tochter. Und zugenommen hatte sie auch. Nicht zu knapp sogar. Was ihr sehr gut stand. Beate war nun mal keine Puppe.

»Find ich wunderbar, daß du gekommen bist. Komm, Herr Hansen wartet in seinem Wagen.«

»Wer ist Hansen?« wollte Ingelore fragen, kam aber nicht dazu, denn kaum näherten sie sich einem weinroten Auto, als daraus ein runder Mann mit Vollglatze und den rosigsten Wangen der Welt heraussprang. Er verbeugte sich vor Ingelore und sagte, es sei ihm eine Ehre.

Na, gesund wirkt der Kerl nicht, dachte sie. Den ans Steuer eines Autos zu lassen ...

Herr Hansen, erfuhr Ingelore von Beate, verdiene sich sein Geld als technischer Direktor einer Brotfabrik.

»Brot und Management, verehrte Frau. Das Brot nehmen wir als gesunde, das Management als ungesunde Seite.«

Ingelore sah rechts und links der Straße schicke Fachwerkhäuser, frische Farben, Blumenschmuck noch und noch. Die Landschaft glich einer Puppenstube. Der Chauffeur, Herr Hansen also, trug Lederhandschuhe, solche mit Löchern. Ingelore kannte dergleichen bisher nur aus dem Fernsehen. Beate lehnte neben ihr, schien entspannt und heiter, berichtete, daß der Herr Hansen die Schrotmühle jedes zweite Jahr besuche, quasi als verlängerten Urlaub.

»Der Mensch, verehrte Frau, der Mensch lebt nicht vom Brot allein.«

Was bedeutet Schrotmühle? überlegte Ingelore. Und warum fuhr der feine Pinkel so oft hierher? Drehte es ihn so oft durch?

»Schrot heißt der Klinikbesitzer«, gab Beate ungefragt Auskunft. »Außerdem war das Haus früher wirklich mal eine Mühle. Anno dunnemals.«

»Anno dunnemals! Beateschätzchen, deine Ausdrücke!«

»Das ist der Plebs in mir, Dickerchen, mach dir nichts draus.« Beate tätschelte Herrn Hansen die nackte Kopfhaut.

Ingelore hielt den Atem an. Die ganze Sache gefiel ihr nicht. Beate muß raus hier, dachte sie, möglichst schnell. Umgang mit Verrückten macht selbst verrückt, so was ist allgemein bekannt.

Ob sie während der Autofahrt Musik hören wollten, fragte der technische Direktor. Etwas Klassisches? Die klassischen Fischer-Chöre vielleicht? Er kicherte.

Ingelore antwortete nicht. Die Landschaft, ging es ihr durch den Sinn, wie geleckt sah die aus. Verdammtnocheins, ist denn im Westen das Gras wirklich grüner als bei uns?

»Stinklangweilig«, hörte sie Beate sagen.

Die durchbrochenen Lederhandschuhe wippten über dem Lenkrad. »Auf Dauer wirkt Ruhe allemal tödlich.« Er lenkte das Auto von der Straße herunter. Ein Hügelchen war noch zu überwinden, dann ging es durch ein breites Tor.

Beate blieb so lange im Auto sitzen, bis ihr der kleine Direktor die Tür öffnete. Ingelore wäre gern selbst ausgestiegen, aber die vielen Knöpfe und Hebelchen an der Wagentür irritierten sie. Herr Hansen mußte auch ihr behilflich sein. Was ihm sichtlich guttat.

Ein älterer Herr mit weißem Oberhemd und grüner Samtschleife eilte heran. Ingelore vermutete in ihm den Professor, der Mann aber nahm ihr den Koffer ab, und als er einige Schritte weggegangen war, flüsterte Beate, Herr Friedrich sei der Hausdiener. Aber ein Trinkgeld brauche sie ihm nicht zu geben, sie verrechne das alles pauschal.

Wenig später stand Ingelore in einem großen, sehr freundlich wirkenden Zimmer. Helle, auf alt bemühte Möbel, ein Balkon mit Blick zum Park. »Ich schlage vor, du schläfst im Alkoven«, sagte Beate. Der sei überhaupt als Schlafstätte gedacht, nur sie habe sich das Bett neben dem Balkon aufstellen lassen, denn sie wache nachts öfter auf und verlange dann nach frischer Luft.

»Sag mal«, Ingelore unterbrach die Zimmerbesichtigung, »was ist eigentlich los mit dir?« Beate lehnte sich an ihre Mutter, und Ingelore fiel ein: Wie früher, ganz wie früher. Eine Stunde vorher hatte das Gör noch frech wie 'n Deibel sein können, mit einem Schlag aber war sie ein hilfloser, lieber Mensch geworden. Einer, der zu sterben drohte, wenn Mutter ihn nicht augenblicklich in die Arme nahm.

»Ob das Leben und überhaupt alles vorbei ist?«

»Beate!«

»Für eine Frau in meinem Alter?«

»Du hast vielleicht Sorgen!«

»Zu meinem Geburtstag ... Vierzig ist ja schon 'ne ziemlich hohe Zahl ...«

»Hat dir olle Zümmrich was eingeredet? Der mit seinen schweinischen Witzen!«

»Ich komm mir auch ohne Witz ziemlich alt vor.«

»Stimmungen, mein Mädchen, da darfste nischt drauf geben.«

»Der Professor würde mich gern für länger behalten. Zwei Monate mindestens.«

»Kann ich mir denken. Verdienen wollen sie alle.« Ingelore drückte ihre Tochter fest an sich. »Und wie haste dir det vorjestellt? Meine Hilfe?«

»Hauptsache, du bist da.«

»Det bin ick.«

Ein Gong ertönte. Der Ruf zum Essen.

»Keinen Hunger«, sagte Beate.

»In fünf Minuten sitzen wir beide am Tisch. Hopphopp, mein Mädchen.«

Im Speisezimmer, einem von vielen Pfeilern und Palmen unterteilten Raum, erwartete Herr Hansen bereits Mutter und Tochter. Und eine Flasche Champagner wartete ebenfalls.

3 Der Herr Professor weilte für einige Tage in Düsseldorf, wo er als Dozent einer medizinischen Akademie seine spätere Konkurrenz ausbilden half. Die Geschäfte der medizinischen Leitung oblagen Doktor Nesselwang, einem rothaarigen, schlaksigen Menschen.

Ingelore war noch nicht richtig in Nesselwangs Sessel angekommen, als der Mann sie bat, ihr von Ost-Berlin zu erzählen. Denn da sei ihm so eine Story passiert ... Im Vorjahr, als er seiner Tochter aus Anlaß des bestandenen Abiturs eine Urlaubsreise spendiert habe. Nach Berlin. Frau Rechlin möge bitte Nachsicht üben, aber für ihn sei der Begriff Berlin grundsätzlich mit der Gegend zwischen Grunewald und Kreuzberg besetzt. Seit seine Hanna allerdings in diese Liebschaft verwickelt sei ... Der neueste Freund der Tochter stamme aus dem Osten, nun ja, und Hanna hielt den jungen Mann sogar für den der nächsten hundert Jahre.

»Wissen Sie«, sagte Ingelore, »für junge Leute dauern hundert Jahre oft nur paar Monate.«

»Nicht bei meiner Tochter!«

Ingelore atmete tief durch. Sie hatte mit den verqueren Liebesgeschichten der eigenen Kinder genügend Kummer.

»Der Junge hat die Zehnklassenschule absolviert, will nun das Abitur nachholen, um später Theologie zu studieren. Will in einem Entwicklungsland wirken. Und meine Tochter möchte ihn als Medizinerin begleiten. Neulich wünschte Hanna allen Ernstes, ich solle ihr einen Studienplatz im Osten besorgen.«

»Entsetzlich.«

»Nicht wahr?! Hanna in die sibirische Taiga! Und ich seh zu! Niemals!«

»Stimmt. Wo man bei uns im Osten doch noch mit dem Holzhammer narkotisiert. Keine Wohnung mit fließend Wasser, zum Essen höchstens mal einen Zwieback. Ihre Tochter würde eingehen wie eine Primel.«

»Jetzt reagieren Sie aber überempfindlich, liebe Frau Rechlin!«

Ingelore erhob sich. »Wissen Se was? Lassen Se Ihre Tochter ruhig in Berlin-Ost studieren. Kriegt sie Erfahrung, mit Mängeln umzugehen, lernt sie zu improvisieren. Kann ihr in einem Entwicklungsland alles nur dienlich sein.«

»Sie spaßen.«

»Nee, Herr Doktor, die Olle vor Ihnen spaßt keen Stück. Unser Teil von Berlin is Ihra Tochta bestimmt hilfreicher als Heidelberg oder so. Un wat noch dazukommt: Vielleicht hält Ihre Tochte dann später mal unsaeins nich für Halbwilde.« Sie sprach diese Sätze in einer Ruhe, die sie selbst verblüffte und freute.

»Wollen Sie schon gehen?« fragte der Arzt.

»Ja. Schlag elf bin ich mit meiner Tochter verabredet.«

Nervös, mit den Augen zuckend, öffnete ihr der Mann die Tür.

Während ihres bisherigen Kuraufenthaltes hatte sich Beate in den Vormittagsstunden zwei Stunden Ruhezeit zur Gewohnheit werden lassen. Ihre Mutter jedoch war der Meinung, ein Mensch, der noch was erwartet vom Leben, der muß sich auf die Füße schwingen. Angst vor einer »gefährlichen Krankheit« ihrer Tochter hatte sie nicht mehr; für Ingelore stand lediglich fest: Beate hatte sich überarbeitet. In Zukunft, so hoffte sie, würde sie sich ihre Kraft besser einteilen. Und diese Tage jetzt, der Aufenthalt im Sanatorium, das war ein schöner Urlaub, nicht mehr und nicht weniger.

An diesem Vormittag allerdings stand Beate Schlag elf nicht am Tor. Ingelore wanderte langsam auf und ab, sah schließlich ins Zimmer ihrer Tochter, fragte eine Patientin, ob diese Frau Zümmrich zu Gesicht bekommen hätte. Die Patientin jedoch schluchzte hell auf, als sie unerwartet angesprochen wurde, und hastete davon. Schließlich kam Ingelore die Tatsache, daß ein erwachsener Mensch nach einem erwachsenen Kind ruft, ein wenig albern vor, und sie nahm eine Illustrierte vom Klubzimmertisch, um sich damit in den Park zu begeben. Im gleichen Moment hörte sie Beates Lachen. Kichernd betrat die Tochter das Zimmer. An ihrem Arm jener Herr Hansen.

Sie komme soeben aus der Stadt, erklärte sie, und sei rechtschaffen müde. Weiter vernahm Ingelore, daß Beate in einem pikfeinen Restaurant ein zweites Frühstück eingenommen habe und bis zum Abendbrot nichts mehr brauche. Ingelore merkte: Wahrscheinlich hatte das zweite Frühstück auch aus einer guten Portion Alkohol bestanden.

»Und unser verabredeter Spaziergang?«

»Fällt aus.«

»Geh ich eben allein. Den hab ich nämlich eingeplant.«

»Eingeplant«, meckerte Herr Hansen. »Man hört den Stall, aus dem die Pferde traben.«

»Sagten Sie soeben was von einem Stall?«

»Ein Sprichwort, gnädige Frau. Ein Sprichwort aus Andalusien.«

»Ich werde Ihnen gleich zeigen, wo Andalusien liegt, Sie abgebrochener Lackaffe, Sie!«

Der Mann huschte davon; Beate eilte ihm laut lachend nach.

»Bravissimo!« Doktor Nesselwang kam auf Ingelore zu. »Ich find Sie wunderbar, ehrlich!« Der Doktor setzte sich zu einer Gruppe von Patienten, die sich rings um das große Aquarium niedergelassen hatten. Keine dieser Personen betrachtete die sanft gleitenden Fische, alle Augen waren auf Ingelore gerichtet. Die fühlte, wie sie rot anlief, überlegte, ob vielleicht wegen ihrer lauten, groben Worte eine Entschuldigung oder auch nur eine Erklärung angebracht sei, begnügte sich aber beim Verlassen der Diele mit einem verächtlichen Schnaufen.

Februar noch immer. Und doch war der nahe Frühling zu ahnen. Ein durchsichtiges Wäldchen bestimmte die Landschaft rings um das Sanatorium. Nichts ist durchsichtiger als ein Laubwald im Winter. Ingelore mochte durchschaubare Sachen, und Wald, der so hell und licht war wie die Kiefernwälder ihrer märkischen Heimat, der hatte es leicht, ihr Herz zu gewinnen. Ein schöner Spaziergang lockte. Allerdings war es bis zum Ertönen der Mittagsglocke nicht mehr lang hin. Ach was, sollte der Gong rufen! Ärger macht ohnehin satt.

Sie dachte an Hannes. Gern hätte sie sich wieder einmal in aller Ausführlichkeit mit ihm unterhalten, doch der Weg führte bergan; die Anstrengung, das Pusten, nahmen ihr die Kraft zum Reden. Außerdem war ihr die Gegend fremd. Sie hätte in aller Ruhe durch den Park des Sanatoriums spazieren können, doch wie ein Zirkuspferd dauernd im Kreise laufen? Der Satz mit diesen Pferden aus Andalusien fiel ihr ein. Warte nur, dachte sie, umsonst haste den nich über die Lippen gekriegt. Zumindest knöpf ich mir meine Tochter vor. Die wird sich in Zukunft hüten, Umgang mit solchen Kerlen zu führen. Durchbrochene Lederhandschuhe machen noch lange keine Vornehmheit.

An der Weggabelung nahm sie ein Hinweisschild wahr: »Zum Hermanndenkmal.« Um welchen Hermann handelte es sich? Das erste, was ihr einfiel: Vor Jahren war ganz Berlin verrückt nach sogenanntem »Hermannkuchen«. Ein Teigstück, dessen Zubereitung wenig Zeit beanspruchte. Dafür lag der Kuchen dann lange im Magen. Für einen solchen Hermann war gewiß kein Denkmal gebaut worden.

Eine Frau im zippeligen Rock eilte an Ingelore vorüber.

»Entschuldigung. Wer um alles in der Welt ist dieser Hermann auf dem Denkmal?«

»Hermann der Cherusker! Der Held der großen Schlacht!«

Eine dumpfe Erinnerung an die längst vergangene Schulzeit kam in ihr auf. Stimmt, mit einem Hermann an der Spitze hatten die ollen Germanen einen Krieg gewonnen. Gegen wen eigentlich? Und: hatten die Germanen den Streit angefangen oder die anderen? Gern hätte sie die rockzippelige Frau danach gefragt, doch die schien, obwohl sie den gleichen Weg ging, um Abstand bemüht.

Siehste, Hannes, die Frau dort vorn mag mich auch nicht. Und ich möchte mit ihr auch nicht zusammen Weihnachten feiern. Eh mir so eine die Ohren vollbläst mit ihrem intellektuellem Gesumms! War ja auch deine Meinung, nicht wahr, Klugheit schadet nicht, aber der Mensch muß immer noch wissen, daß er einen Hintern besitzt, nicht nur einen Kopp. Und die Olle da vorn, die besteht doch nur aus Kopp, guck doch ma! Merkste übrijens, wie jut der Weg ausjeschildert is? Det findeste hier jrundsätzlich: Ausjeschildert is allet prächtig. Bei uns im Lande dajejen ... Bernd hat et mir erzählt, un der hat von seiner Lebensjefährtin, der Lehrerin ... Zum Beispiel die Museen bei uns, die sinn direktemang froh, wenn keener kommt. Weil durch Massenbesuch ja ooch 'ne Abnutzung entsteht un Verschleiß un so. Un dafür sinn keene Kapazitäten da. Höchstens in jewissen Planabständen. Det is wie mit die jerufenen Geister in dem Schillergedicht. Oder is det von Goethe? Soll ick die Frau da vorne mal fragen? Werd ma schwer hüten, bin heute schon jenuch unanjenehm uffjefalln. Aber det mußte zujeben, det mit dem Pferd un dem Stall, det war zu ville! Na jut, ick hätte ma diplomatischer vahalten sollen, kannst aber fast allet aus mir machen, bloß keenen Diplomaten. Det sich Beate aber ooch mit so 'nem Kerl abjibt. Geld wird er schon haben. Un ihr jejenüber zeigt er vielleicht ooch bessere Manieren. Unsaeins kommt ja aus dem Osten, unsaeins wird jeduldet, an unsaeins wird Barmherzigkleit geübt. Wat mir bei der Jelejenheit einfällt, Hannes: Meinste, Bernd wäre scharf uff 'nen Besuch in Spandau? Keen Stück! Det is nich meine Welt, sacht er, da will er sich gar nich erst belasten mit. Ick sare dir: Er hat Angst, in Spandau die Fassung zu valieren, das Gleichgewicht. Spandau würde ihn zu sehr irritiern, un det wär vielleicht jar nich jut, jetzt, wo er doch im jroßen Festumzug zum Jubiläum mitmachen soll. Irritation ... Det is 'n Wort, sowat hör ick neuadings dauernd.

Als Ingelore ihren Blick nach vorn richtete, erblickte sie das Denkmal, ein Bauwerk in der Art des Völkerschlachtdenkmals in Leipzig. Vor Jahren hatte sie das besucht. Hannes war zur Messe geschickt worden und hatte sie gebeten, mitzukommen. Während ihr Mann die ausgestellten Beförderungsmittel besichtigte, war sie zum Völkerschlachtdenkmal gefahren, denn es war ihr gesagt worden, dies sei eine der bedeutendsten Sehenswürdigkeiten der Stadt. Sie hatte auch den beschwerlichen Weg die vielen Stufen hinauf zur Aussichtsplattform nicht gescheut. Heute noch dachte sie mit Schrecken daran! Mitten im Hinaufsteigen war ihr übel geworden. Die Angst, im enger werdenden Mauerwerk steckenzubleiben! Sie hatte zurückgewollt, aber von unten drängte eine Reisegruppe herauf. Blut und Wasser hatte sie geschwitzt!

Dieses Denkmal hier war nicht ganz so gewaltig. Detmold ist eben eine kleinere Stadt als Leipzig. Die Schlacht im Teutoburger Wald, Hermann der Cherusker ... Welche Zeit war das? Langsam ging Ingelore um das Monument herum, auf dessen Spitze ein Krieger das Schwert in den Händen hielt. Wird wohl der Hermann sein, sagte sie sich und suchte eine Tafel mit Erläuterungen, fand aber nur eine offene, zur Besichtigung einladende Tür.

Da sie als Berlinerin die Tatsache, etwas nicht zu wissen, unmöglich als gegeben hinnehmen konnte, schritt sie durch das

Tor. Einige Stufen ging es hinauf, dann stieß sie auf ein Kassenhäuschen. Hinter der Glasscheibe schlief ein Mann. Beide Arme hatte er auf die Tischplatte gelegt. Ingelore schlug kräftig gegen das Glas. Der Mann riß die Augen auf.

»Entschuldigung. Wann war die Schlacht im Teutoburger Wald?«

»Im Jahre neun unserer Zeitrechnung.«

»Danke.« Ingelore wandte sich zum Gehen. Auf halben Weg zum Ausgang drehte sie sich um und sah: Der Mann hatte eine Eintrittskarte abgerissen. Wozu! dachte sie, ich weiß, was ich wissen wollte.

Noch einmal umkreiste sie das Denkmal. Es mißfiel ihr, mißfiel ihr wie das in Leipzig. Mochte der Hermann ein Held genannt werden oder nicht und mochten die Soldaten Jahrhunderte später in der Schlacht nahe Leipzig wirklich ehrenwerter Ideale wegen in den Krieg gezogen sein – Ingelore haßte alle Tafeln, auf denen Krieger gerühmt wurden. »Gefallen auf dem Feld der Ehre ...« war für sie ein wahnwitziger Spruch. Wenn man es auch dreimal besser wußte als jene, gegen die man zu Felde zog, so blieb ein Schwert doch allemal eine höchst schlimme Sache. Und heute? Was nahmen die Soldaten heute alles in die Hand! Die Welt im Ganzen, so ging es Ingelore durch den Kopf, die Welt im Ganzen ist zu schade dafür, einer Dummheit wegen zugrundezugehen. Und wer von den Gernegroßen der jetzigen Welt mit dem Ruhm vergangener Kriege lebt und Kriege auch noch lobpreist, dem gehört ganz einfach der Arsch verkloppt.

Ingelore ging um die gepflegte Anlage, und plötzlich, für sie selbst überraschend, waren ihre Gedanken bei Ilse Schiefenagel. Vor wenigen Jahren noch hätte sie bei jeder passenden Gelegenheit der Nachbarin mit Vergnügen widersprochen. Nun aber nahm sie die Unsicherheiten dieser Frau wahr, bemerkte deren Ängste und freute sich mit ihr, wenn die Enkel durchs Haus randalierten. Der Pfarrer neulich in der Kirche, die sie mit Beate am Sonntagvormittag besucht hatte, weil dergleichen in Patientenkreisen von Schrots Mühle üblich war, der Pfarrer hatte von »unser aller Sünden« gesprochen. Hinter ihr hatte ein Patient leise gesungen »Wir sind alle kleine Sünderlein ...« Was also ist, dachte Ingelore, wenn ich mich über meine Nachbarin erhebe? Wenn ich mich besser und klüger dünke als die? Selbst wenn ich auch dreimal klüger und besser wäre, was ist das letzte Ende einer jeden Besserwisserei? Zumindest in der Politik? Krieg, die Errichtung eines solchen Denkmals. Schade um die Steine.

Langsam ging sie zur Straße hinunter. Dachte über einen Spruch nach: Der Klügere gibt nach, so lautete der erste Teil des Spruches. Der zweite: Deshalb regieren uns die Dummen. Ach, Hannes, dachte sie, du mit deiner Politik, ganz und gar versaut hast du mich.

Halb zwei war es jetzt. Hunger meldete sich. Chinesisches Essen solle sehr schmackhaft sein, hatte Beate versichert. Ob sie das mal versuchte? Beate hatte ihr erzählt, die Chinesen kümmerten sich einen Dreck um Gewerkschaft und so, bei denen müßten einfach alle in der Familie mit ran, von der Oma bis zum Kleinkind. Kasse aber mache allein der Chef, der Familienvater. Der dann die Piepen je nach Bedarf an die Mitglieder der Familie verteile. Und nichts sei mit Tarif und Vergütung von Überstunden. »Manchmal wünscht sich Siegfried, ich wär 'ne Chinesin ...« Das hatte gar nicht wie ein Spaß geklungen, als Beate das neulich sagte. Die Balkontür hatte offengestanden, aus einem Nachbarzimmer erklang Musik. Die Tochter eines Baufabrikanten, Dauergast im Sanatorium, quälte wieder einmal das Spinett.

»Sonst aber verträgst du dich doch mit deinem Mann?« hatte Ingelore von ihrer Liegestatt aus geflüstert. Und als die Antwort der Tochter ausblieb, hatte sie hinzugesetzt: »Immerhin hält eure Ehe schon erfreulich lange.«

Der Wanderweg führte direkt neben der Hauptstraße entlang. Doch aller Motorenlärm störte Ingelore nicht. Ihre Gedanken waren bei den Ehen ihrer Kinder, bei Streit und Frieden und wieder beim Hermanndenkmal. Die Alltäglichkeit der Kriege ... Plötzlich kam ihr in den Sinn, daß die Menschen vielleicht sogar Kriege brauchten! Ein schrecklicher Gedanke. Aber war es denn nicht wirklich so: In den letzten hundert Jahren lebte keine Generation in Deutschland ohne Krieg. Existenzen zerbrachen, Häuser stürzten ein, Kinder verhungerten. Wehe dem Menschen, der das alles erleben mußte! Wem aber, und das war nun die andere Seite der Medaille, wem das Haus über dem Kopf zusammenfiel, dem fehlte die Zeit, eine törichte Angewohnheit des Ehepartners zu einer Scheidungsklage auszuweiten. Der Ernst des Alltags, die Schwierigkeit, Krieg und Nachkrieg zu überleben, das schmiedete Menschen zusammen. Waren sie, Beate, Ilse Schiefenagel, waren sie alle also gar nicht auf dauerhaften Frieden eingerichtet? Wurden sie übermütig in einer langen Zeit des Friedens? Was war es denn anderes als Kleinlichkeit und Egoismus, was die Ehe von Steffi und Bernd auseinandergebracht hatte?

Hannes, ach, Hannes, dachte die Frau, früher hast du oft mit mir über solche Dinge reden wollen. Ich aber hab fast jedesmal abgewinkt. Verzeih mir bitte. Weißt du aber, was ich jetzt mach? Jetzt geh ich chinesisch essen. Ente süßsauer. Soll ein Genuß sein.

O doch, das Essen schmeckte Ingelore ausgezeichnet. Zur vollkommenen Freude fehlte ihr nur eines: Gesellschaft. Beim nächstenmal, so nahm sie sich vor, muß Beate mit. Dann greif ich auch zu den Stäbchen, nicht zu Messer und Gabel. Können Millionen mit Stäbchen essen, wird das eine Alte vom Hackeschen Markt wohl auch schaffen!

Früher Nachmittag war es, die Zeit zwischen Mittagsruhe und Kaffeetrinken. Für eine Viertelstunde wollte Ingelore »die Beine hochlegen«. Behutsam öffnete sie die Tür zu Beates Zimmer, wollte ihr nur vorher schnell mal »Guten Tag sagen«. Blitzschnell schloß sie die Tür. Wenig später saß Beate neben ihrer Mutter. Die Haare frisch frisiert, dem Lippenrot dezent nachgeholfen. »Wollen wir in der Stadt Kaffee trinken?«

»Ich bin heute schon genug gelaufen.«

»Dann ruh dich schön aus, Mutti. Tschüs.«

Auch am Abend sprachen die Frauen kaum miteinander. Ingelore hatte sich für alle Fälle von der Sekretärin des Sanatoriums die Zuganschlüsse nach Berlin heraussuchen lassen.

Beate lag im Bett, neben sich eine Packung mit winzigen Schokoladentafeln, vor sich ein Buch.

Es schurrte gewaltig, als Ingelore einen Stuhl neben das Bett zog. »Liest sich's gut, das Buch?«

»Ja.«

»Steht da drin, wie man seinem Mann Hörner aufsetzt?«

»Aber Mutti!« Wieder griff Beate nach einem Täfelchen. »So was weiß frau doch.«

»Und woher? Von deiner Mutter vielleicht?«

Endlich legte Beate das Buch beiseite. Erfreut registrierte Ingelore die Zornesfunken in den Augen der Tochter. Kalt also ließ Beate das alles nicht, gleich würde sie ein wüstes Schimpfen starten. Wer aber schimpft, der redet. Und im Redeschwall würden Wörter sein, die Ingelore halfen, herauszufinden, was ihre stolze Tochter bewogen hatte, sich diesem Fatzke hinzugeben.

»Warum kamst du überhaupt so früh? Chinesisches Essen dauert Stunden!«

»Die chinesischen Tischsitten, woher soll ich die kennen?«

Beate verschlang Schokolade. Ihre Hände zitterten.

»War dir der Brotdirektor nicht süß genug? Weil du dich so sehr über die Schokolade hermachst?«

Da endlich war es vorbei mir der Beherrschtheit. Beate schleuderte das Behältnis mit den Täfelchen von der Steppdekke, sprang auf. Ob die Mutter das nun glaube oder nicht – einen Dreck mache sie sich aus dem dicken Hansen. Für diese eine Sache aber brauchte sie ihn, jawohl. Punkt.

Ingelore schwieg geduldig.

»Du mit deiner Musterehe wirst das sowieso nicht kapieren.«

Ingelore schwieg.

Von Anfang an, sagte Beate, von Anfang an sei Hansen scharf auf sie gewesen. Der brauche dergleichen zum Kurerfolg. Irgendeine Frau müsse seinen »Verführungskünsten« unterliegen, sonst sei er umsonst in die Schrotmühle gereist. »Dieser Affe! Gebraucht hab ich ihn, gebraucht, nichts weiter. Als er mit der lächerlichen Hopserei fertig war, hab ich mich bei ihm bedankt. Hast mir geholfen, hab ich ihm gesagt, aber bilde dir nicht es, es sei was passiert zwischen uns.«

»Bedankt hast du dich bei ihm?«

»Ja. Gefiel ihm gar nicht. Eher hätte ich mich vor Verzückung auf dem Boden rollen sollen. Hätte ihm besser getan.« Beate begann, die Täfelchen vom Teppich aufzulesen.

Im Moment war Ingelore die eigene Tochter fremd. »Du hast dich dem Kerl einfach so hingegeben? Aus einer Laune heraus?«

Sorgfältig wurde Täfelchen für Täfelchen in der Packung plaziert.

Kalt war es im Zimmer. Für die kommende Nacht hatte sich der Winter mit Gewalt zurückgemeldet. Gern hätte sich Ingelore die Strickjacke übergezogen, aber sie fürchtete, das Schranköffnen könne Beate abhalten, ihr etwas zu sagen.

Beate in ihrem kurzärmeligen Kleid, sie schien die Kälte nicht zu spüren. »Am zweiten Weihnachtsfeiertag ... Der Fitneßclub hatte nicht nur das Gesellschaftszimmer, sondern auch das Gastzimmer belegt. Über fünfzig Personen! Eigentlich sollte die Sache nur bis zum frühen Abend gehen, aber die Leute hockten fest. Siegfried! Siegfried war happy! So ein Abend läßt die Kasse gewaltig klingeln. Im Verein sitzen betuchte Leute, keine Studenten, die von geraspelten Möhren leben oder so. Da sind echt Fresser und Säufer versammelt, in einem solchen Fitneßclub. Müssen eben immer wieder was auf die Rippen kriegen, was sich nachher runtertrainieren. Die ollen Römer früher haben sich bei ihren Freßgelagen die Gaumen mit Federn gekitzelt, dann kotzten sie alles raus, und das Gelage konnte weitergehen ...«

»Lenk nicht ab.«

»Barbara Losteck, Rektorentochter aus Zehlendorf, drei Jahre jünger als ich, scharf wie frischgeriebener Meerrettich ... Dabei ist die Tussi häßlich wie die Nacht, Typ: Brett mit zwei Bonbons ... Siggi sagt, die Losteck lebt vom Erben. Mal stirbt eine Tante, mal ein Onkel. Und betucht sind sie alle in dieser Sippe. Und nur die Losteck hat die Zeit, sich dem werten Todgeweihten zu widmen. Sie schreibt dir Briefe, Briefe an die Kranken, die treiben dir das Wasser in die Augen. Sie hat mir mal einen vorgelesen; den hatte sie im Restaurant verfaßt. Da war sie schon mächtig im Tee. Nicht eben besoffen, aber fast. Sie rauscht dir ins Lokal rein, kippt ein paar Klare, wie Wasser kippt sie die. Dann rülpst sie, haucht Verzeihung, und dann will sie was essen. Und wenn du ihr ein Eisbein bringst, groß und schwer wie einen Amboß, dann putzt sie das sogar mit Schwarte weg. Ich hab zu Siggi mal gesagt: Wundert mich, daß die nicht noch den Knochen frißt. Hat er mich scharf zurechtgewiesen. Das Fräulein ist halt ein Hauptgewinn für jeden Wirt.«

»Siggi hatte was mit der.« Ingelore sprach ohne Fragezeichen.

»Über den Heißhunger der Losteck haben wir oft genug gewitzelt. Auch über den sexuellen. An diesem Abend nun ... Ich stand in der Küche und mußte mir einen schnellen Imbiß für die Leute einfallen lassen. Speckkuchen wär nicht schlecht, fiel mir ein. Dann läßt auch der Durst nicht nach. Ich dachte einfach, frag deinen Mann, ob Speckkuchen oder nicht Speckkuchen. Im Weinkeller hab ich ihn schließlich gefunden. Die

Losteck kniete auf einem Stapel gefalteter Kartons. Siegfried mit runtergelassenen Hosen hinter ihr. Das Stöhnen der beiden hatte ich schon auf der Treppe gehört. Und hab trotzdem die Tür aufgemacht. Wollte es mit eigenen Augen sehen ... Ja. Bis Silvester hatte ich durchgehalten und nur eines gedacht: So wie dein Mann wirst du es auch einmal treiben. Nur so stöhnen, das wirst du nicht.«

»Ich hab für morgen die Zugverbindungen nach Berlin«, sagte Ingelore.

»Ich hab Siegfried ein Telegramm geschickt«, sagte Beate. »Er holt uns mit dem Auto ab.«

4 Matsch lag auf den Straßen Spandaus. Die Beschäftigten der Stadtreinigung rissen sich zwar gewissermaßen Arme und Beine aus, wer aber von den Bewohnern aus dem Haus trat und mit seinen Modellschuhen im Schnee versank, schrie zetermordio. Ingelore war auf dem Weg zum »Ungarischen Hirten«. Zwei Frauen standen keifend vor einem Bauwagen. »Faules Gesocks! Meterhoher Dreck, doch was passiert? Die Herrschaften wärmen sich den Arsch!« »Vielleicht ist Frühstückszeit?« gab Ingelore zu bedenken. Sofort richtete sich der Zorn der Frauen gegen sie. Ob sie vielleicht beim Senat angestellt sei, weil sie die Faulheit derart unterstütze. Wer bezahle denn diese Ausländer, wenn nicht sie, die deutsche Bevölkerung, mit ihren Steuergroschen. »Dann lassen Sie doch Ihre deutschen Männer Schnee schippen«, sagte Ingelore und ging weiter. Doktor Nesselwang übrigens hatte die Patientin Beate Zümmrich nur ungern nach Hause fahren lassen; ihr Befinden habe sich bei weitem noch nicht stabilisiert. Wenn es denn aber sein müsse, so möge sie sich um Himmels willen bei der Arbeit nicht übernehmen. Daher war ausgemacht, daß die Gattin des Gaststättenpächters Siegfried Zümmrich erst um die Mittagszeit ihre Arbeit im »Hirten« aufnahm. »Meinem Biorhythmus tut längerer Schlaf nur gut«, pflegte Beate zu sagen. Zuweilen beteiligte sich ihr Ehemann an der neugefundenen Morgenqualität. »Zweiter Frühling« hieß das wohl. Ingelore jedenfalls nahm am frühen Morgen ihre Tasche und zog los. Zur Arbeit in den »Hirten«. Zwar hätte sie längst wieder am Hackeschen Markt sitzen können, über die Rückkehr dahin aber wurde nicht gesprochen.

Auch wehrte sie sich nicht dagegen, daß sie als Arbeitskraft behandelt wurde. Ihre Tochter mußte sich erholen, das war genugend Grund für ihr Bleiben. Als sie einmal vom Kellner Herrn Janos nach ihrer Bezahlung gefragt worden war und wie die Krankheit der Chefin denn heiße, hatte sie dem Mann jede abfällige Bemerkung verboten. Es gäbe Kranke, erklärte sie, die sähen aus wie Gesunde. Und mit dem Bezahlen, das tue nichts zur Sache. »Frau Rächlin«, hatte Herr Janos ausgerufen, »aus Ihnen spricht die Mutterliebä. Mutterliebä! ist sehr schön, doch niemals weise, verzeihen bittä.«

Übrigens hatten Zümmrichs auch eine neue Küchenkraft eingestellt, ein blasses Mädchen aus Serbien, sehr jung noch und nur selten bereit zur Hergabe ihrer ganzen Arbeitskraft. Lieber hielt die Kleine Fotos vor ihre offenbar kurzsichtigen Augen und – wahrhaftig! – Tränen tropften darauf. »Ob da der Liebste der Kleinen abgebildet ist?« hatte sie Herrn Janos gefragt und auf das wieder einmal eine Gedenkminute einlegende Mädchen gedeutet. Als Antwort hatte der alte Mann mit der Faust auf den Herd geknallt, daß es nur so schepperte. Sofort waren die Hände der Kleinen wieder beim Putzen und Ingelore erfuhr, auf dem Foto sei ein italienischer Schlagersänger abgebildet.

Sie schloß die Tür zur Gastwirtschaft auf; drei Sicherheitsriegel mußten beseitigt, die Alarmanlage ausgeschaltet werden. Das Telefon schrillte. Ingelore versuchte es zu überhören. Mit allen Geräten kam sie wunderbar klar, Telefone aber irritierten sie. Sie stellte die Handtasche auf den Kühlschrank, kontrollierte die Lichter der Kühltruhen. Das Telefon hörte nicht auf zu läuten. Ingelore riß den Hörer von der Gabel. »Ja, bitte?!«

»Bist du es, Mutti?«

»Was für Mutti?«

»Hier ist Steffi. Ich möchte Ingelore Rechlin sprechen.«

»Steffi, du?!«

»Das hat vielleicht gedauert! Erst komm ich ewig nicht in die Leitung von Westberlin, und dann meldet sich kein Piep.«

»Hätteste doch bei Beate angerufen!«

»Hab ich. Kam aber nur dein Schwiegersohn an den Apparat. Ziemlich außer Puste übrigens. Sagte nur, daß du im Restaurant bist. Und weißte, was du außerdem bist? Wieder mal Oma geworden. Oma! Hörste?!«

»Wat?!«

»Susanne hat gestern entbunden. Ein Mädchen.«
»Und René?«
»Ist ebenfalls gesund.«
»Ein Mädchen ... Wie heißt et denn?«
»Maria.«
»Maria, also.«
»Läßt du dich eigentlich mal wieder im Osten blicken? Aus gegebenem Großmutteranlaß vielleicht?«
»Heute abend bin ich zu Hause. Heizte vorher? Ick bring frische Tomaten mit. Für Wurst sorgst du. Und für Brot.«
»Und für Sekt.«
Ein kurzes Verschnaufen, dann wählte Ingelore Zümmrichs Nummer. Jetzt war Siegfried schon besser bei Luft. »Hör zu«, sagte sie, »ich fahr heute noch an den Hackeschen Markt. Bin nämlich Oma geworden. Endlich mal wieder. Setz dich ins Auto, Chef, und hol mich hier ab.«

5 Angenehm warm saß es sich im Wohnzimmer. Frau Schiefenagel hatte die Freundlichkeit besessen, bereits am Vormittag zu heizen. Von Ingelore war sie dafür mit einem Stück eingeschweißten Schinkens aus dem Schwarzwald belohnt worden. Und die Nachbarin hatte sich auch wirklich herzlich bedankt dafür.

Nun aß Ingelore mit Steffi Abendbrot. Die Tomaten, erklärte Steffi staunend, schmecken ja wirklich fast wie im Sommer. Ingelore nickte zufrieden. In einem großen Beutel ruhten die Gaben für die Niedorfer. Beim Einpacken hatte sie gebangt, der Zoll könne ein ausführliches Auflisten verlangen, denn »diverse Babysachen« war ja doch eine etwas ungenaue Angabe. Zum Glück waren die Mitarbeiter des Zolls bei der Einreise gar nicht erst in Erscheinung getreten, beinahe in Blitzesschnelle hatte Ingelore vor der eigenen Wohnungstür gestanden.

Über Niedorf wußte die ehemalige Schwiegertochter leider auch nichts Genaueres. René hatte nur ein Telegramm geschickt: »Liebe Tante Steffi, Maria, Susanne und René grüßen. Alle sind gesund.« Ingelore überlegte: Ob sie wohl morgen gleich nach Niedorf fahren sollte? Damals, als Beate das Telegramm geschickt hatte ... »Maurice angekommen. Mir geht es nicht gut. Besuch mich.« Kein Weg hatte damals nach Spandau geführt. Zu neu, zu steil stand die Mauer zwischen den beiden Berlins. Ein Vierteljahrhundert war das nun schon her ... Ingelore zog die Schultern zusammen.

»Frierste?« fragte Steffi.

»Wenn du dir so Gedanken über die Welt machst, kommst du da nicht auch ins Frieren?«

»Ich mach mir keine Gedanken. Ich bin doch nicht verrückt.« Steffi entkorkte eine Flasche Wein, füllte zwei Gläser.

Ingelore erkannte die schöngeformten, kristallenen Behältnissse; Steffi und Bernd hatten die einst aus Karlovy Vary mitgebracht, von ihrer ersten gemeinsamen Auslandsreise. »Vor fünfundzwanzig Jahren«, sagte Ingelore, »damals haben viele mit Krieg gerechnet. Erst die Mauer und dann die Geschichte mit Kuba ... Du hast gemeint, wenn Krieg kommt, willste wenigstens verheiratet sein.« Ingelore hob das Glas. Der Wein war kühl und herb. Eigentlich mochte sie ihn eine Spur süßer.

Steffi sagte, wer grübelt, verliert. Und dann zeigte sie auf den Wein. Ganz schön happig im Preis sei der gewesen, aber gelegentlich, nicht wahr, manchmal müsse sich der Mensch was leisten.

Steffi leistet sich allerhand, dachte Ingelore, eine Scheidung, teuren Wein ... Was sollte sie sich auch sonst leisten an Außerordentlichem? In Sachen Liebe, Bindung oder Nichtbindung standen den Bürgern dieses Landes alle Freiheiten offen, sonst aber ... Neulich erst hatte Frau Schiefenagel der Steffi erzählt: Elvira war stundenlang von der Bahnpolizei verhört worden. Aus Versehen war Elvira in Erfurt in einen falschen Zug gestiegen. In einen Zug, der ins sogenannte »Grenzgebiet« fuhr. Und jeder jüngere Bürger war nun mal besonders verdächtig. Mit viel Bitterkeit in der Stimme soll die Nachbarin ihr das berichtet haben. Der Jugend einen Ausflug ins eigene Land verwehren, ginge das nicht doch zu weit? Waren die heutigen Zeiten so gefährlich, daß man als Bürger der DDR nicht einmal von einem Ort der DDR in einen anderen fahren durfte? »Alles in allem: Ich find, die heutige Zeit ist nicht viel sicherer als die damals, als du die Gläser gekauft hast. Trotzdem haste dich scheiden lassen.«

»Der Mensch, Mutti, der Mensch lebt nur einmal. Das hab ich kapiert mittlerweile. Und ich muß mir beweisen, daß ich wer bin, nicht einfach so ein Teil der werktätigen Bevölkerung. Ich mußte mir beweisen, daß ich wer bin, verstehste nich?«

»Und jetzt biste wer?«

»Allemal. Ich gieß dir nach. Komm.«

Ingelore hielt die Hände über ihr Glas. »Sei nich böse, aber er is mir doch een bißken zu saua.«

6 René empfing seine Mutter mit großem Hallo. Einen Riesenstrauß Nelken überreichte er ihr und sagte immer wieder, wie sehr er sich freue.

Eine solche Euphorie kannte Ingelore bei ihrem Jüngsten nicht, aber sie erklärte es sich mit Renés Vaterdasein. Und sie sagte, die schönen Blumen solle er lieber Susanne schenken.

»Wie viele denn noch?« Der Junge wies auf die bunten Rosen auf dem Rücksitz.

Und der werten Schwiegermama? Welche Blumen brächte er der mit? Ächzend kletterte Ingelore vor dem Bahnhof in den Trabant.

Dafür seien andere zuständig, erklärte René. Und setzte hinzu, ganz prima sähe seine Mutter aus, direkt jugendfrisch und so.

»Kommt die Tochter mehr nach dir oder nach Susanne?«

»Die Intelligenz jedenfalls hat sie von mir.«

»Das arme Kind.« Ingelore fand, der Junge lachte lauter als es der kleine Scherz wert war.

Kaum daß der Trabant nach knapp zwanzig Minuten Autofahrt auf dem Mollenthinschen Hofe hielt, klappte die Haustür. Ingelore wurde Zeugin einer zärtlichen Szene: Ein schwarzbärtiger Mann wurde von Annerose abgeschleckt. Lederjacke und die oberen Hemdenknöpfe standen offen. Schien viel Hitze zu haben, der Mann.

René bemerkte, der Bärtige sei neu im Dorf und neu im Haus. Die Genossenschaft baue eine Färsenzucht auf, und der Kerl sei eine studierte Kapazität dafür.

Brav winkte Ingelore dem noch immer nicht voneinander lassenden Paar einen Gruß zu. Annerose schien ihr jünger geworden. Nun ja, dachte sie, eine kräftige Liebe ist das gesündeste Kraut.

Wieder klinkte die Haustür. Susanne, ein kleines Bündel im Arm, kam heraus. Weit öffnete Ingelore ihre Arme.

Der Säugling weinte.

»Hast se aus'm Schlaf jeholt, wa? So'n süßa Fratz, so'n süßa.« Jetzt weinte auch Ingelore.

Es ging die Treppe hinauf. Wie aus weiter Ferne hörte sie René berichten. Wie er Susanne in der Nacht ins Krankenhaus gefahren und sie gefürchtet habe, man lache sie dort aus, weil bis zum »eigentlichen Termin« doch noch drei Tage fehlten.

Die kleine Maria schmatzte mit den Lippen; Ingelores Tränen flossen schneller.

Minuten später saß sie mit den Kindern am Tisch. In einer Wiege – wozu war René sonst Tischler geworden! – nuckelte sich der Säugling in den Schlaf.

»Und sonst?« Ingelore betrachtete das Pärchen. »Alles okay?«

»Wollen wir nicht endlich essen?« René zog energisch seinen Stuhl an den Tisch.

»Ärger?« fragte Ingelore.

»Nichts, Mutti, nichts.« Susanne sprach mit großer Entschiedenheit.

Also erzählte Ingelore von Beates Krankheit, aß dabei Schwarzbrot, Räucherschinken und Dillbohnen, und als sie beobachtete, wie René seiner Frau die Vase mit den bunten Rosen zuschob, da dachte sie: Eine kleine Streiterei, nichts weiter. Regen wir uns nicht auf, Hannes, regen wir uns nicht auf. »Jottchen!« stöhnte sie, als sie die schlafende Enkeltochter betrachtete. »Manchmal ist die Welt zum Heulen schön!«

René lobte Susanne in den kräftigsten Tönen. Annerose, obwohl Mutter von drei Kindern, habe sich Maria gegenüber anfangs wie die pure Hilflosigkeit benommen. Susanne hingegen ... »Ran wie Blücher an die Buletten!« Freude und Spannung standen im Gesicht des Jungen. Lange schon hatte ihn Ingelore so nicht erlebt. Nur damals, als René mit dem Lehrvertrag nach Hause gekommen war, oder auch an jenem Abend, als er verkündete, seine Frau werde niemals anders als Susanne Mollenthin heißen... Immer nach einer großen Entscheidung, da war der Junge wie aufgedreht.

Ingelore betrachtete ihren Jüngsten. Eine Zugmaschine tukkerte am Haus vorüber; vom Wohnzimmer herauf klang kräftiges Lachen. Der Färsenzüchter war wohl dabei, sich den Feierabend zu versüßen.

Susanne war im Schlafzimmer bei der Kleinen. Eben wollte

Ingelore ihren Jungen fragen, was es denn gäbe zwischen ihm und Susanne, da hörte sie ihre Schwiegertochter singen.

»Hat sich Susanne angewöhnt«, sagte René, »Musik beruhigt die Kleine sehr.«

Sacht öffnete Ingelore die Schlafzimmertür. Susanne saß neben der Wiege. Ihre Stimme klang dünn und wackelig. »Hänschen klein, ging allein in die weite Welt hinein. Stock und Hut, stehn ihm gut, ist auch wohlgemut. Aber Mutti weinet sehr, hat ja nun kein Hänschen mehr. Da besinnt sich das Kind, kehrt nach Haus geschwind.« Auf der Bettdecke sitzend, streichelte Ingelore ihre Schwiegertochter. »Was'n mit dir, mein Mädchen?«

Susanne atmete tief durch und stand auf. »Laß nur. Alles okay.«

In den frühen Morgenstunden ging es auf der Niedorfer Hauptstraße fast so bewegt zu wie am Hackeschen Markt. Nur die Straßenbahnen fehlten. Autos fast aller Art lärmten am Haus vorbei, kaum ein Dorfbewohner, der noch zu Fuß seinen Arbeitsplatz erreichte oder erreichen wollte. Zuerst kamen die Wartburgs, die Ladas und Trabants. Deren Besitzer fuhren in die nächstgelegene Stadt. Dann die Zugmaschinen, schließlich die Fahrräder. Die Verkäuferinnen vom Landwarenhaus, die Bürofrauen vom Vorstandsgebäude, sie klingelten sich auf ihren Rädern wach. Am Schluß die älteren Schüler auf ihren Mopeds. Dazwischen Hundebellen und Hähnekrähen; ein rechtes Getös war es, was Ingelore am Morgen weckte.

Sie war also bereits wach, als René vor ihr stand. Er könne, sagte er, keinen Handschlag tun, bevor er nicht mit ihr gesprochen habe. Also beeilte sie sich mit dem Anziehen, trank schnell einen Schluck aus der Kaffeetasse des Jungen, schob sich einen Zwieback in den Mund. René wartete bereits auf dem Hof.

Schnell hatten sie das Wäldchen erreicht. René riß einen Ast vom Busch. Während er sprach, zog er die weiche Rinde vom nassen Holz. Ob sie sich an Dieter Olm erinnern könne.

»War das nicht dein Chef, als du in der Mongolei gearbeitet hast?«

»Genau der. Er ist jetzt verantwortlich für den Einsatz von Leuten im Ausland, Solidaritätsbrigaden, wie das so heißt.«

Ingelore hielt den Atem an.

»Er hat mir geschrieben. Ganz plötzlich wäre da eine Lücke. In einer dieser Brigaden.«

»Du willst wieder in die Mongolei?!«

»Nach Afrika. Angola. Unsere Leute ziehen dort Lagerhallen hoch. Für einen Tischler eine simple Sache, aber ganz allgemein ... Mensch, Mutter, wenn man mal wieder aus diesem Trott rauskäme! Aus Niedorf, aus dem Land. Überhaupt mal raus aus allem Trott!«

Ingelore bereitete es Mühe, die Begeisterung des Jungen nachzufühlen. Sie hatte neulich im Fernsehen Bilder vom Krieg in Angola gesehen.

»Ich weiß, es klingt pathetisch, aber es ist nun mal so: Möglicherweise verhungern paar hundert Leute weniger, wenn wir die Hallen gebaut haben. Was aber mach ich hier? Klubräume täfeln! Und ab und zu wollen paar von den reichen Gemüsebauern eine Heimsauna eingebaut haben.«

»Du willst also weg ...«

»Bis zum Monatsende soll ich mich entschieden haben.«

»Hast du das nicht längst?«

»Nein.«

Ingelore betrachtete ihren Sohn. Er engagierte sich für eine Sache, in der es einmal nicht um eine Mark mehr oder weniger ging. Hannes wäre sehr zufrieden mit ihm. Der Mensch lebt nicht, sobald er nur für sich lebt. Ein schöner Spruch. Aber René lebte nicht allein! Sollte Susanne etwa zu Hause sitzen? Sie und die kleine Maria?

»Für ein Jahr?« fragte Ingelore.

»Zwei.«

»So lange braucht ihr für eine lumpige Lagerhalle?«

»Das Land ist groß.«

Angola ... Nein, die Fernsehbilder ließen sich nicht verdrängen. In Angola war Krieg, einer von den vielen heimlichen auf dieser Erde. Kommunisten regierten das Land, und wo ein Extrem an der Macht ist, meldet sich schnell das Extrem von der anderen Seite. Bilder marodierender Banden, ein schwarzer Soldat schneidet einem Schwarzen die Kehle durch. »Im Interesse der Zuschauer« – Ingelore hatte die Worte des Reporters noch genau im Ohr – würde man den Film nur gekürzt ausstrahlen. Lediglich ein Gesicht in Großaufnahme, ein dummdreistes Lachen, das schwungvolle Ausholen der rechten Hand, dann lag da ein Körper im Gras und daneben ein Kopf. Und der Soldat mit dem Messer grinste in die Kamera. Zufällig war Frau Schiefenagel an jenem Abend bei ihr gewesen; die Nachbarin hatte vergessen, genügend Toastbrot einzukaufen und die Enkelkinder aßen doch kein anderes. Atemlos hatte Ilse Schiefenagel die Bilder verfolgt. »Vor Jahren«, sagte sie endlich, »hätte ichs nicht für möglich gehalten, daß so was passieren kann. Daß unsereins nicht stark genug ist, um so was zu verhindern.« Zur Beruhigung hatte Ingelore der Nachbarin ein Gläschen Eskalony angeboten. Und zu ihrer großen Überraschung hatte Madame das Angebot nicht ausgeschlagen.

Ingelores Blick fiel auf die grünen Knospen, die den Weg säumten. Der Frühling stand vor der Tür, des Jahres schönste Zeit. In Renés Zuhause wuchs ein Mädchen heran, und jeder Tag bringt eine Entdeckung, eine Freude für die Eltern.

Als errate der Junge die Gedanken seiner Mutter, sagte er: »Im Krieg müssen Frauen und Kinder selbstverständlich allein bleiben.«

»Wir leben aber im Frieden.«

»Und die in Angola leben im Krieg. Ich will was tun, ich muß was tun, verdammt noch eins.«

»Solltest froh sein, deine Ruhe zu haben.«

»Ruhe! Alle reden sie von Ruhe. Ruhe im Betrieb und Ruhe in den eigenen vier Wänden. Wer schön auf Ruhe achtet, den stört auch nichts. Den stört nicht, wenn selbst ein Stellvertreter vom Stellvertreter eines höheren Kreisfunktionärs sich eine Scheune zu einem wahren Schloß ausbauen läßt. Er hat dabei überhaupt kein schlechtes Gewissen, dieser stellvertretende Stellvertreter. Dergleichen steht ihm zu, dank seiner Funktion und Wassersuppe. Im Dorf nennen sie es ›Rittergut‹, denn das Männeken heißt zufällig Ritter. Schilfgedecktes Dach, Kellerbar, Sauna, die Möbel Privatanfertigung. Und wenn die Möbeltischlerei deshalb mit dem Innenausbau eines Kindergartens nicht fertig wird, muß der Kindergarten eben warten. Kinder gibt es eine Menge, den Genossen Ritter aber nur einmal. Und der Genosse braucht Kraft für seine tägliche Arbeit, und diese Kraft fließt ihm nur zu, wenn die Möbelwünsche seiner Gattin exakt befolgt werden. Und? Regt sich einer auf über eine solche Type? Keiner. Und wenn, dann heimlich, flüsterflüster. Was aber noch schlimmer ist: Die Leute nehmen sich den führenden

Genossen zum Vorbild. Wenn der es sich gut gehen läßt, muß ich es mir doch nicht schlecht gehen lassen. Also her mit der Waschanlage fürs Auto. Du klagst über einen tropfenden Wasserhahn, was aber hier in den Dörfern an Wasser bloß bei der Autowäsche vergeudet wird, es ist unsagbar. Aber das alles muß sein: Ein gewaschenes Auto, ein guter Tropfen für die Kehle, eine Westtante, die man einmal im Jahr besuchen darf, schon ist das Leben in Ordnung, schon hat alle Welt in dieser Welt ihre Ruhe.«

»Deshalb reißt du aus.«

»Ich hab ja nichts gegen Ruhe und Bequemlichkeit.« Der Junge schlug mit der abgezogenen Gerte auf seine Schuhspitzen. »Aber daß sich der Mensch zur Ruhe setzt, bevor er noch richtig gestanden hat ...«

»Und Maria? Und Susanne?«

»Da hast du das Problem.«

Wind pustete über die Flur. Ingelore griff nach Renés Arm. »Die ersten Jahre deiner Tochter ... Gerade die ersten, daran erinnerst du dich dein Leben lang. Wenn dir mal alles bis obenan steht, im Beruf oder auch mit deiner Frau, dann krabbelt dir deine Tochter entgegen, und schon ist die Welt wieder in Ordnung. Das ist 'ne Art von Seligkeit, auf die keiner freiwillig verzichtet.«

»Ja, Mutter, ich weiß.«

»Und?«

Der Junge hob seine Schultern.

7 Einige Tage später war Ingelore wieder in Spandau. René hatte seine Bewerbung abgeschickt, Susanne hatte einen Trost gefunden, nämlich den: Einen Parteilosen nehmen die sowieso nicht. »Was der Junge auch macht«, erklärte Ingelore den Zümmrichs, »verkehrt ist es auf jeden Fall. Fährt er seiner Familie zuliebe nicht, hat er sich selbst gegenüber kein gutes Gefühl. Fährt er aber, sieht er für zwei Jahre weder Weib noch Kind.«

Siegfried wies auf die Möglichkeit, bei einem solchen Einsatz gutes Geld zu machen. Ingelore erwartete eine Entgegnung ihrer Tochter, einen Satz vielleicht wie: »Red doch nicht dauernd vom Geld!« Doch Beate nickte energisch, ließ sich von ihrem Mann küssen. Am Frühstückstisch!

Ingelore machte sich schnell auf den Weg zum »Hirten«. Dort wartete viel Spargel aufs Schälen. Spargel, der diesmal aus Polen kam und sehr preiswert zu haben war.

Gut zwei Stunden hatte sie sich mit dem Bleichgemüse befaßt, als Beate in die Küche stürmte, sie mit einem lauten »Hurra« umarmte. Herr Janos und der kleine Koch blickten erschreckt auf ihre Chefin. Wahrscheinlich befürchteten sie eine neue »Irritation« der Frau.

Beate Zümmrich jedoch war weder betrunken noch irritiert. Nur einfach sehr glücklich. Denn seit einer runden halben Stunde waren Zümmrichs nicht mehr Pächter, sondern Besitzer des »Ungarischen Hirten.« Das eigene Ersparte, der vorher ausbezahlte Erbanteil Siegfrieds – »Olle Zümmrich hat Angst vor der Quellensteuer. Der holt jetzt sein ganzes Geld vom Konto« –, dazu ein günstiger Kredit – ein Traum hatte sich erfüllt.

In einer Stunde würde Siegfried erscheinen. Dann gäbe es ein Festessen für alle. Beate wieselte durch Lager und Küche. Ingelore blieben nur Handlangerdienste. Wenn ihre Tochter einmal in Schwung gekommen war, »floß es ihr nur so aus der Hand«. Wie zwanzig fühle sie sich, wie zweimal zwanzig. Und die Mutter solle nicht so griesgrämig in die Welt gucken, es werde alles bestens.

Ingelores Gedanken aber waren immer wieder bei Susanne und René. Und Angola. Und auch beim Festessen war ihre Laune bei weitem nicht so ausgelassen wie die von Tochter und Schwiegersohn. Siegfried hatte vorher schon mächtig einen gebechert und hatte große Mühe, sich aufrecht zu halten. Einen neuen Anzug trug er und sogar eine Samtfliege auf dem Oberhemd. Insgesamt durchaus eine stattliche Erscheinung, fand Ingelore, kein Vergleich zu dem rosa Schwamm von früher. Sie fühlte sich zum Anstoßen aufgefordert. »Prosit denn«, sagte sie und dachte: Für einen Geschäftsmann macht es ganz sicherlich einen Unterschied, ob man im Gepachteten wirtschaftet oder im eigenen Laden. Hauptsache, die Gäste bleiben nicht weg. Mit der Leitung vom Fitneßclub dürfen sich Zümmrichs nicht in die Wolle kriegen ... Die Welt meiner Kinder ... Jott, wie verschieden die is! Beate mit dem »Ungarischen Hirten«, Bernd mit seinem popeligen Bungalow, der für ihn der Gipfel aller Genüsse darstellt, René mit seiner Sehnsucht nach Arbeit in Afrika ... Siegfried hielt eine Rede. Die Hoffnung auf weitere gute

Zusammenarbeit und summsummsumm. Und alle im »Hirten« Beschäftigten dürften der Unterstützung durch ihren Chef sicher sein. »Inbesondere du, liebe Schwiegermama.« Soll endlich mit dem Gequassel aufhören, sagte sich Ingelore, und daß er mich vor allen Leuten anredet, det is 'ne Peinlichkeit, wat ick nich mag. Wat hat er jetzt gesagt, Hannes? Worauf erheben wir das Glas?

Ringsum lächelnde Menschen. Ingelore aber betrachtete nur ihre Tochter, stand langsam auf und nahm sich vor, künftighin auf Sekt vor achtzehn Uhr zu verzichten. Auch Beate hatte sich erhoben, legte den Arm um ihre Mutter und führte sie vom Tisch weg. Strahlt wie die Sonne, dachte Ingelore. Und das Glück der Kinder ist auch das Glück der Eltern. Nicht wahr, Hannes?

»Gehen wir einen Schritt vor die Tür, Mutter?« Beate nahm den Arm ihrer Mutter.

Die Stadtreinigung sprühte Wasser über den Straßenstaub. »Es ist wirklich eine ganz reizende Bleibe«, hörte Ingelore ihrer Tochter sprechen. »Zwei Zimmerchen, nicht zu groß und nicht zu klein. Bad, Balkon, Fernheizung. Ideal!«

»Ihr zieht um?«

»Nicht wir, du! Das ist eine einmalige Chance, Mutti. Olle Zümmrich rückte vergangene Woche damit an. Senftenberger Ring, das ist ein feines Neubaugebiet und gar nicht so weit weg von uns. Fahrstuhl und alles. Einmalig!«

Ingelore hörte Beate sprechen, meinte aber kein Wort zu verstehen.

»Im Hirten wirst du fest angestellt, kriegst also ein richtiges Gehalt. Und dazu deine Rente. Die Miete bezahlst du mit links, ehrlich. Und die Kosten für den Umzug, die übernehmen wir, klarer Fall.«

Es war ein Tag mit angenehmen Temperaturen, Passanten probierten die Sommerkleidung.

»Arbeitest dreimal sechs Stunden in der Woche. Mehr auf keinen Fall.«

»Wie bei den Chinesen im Restaurant ... Von der Großmutter bis zum Kleinkind ...«

»Ist das nicht wirklich große Klasse?«

»Mir ist ein bißchen trieselig.«

»Du weißt, wir wollen dein Bestes.«

»Der Witz is nur: Det will ick ooch.«

Am selben Tag noch redete Siegfried lange mit ihr, lud sie zu einer selbstverständlich völlig unverbindlichen Besichtigung jener Wohnung ein, die sein Vater für sie ausgesucht hatte. Ingelore grübelte. War diese Lösung, die zwar etwas überraschend, aber doch nicht unvorhersehbar gekommen war, nicht wirklich die günstigste für sie? Beate hatte durchaus Recht, wenn sie auf das Alter ihrer Mutter wies. Was wird sein, wenn sie, Ingelore, von Zipperleinen geplagt, allein in ihrer Wohnung am Hackeschen Markt sitzt? Hilflosigkeit ... Allein der Gedanke daran trieb ihr den Schweiß auf die Stirn. Noch war sie körperlich »gut beieinander«, die Schmerzen im Rücken und die Tatsache, daß die Füße keine langen Wege mehr mochten, das zählte nicht. Dank ihrer Bekanntschaft mit der kleinen Mulle wußte sie im Sankt Marien eine Ärztin, die ihr gelegentlich den Blutdruck maß und ihr etwas gegen Gliederschmerzen verschrieb und der sie sagen durfte: »Mir fehlt nischt, Frau Doktor«, und die ihr dennoch zuhörte. Die kleine Frau Mulle sprach bei solcher Gelegenheit von der »Geborgenheit im Herrn«, und Ingelore erwiderte dann, die Geborgenheit in der Hand eines lieben Menschen sei ihr vertrauter. Also – warum sollte sie das Angebot der Zümmrichs nicht annehmen? Mochte Beate ihre Launen haben, eins stand fest: Wenn Mutter Hilfe brauchte, war die Tochter zur Stelle. Und die paar Stunden Arbeit im »Hirten« ... Das tat ihr doch nur gut! Allemal besser als Däumchendrehen. Hannes würde sagen: Führ dein eigenes Leben. Jaja, antwortete sie ihm, eigenes Leben ist schon was wert. Aber was ist, wenn du mal krank bist, wenn du dein eigenes Leben gar nicht mehr führen kannst? Wen hab ich dann? Du bist weg, Hannes. Steffi? Was ist, wenn die Kleene wieder einen Mann findet? Siehste! Schon is die Alte Neese! Bernd? Nee. Bernd fühlt sich als Pfleger mieser als jeder Patient. Also was, Hannes? Sag mal!

Zümmrichs drängten nicht. Ingelore half weiter in der Küche aus und zeigte dem Mädchen aus Serbien, wie Salate »nach deutscher Art« zubereitet werden. Nicht einfach alle Zutaten durch die Maschine jagen. Eine Zwiebel zum Beispiel, eine Zwiebel wurde grundsätzlich mit der Hand geschnitten. »Wat macht so'n Apparat? Mus macht der. Matsch. Eine Schweinerei nennt man das, nischt weiter. Kiek her! Du nimmst 'n scharfet Messer und 'n Brett. Kannst ja die abgeschälte Zwiebel 'n

Moment lang unter kaltes Wasser halten, da heulste wenja. Und denn wird die Zwiebel so jehalten un so jeschnitten. Deine Oma macht det jenauso? Sag ihr einen schönen Jruß von mir.«

So vergingen die Tage. Und Ingelore mußte zurück zum Hackeschen Markt. Ihr Visum lief ab. Sollte sie bei dieser Gelegenheit ihren Umzug beantragen? Zümmrichs sagten nichts, aber Ingelore wußte, irgendwann mußte sie sich entscheiden.

Nachmittags, nach der Arbeit im Restaurant, fuhr sie oft mit der U-Bahn quer durch Westberlin. Der Geruch der Kunstlederbezüge in den Wagen, Firnis und Farbe – angenehm kroch ihr das in die Nase. Berlin schickte sich an, mit großem Tamtam den eigenen Geburtstag zu feiern. Plakate überall, teure Veranstaltungen, Rummel und Pipapo. Ick müßte mich vielleicht mal mit Steffi un der Mulle in Grünau in ein Gartenlokal setzen ... Warum sag ich Grünau und nicht Tegel? Weil Steffi in Tegel nicht dabei sein könnte? Oder weil uns die Chose in Grünau bedeutend billiger käme? Ach was, dachte sie, jetzt fahr ich zum Senftenberger Ring und guck mir die Wohnung an.

Der Hauswirt hieß Kaffke, hatte Beate gesagt, und wohnen tue er in der Vier. Meine Wohnung dann wäre in der Sieben. Mit Blick auf einen Kinderspielplatz, was ja in einer Großstadt nicht unbedingt das Übelste ist. In Berlin leben wollen und auf Wald und Wiese kieken, das scheint bißchen vermessen. Nich wahr, Hannes? Und was den Lärm angeht, da sind wir ja nun am Hackeschen Mark nicht eben verwöhnt worden. Am Bahnhof Marx-Engels-Platz wird übrigens noch immer gebaut. Na jut, wenn se det bis zum Siebenhundertfuffzigsten nich schaffen, det mit dem Fertigwerden, denn eben bis zum Achthunderfuffzigsten. So, da wäre jetzt der Neubaublock ... Sechs Etagen, aber mit Fahrstuhl. »Kaffke« ... Ick werd mal klingeln.

Minuten später führte sie der mürrische Herr Kaffke durch die Wohnung. Zwei helle Zimmer, die kleine Küche, ein rundum gekacheltes Bad. Hunde seien nicht erwünscht, sagte der Hausmeister.

»Wie isset mit Elefanten?«

»Ick mach keene Witze. Die Leute vom Kindergarten kieken mit Feldstechern ausm Fenster, un wehe, die sehen wat mit'm Schwanz wedeln. Schon kriegt der Verwalter 'n Brief wejen Belästigung der Kinder.«

Wollen Se noch den Keller sehen?«

»Nee. Die Wohnung hat leider keinen Balkon.«
»Det haben Zweizimmerwohnungen nie.«
»Wieder wat jelernt.«

Der Fahrstuhl surrte nach unten; wortlos verschwand der Hausmeister in seinem Büro.

Ingelore stand in der Vormittagssonne, legte den Kopf in den Nacken, um zu den Fenstern zu blicken, die sie möglicherweise bald putzen würde. Als sie den Kopf wieder gerade richtete, stand Herr Janos vor ihr.

»Gnädige Frau! Möchten mich besuchen, bittä?«

Ingelore nannte dem Mann den Grund ihres Erscheinens in dieser Ecke der Stadt. Worauf die Freude des Kellners noch zunahm. Er selbst wohne auch im Senftenberger Ring, in der Numero drei. Ja, auch er habe die Wohnung durch Vermittlung des Herrn Zümmrich senior erhalten. Im Verein der Numismatiker nämlich habe Herr Zümmrich senior einen Bekannten, welcher als Verwalter der Wohnungsgesellschaft arbeite. »Bittä, was denken Sie über einen Besuch im Café? Ich bin voller Freude, Sie zu treffen, gnädige Frau.«

Herr Janos geleitete Ingelore in das Café. »Sie lieben Mokka, gnädige Frau? Ein richtiger Berliner liebt starken Kaffee und was, bittä, ist starker Kaffee andere als Mokka! In Budapest, in Heimat, allerdings ... Sie kennen Mokka in Budapest? Nein? Noch nicht gewesen in Budapest? Müssen Sie unbedingt nachholen Versäumtes.«

Der Mann redete und redete, sagte aber nichts, was Ingelore wirklich interessiert hätte. Ihre Gedanken wanderten zwischen Hackeschem Markt und Senftenberger Ring hin und her. Und dann fiel ihr ein: Könnte der Mann nicht wirklich mal wenigstens für'n Moment die Klappe halten. Oder mich mal nach dem Befinden fragen? So daß ich ihn gewissermaßen als unparteiischen Berater nutzen könnte. Entscheiden muß ich mich alleine, ich weiß, aber beraten ließe ich mich trotzdem gern.

Beim Trinken schlürfte der Mann. Wirkte irgendwie verludert. Das weiße Oberhemd lag schmuddelig und faltenreich an seinem dürren Oberkörper. Verknöpft hatte er sich obendrein. Und die Krawatte war nachlässig gebunden. Ingelore nippte noch an ihrer ersten Tasse Mokka, da bestellte Herr Janos bereits das zweite Kännchen. Und ein großes Mineralwasser. »Der

Durst, gnädige Frau, er quält. Übrigens: Meinen herzlichen Glückwunsch zum Erwerb des Restaurants.«

»Da müssen Sie meinem Schwiegersohn gratulieren, nicht mir.«

»Die Ehre, gnädige Frau, sie betrifft ganze Familie. Die Ehre ist, wie sagt man, ein hohes Gut.« Er schüttete unendlich viel Zucker in die kleine Tasse. »Ja, so ist Läben: Die Freude für alle, das Leid für einen.«

Draußen leuchtete ein Frühlingstag. Vielleicht sollte ich eine Stunde lang an der Havel spazieren, dachte Ingelore, vielleicht fällt mir dabei eine Lösung ein. Spandau oder Mitte, Ost oder West?

»Auch daß neue Situation verlangt neue Ordnung – nicht zu ändern, akzeptiere ich, akzeptiere ich sähr gut. Ich, der Kellner Herr Janos, ich bin zu sehr Erinnerung. Und Erinnerung ist oft nicht gut, ich weiß aus eigenem Läben.«

»Erinnerung woran?«

»An Situation bei Pacht. Ich, Herr Janos, entschuldigen Sie, ich gehöre zu Zeit von Pacht. Zeit von Besitz ist eine andere Zeit, andere Zeit aber verlangt anderes Personal, Sie verstehen.«

»Kein Wort.«

»Vielleicht ... Wenn Sie ein gutes Wort für mich einlegen, gnädige Frau? »Schmatzend löffelte Herr Janos den Zuckersatz aus der Tasse.

Ingelore mißfiel die Situation zunehmend. Sie solle ein gutes Wort für ihn einlegen? Warum denn das?

Nun ja, stammelte der Mann, den größten Respekt empfinde er für Herrn Zümmrich junior und Gattin, aber man möchte doch bedenken, er sei eine stets bewährte Kraft. Warum ist alles vergessen? Nur weil er gelegentlich Medizin nehme? Bittesehr, er sei kein junger Mensch mehr, er benötige Medizin. Was sei Übles daran?

Langsam verstand Ingelore: Herrn Janos war gekündigt worden. Mit bestem Dank für die jahrelang erwiesenen Dienste hatte man dem Kellner die Aufhebung seines Arbeitsvertrages in Aussicht gestellt. »Herr Zümmrich junior holt jungen, frischen Mann für Bedienung. Ein Mensch aus Krakow gebürtig. Ein Pole im Ungarischen Hirten! Pfui!« Der ansonsten so noble Herr Janos spuckte auf den Boden. »Mann aus Polen kostet weniger Geld, viel weniger. Für Pole ist niedriger deutscher

Lohn besser als Taschen gefüllt mit polnischem Geld. Er wird im Restaurant Maul und Arsch aufreißen, dieser Polack. Und Sie, gnädige Frau, werden helfen in Küche. Einkaufen und Putzen. Gnädige Frau auch schön billig. Nur Herr Janos ist zu teuer.« Er griff in seine Geldbörse, fingerte ein winziges Tablettenröhrchen hervor und schüttete sich mehrere Kügelchen in den Mund.

Medizin? Ingelore überlegte. Was sollte das denn für Medizin sein?

»Ich will Ihnen was sagen, gnädige Frau. Ich werde eröffnen eigenen Imbiß. Führe bereits Verhandlungen, sähr gute Verhandlungen darüber. Bin Experte genug, bittä. Und allemal besser als Pole. Und auf Herrn Zümmrich junior ist geschissen.« Seine schweißnassen Hände hielten Ingelore fest. »Kommen Sie zu mir! Zu meinem Geschäft! Kochen und backen billig, kochen und backen gut. Ich Organisation und Bedienung, Sie kochen und backen. Gewinn garantiert. Viel mehr als im Hirten, no!«

Tief aufatmend flüchtete Ingelore ins Freie. Hinter ihr fluchte Herr Janos in der Sprache seiner Heimat.

8 Auf der Meldestelle des Volkspolizeireviers herrschte qualvolle Enge. Mit Mühe nur eroberte sich Ingelore einen Stuhl in dem lediglich mit dem Bild des Staatsratsvorsitzenden verzierten Raum. Abholung eines Reisepasses mit Visum gültig für Ein- und Ausreise nach allen Staaten einschließlich Berlin Klammer auf West Klammer zu.

Die Leute im Raum sprachen wenig. Wenn sie den Mund überhaupt aufmachten, flüsterten sie, manche sahen sich unsicher um, Mithörer sollten möglichst ausgeschlossen bleiben. Ingelores Gedanken waren wieder einmal bei René und Susanne. Mit diesem Arbeitseinsatz war noch nichts entschieden. Er warte immer noch auf Post, hatte René geschrieben. Der Mann neben ihr stukte sie heftig. Ob der Aufruf eben vielleicht für sie gelte? Ingelore verschwand im Arbeitszimmer.

Die junge Frau hinter dem Schreibtisch hob nur kurz den Kopf. »Rechlin?« Sie kramte in Papieren.

Ingelore aber dachte: Wie muß sich ein Mensch wie diese Frau eigentlich fühlen? Stunde um Stunde, Tag für Tag mit Leuten befaßt, die »fahren dürfen«. Und sie selbst? Wie frustrierend muß doch diese Arbeit sein, wie unwürdig! Neben dem Telefon stand ein brummender Ventilator. Zwischen Stempeln und Aktenblättern gab die Angestellte dem Gerät einen Stoß. Daraufhin brummte der Ventilator nicht mehr, sondern drehte sich, wie sich ein Ventilator drehen muß. Stickig war es im Zimmer. Ingelore erkannte den Schweißfleck unter dem Arm der jungen Frau.

Die Angestellte reichte Ingelore das blaue Büchlein. Ein Druck auf den Klingelknopf. Der Nächste bitte. Benommen verließ Ingelore das Zimmer. Jener Abend, als Maurice geboren wurde, fiel ihr noch einmal ein. Kein Weg hatte für sie nach Spandau geführt. Und jetzt? Wenn es sie nach Mandarinen gelüstete, nach einem Spaziergang über den Ku-Damm – sechzig Tage im Jahr hatte sie Gelegenheit dazu, sie, die Rentnerin. So oder so, dachte Ingelore, im Vergleich zu damals ist das schon ein Fortschritt. Und möglicherweise wird die Obrigkeit aus Anlaß des Jubiläums das Sieb noch ein bißchen weitmaschiger knüppern. Es wird so allerlei gemunkelt.

Zu Hause griff sie zum Briefpapier.

»Meine liebe Susanne, lieber René,

im Moment ist mir ein bißchen komisch zumute. Wieder mal hab ich das Visum erhalten, für Westberlin, nicht wahr. Auf immer aber will ich nicht hinziehen, zu Besuch gern, aber nicht für immer.

Hört zu, Ihr Lieben, ich habe lange überlegt, und ich denke, es ist auch in Vaters Sinne. Sicherlich wirst Du, lieber René, nach Afrika fahren. Fahr man zu. Nur falls in der Lagerhalle, die Du dort baust, Waffen gelagert werden, dann kehr um. Vielleicht aber kapieren die Menschen, daß das Lagern von Getreide sinnvoller ist als das Stapeln von Bomben.

Was aber Dich betrifft, liebes Susanneken, sei nicht allzu traurig. Und weshalb mußt du das Babyjahr in Niedorf verbringen? Bei mir am Hackeschen Markt ist so viel Platz für Dich und für Maria. Und vielleicht findest Du hier in Berlin eine Arbeit, jedenfalls solange sich René in Afrika mit dem Hammer auf die Finger schlägt. Ich versichere Dir, wir werden uns gut vertragen. Gleich nachdem ich diesen Brief in den Kasten gesteckt habe, werde ich überlegen, wie wir die Wohnung umräumen. Das ehemalige Kinderzimmer ist ein bißchen eng. Vielleicht richten wir dort das Schlafzimmer für mich ein und das viel größere eigentliche Schlafzimmer gehört Dir und Eurer Tochter. Nicht wahr, so machen wir's? Laßt mich nicht allein. Ich habe Euch lieb und grüße herzlich Eure Mutti.«

Als Ingelore den Brief zum Kasten trug, sah sie: Zwei Bauarbeiter hoben einen Eimer mit Farbe auf das Gerüst am Bahnhof. Na also, dachte sie, irgendwann wird alles fertig. Und vielleicht sogar gut. Vielleicht.

II. RENÉ

ERSTES KAPITEL

1 Mit einer Handbewegung versuchte der Polizist, René zum Verlassen des Flugplatzes zu bewegen. Es war fünfzehn Minuten nach einundzwanzig Uhr. Um diese Zeit wurde der Flughafen geschlossen. Ein eisernes Gesetz. René aber stand noch immer hinter der Tür. Also wurde der Polizist deutlicher: Er zeigte dem jungen Mann einen Schlüssel. Ab dreißig Minuten nach einundzwanzig Uhr hatte sich kein Fremder im Flughafen der Stadt Havanna aufzuhalten. Punkt.

René nahm seine beiden Koffer, trat vor die Tür. Schwülheiß quoll ihm die Luft entgegen. Er drehte sich um und klopfte derart wild an die Glasscheibe der Tür, daß sich der Polizist zu einem nochmaligen Aufschließen genötigt sah.

»Ich Deutscher, DDR, verstehen? Krankenhaus. Krankenhaus der Freundschaft. Diplomatische Vertretung. Nummer von Botschaft weiß ich nicht. Du telefonierst, sagst, die sollen mich endlich abholen.«

Der Polizist nickte sanft, drückte die Tür ins Schloß und verschwand blitzschnell in seinem Büro. Für Verrückte hielt er sich nicht zuständig.

Ein klapperdürrer Hund näherte sich René.

»Na, du armer Hund?«

Der Köter trollte sich langsam weiter.

April war es. Zu Hause in Niedorf war es längst Mitternacht. Das Flugzeug war »mit der Zeit geflogen«, der Tag also länger als üblich; mittlerweile hätte ihn René um einiges kürzer gewünscht, auf alle Fälle ohne dieses dreimal verdammte Warten. Langsam nur, sehr langsam, dämmerte ihm die Erkenntnis, es könne etwas schief gelaufen sein. Aber was?

René Rechlin, Mitte Dreißig, Möbeltischler von Beruf, hatte sich für einen längeren Arbeitsaufenthalt in einer »Internationalen Freundschaftsbrigade« beworben. Diese Brigade sollte in Afrika, genauer gesagt, in Angola, Lagerhallen bauen. Eine Tätigkeit, die René für sinnvoller hielt als die Beschäftigungen, zu denen er in den letzten Monaten verdonnert worden war: Bei Funktionären und reichen Handwerkern die Holzverkleidungen der hauseigenen Sauna hochzuziehen. Bald bist die Vierzig, hatte er gedacht, du bist noch nicht alt, aber jung bist du auch nicht mehr. Willst du in deinem Leben noch etwas schaffen, wovon du deinen Kindern ohne Scheu erzählen kannst, dann wird es höchste Eisenbahn.

Zwei Jahre Angola ... Seine Frau Susanne, seine Tochter Maria, fast drei Jahre war sie jetzt alt, sie würden ohne ihn auskommen. René war sich sicher: Sein Aufenthalt in fernster Ferne würde ihm guttun. Irgendwie würde ihm alles guttun, wenn er nur die Nase aus dem üblichen Alltag strecken durfte. Also hatte er Bewerbungsunterlagen abgeschickt. Ziemlich genau vor drei Jahren. Positive Antwort hatte er nicht erhalten. Einmal nur war er zu einem Gespräch in den Rat des Kreises geladen worden. Nachdem er sich beschwert hatte, warum er denn nicht endlich nach Angola dürfe. In der Partei sind Sie nicht? hatte ihn ein Mann gefragt. Okay, hatte René geantwortet, ich kann ja schnell in die CDU eintreten, da suchen sie in Niedorf noch paar Dumme. Der Mann hinter dem Schreibtisch hüstelte und machte sich Notizen. Man werde sich melden, versprach er, bald vielleicht.

Zu Hause hatte René seiner Frau mitgeteilt, es würde nichts mit der Reise in die Ferne. Dann jedoch, Monate später, war das Unfaßbare geschehen: Zwei Telegramme kamen ins Haus. Im ersten wurde er zu einer tropendiensttauglichen Untersuchung bestellt, im zweiten stand die Mitteilung, der Flug sei gebucht. Der Flug nach Kuba. Das dortige »Krankenhaus der Freundschaft«, eine Einrichtung, deren Funktionieren gänzlich von der DDR ermöglicht wurde, dieses Krankenhaus benötige umgehend einen Tischler. War Kuba mit Angola vergleichbar? Nicht ganz, sagte sich René Rechlin, ein bißchen aber schon, und weit weg war es allemal.

»Wahrscheinlich auch sicherer«, sagte Susanne.

»Wie meinst du das?«

»Kuba ist doch fast so sozialistisch wie wir, oder?«

»Jedenfalls find ich Kuba besser als in die Hand gespuckt.«

Vor der Fahrt zum Flughafen sollte er sich im Ministerium melden. René meldete sich.

Ein älterer Mitarbeiter beugte sich ihm zu, flüsterte, es gehe um eine wichtige Mitteilung. René spitzte die Ohren.

»Paß bloß auf die Weiber auf«, so lautete der Kern dieser Mitteilung. »Die machen dir für einen Dollar alles. Die haben aber auch schon alles. Ich mein jetzt nicht unbedingt was Feines.«

Im ersten Moment wußte René nicht, wovon die Rede war, dann aber sagte er, er beabsichtige nicht, wild durch die Gegend zu bumsen, weder in Kuba noch sonstwo.

Der Mann schob ihm einen Zettel zu. »Wenn du mal unterschreibst, Genosse Rechlin? Daß du über dein Verhalten im nichtsozialistischen Währungsgebiet aufgeklärt worden bist.«

René durchzuckte es. »Genosse? Ich bin kein Genosse.«

»Wer in Kuba arbeitet, wird wie'n Genosse behandelt. Compañero, das ist dort ein mächtig gewaltiges Wort, fast so schön wie bei uns Intershop.«

»Sie kennen sich aus in Kuba?«

»Ich war dort mal.«

»Und?«

»Was?«

»Hat's Ihnen gefallen?«

»Du mußt noch hoch in Zimmer 424. Deine Papiere holen. Nimm den Fahrstuhl. Und unterschreib endlich.«

Im Zimmer 424 wurde René mitgeteilt, er werde in Havanna vom Flughafen abgeholt. Wenn irgendwas in Kuba sicher sei, dann das: Als DDR-Bürger müsse er sich niemals allein fühlen.

Und nun? Die Maschine war mit halbstündiger Verspätung in Havanna gelandet. Auf dem Flugplatz in Neufundland hatte es bei einer Zwischenlandung einen »Vorfall« gegeben. Ein Mitglied der Reisegruppe, die im Flugzeug von Berlin-Schönefeld nach Havanna saß, war auf eine ältere Dame zugeeilt. Die Dame hatte die heftig weinende Urlauberin in die Arme genommen und nicht mehr losgelassen. Aschfahl war der Leiter der Reisegruppe geworden. Er wußte, was solche Bilder bedeuteten. Kam ja leider immer wieder mal vor, daß die Leute wie verrückt sparten, ein Wahnsinnsgeld für eine Stadtrundfahrt durch Havanna hinlegten, ihre Groschen für drei Wochen Sonne und Palmen horteten. Sie zahlten den Preis, obwohl sie wußten: Sie würden nie in Kuba ankommen. Zum Auftanken mußte die Maschine in Neufundland zwischenlanden. Und da ließ es sich aussteigen. Wortwörtlich.

René war das Geschehen auf dem Flughafen wie ein Kinostück vorgekommen, unwirklich und irgendwie lustig. Unterhaltsam auf jeden Fall. Er hatte gerade eine Wand mit lauter bunten Zettelchen betrachtet, als diese Art Familienzusammenführung geschah. Die Zettelchen kamen aus aller Herren Länder. Werbegrüße aus der Schweiz, den Niederlanden, Aufkleber mit Hotelnamen aus den USA und Hongkong. Sogar aus Budapest waren welche dabei. René hatte lange suchen müssen, bis er einen Aufkleber aus seiner Heimat DDR fand. »Messestadt Leipzig«. Dort hing er. Leider war es der einzige Aufkleber, dessen Klebkraft nicht ganz reichte. René grinste, während er seinen Zeigefinger beleckte und den Gruß aus Leipzig fest zurück an die Pinnwand drückte.

Und jetzt? Warum holten sie ihn nicht ab? Es kam doch überhaupt nur dieses eine Flugzeug aus Berlin? Verwechslung unmöglich. Oder?

Der Bus der Reisegruppe stand noch immer einige Meter von ihm entfernt am mittlerweile fest verschlossenen Flughafengebäude. René hörte aufgeregte, laute Stimmen. Irgendeinen Streit gab es, wahrscheinlich um die Verteilung der Zimmer im Hotel, René interessierte es nicht. Im Flugzeug war er als alleinreisender DDR-Bürger die Ausnahme gewesen; die Urlauber wußten nicht, sollten sie ihn bedauern oder beneiden. Ganz allein nach Kuba? Müssen oder dürfen? Und die junge Frau bleibt allein zu Hause? Nanana ... Ungefähr zwanzig DDR-Urlauber, dazu fünf Angehörige eines fischverarbeitenden Kombinates und er, sie waren die Deutschen an Bord. Die fünf Fischer waren bereits beim Betreten der Gangway betrunken, eine der Stewardessen hatte »gewaltigen Zoff« angedroht, falls es den geringsten Ärger geben sollte. Beschwichtigend hatten die Fischer abgewinkt. Bald waren sie eingeschlafen, einen nur hatte die Übelkeit gepackt, doch schaffte er es noch bis vor die Toilettentür. Immerhin hätte es ja auch einen Mitreisenden treffen können. Etwa die Lehrerin, die mit ihrem Mann, einem kurzatmigen Bürgermeister, neben René in der Sitzreihe saß. Die Frau hatte ihm unaufhörlich davon erzählt, wie sehr sie und ihr Mann um die Kuba-reise gekämpft hatten. »Aber nu! Endlich ma! Den ganzen Tag Sonne un richtsche Balmen.« Bald hatte René Tiefschlaf vorgetäuscht. Vorher aber hatte er der Frau berichten müssen, weshalb er allein nach Kuba flog. Die Frau fragte, ob er sich denn nicht auch ein bißchen fürchte, so ganz ohne Schutz. Sie selbst habe ja ihren Mann und den Reiseleiter und überhaupt die Urlauber alle, und sie hätten sich ja auch alle vor der Abreise verpflichtet, das Hotel nie allein zu verlassen. Da hatte sich zum ersten und auch gleich zum letzten Mal der kurzatmige Bürgermeister zu Wort gemeldet. Im Krankenhaus, also dort, wo der junge Mann arbeiten würde, stammten alle Verantwortlichen aus der DDR. Und daß die aufpassen würden, verstünde sich von selbst. »Nuja«, hatte die Frau geantwortet, »du kennst dich eben aus in den Frachen der Sicherheit.«

Bei der Paßkontrolle war René als letztem in der Reihe der DDR-Bürger ein rosa Stempel ins blaue Heft gedrückt worden. Er hatte seinen Koffer genommen und nach den Leuten der Botschaft Ausschau gehalten. Für die betrunkenen Kabeljaufänger waren zwei Autos erschienen, für die Reisegruppe ein Bus, für ihn nichts. Na gut, hatte sich René gedacht, jedes Auto besitzt ein Recht auf Panne, selbst wenn es im Dienst der Diplomatie steht. Und Warten kostet nichts. Außer Zeit. Und Geduld. Und Nerven.

Nach einer halben Stunde war ihm denn doch etwas kribbelig geworden. Unter anderen Umständen hätte er längst angerufen, sich erkundigt. Welche Nummer aber sollte er wählen? Abgesehen davon, daß er nicht eine einzige Münze zum Telefonieren besaß. Schließlich war jener dicke Polizist erschienen. René hatte ihn um Hilfe gebeten, der Mann aber verstand ihn nicht. Oder er wollte ihn nicht verstehen.

Unruhig ging René auf und ab. Daß die mich hier haben schmoren lassen, wird ihnen übel aufstoßen, grollte er. Nicht den Kubanern, wohl aber den anderen, denen von uns. Die schwülheiße Luft drückte den Schweiß aus allen Poren. René spürte Durst. Hunger nicht mehr. Der war ihm gründlich vergangen.

Hilft ja nun alles nichts, sagte er sich endlich, ich muß mich der Reisegruppe anschließen. Die immerhin fährt rein in die Stadt. Schließlich kann ich mich die Nacht über nicht vor die Tür zum Flughafen setzen.

Im Bus schien nun doch der Moment der Abfahrt gekommen. Der käsige Reiseleiter zählte die ihm Anvertrauten noch einmal ab. Als er damit fertig war, tippte ihm René auf die Schulter. »Entschuldigung. Es war verabredet, daß mich die Leute vom Krankenhaus abholen. Das Auto aber ist immer noch nicht da. Würden sie mich bis zum Hotel mitnehmen?«

»Tut mir leid«, sagte der Mann. »Das widerspricht den Bestimmungen. Fremde Personen dürfen sich der Gruppe nicht anschließen.«

»Was heißt fremde Personen! Ich komm aus Berlin, und Sie kommen aus Berlin.«

»Wie gesagt: Es tut mir leid.«

In diesem Moment drängte eine mit mehreren Perlenketten geschmückte ältere Dame nach vorn zum Reiseleiter. Das sei ja die Höhe, schrillte sie. Ob der werte Herr Reiseleiter wisse, was dieser Urlaub gekostet habe und weshalb sie dreihundert Peso Taschengeld weniger als die Leute vor ihr im Bus erhalten hatte?

Eine kleine, sehr schlanke Frau, die Figur eines Mädchens der siebenten Klasse, berührte Renés Arm. Im leicht pockennarbigen Gesicht der Kubanerin erkannte René einen ironisch zuckenden Mund und sehr dunkle, fröhliche Augen. Ist das nicht komisch, flüsterte die Frau. Oft hasse sie ihre Landsleute wie dolle und verrückt. Doch immer, wenn sie deutsche Urlauber begleite, lerne sie ihre Heimat wieder lieben. Sie hieße Anna und er?

»René.«

Sie drückte seine rechte Hand, lächelte freundlich. »Guten Tag, René.«

Beide standen sie auf der staubigen Straße neben dem Bus, beobachteten, wie die geschmückte Dame und der Reiseleiter heftig aufeinander einredeten. Komisch sei auch, erklärte die junge Dolmetscherin, wie sich diese Deutschen auf kubanisches Geld freuten. So sehr, daß sie nicht eher in die Stadt fahren wollten, bis ihnen ihr zustehendes Taschengeld ausbezahlt würde. Auf die sofortige Auszahlung so vieler Pesos aber waren weder der Reiseleiter noch sie, die Dolmetscherin, vorbereitet gewesen. Also hatte der Reiseleiter in seiner Not jene Pesos verteilt, die ihm von seiner Dienststelle als »eiserne Reserve« mitgegeben worden waren. Und jeder habe vorerst nur eine erste Rate des

Taschengeldes erhalten. Wenig, aber immerhin etwas, nicht wahr.

René betrachtete die noch immer heftig diskutierenden Urlauber. »Ein schöner Scheiß.«

»Eine schöne Scheiße«, korrigierte das Mädchen. »Scheiße ist weiblich im Deutschen.«

»Trotzdem. In diesem Fall heißt es: Schöner Scheiß. Das ist ein Ausdruck. Hast du in der DDR studiert?«

»Aus deutschen Büchern.« Anna kicherte. »Das Komischste ist, deine Leute denken, sie kriegen Geld, das so schwer wiegt wie Dollar. Aber Pesos, unser Geld, ist leicht wie eine Feder. Es ist wie Luft. Im Hotel kannst du dafür manchmal Strohhüte kaufen und eine einzige Sorte Ansichtskarten. In Wahrheit sind die Pesos nichts wert, nimm sie und nagele sie an die Tür. Richtig?«

»Das mußt du wissen, nicht ich.«

»Ich meine den Ausdruck, nicht den Inhalt.«

»In Sachen Ausdruck ist es richtig.«

Anna zog René in den Bus, erklärte dem schweißnassen Reiseleiter, die Mitnahme des Bürgers geschehe auf ihre Verantwortung.

2 Spät in der Nacht, als die Mitglieder der Reisegruppe endlich auf die Zimmer verteilt waren, telefonierte Anna mit Renés diplomatischer Vertretung. Danach richtete sie ihm aus, morgen Vormittag werde sich ein Mitglied der Botschaft bei ihm melden. Einen Unfall habe es jedenfalls nicht gegeben.

»Und warum haben sie mich nicht abgeholt?«

»Keine Ahnung. Großer Scheiß.«

Sie saßen bei Cola mit vielen Eiswürfeln in der marmorkalten Hotelhalle.

»Du hast mir sozusagen das Leben gerettet. Vielen Dank.«

»Ihr Deutschen rettet mir dauernd das Leben. Ohne Urlauber aus der DDR hätte ich keine Arbeit. Du bist Arzt?«

»Besser noch. Tischler.«

Anna lachte wieder. Es war jedes Mal ein spitzes, lautes Lachen, das sie damit beendete, indem sie sich mit dem Handrücken auf den Mund schlug. Im Krankenhaus, erzählte sie, fehle seit langer Zeit ein Spezialist für Hals und Ohren. Gäbe es davon keinen mehr in der DDR?

»Die brauchen wir selbst. Wenn jemand was in den Hals kriegt, wird er krank. Bei uns kriegt schnell einer was in den Hals.« Ihm fiel ein, daß Anna die Anspielung nicht verstehen konnte, Anna aber stoppte seine umständliche Erklärung, indem sie sagte, derartige Halskrankheiten würden auch in Kuba zunehmen. Sie lachte wieder, schwieg, betrachtete ihn mit großen Augen, sagte, bestimmt frage er sich, warum sie dauernd lache.

»Lach«, sagte René. »Ich mag das.«

»Ich lach einfach gern, weißt du. Lachen ist beste Kosmetik, und ich krieg keine Falten.«

»Kaum zwanzig, und schon sorgst du dich um Falten!«

»Neunundzwanzig. Und mit Dreißig ist die Frau in Kuba ein alter Mensch.«

»Hast du Familie?«

»Papa und Mama. Und eine Großmutter. Sie ist fast taub, fast blind, aber sehr kräftig. Im Kopf, du verstehst.«

René sah von seiner Cola auf.

»Ja«, sagte Anna, »einen Freund hab ich auch. Schon lange. Er lebt so, ich lebe so.«

»Was heißt das?«

»Er wohnt da und hat sein Leben, ich wohne hier und lebe mein Leben. Immer zusammen – findest du das gut? Ich nicht.« Sie nahm, noch ehe René antworten konnte, ihre kleine Handtasche, winkte Richtung Rezeption. Der Livrierte griff sofort zum Telefon. »Er bestellt mir ein Taxi. Schlaf gut.«

»Sagt sich so einfach.«

»Bist du nicht müde nach dem langen Tag?«

»Ich frag mich, weshalb die mich nicht abgeholt haben.«

»Jetzt bist du hier und fertig.«

Er stand auf und umarmte Anna. Erst als er sie berührte, fiel ihm ein: War diese Geste gestattet? Anna küßte ihn auf die Wange. Dafür mußte sie sich auf die Zehenspitzen stellen. Wieder ertönte ihr kurzes, spitzes Lachen. Bestimmt, so flüsterte sie ihm mit Blick auf die Rezeption zu, werde er gefragt, ob er Damenbesuch wünsche. Für die Nacht. Bei seiner Antwort möge er bedenken, daß er dafür keine Mittel besitzt. Kein Geld, fügte sie schnell hinzu.

Jetzt war es an René, schallend laut zu lachen.

Anna verschwand, und René ging zum Lift. Der Livrierte holte ihn ein.

»Señora, Señor?«

Energisch schüttelte René den Kopf.

»Señor, Señor?«

»No. Verdammt.« Mit der linken Hand schob er den Hotelangestellten aus dem Lift, mit der rechten drückte er den Knopf für die elfte Etage.

Im Hotelzimmer war es eisig kalt. Die Klimaanlage funktionierte nicht nur, sie arbeitete außerordentlich gut. Darauf hatte ihn Anna bereits hingewiesen: Je kälter das Zimmer, desto vornehmer das Hotel. René wäre etwas weniger Vornehmheit lieber gewesen.

Irgendwas läuft schief, dachte er, während er sich auf das kalte Laken legte, irgend etwas stimmt hier nicht. Bloß gut, daß es diese Anna gibt ...

Am Morgen spürte er, daß er fast einen Tag lang nichts gegessen hatte. Doch wußte er nicht, ob er zum Betreten des Frühstücksraums überhaupt berechtigt war. Sich dort hinzusetzen, um von einem Kellner nach draußen verwiesen zu werden, das wollte er sich ersparen. Also kramte er die Tüte mit dem Zwieback aus dem Koffer. Auf der Mitnahme von Zwieback hatte seine Mutter energisch bestanden. Ohne Zwieback und ohne Boonekamp fuhr die nie in die weite Welt, und mochte es auch nur nach Templin gehen.

Punkt acht Uhr saß René in der Hotelhalle, betrachtete amüsiert die große Verschlafenheit ringsum. Mürrische Kubanerinnen säuberten umständlich und nicht eben sorgfältig Fußboden und Fensterbänke. Keine betrachtete René länger als für den Bruchteil einer Sekunde. Er wartete auf den angekündigten Besuch von der Botschaft. Wartete und wartete. Endlich, kurz nach zehn Uhr, stürmten zwei Frauen durch die Schwingtür des Hotels. René ahnte sofort: Der Besuch galt ihm.

»Sie sind Herr Rechlin? René Rechlin?«

»Ja.«

Die Jüngere blätterte in Papieren, während die etwas Ältere ihn streng musterte. »Nicht daß du denkst, wir hätten dich vergessen. Unsererseits war alles geregelt. Genosse Hartmann hatte rechtzeitig abgesagt. Du hättest überhaupt gar nicht erst ausreisen sollen.«

»Na gut«, sagte René und fühlte sich durchaus nicht überrascht. »Wann flieg ich zurück?«

Anna eilte durch die Hotelhalle. Der käsige Reiseleiter schnellte ihr entgegen, schien gewaltig erleichtert. Um zehn Uhr sollte der angekündigte Bus vor der Tür stehen, jetzt wären es bereits zwanzig Minuten darüber, und der Bus sei immer noch nicht da. Anna stoppte den Redefluß mit einer energischen Handbewegung. »Alle ihre Leute haben Urlaub. Ist das nicht schön?«

»Richtig!« sagte der Reiseleiter und schlug förmlich die Hacken zusammen. »Urlaub. Jawohl.«

»Gut geschlafen?« Anna küßte René auf die Wange, hielt ihm ihre Wange hin. René drückte einen innigen Kuß darauf und registrierte die Erstarrung der Botschaftsdamen.

»Freundliche Männer gibt es in Ihrem Land.« Lächelnd wandte sich Anna den Botschaftsdamen zu. »Warum schicken Sie die so selten?«

Die Frauen erwiderten das Lächeln einigermaßen mühevoll, und eine sagte, im Fall des Genossen Rechlin läge leider ein Mißverständnis vor.

»Es war eine gefährliche Situation. Vor dem Flughafen lüngerten hungrige Hunde.« Annas Augen rollten förmlich vor Zorn.

»Lungerten«, verbesserte René, und Anna wiederholte »lungerten«. Und sie verstehe nicht, weshalb die DDR ihre Kader von Hunden bedrohen lasse.

Die Frauen von der Botschaft sahen sich an, wagten ein leises Lächeln.

»Macht nichts. Ich hab ihn gern gerettet. Zum Wohle der DDR.«

Anna stöckelte zur Reisegruppe, zu ihrer Arbeit. René aber fühlte sich auf einmal unglaublich mutig, ihm war, als habe er soeben erlebt, wie seine Mutter auf den Behördentisch schlagen und rufen würde: »Das darf ja wohl allet nich wahr sein, hören Se mal!« Also sagte René, er sei schließlich nicht aus Jux und Tollerei nach Havanna geflogen und wenn man ihn hier von heute auf morgen nicht brauche, so müsse man nur den Mund aufmachen, und er sei wieder weg.

»Alles richtig«, beeilte sich die ältere und offenbar auch höhergestellte Botschaftsangestellte zu versichern. »Es geht alles seinen Gang.«

»Hast du deinen Paß bei dir?« fragte die jüngere.

»Glauben Sie mir sonst nicht?«

»Es geht um den Einreisestempel. Um die Hotelanmeldung, nicht wahr.«

René registrierte: Beide Frauen waren so gut wie gleich gekleidet. Ein kurzer, aber nicht zu kurzer Rock, eine unauffällige Sommerbluse, der obere Blusenknopf stand offen, was jedoch nicht wirklich einladend wirkte.

»Wir klären das«, wiederholte die ältere. Und in ihrer Stimme klang zum ersten Mal so etwas wie Anteilnahme.

Renés Magen knurrte vernehmlich.

»Die Genossin Hartmann wird sich sofort um ein richtiges Frühstück für dich kümmern. Gehen wir.«

Vor dem Hotel wartete ein Auto. Ein mausgrauer Wartburg. Hinter dem Lenkrad ein muskulöser Typ, kaum dreißig. Die Frauen stellten dem Mann René vor: »Genosse Rechlin. Wir können.« Dann zeigte die ältere kurz auf den Chauffeur: »Unser Genosse Kraftfahrer Conradi. Conradi mit C.«

Ob sie auch durch die Altstadt kamen? Zu Hause noch hatte er gelesen, die sei unter den Schutz der UNESCO gestellt worden. Um ihre wertvolle Bausubstanz zu erhalten. Das interessiere ihn. Falls der direkte Weg vom Hotel zum Krankenhaus nicht daran vorbeiführe, wären die Leute vielleicht so nett und machten einen kleinen Umweg? Aus Ausgleich für das Wartenlassen am Flughafen vielleicht? Während René noch überlegte, ob er den Wunsch aussprechen sollte, durchzuckte ihn ein ganz anderer Gedanke. »Ich hab meinen Koffer im Hotel gelassen.« Zu Hause wäre er mächtig erschrocken, doch jetzt – eher heiter war ihm zumute.

Die Diplomatinnen schlugen sich die Hände vors Gesicht, der Blonde trat mit aller Kraft auf die Bremse, überfuhr mit quietschenden Reifen einen Grünstreifen und raste auf der Gegenfahrbahn zurück. Fehlt nur noch das Martinshorn, dachte René. Minuten später stürmte der Kraftfahrer im Stil eines Zehnkämpfers die Hotelhalle. Die beiden Frauen und René blieben im Auto.

»Du mußt aber auch etwas aufpassen, Genosse Rechlin.«

»Ohne Frühstück keine Konzentration.«

Die Frau neben ihm zuckte mit den Mundwinkeln, sah starr nach vorn. Laß zucken, dachte René, mir ist fast alles egal. Ein Mensch wie Anna mag mich; schon bin ich nicht umsonst in Kuba gewesen.

Conradi mit C wuchtete den Koffer heran. René bedankte sich, erhielt aber nur die Andeutung eines Kopfnickens als Antwort. Auf der Straße nahm er eine Kinderschar wahr, die Hautfarbe hellbraun bis rabenschwarz, alle in blütenweißen Hemden oder Blusen, sehr diszipliniert und doch sehr fröhlich. Wart es ab, alter Junge, sagte sich René, bestimmt wird es dir in diesem Land noch sehr gut gefallen.

Das Krankenhaus war ein Gebilde aus vielen bungalowähnlichen Gebäuden zwischen Krankenhaus und Hotel, vorn an der Straße ein großzügig angelegtes grünes Viereck, ein Mittelding aus Garten und Park. Hinter den Bungalows der einzelnen Krankenhausstationen eine Reihe kleiner einstöckiger Bauten, die Wohnungen der Mitarbeiter.

René ging neben einem hustenden Fünfziger über die gepflegten Wege. Hibiscus wuchs hier wie in Niedorf die Weißdornhecken. Büsche mit riesigen knallroten Blüten. Gern wär René stehengeblieben, um die Pracht in aller Ruhe anzusehen, der Mann neben ihm jedoch, der Genosse Hartmann, drängte zur Eile. »Jeden Moment wird's losgehen«, sagte er und streckte einen Finger zum Himmel. Und wirklich, kaum hatten sie den Bungalow, in dem René wohnen würde, erreicht, ging es auch schon los. Ein Regenguß, wie ihn René bisher noch nicht erlebt hatte. Keine Ankündigung durch einzelne Tropfen, nein, es war, als würde mit Schwung die Badewanne ausgekippt.

Schwer pustend ließ sich Hartmann auf einen der zwei Polsterstühle im Inneren des Bungalows fallen, erklärte, daß dies jetzt sozusagen Renés Heimat sei. Wohnzimmer, Schlafzimmer, Bad, Küche. Die Küche müsse er nicht benutzen, denn alle würden vorn im Hotel essen. Jedenfalls die warmen Mahlzeiten. Das geschehe am Abend, denn bei der Hitze tagsüber bekomme man sowieso keinen Bissen herunter.

»Läßt sich die Klimaanlage leiser stellen?«

René zog den zweiten Sessel neben seinen zukünftigen Chef. Der Mann war gerade erst fünfzig, aber grauhaarig bis zur letzten Borste. Sein Husten, seine Atemnot ... Gesund wirkte er nicht.

Hartmann forderte René auf, den Kühlschrank zu öffnen. Einsam stand eine Flasche Nordhäuser darin.

»Gläser sind im Schrank daneben«, hörte René Hartmann sagen. »Das ist dein Einstand. Zieh ich dir vom ersten Gehalt ab.« Hartmann lachte, seine Hand griff nach dem gefüllten Glas.

»Weshalb wurde ich nicht abgeholt?« fragte René, und Hartmann antwortete: »Zum Wohl.«

Als René den Schnaps zurück in den Kühlschrank stellte, schraubte sich auch Hartmann aus dem Sessel hoch. »Sag mal, hattest du Gutzeit gesagt, du willst trotzdem fliegen?«

»Wer ist Gutzeit?«

»Der lange Gutzeit. So ein älterer. Der dir die Papiere gegeben hat.«

»Die Papiere hab ich von einer Frau aus der Reisestelle.«

»Merkwürdig.« Hartmann rieb sich seinen Bauchansatz. »Egal was ist: Der Teller wird abgegessen. Du bist jetzt hier, also wirst du auch beschäftigt. Sogar mit Holz. Sobald der Regen aufhört, zeig ich dir die Arbeit.«

»Sobald ich gefrühstückt habe.«

Hartmann kniff die Augen zusammen, fixierte sein Gegenüber und meinte, man merke, daß René aus Berlin komme. Die Berliner und ihr Mundwerk, jaja. Wogegen er aber nichts habe. Absolut nicht.

TECHNIK UND LAGER stand in schöngeschwungenen Buchstaben an der Barackentür. Gleich neben der gynäkologischen Station. Hartmann sagte, anfangs habe ihn das fix und foxi gemacht, das Geschrei der werdenden Mütter. Doch der Mensch sei halt ein Gewohnheitstier.

Im Lager ein Stapel Bretter, zwei Stapel Kanthölzer, etwas Werkzeug. René fand's nicht eben üppig, doch Hartmann winkte nur ab. Sei eben alles nicht mehr so, wie es einst war. In der Anfangszeit des Krankenhauses, ja, da hätten sie nur mit der Wimper zucken müssen und das Doppelte und Dreifache des Bestellten sei angerollt. Bestimmte Sachen aber seien mittlerweile knapp geworden, und andere wären ganz und gar gestrichen. Hartmann hustete lange, machte eine Pause und sprach eine Nuance leiser. Falls es René genau wissen wolle, so sei die letzte Holzlieferung der Grund gewesen, den Tischler abzubestellen. In die Flure aller Stationen sollten nämlich Regale hin, Regale mit verschließbaren Fächern. Die Patienten würden ja alles Mögliche ins Krankenhaus anschleppen, also brauche man was zum Ablegen und Verschließen. Mit diesem bißchen Holz aber – lächerlich!

Später gingen sie durch die einzelnen Stationen. René fand kaum ein Fenster, welches seiner Arbeit nicht bedurft hätte. Kein Wunder bei diesen Temperaturen, dieser Nässe. Aus den Kanthölzern ließen sich durchaus Fensterrahmen zaubern, die Frage war nur: Reichten sie?

Hartmann senkte die Stimme. »Auch wenn es nur Kinkerlitzchen sind ... Die Kubaner besitzen ein feines Näschen für so was. Von den Sowjets werden sie in letzter Zeit immer öfter sitzengelassen, wenn jetzt auch unsere Aktivität kürzer wird ... Na ja ...« Er schenkte René einen abschätzenden Blick, zuckte mit den Schultern. »Mach, was du kannst.«

René versprach es.

Die Krankenzimmer waren groß, mindestens sechs Betten in jedem Raum. Vor jedem Bett saßen mehrere Leute. In Kuba, erklärte Hartmann, genießt ein Kranker sofort das Mitgefühl der ganzen Familie. Und die Familien in diesem Land, die seien bekanntlich umfangreich.

Von den deutschen Ärzten und Schwestern wurde René kaum wahrgenommen. Mal ein mürrischer Gruß, ein kurzes »Hallo!«, nichts weiter. »Das ist der Frust«, sagte Hartmann. »Immer fehlt denen was. Medikamente, Material, weiß der Kuckuck. Mediziner verlangen immer was Neues; ich kenn die eigentlich nur unzufrieden. Von den Momenten abgesehen, wo sie ihre Dollars in die Hand gezählt kriegen. Da kannst du sie strahlen sehen!«

Kubanische Krankenschwestern gab es auch. Sehr reizvolle Personen, fand René. Ohne daß er dergleichen laut geäußert hätte, nahm ihn Hartmann beiseite. Unbedingt solle er sich hinter die Ohren schreiben: Falls er es ohne Frau nicht aushalte, möge er sich zuallerletzt an einer von den kubanischen Mitarbeiterinnen vergreifen. Selbst falls er die zu heiraten gedenke, da schiebe sich nichts zusammen.

René konnte sich ein Grinsen nicht verkneifen. »Mit den DDR-Frauen aber darf ich?«

»Frag mich nicht, was sich hier manchmal so abspielt.«

Okay, dachte René, wahrscheinlich ist Bumsen für die ganze Truppe das Wichtigste. Zumindest rangiert es gleich nach den Dollars. Wie pflegte doch sein Großvater zu sagen? Sonnenschein macht fickrig.

Am späten Abend ließ ihn der Lärm der Klimaanlage nicht

einschlafen. Was brachte eigentlich das Fernsehen? Zwei Programme gab es. Das eine bediente den Unterhaltungsbedarf, das andere Wissenschaft und Kultur. Nach Hartmanns Meinung übrigens waren beide Programme gleichermaßen ungenießbar. Auf dem für gehobenere Ansprüche vorgesehenen Kanal sah René zwei alte Männer an einem Fluß sitzen, schwarzweiß, schier endloses Palaver, eine Kamera, die in den Wolken zu hängen schien. Auf dem anderen Kanal eine Spielshow. Ernstblickende Kubanerinnen warfen aufblasbare bunte Bälle in Eimer. Das Saalpublikum tobte vor Vergnügen. René schaltete das Gerät ab und dachte: Ganz so einfach wird's hier nicht werden. Aber hab ich was ganz Einfaches erwartet? Nein, hab ich nicht. Ein Ausflug ins Land, paar Kilometer raus aus Havanna soll schwierig sein. Sagt Hartmann. Für Hartmann aber, diesen ausgepowerten Knecht mit seiner Raucherlunge, an die er keinen Arzt ranläßt, für den scheint alles schwierig. Nur das Austrinken einer Flasche Korn nicht. Santiago de Cuba soll zauberhaft sein ... Wär ja gelacht, wenn ich das in zwei Jahren nicht schaff, wenigstens einmal nach Santiago de Cuba zu kommen. Und wenn es mit Hilfe der Dollars ist. Auf Dauer nur DDR unter Palmen, das halt ich nicht aus. Die Bungalows, die Möbel, der Dialekt, alles wie zu Hause. Sitzungen, Wandzeitung, das Honecker-Bild ... Einmal in der Woche, sagt Hartmann, gibt es eine »Agitationsrunde«. Zu der erscheint ein Mitglied der Botschaft. Auch gäbe es die Möglichkeit, das »Neue Deutschland« zu abonnieren. Jeden Mittwoch erhält der Abonnent dann einen Stapel Zentralorgan. So blöd möchte ich keine Sekunde sein, dachte René, mich unter eine Palme setzen und das »Neue Deutschland« studieren! Verrückter geht's wohl nicht.

Das Essen, nun ja. Die Leute geben sich Mühe. Alles mit viel Öl zubereitet, schon deshalb, weil Butter knapp ist. Und Schweinefleisch ist sehr knapp, eigentlich gilt schon Geflügel als Luxus. Ein armes Land, dieses Kuba. Vom großen Nachbarn USA wird es seit Jahrzehnten boykottiert, vom großen Bruder Sowjetunion seit Jahren vernachlässigt. Weil es in Gorbatschows Küche eben auch nicht rosig aussieht. Daß sich die DDR noch immer dieses Krankenhaus leistet ... Offiziell steht eben die Internationale Solidarität noch immer ganz vornan. Und im Vergleich mit den Kubanern geht es den Leuten in Niedorf und Umgebung noch immer bestens. Zwei Jahre jedenfalls steh ich durch. Und verdienen tu ich auch gut. Sogar einige Dollars. Was aber werde ich meinen Kindern erzählen? Daß mir ein Papagei aufs Kreuz geschissen hat, als ich Bretter über den Hof trug?

Dann fiel ihm ein: Wie heißt Hartmann eigentlich mit Vornamen? Hat er mich je beim Namen genannt? Seltsam, dachte René, die Leute hier duzen einander, aber kennen tun sie sich nicht, wollen das wohl auch gar nicht. Von mir aus. Morgen nehme ich mir die Fenster der Kinderstation vor. Die zum Garten hin haben es am nötigsten. Hartmann meint zwar, die Hinterfront kriegt nur was, wenn von der Vorderfront was übrigbleibt, aber da hab ich gleich abgewinkt. Wenn ich hier als Tischler in Sachen Tischlerarbeiten den Hut aufhabe, dann mach ich, was ich für richtig halte. Fassadenpflege kenn ich aus der Heimat genug. Morgen abend übrigens müssen sich die Mitarbeiter des Krankenhauses an andere Tische setzen. Dann kriegt eine deutsche Reisegruppe die Tische direkt neben dem Büfett. Deutsche Reisegruppe? Damit können nur Annas Truppen gemeint sein. Also krieg ich morgen Anna zu Gesicht. Wunderbar! Keine Bange, Susanneken, dein Mann ist ein treuer Hund. Aber freundlich zu einem freundlichen Menschen, das wird er wohl sein dürfen. Wenn die verfluchte Klimaanlage nur nicht so laut wäre!

3 Wieder saßen sie bei Cola mit großen Eisstücken. Am Nebentisch spielte Hartmann mit dem Zahnarztehepaar Schnurbeck Skat, Frau Hartmann, eine gleichermaßen dünne wie auch neugierige Person, las die »Wochenpost«, das heißt: Mit ihren Augen war sie mehr bei Anna und René als bei der Zeitung. Die Enttäuschung, nicht verstehen zu können, worüber Anna und René redeten, stand ihr deutlich ins Gesicht geschrieben. Doch wäre die Frau nicht auf ihre Kosten gekommen, denn Anna erklärte soeben, daß es von ihr einfach nichts zu sagen gäbe.

»Dann erzähl was von deinem Verlobten. Von Susanne hab ich dir lang und breit erzählt.«

»Pablo? Pablo ist ein stiller Gelehrter. Hat in Leipzig studiert. Germanistik. Eine sehr schöne Wissenschaft.«

»Und wird in Kuba gebraucht?«

»Hoffentlich.«

»Wo ist er denn angestellt, dein Pablo?«

»Überhaupt nicht. Sein Großvater unterstützt ihn sehr.« Und dann berichtete Anna sehr emotionslos, wie René registrierte, daß dieser Großvater zu Kubas reichen Leute gehöre. Schließlich habe man keineswegs allen Großgrundbesitzern alles Land abgenommen und auch nicht die Häuser und die goldenen Armringe. René solle sich mal in der Hotelbar umsehen, wieviel Gold da blitze. Nun ja. In einem der Gärten dieses reichen Großvaters stünde ein Pavillon, nicht einfach so ein Gartenhaus, sondern ein recht stabiles Gebäude. Dort wohne Pablo und schreibe an einem Buch. Und wenn er es wünsche, würden ihm vom Dienstpersonal des Großvaters die Schuhe geputzt.

»Warum lebt der Alte denn nicht in den USA?«

»Unmöglich! Er ist Kubaner. Patriot.«

»Also sitzt dein Verlobter in einem goldenen Pavillon, läßt sich die Schuhe putzen und wartet auf einen Job. Hm.«

Anna runzelte die Stirn. »Hörst du nicht zu? Pablo arbeitet! Deutsche Lyrik des achtzehnten Jahrhunderts. Welche deutschen Gedichte sind in Kuba in welchem Jahr zum ersten Mal gedruckt worden. Lach nicht so blöd.«

Frau Hartmann hielt die Zeitschrift dichter vor die Augen, rückte mit ihrem Oberkörper näher zum Nebentisch.

»Entschuldige. Ich find es gut, wie du deinen Verlobten verteidigst. Ehrlich.«

»Dann grins nicht.«

»Die Hartmann neben dir kippt fast vom Suhl vor Neugierde. Kannst du dir denken, was sie denkt?«

»Deine Leute hier haben zuviel Zeit. Zuviel Zeit, zu viele Flöhe. Ein kubanisches Sprichwort.« Und nach einer Pause: »Was denkst du denn, was sie denkt?«

»Ich mach mich mächtig ran an dich.«

Anna lachte. Sehr laut, sehr herzlich.

Der Kellner tauschte die leeren Cola-Gläser unaufgefordert durch volle aus. René hätte sich gern einen Drink mit wenigstens einer Spur Alkohol bestellt, doch er versagte sich den Wunsch. Erstens war Rum an diesem Ort sündhaft teuer, zweitens war den Mitarbeitern des Krankenhauses der Genuß von Alkohol in der Öffentlichkeit untersagt, und drittens verabscheute Anna Alkohol. Letzteres war ausschlaggebend.

Das Zahnarztehepaar allerdings bestellte einen Cocktail. Okay, dachte René, die können sich solche Extratouren leisten.

Hartmann hatte ihm erzählt, daß die Zeit der Schnurbecks in Havanna ablaufe. Und daß er, Hartmann, den Zahnklempner gefragt habe, was er denn als erstes in der Heimat zu tun gedenke. »Meiner Frau ein Kind machen«, habe Schnurbeck geantwortet. Die Genossin Schnurbeck aber habe der Genossin Hartmann verraten, daß sie sich unbedingt unter einen anderen Mann legen müsse. Die Langeweile des Kerls, den sie hier hätte ertragen müssen, sei in Zukunft nicht auszuhalten.

René fingerte ein Foto aus seiner Brieftasche. Susanne und Maria im Garten vor dem Haus. Anna betrachtete das Bild sehr lange, um dann zu sagen, Maria sähe wirklich aus wie eine kleine Maria und Susanne sei eine gute, strenge Frau.

Für einen Moment ärgerte sich René. Wie kam Anna darauf, daß Susanne streng sein könnte? Woran erkannte sie das? Er zeigte ihr ein zweites Foto. Susanne und seine Mutter.

»Deine Mutter ist auch streng. Aber sehr lustig.«

»Meinst du, Susanne kann nicht lachen?«

»Was habe ich gegen deine Frau gesagt, hör mal? Nichts.«

Sie hat ja recht, ging es René durch den Sinn, leider. Susanne ist streng. Zu streng. Und lacht immer seltener. Die eine Aufgabe muß sie noch schaffen, und die andere ebenfalls, dieses braucht Kraft, jenes verlangt Zeit, das dritte beides. Meisterlehrgang, Vorsitzende des Elternaktivs im Kindergarten, Hauspflege, Anlage eines Steingartens, Kosmetiktermin in der Bezirksstadt ... Meine Mutter ist lockerer, dachte René. Liegt vielleicht einfach daran, daß Leute wie Susanne eben noch viel erreichen wollen, während Mutter ... Nun ja. Trotzdem: Mal alle Fünfe gerade sein lassen, es täte Susanne ganz gut. Und mir wahrscheinlich auch.

»Bist du mir jetzt böse?« fragte Anna.

Energisches Kopfschütteln, René faßte nach Annas Hand, drückte sie.

Auf einmal saß Conradi hinter ihnen. Hockte in einem Stuhl und gähnte laut.

»Conradi und ich«, René deutete unauffällig auf den Mann, »wir sind die einzigen Leute in diesem Haufen, die allein leben. Glaubst du, wir hätten schon mal ein Wort miteinander gewechselt?«

»Sehnst du dich danach?«

»Nö. Ist aber doch seltsam, nicht wahr?«

»Er kommt immer. Immer wenn ich komme, kommt er auch. Sitzt und glotzt.«

»In Deutschland gilt so was wie er als schöner Mann.«

Anna steckte sich einen Finger in den Mund.

4 Liebste Susanne, jetzt ist schon über ein Monat vergangen. Manchmal kommt mir die Zeit sehr lang vor, meistens aber staune ich, daß schon wieder eine Woche vorbei ist. Nur die Abende, die ziehen sich meistens wie Ziegenquark. Ich habe keine Lust, mich zu den anderen DDRniks in den Bungalow zu setzen. Abgesehen davon, daß mich außer den Hartmanns auch niemand eingeladen hat. Würde ich aber zu meinem Chef gehen, müßte ich Korn saufen, und seine ewig nörglige Frau würde mir eine neue Umzugsstory erzählen. Umzüge sind wohl das einzig Aufregende, was die Frau bisher erlebt hat. Achtzehnmahl eine neue Wohnung. Wegen seiner Armeekarriere. Der Job hier in Havanna ist sein erster Dienst in Zivil. Was er bei der Fahne gemacht hat, weiß ich nicht, will es auch gar nicht wissen. Als Chef immerhin ist er brauchbar. Manchmal darf ich ihm sogar Kontra geben. In fachlicher Hinsicht. Jedenfalls erlebe ich mit ihm keinen großen Ärger. Mehr läßt sich nicht erwarten. Übrigens ist er nur zwölf Jahre älter als ich, und doch kommt er mir vor wie Großvater. Wahrscheinlich liegt's am Saufen. Ich hab mich übrigens gestern ebenfalls dem Alkohol ergeben. Indem ich von meinen Dollars im Hotelladen zwei Büchsen amerikanisches Bier kaufte. Immerhin war gestern unser Kennenlerntag. Da dachte ich: Sekt mit Susanne fällt leider aus, aber gewürdigt werden muß die Sache. Leider war das Bier eine herbe Enttäuschung. Kannst du dich an das Bier in Neustrelitz erinnern, wonach du dich so geschüttelt hast? Ich garantiere dir, im Vergleich zu der amerikanischen Plürre war das ein Göttertrank.

Wenn du mir schreibst, laß bitte Maria auf das Papier krakeln. Ich werde die Krakel schon richtig deuten. Nämlich daß sie sich nach ihrem Vater sehnt. Meine Sehnsucht nach euch ist riesengroß, das darfst Du mir glauben. Was mich nur ärgert: Ausgerechnet in diesem Jahr läuft Deine Fortbildung. Du hättest sonst so gut mit Maria bei meiner Mutter in Berlin wohnen können. Naja, ist nicht zu ändern. Und Urlaub gibt es für mich vier

Wochen im Jahr, dazu die Zeit für die An- und Abreise. Erfreulich, nicht wahr?

Was ich hier an Dollars erhalte, werde ich nie und nimmer verbrauchen. Am Ende haben wir einen schönen Klumpen zusammen. Da kannst Du Dir schon jetzt überlegen, was wir damit machen. Ein Ehepaar (Zahnärzte) ist fast drei Jahre hier gewesen. Die können jetzt in der Heimat wahrscheinlich ihr ganzes Dorf aufkaufen, einschließlich Parteisekretär.

Gesundheitlich geht es mir bestens. Nur ein bißchen Hautausschlag auf dem Handrücken. Das kommt vom Insektengift, welches im Hotel gern und viel verspritzt wird. Am Abend sitzen wir ja meist nicht im Restaurant, sondern in einer Art Hotelgarten. Da flattert natürlich auch allerhand Getier herum. Und gegen jede Fliege, jeden Falter wird vom Hotelpersonal angekämpft. Mit schwerer Technik, nämlich einem Monstrum von Giftspritze. Eine dicke Mama saust urplötzlich ran, während du deinen Reis mit schwarzen Bohnen mampfst. Die Mama hält den Zerstäuber in beiden Händen, weil der ungefähr so groß ist wie ein Klistier für Pferde. Damit spritzt sie dann, pffftpffft, Giftwolken über den Tisch. Ob du beim Essen bist oder nicht. Das Vernichtungswerk muß getan werden. Eigentlich brauchte man ihr oder ihrem Chef nur zu sagen, sie soll das Zeug nicht verspritzen, wenn Leute am Tisch sitzen. Doch das, so die hiesigen Genossen, wäre eine Einmischung in die inneren Angelegenheiten Kubas. Falls Du willst, darfst Du kräftig ablachen.

Im Zusammenhang mit Dir, meine Liebste, würde mir noch allerhand einfallen, aber das schreibe ich lieber nicht. Ich umarme Dich und die Kleine und küsse Euch kräftig. Dein René.

5 »Siehst nicht gut aus Anna.«

»Vielleicht muß ich mich eine Sekunde hinlegen.«

René drehte ich zum Nachbartisch um. »Frau Zelter! Sehen Sie sich doch mal Anna an.«

Die Internistin erhob sich, und im gleichen Moment sagte ihr Mann, es sei wahrscheinlich eine Art Darmgrippe, die würde zur Zeit grassieren. Aber da war Anna bereits vom Stuhl gekippt. René, die Internistin und ihr Mann, ein Facharzt für Chirurgie, trugen Anna auf die Station.

Wenig später teilte Frau Zelter mit, es läge nichts Ernsthaftes vor, nur ein Schwächeanfall. »Die Kleine muß lange nichts Ordentliches gegessen haben. Hat sie Ihnen davon erzählt?« flüsterte Frau Zelter René zu.

»Ich hab mit ihr überhaupt noch nicht reden können. Sie rückte mit ihren Urlaubern an und ... Ich hab ihr nur gesagt, sie sieht nicht gut aus.«

Herr Zelter legte sich zurück in den bequemen Hotelstuhl. »Vielleicht ist selbst dieses dünne Hühnchen vom Schlankheitswahn besessen.« Ächzend schraubte sich Zelter wieder hoch. Arbeit macht hungrig. Und Zelter hatte heute elf Stunden am Operationstisch gestanden. Zum Glück war der Weg zum Büfett nicht weit.

Kaum eine halbe Stunde später saß Anna wieder an Renés Seite. Es sei ihr sehr peinlich, sagte sie leise.

Die Internistin kam zu Anna, fragte, ob sie sich auch wirklich besser fühle. Sie drückte Anna an ihren Busen. »Nicht schlappmachen, Mädchen, nicht schlappmachen.«

René staunte. Zum ersten Mal erlebte er »von seinen Leuten« eine überraschend freundliche Geste, ein Zeichen von Herzlichkeit. Okay, dachte er, die Alte soll ihren Schemel kriegen. Einige Stunden vorher nämlich, während er auf ihrer Station die Fenster auswechselte, war Frau Doktor mit einer Bitte an ihn herangetreten. Ob er ihr zu einem Schemel verhelfen könne, ein Gegenstand zum Füßehochstellen wäre ihr sehr angenehm und dienlich. René hatte ihr sagen müssen, daß er von Hartmann die Anweisung erhalten habe, sich auf keinen einzigen Sonderwunsch einzulassen. Wehret den Anfängen, nicht wahr. Sofort hatte die Frau, sich fast entschuldigend, abgewinkt, es sei nur so eine fixe Idee von ihr gewesen. Die Zelter kriegt den Schemel, sagte sich René, sie kriegt ihn morgen schon.

Annas Urlaubergruppe hatte sich mittlerweile in die Bungalows zurückgezogen, auch die Angestellten des Krankenhauses waren aufgestanden. Nur der Kraftfahrer, Conradi mit C, er saß starr unter einem von unzähligen Mücken umschwirrten Leuchter. Die dicke Mama mit dem Insektengift hatte heute wohl ihren freien Tag. Mit Blick auf Conradi bedauerte René das sehr.

Anna hielt die Augen geschlossen, schien zu schlafen. Behutsam legte er eine Hand auf ihre Schulter. »Und wenn du über

Nacht im Krankenhaus bleibst? Bei dir zu Hause findest du doch keine Ruhe.« René wußte: Anna bewohnte mit ihren Eltern, zwei jüngeren Schwestern und der Großmutter zweiunddreißig Quadratmeter. »Oder du fährst zu deinem Verlobten.«

»Nein. Pedro arbeitet.« In ihrem Gesicht zuckte es.

René wollte ihr sagen, daß sie ruhig reden könne, aber da saß dieser Conradi und glotzte. »Komm, wir verschwinden.« Und laut, sehr laut, setzte er hinzu: »Ich besorg dir eine Taxe.«

Conradi nahm die Zeitung vom Gesicht, nickte zustimmend. Als sie gingen, winkte ihm Anna zu. Conradi winkte zurück. »Erhol dich gut!« rief er Anna zu.

Arschloch, dachte René.

Sie gingen durch den Garten bis zum Hoteleingang, durchquerten die Halle, eine zweite Tür. Eine Tür, die zu den Bungalows führte. »Mußt keine Bange haben, Schwesterherz.«

»Bange?« fragte Anna. »Vor Nachtfaltern?«

Während René seinen Bungalow aufschloß, fragte er Anna, ob er ihr einen Tee brühen solle; Salbeiblätter, ein bitterer Aufguß wäre das, aber seine Mutter schwöre Stein und Bein, daß Bitternis im Leben helfe.

Zum Tee gab es Zwieback. Den aus der großen Tüte. Damals, an jenem ersten Morgen in Havanna, hatte er die ersten drei daraus entnommen. René tunkte den Zwieback in den heißen Tee, steckte ihn in Annas Mund.

Sie fröstelte.

»Ich schalte die verdammte Klimaanlage aus.« Doch Anna schüttelte den Kopf, bat um eine Decke. »Ein kaltes Zimmer und eine warme Decke. Das ist wie im Himmel.«

»Und wenn du ein heißes Bad nimmst?«

Anna stand sofort auf, um im Badezimmer zu verschwinden.

René hörte, wie sie das Wasser einließ. Er schaltete das Fernsehen ein, schaltete es wieder aus. Da kam Anna auch schon zurück, huschte unter die Bettdecke. Am Körper trug sie ein winziges Hemd und den Slip. »Badezimmer ist frei«, sagte sie leise.

Wenig später streckte er sich neben Anna aus. »Salbei schmeckt eklig, nicht wahr?«

Sie kicherte, erklärte, es gehe ihr sehr gut. Und ob er denn gut genug liege.

»Alles okay.«

»Sag nicht okay. So reden die Yankees.« Und dann fragte sie, ob er ihr nicht ein Märchen erzählen könne. Kranken und Kindern würde immer ein Märchen erzählt. Zur Beruhigung.

Er legte den Arm um ihre Schulter und spürte, wie sie sich verkrampfte. Sie sagte, daß er die Hand ruhig halten werde, und er sagte, klarer Fall. Dann spürte er, wie sie sich an ihn schmiegte, und er dachte: Um Himmels willen, was passiert jetzt?!

»Das Märchen!« forderte Anna.

»Weiß der Kuckuck«, sagte er, »ich weiß nicht, was ich sagen soll.« Ihre Haare kitzelten sein Kinn. Er wagte sich nicht zu rühren.

»Bist du eingeschlafen?«

Er spürte die Wärme ihrer nackten Haut, ihren Atem und dachte: Ich darf nicht enttäuschen, niemanden. Wie durch eine Nebelwand hörte er Anna sagen, wenn er nicht rede, würde sie reden. Es wäre eine Geschichte, die ein bißchen traurig und ein bißchen lustig sei.

»Erzähl.«

»Mein Umfallen vorhin ... Du denkst vielleicht, ich bin richtig krank. Oder ich krieg ein Kind. Oder ich hätte mir eins wegmachen lassen. Ist ja alles möglich, ist aber nicht wahr. Ich bin nur eine dämliche Person. Deine deutsche Sprache ist manchmal sehr deutlich, weißt du? Dämlich, dieses Wort hat seinen Stamm im Wort Dame. Eine Dame ist dämlich, der Herr ist herrlich.«

»Ich bin kein Germanist.«

Wieder kicherte sie, rückte eine Winzigkeit dichter an ihn. Das Verrückte sei, die Ärztin habe richtig vermutet. Sie, Anna, habe einige Tage lang zu wenig gegessen. Nur eben so viel, daß die Arbeit mit der Reisegruppe nicht darunter litt. Sie habe Talons sparen wollen. Jeder Reiseleiter einer ausländischen Gruppe erhalte Talons. Für das Essen im Hotel. Denn das sähe wohl zu übel aus, wenn die Urlauber das Büffett stürmen dürften, während die Reiseleitung an einem mitgebrachten Brotkanten knabbere. Talons aber seien so etwas wie eine zweite Währung. Mit Talons könne sie auf dem Markt einkaufen, auf dem Schwarzmarkt. Dort, wo nur Dollars hin und hergehen, dort würden auch Talons akzeptiert. Beim Kauf von Schweinefleisch zum Beispiel. Deshalb also habe sie die Talons nicht ausgegeben, sondern gesammelt. Um ein Kilo mageres Schweinefleisch zu kaufen.

»Und weshalb brauchst du das so unbedingt?«

»Darf ich den Kopf auf deine Brust legen? Das Bett ist doch ein bißchen flach, wenn man redet.«

»Du hungerst dich krank, weil du ein Kilo Fleisch haben mußt?«

»Die Sache ist die: Pablo hat in Leipzig studiert, das weißt du. Als er Germanist mit Diplom geworden ist, beschlossen wir ein Fest. Ich war schon lange mit ihm zusammen, schon bevor er nach Leipzig ging. Also war es Zeit für eine Verlobung. Und daß wir bekannt geben, daß wir heiraten werden. Sobald sein Buch fertig ist.«

»Zum Heiraten braucht ihr ein fertiges Buch?«

»Wer Bücher schreibt, wird von Familie nur gestört.«

Annas Haar kitzelte wirklich. Doch wollte René um alles in der Welt nicht einen einzigen Millimeter von ihr wegrücken. »Wenn aber die Sippe Pablos so reich ist, weshalb mußt du dann Talons sammeln?«

»Pablos Familie ist mir fremd. Meine Familie will von Pablos Familie nichts geschenkt. Punkt. Weißt du, was das Schönste an der Feier war?«

»Kann ich mir denken.«

»Falsch. Pablo hatte ein Rezept mitgebracht. Das Rezept seines Lieblingsessens. Wiener Schnitzel. Du kennst das?«

René knurrte abfällig.

Sofort richtete sie sich auf, beugte sich scheinbar empört zu ihm. René sah die kleinen Spitzen ihrer Brust. Er starrte zur Decke, sagte, mit Wien habe er nichts am Hut.

Anna legte sich zurück, nahm seine Hand, hielt sie fest. »Wir hatten sogar Kartoffeln besorgt. Als Gemüse gab es Mais, übergossen mit heißer Butter. Das Fleisch in dieser Kruste – wie im Himmel. Pablo sagte, es fehle nur noch Urkrostitzer. Das ist ein Bier in Leipzig, weißt du.«

»Wernesgrüner schmeckt besser.«

»Meine Großmutter sagte, es sei, als wenn die Heiligen singen.«

»Du hungerst, damit Pablo wieder einmal sein Lieblingsessen bekommt. Zum Schreien doof! Ehrlich!«

»Nicht Pablo, meine Großmutter. Das ist das Komische: Großmutter ist fast blind, fast taub, und sie geht lahm, weil sie keine richtigen Schuhe besitzt. Sie ist zu schwer, zu schwer für die eigenen Füße. Ihre Zähne aber sind wunderbar. Und sie sagte, falls sie ihren Geburtstag noch erleben würde, so wünsche sie sich nur, daß ihre Zähne noch einmal in ein Wiener Schnitzel beißen dürfen. Sie wird achtzig Jahre alt, die Großmutter.«

René sah zu Anna, ihre große Nähe wurde ihm sehr bewußt. Die Fingerspitzen seiner rechten Hand senkten sich, berührten ihren Busen. Der Hauch einer Berührung, eine Andeutung, nichts weiter.

Für einen Moment war es still. Anna hatte die Decke bis zu den Schultern hochgezogen. René saß neben ihr im Bett. Zum ersten Mal nahm er nicht die Klimaanlage wahr. Draußen rief ein Vogel, ein zweiter antwortete.

»Es ist der letzte Wunsch meiner Großmutter.« Annas Stimme war kaum zu hören. »Das ist eine, wie sagt man, heilige Sache. Und auch wunderbar. Daß sie sich einen Luxus wünscht, verstehst du? Sie hat keine Ahnung, was Schweinefleisch kostet, sie weiß nur, es ist etwas Besonderes. Sie, die ihr Leben lang überhaupt keinen Luxus kannte, sie will sich am Schluß ihres Lebens einen Luxus leisten. Achtzig Jahre lang hat sie immer nur an andere Menschen gedacht, jetzt wagt sie es, an sich selbst zu denken. Das ist eine große Sache, eine sehr große Sache. Und ich bin die Einzige, die ihr diesen Wunsch erfüllen kann.«

»Vergiß Pablo nicht.«

»Pablo ist nicht meine Familie, verdammt.«

»Du hungerst, um Talons zu sammeln ...«

»Na und? Ich lebe noch lange, meine Großmutter nicht mehr.«

Das war es wieder: Das Geräusch der Klimaanlage. Und das Pladdern eines Gewitterregens. René stand auf, öffnete die Tür, atmete tief. Er mochte diese Luft, diese schwere, nasse Luft, er liebte das Geräusch der auf die Kieswege fallenden Tropfen. Im Bungalow der Hartmanns leuchtete das blaue Fernsehlicht. Er setzte sich zu Anna auf den Bettrand. »Hör bitte zu ...«

Sofort hob Anna beide Hände. Sie wisse, was er jetzt sagen wolle. Aber sie laufe augenblicklich davon, wenn er es ausspreche.

»Anna! Wahrscheinlich bin ich überhaupt nur nach Kuba gefahren, weil ich ein verdammter Idealist bin. Ich kann nicht nur an mich denken. Ich kann es einfach nicht. Ich weiß, den meisten Leuten auf der Welt geht es dreckiger als mir. Daß es mir besser geht, das empfinde ich als Zufall, nicht als Verdienst. Zu Hause kleben die Leute Solimarken. So eine Marke wird aufgeklebt, und schon haben alle ein gutes Gewissen.«

»Schon gut, René, hör auf.«

»Daß ich hier im Vergleich zu den meisten Kubanern wie eine Made im Speck lebe, hab ich längst begriffen. Abgesehen vom deutschen Bier und Sauerkraut fehlt es mir an nichts.«

»Deine Tochter. Deine Frau.«

»Und für mein bißchen Fensterreparieren krieg ich sogar Dollar auf die Hand. Hartmann sagt, ungefähr ein Drittel unserer Leute würde überhaupt nur dieser Dollar wegen hier arbeiten. Ich schätze, es sind mehr als die Hälfte. Ich zähl nicht dazu, unter Garantie. Ein einziger Dollar, das sind bei euch ungefähr tausend Pesos, bei mir wahrscheinlich zehn Mark oder so.«

Anna weinte.

»Ein Kilo. Wieviel wird das schon kosten? Drei Dollar? Fünf? Mehr auf keinen Fall. Ungefähr neunzig Dollar hab ich schon in der Schublade dort drüben. Alles klar?« Er drückte Anna ein Papiertaschentuch in die Hand. »Vergiß nicht: Du bist meine Lebensretterin.«

»Mir ist nicht nach Spaß.«

»Von Spaß ist keine Rede. Ich stand wie gelähmt vor eurem verdammten Scheißflughafen. Wärst du nicht gewesen, ich hätte randaliert, den dicken Sheriff angeschrien, eine Tür eingetreten. Es hätte sonst was für Ärger gegeben.«

»Trotzdem bezahlst du nicht das Fleisch.«

»Wär ja der helle Wahnsinn, wenn ich das nicht täte! Meine Mutter würde mir das Fell über die Ohren ziehen, wenn ich auch nur eine Sekunde lang überlegen würde. Komm, Anna, heul nicht rum. Ich helfe dir, wie du mir geholfen hast. Irgendwann hilfst du mir dann wieder.«

»Und was sag ich meiner Mutter? Woher hab ich das Fleisch?«

»Von deinen eingesparten Essenmarken.«

»Du denkst, das ist so einfach für mich.« Anna wagte ein winziges Lächeln.

»Und wer denkt an mich? Für mich ist das auch nicht einfach! Du liegst neben mir. Schön wie irgendwas und sehr, sehr reizend ...«

Anna hielt seine Hände fest. »Ich bin dumm, nicht wahr?«
»Falls es dich tröstet: Ich bin noch dümmer.«
Der Regen hatte aufgehört. Anna lag neben René. Sie nahm seine Hand, drückte sie auf ihren Mund. »Nachtruhe, Bruderherz.«

6 Jeden Dienstag Punkt elf Uhr setzte sich Conradi ans Steuer eines kleinen Lieferwagens, made in GDR. Erstens, um zwei Frauen auf den Markt zu fahren, zweitens des männlichen Schutzes wegen. Die Genossinnen und Genossen des Krankenhauses hatten lange überlegt, ob sie bei ihrer diplomatischen Vertretung die Erlaubnis zu einem solchen Unternehmen beantragen sollten. Immerhin handelte es sich um einen Schwarzmarkt, bezahlt wurde entweder mit einer Unmenge kubanischer Pesos oder in US-Dollar. Auf alle Fälle, davon waren die führenden Mitarbeiter überzeugt, unterstützten sie mit ihren Einkäufen antisozialistische Kräfte. Wie Hartmann René berichtete, hatte es »eine ganze Weile« gedauert, bis dem Ersuchen zugestimmt worden war. Und das wohl auch nur aus einem bestimmten Grund: Bei einem Empfang in der Villa des Botschafters gab es Rheinwein. Hartmann hatte sich beim Sekretär des obersten Diplomaten nach der Quelle dieser außerordentlichen Rarität erkundigt. Der Bursche konnte daraufhin nur stottern. Hartmann: »Paar Tage später kriegten wir die Genehmigung.«
Anna hatte René erzählt, daß es auf jenem Platz nahe der Altstadt gewissermaßen alle Güter der Welt gäbe. Pistolen samt Munition, aufblasbare Gummikrokodile, Taschenlampen mit und ohne Batterie, Ersatzteile fürs Auto, Glühbirnen. Und Lebensmittel aller Art. Waren, die es im legalen Handel und selbst in den wenigen Devisenläden nur schwer oder gar nicht zu kaufen gab. Darunter auch Schweinefleisch. Das war auf dem Schwarzmarkt gar nicht mal so knapp, denn immer mehr Kubaner hielten sich die Tierchen in einem Verschlag auf dem Hof oder gar auf dem Balkon. War das Vieh dann schlachtreif, wurde der Eigenbedarf so gering wie möglich gehalten, denn das Fleisch war ein kostbares Tauschobjekt. René sagte, er kenne derartige Geschäfte auch aus seiner Heimat. Für zwei fette Aale gab es eine kleine Rolle Kupferdraht und so weiter.

Wer mit Dollars auf dem Markt kam, auch das wußte René, wurde zwar wie ein König behandelt, lief aber auch Gefahr, übers Ohr gehauen zu werden. Mit einem Kerl wie Conradi an der Seite verringerte sich diese Gefahr auf ein erträgliches Maß.

Die Wünsche der Krankenhausmitarbeiter waren weit weniger von der Not als mehr vom Appetit diktiert. Dosen mit Tuborg-Bier, Ölsardinen. Der Zettel, auf dem die Bestellwünsche der Mitarbeiter gesammelt wurden, lag vom Mittwoch bis Montag im Büro der Genossin Hartmann. Es wäre René eine Einfaches gewesen, »zwei Kilo Schweinefleisch« darauf zu schreiben. Dann aber hätte er der Hartmann erklären müssen, wieso er als Einzelperson soviel Fleisch brauchte. Weshalb aber Anna ins Spiel bringen? Weshalb die Leute denken lassen, er und Anna könnten etwas miteinander haben? Außerdem, und dieser Punkt gab den Ausschlag: Es reizte ihn ganz einfach, den Markt kennenzulernen.

Ausgemacht war, daß Frau Hartmann immer von einer zweiten Person begleitet würde. Die Männer allerdings rissen sich nicht darum. Die ganze Angelegenheit war ihnen zu laut, zu dreckig, zu anstrengend. Hartmann sagte, es schüttele ihn immer noch, wenn er an diese Markttour denke. Außerdem war ja Conradi dabei. Groß und bemuskelt. An den, wie gesagt, traute sich keiner von den Typen heran, die durch die überfüllten Gänge zwischen den Standreihen auf und ab wieselten, die die Dienste ihrer kleinen Schwester anboten oder nach einer abnehmbaren Uhr oder Geldbörse Ausschau hielten.

Da Renés Chef auf eine pingelige Einhaltung der Arbeitszeit keinen Wert legte – Hauptsache, die Arbeit wurde rechtzeitig fertig –, mußte René niemandem erklären, weshalb er kurz vor elf Uhr die Bretter aus den Händen legte, um auf die Straße zu schlendern, dort, wo soeben der Barkas mit Conradi am Steuer vorfuhr.

René hob grüßend die Hand, Conradi erwiderte mit kurzem Kopfnicken.

René öffnete die Wagentür und stieg ein.

Conradi wischte mit einem Lappen den Staub von den Vordersitzen.

»Was willst du?« fragte er leise.

»Was ich will? Zum Markt.«

Mittlerweile waren auch die Hartmann und ihre heutige

Begleiterin, die Augenärztin Köpper, erschienen, eine kleine runde, von René bisher kaum wahrgenommene Person. Die Frau kniff die Augen zusammen, als sie ihn betrachtete. War ihre Brille nicht richtig angepaßt? Konnte sie als Augenärztin nicht für ihren eigenen Bedarf sorgen? Ihm fiel ein: Frau Hartmann stammte aus Mecklenburg. Da Susanne gebürtige Mecklenburgerin war, fand sich wahrscheinlich sogar ein Thema, worüber während der Fahrt zum Markt gesprochen werden konnte. Irgendwie, so nahm er sich vor, muß ich nett zu den Frauen sein. Denn die wissen, wo die Fleischer ihre Stände aufgebaut haben. Warum nur steigen sie nicht endlich ins Auto?

»René«, begann endlich die Hartmann. »Ich glaube, du stehst nicht auf unserem Zettel.«

»Dein Mann weiß, daß ich mein Pensum schaffe. Ich mach am Abend länger.«

»Die Genossen, weißt du ... Das muß vorher genehmigt werden. Wer mitfährt und so, verstehst du?« Sie tippte auf ein Blatt Papier. »Ich hab den Zettel hier. Da stehst du nicht drauf.«

Conradi hielt die Arme verschränkt. Frau Köpper kroch förmlich in sich hinein.

Die Stimme der Hartmann war fest und forsch. »Also entschuldige, Genosse Rechlin, aber so einfach ist das alles nicht. Wir leben hier unter besonderen Bedingungen. Und nur wer auf dem Zettel steht, darf zum Markt.«

»Ist genug Platz im Auto!«

»Das ist eine Festlegung.«

»Gib her den Wisch. Schreibt dein Mann eben noch meinen Namen drauf.«

Ängstlich hielt Frau Hartmann das Papier an sich gepreßt. »Das geht nicht. Die Namen müssen vorher von der Botschaft eingesehen werden.«

Nun meldete sich auch Frau Köppler zu Wort. Sehr freundlich erklärte sie René, daß die Genossen der Botschaft die Garantie für die Sicherheit jeder Person übernehmen müßten. Was ja sehr schön sei, nicht wahr.

»Mach dich endlich raus«, ließ sich Conradi vernehmen.

René beugte sich zu ihm. »Hast du was gesagt, Preisboxer?«

Die Augenärztin zog sacht an Renés Arm. »Sie sagen dem Genossen Hartmann Bescheid, und in der nächsten Woche fahren Sie mit. Bestimmt.«

Nur langsam begriff René: Er durfte nicht zum Markt. Morgen aber kam Anna. Übermorgen hatte ihre Großmutter Geburtstag. Übermorgen wurde das Kilo Schweinefleisch gebraucht. »Frau Hartmann ...«, René hätte nie geahnt, daß er einmal derart stammeln würde, »die Sache ist die ... Ich hab es Anna versprochen. Geht um eine wichtige Sache. Ich muß was für sie besorgen. Heute. Unbedingt.«

Die Frauen blickten wie versteinert an ihm vorbei.

Conradi öffnete die Wagentür. »Verschwinde.«

»Es geht um Anna!« schrie René. »Was soll denn diese Scheißbürokratie! Ich kann auf mich selbst aufpassen, verdammt noch mal!«

Conradi war ein einziges Grinsen. »Mußt Anna was besorgen, ja? Hat sie dir auch was besorgt?« Zwei Finger des Kraftfahrers formten eine obszöne Geste. Er war noch nicht fertig damit, als René zuschlug, richtiger: Als René zuschlagen wollte. Blitzschnell hatte der guttrainierte junge Mann die heranfliegende Faust abgewehrt. Ein Stoß und René fiel auf den Sand.

Die Frauen stiegen in das Auto.

7 Den ganzen Tag über wurde der Vorfall mit keinem Wort erwähnt. Weder von Hartmann noch von sonst jemand. Einmal nur hatte ihn Hartmann gefragt, für wie viele Fensterrahmen das Holz noch reichen würde.

»Eigentlich für alle. Warum fragst du?«

»Warum soll ich nicht fragen?«

»Es reicht sogar für zwei kleine Schränke.«

»Nicht nötig. Ich hab keine Schlösser.«

Am Abend war alles wie immer: René saß neben seinem Chef und dessen Frau, ihm gegenüber Conradi und die Zeilers. Alle mampften sie ihren Reis mit schwarzen Bohnen. Anschließend sagte der Chirurg, er müsse noch was Ordentliches essen und lud sich einen Teller mit Kuchen auf, ungeheuer süß schmeckende Cremeschnitten. Frau Hartmann äußerte den Wunsch nach Eis. Sie habe beobachtet, daß Kellner Eisbecher auf die Terrasse trügen, dort wo – weitab von den Leuten aus der DDR – eine Reisegruppe aus der BRD plaziert worden war. Das kubanische Eis! Frau Hartmann schnalzte: »O lala! Mit Pistazien! So was kennt man doch sonst gar nicht!«

René aß lustlos. Er verspürte weder auf schwarze Bohnen noch auf Pistazieneis Appetit. Daß er kaum etwas zu sich nahm, schienen die Leute seiner Umgebung, die sonst jeden falsch geknöpften Hemdenknopf kommentierten, nicht zu bemerken. Da klopfte jemand auf Renés Schulter. Die anscheinend höhergestellte der zwei Damen aus der Botschaft war es. Ihre Begleiterin hielt eine schwarze Aktenmappe unter den Arm geklemmt und bat wegen der Störung um Entschuldigung. Ob sie sich mit René vielleicht an den Pool begeben könnten. Es gäbe eine Kleinigkeit zu erledigen.

René ging mit den Frauen die wenigen Schritte bis zum Pool. Dort entnahm die Höhergestellte der schwarzen Mappe ein blaues Büchlein, einen Reisepaß.

»Meiner? Haben mir die Jungens vom kubanischen Zoll einen falschen Stempel reingedrückt?«

»Hiermit übergeben wir Ihnen Ihre Reisepapiere. Die Maschine geht morgen elf Uhr dreißig. Um neun wird der Kraftfahrer vor dem Hotel sein. Bitte verspäten Sie sich nicht.«

René hielt den Kopf schief, er merkte: Der Mund stand ihm offen. Verdammt, fuhr es ihm durch den Sinn, spinn ich? Was ist los?!

»Sie haben mit Ihrem Verhalten das Ansehen der DDR geschädigt. Sie haben eigenmächtig gehandelt und Sicherheitsmaßnahmen verletzt.«

Vom Hotelgarten riefen die Leute »Ah« und »Oh«. Das Eis wurde serviert.

»Verletzt? Wen hab ich verletzt?«

»Außerdem haben Sie den Genossen Conradi körperlich angegriffen.«

»Conradi? Ich?!«

»Wie gesagt: Sie stehen bitte neun Uhr vor dem Hotel.«

Die Frauen verschwanden. René hielt seinen Paß in den Händen. Und ein Ticket.

ZWEITES KAPITEL

1 An diesem Freitag war Ingelore Rechlin mit der Hausordnung dran: Treppe, Hausflur. Vergangene Woche hatte die Schiefenagel Besen und Lappen geschwungen. Dementsprechend sah es auch aus. Ingelore regte sich schon lange nicht mehr darüber auf. Es lohnte nicht. Ja, stöhnte Ingelore, wenn Madame Schiefenagel beim Treppewischen so akkurat wäre wie beim Raushängen der Staatsfahne – das Haus würde jeden Schönheitspreis gewinnen. Aber lieber lief die Schiefenagel gichtgeplagt und schiefbuckelig von Haus zu Haus, um den Genossen irgendwelche Parteinachrichten zu überbringen, als mit dem Scheuerlappen kräftig über die Stufen zu wischen. Eine Madame Schiefenagel hält sich halt für was Besonderes, und daß es ihr Mann, der Herr Schiefenagel, von seiner Postamtsverwalterstelle nicht höhergebracht hatte auf der Karriereleiter, das verzieh sie ihm wohl nie. Der Mann, obwohl bereits siebenundsechzig, ging noch immer jeden Morgen geschniegelt und gebügelt zu seinem Amt. Angeblich sei er nicht ersetzbar. Wahrscheinlich aber bat der Mann seine Vorgesetzten händeringend, nur ja nicht den ganzen Tag mit seiner Frau verbringen zu müssen. Klebte an seinem Stuhl, der alte Sack, ließ neue Leute gar nicht erst ran. Ist vielleicht auch besser so. Neue Leute, neue Ideen. Und neue Ideen braucht es nicht im Land. »Wir schreiten auf bewährtem Wege weiter voran ...« Neulich erst hatte ihr die Schiefenagel wieder so einen Vortrag gehalten. Da hatten sie beide vor dem Gemüsestand am S-Bahnhof Marx-Engels-Platz gestanden. Süßkirschen hatte es gegeben, Obst, an dem sich Ingelore »dumm fressen« konnte. Rings um Werder hing das Zeugs knüppeldickevoll an den Bäumen, im Laden aber fand man Kirschen so gut wie nie. Was geschah mit den Dingern? Zu Pfennigpreisen wurden sie nach Westberlin verschleudert. Ob wenigstens die durch Knupperkirschen gewonnenen Einnahmen halfen, das Scheunenviertel – wie schon lange versprochen – endlich zu rekonstruieren? War doch noch gar nicht lange her, als großartige Baupläne auslagen und die Bevölkerung nach ihrer Meinung gefragt worden war.

Frau Schiefenagel hatte sich umständlich die Nase geputzt und den Satz gesprochen, den Ingelore immer dann hörte, wenn

Frau Schiefenagel keine hieb- und stichfeste Erklärung einfiel: »Vierzig Jahre halten wir uns schon. Und das werden wir auch weiterhin. Wenn wir auf bewährtem Weg weitergehen.«

»Ick hoffe mit Ihnen«, hatte Ingelore geantwortet. »Un jetzt saren Se dem Vakäufer endlich, wieviel Knupper Se wollen. Sie sind dran.«

Ingelore drückte den nassen Lappen aus, fuhr damit resolut auch in die kleinsten Winkel. Schiefenagels war nicht mehr zu helfen, die Treppe aber war sauberzukriegen. Wenigstens das. Einmal im Monat.

Die Haustür ging. Elvira stöckelte die Stufen herauf. Ingelore stöhnte. Kein normaler Mensch läuft am Vormittag durchs Haus. Entweder sitzt er an seinem Arbeitsplatz, oder er ist beim Einkaufen. Für Elvira schien diese einfache Wahrheit nicht zu gelten. Stattdessen würde die Tochter der Schiefenagels lustvoll auf das Frischgewischte latschen. Nein, Elvira, die ja nun auch schon auf die Mitte Dreißig zuging, und sie, Ingelore Rechlin, sie paßten nicht zusammen. Renés erste Liebe! Noch heute wollte Ingelore lieber nicht daran denken. Dieser Schreck damals, als sie mitkriegte, daß der Bengel mit der Tochter ihrer liebsten Feindin etwas hatte. Kaum siebzehn waren die Gören damals. Und das Theater, nachdem die Liebe vorbei war, ausgekippt von Elvira, denn die hatte was Besseres kennengelernt, einen jungen Unterleutnant vom Wachregiment. Da wollte sich das Mädchen mit einem popligen Tischlergesellen nicht länger abgeben. Fast zwanzig Jahre war das nun her. Zwanzig Jahre! Man glaubt es nicht. Von Hannes übrigens war sie seit jeher wegen ihres Verhaltens den Schiefenagels gegenüber gescholten worden. Man müsse mit den Nachbarn ja nicht gerade Weihnachten zusammen feiern, aber anzuerkennen, daß die Schiefenagels ehrliche Menschen seien, das müsse doch wohl möglich sein. Ach, Hannes, dachte Ingelore. Drei Jahre war er nun schon tot, drei Jahre und fünf Monate ...

»Darf ich vorbei, Frau Rechlin?«

»Haste zujenomm in letzta Zeit?«

»Keine Spur, Frau Rechlin.«

»Dann wirste zum Vorbeijehn och jenügend Platz finden.«

»Danke, Frau Rechlin.«

Ick sach ja nischt, Hannes, ick sach ja nischt ... Gespräche mit ihrem Hannes waren feste Gewohnheit. War er auch nicht mehr bei ihr, sprechen mußte sie mit ihm ... Nein, das würde sie nie verstehen: Ihr Mann war vor ihr gestorben. Daß ihr Sohn Bernd sich von Steffi hatte scheiden lassen und mit der ehemaligen Frau seines ehemals besten Freundes zusammenlebte – es rührte sie kaum. Daß Steffi, diese kleine Person, die ihr lieber, vertrauter als die leibliche Tochter geworden war, daß Steffi immer verschrobener, wunderlicher wurde – es tat ihr leid, doch sie konnte damit leben. Daß René ohne Familie für lange Zeit nach Kuba gereist war – auch das war nur eine kleine Wunde in Ingelores Herzenskammer. Ein Nichts im Vergleich zur Tatsache, daß es ihren Hannes nicht mehr gab.

Ingelore warf den Lappen ins Schmutzwasser, angelte schniefend nach dem Taschentuch.

Bei Schiefenagels ging abermals die Tür. Elvira stöckelte die Treppe herunter. »Die Post ist da!« juchzte sie.

Ach ja, im Flur hatte mittlerweile die Briefträgerin die Post verteilt. Früher als sonst. Ingelore hatte die Stunde Treppenpflege eigentlich so gelegt, daß es zu einem kleinen Plausch zwischen ihr und der Briefträgerin kommen konnte. Die Kleene in der Postuniform konnte nämlich so herrlich vom Postamt erzählen, in dem olle Schiefenagel längst zum Gespött seiner Mitarbeiter geworden war.

»Darf ich bitte vorbei, Frau Rechlin?«

»Nu mach schon.«

»Danke, Frau Rechlin.«

Erstaunlich, dachte Ingelore, während sie Elvira nachsah. Zwanzig Jahre weiter, und das Mädchen sieht so aus wie ihre Mutter heute. Der Mann kann einem ja jetzt schon leid tun. Dauernd diese spillerige Essiggurke neben sich!

Mit einem Brief in der Hand stöckelte Elvira zurück. Wenn das Gör wenigstens zwei Stufen auf einmal nehmen würde, um möglichst wenig vom Frischgewischten zu betreten! Aber nein, tappstapps über jede Stufe! Jetzt blieb sie auch noch neben ihr stehen!

»Bei Ihnen im Kasten liegt nichts, Frau Rechlin.«

»Jottseidank, brauch ick keen zu antworten.«

»Hat René wieder mal geschrieben?«

»Sicher. Is bloß noch nich anjekomm, die Post.« Drei Wochen hatte sein erster Brief gebraucht. Drei Wochen von Havanna nach Berlin. Per Lufpost! Da war die Maschine wohl in einen gewaltigen Gegenwind geraten. Im vergangenen Jahr, die Ansichtskarte aus Singapur – Tochter Beate und der Schwiegersohn hatten dort einen Exquisiturlaub verbracht – ganze fünf Tage war die unterwegs gewesen!

»Ich frag nur, weil Svenni ganz verrückt auf fremde Marken ist. Gerade aus Kuba.«

Svenni war einer der Zwillinge Elviras. Ein nach Ingelores Geschmack unausstehlicher Bursche. Altklug und hochnäsig.

»Die Briefe von René heb ick auf wie se sind.«

»Ach! Sie haben schon mehrere?«

»Das nicht. Aber er wird seiner Mutter ja wohl nich nur von seiner Ankunft schreiben! Un jetzt geh weiter, sonst wird et naß um deine Beene.«

»Das hätte ich nie und nimmer erwartet ...«

»Ick wisch immer naß. Im Jejensatz zu deiner Mutter.«

»... daß René eines Tages in Kuba arbeiten darf.«

»Und warum nich?«

Statt zu antworten, riß Elvira den Umschlag eines Briefes auf, warf einen Blick auf einen maschinegeschriebenen Zettel und steckte ihn wieder in den Umschlag zurück. »Nur eine Einladung. Manchmal müßte man sich teilen können, nicht wahr?«

»Det laß man lieber. Du in zwei Hälften, denn sieht man von dir jar nischt mehr.« Im gleichen Moment wußte sie, daß ihr ein schwerer Fehler unterlaufen war. Immerhin besaß sie etliche Pfund Übergewicht. Das Mädchen wäre zu doof, wenn es nicht eine passende Antwort parat hätte.

Doch Elvira Klaschke, geborene Schiefenagel, studierte Lehrerin der Unterstufe und seit Monaten in der Bezirksleitung des Jugendverbandes tätig, sie war so klug, die Vorlage nicht zu nutzen. Stattdessen nickte sie der Nachbarin mildlächelnd zu, während sie die restlichen Stufen zur Wohnung ihrer Eltern hinaufstieg.

Jetzt war Ingelore endgültig alles klar: Das Mädchen wollte etwas von ihr. Eine Schiefenagel benimmt sich nicht ohne Grund derart brav. Den Grund aber, den Grund zu dieser Bravheit, den kannte Ingelore längst. Elvira hatte es auf Ingelores Wohnung abgesehen. Die Wohnung der Klaschkes in Blankenfelde war langsam, aber sicher zu klein geworden. Frau Schiefenagel hatte Ingelore in einem Anflug von Schwäche die Kalamität in aller Ausführlichkeit dargelegt. Drei

Zimmer und drei Kinder, die Große vierzehn, die Zwillinge neun, das ging schon lange nicht mehr gut. Also hatten Klaschkes einen fensterlosen Kellerraum als Mädchenzimmer eingerichtet. Eine Tatsache, die von der Kleinen jubelnd begrüßt worden war. Neuerdings roch es aus dem Raum immer mal wieder nach Zigaretten. Nein, sagte sich Ingelore. Soll sein, was ist, ich zieh nicht um.

Sie legte den tropflassen Lappen um den Schrubber, rackerte, daß die Funken stoben. Noch drei Stufen, dann war die Hausordnung für diesmal erledigt. Abermals ging die Haustür. Wenn das jetzt nochmal Elvira ist, raste ich aus, sagte sich Ingelore.

»Tach, Mutter.«

Vor Schreck wäre Ingelore fast hingeschlagen. Sie ließ die Scheuerbürste fallen, drehte sich langsam um. René stand vor ihr. René! Sie fiel ihm um den Hals und spürte, ihr war ganz schlotterig vor Aufregung. Sie mußte sich setzen. René dirigierte sie zu seinen Koffern. Auf dem größten ließ sie sich nieder. Aber selbst der gab unter ihrem Gewicht bedrohlich nach. Schnell nahm sie Renés Arm, stand wieder auf.

»Ick bin gleich fertig mit der Wischerei. Det se dir aber so schnell schon Urlaub geben?«

»Wir gehen erst mal in die Wohnung.« Der Junge war unrasiert, hatte tiefe Augenringe. Ist ja auch ein langer Weg von Havanna bis Berlin, dachte Ingelore. »Kommste direkt vom Flugplatz?«

René nickte, bat, sie solle den Eimer mit dem Wischwasser stehenlassen, er hole ihn nach. Mit der Rechten stützte er seine Mutter, mit der linken Hand trug er einen Koffer. Als es an der Schiefenagelschen Wohnungstür vorbeiging, flog diese auf.

»Buenos dias, señor!« Lachend breitete Elvira die Arme aus.

»Grüß dich«, sagte René und ging weiter.

»Du bist Delegierter der Jugendkonferenz? Gratuliere.«

»Neenee, Konferenz is nich.«

Elvira sah ihm strahlend nach. »Sobald du Zeit hast, mußt du mir erzählen, klaro?«

René versprach es.

»Ein aufdringliches Stück, dieses Mädchen ...« Ingelore zog die Wohnungstür hinter sich ins Schloß, umarmte wieder ihren Jungen.

Während René sein restliches Gepäck holte, saß sie mit heftig klopfenden Herzen in der Küche. »Ukuk«, machte die Kuckucksuhr. Weshalb nur war der Junge schon wieder zu Hause? Vielleicht machten die jetzt alle geschlossen Urlaub? Ist ja oft so bei kleineren Betrieben ...

René sagte, er würde sich erst einmal duschen. Über zwei Tage sei er nicht aus den Klamotten gekommen.

»Weiß Susanne schon, daß du hier bist?«

»Nein.«

»Die wird sich aber freuen.«

»Oder auch nicht.«

»Na hör mal! Wenn der Mann unverhofft auf Urlaub kommt!«

»Ich hab keinen Urlaub.«

»Ukuk« rief der Kuckuck schon wieder. In letzter Zeit spielte die Uhr reineweg verrückt.

»Wenn du bißchen frische Wäsche für mich hast?«

René verschwand im Badezimmer.

Dann erzählte er ihr alles, das heißt, das Wenige, was er wußte. Immer wieder schüttelte Ingelore den Kopf. Weil er zum Schwarzmarkt wollte, obwohl er nicht auf einer abgesegneten Liste stand? Weil er dem Kraftfahrer eine hatte knallen wollen? Lächerlich. Oder auch nicht. Woher sollte man wissen, was Genossen fernab ihrer Zentrale alles unter Sicherheitsrisiko verstanden! René saß neben seiner Mutter am Tisch. Alles, was ihm besonders schmeckte, hatte Ingelore aufgetragen: Selbsteingelegte Dillbohnen, die Weißenseer Knackwurst mit Kümmel, Bier aus Friedrichshagen. Zugelangt hatte er kaum. Ingelore auch nicht.

Tief hatte sich die Müdigkeit ins Gesicht des Jungen gegraben. Die Müdigkeit und die Enttäuschung. Das Gefühl, versagt zu haben und sich doch keiner Schuld bewußt zu sein.

»Die kleene Kubanerin, die dich vom Flugplatz abgeholt hat ... War wat mit ihr?«

»Nein. Wir haben uns nur gut verstanden. Sehr gut. Von der ersten Sekunde an. Wenn ich dran denke, daß ihre Großmutter dieser Idioten wegen auf ihre wahrscheinlich letzte Geburtstagsfreude verzichten mußte – das verzeih ich denen nie.«

Er stand auf, schaltete die »Aktuelle Kamera« ein. Ingelore erschrak. Seit wann sah sich der Junge freiwillig Weltnachrichten aus Adlershof an?

Mit spöttischer Miene betrachtete René die von der schönen Sprecherin offerierten Bilder. Erfolge überall. Überall dort, wo die Menschen im Geiste des Sozialismus lebten.

»Warteste auf die Meldung, det 'n hoffnungsvoller, parteiloser Tischler glücklich wieder in Berlin jelandet ist?« Ingelore setzte sich neben ihn. »Fast sechs Wochen warste in Kuba, jekostet hat et dir nischt, im Jejenteil, hast noch jut vadient. Beate sagt, die Entwicklungshelfer drüben, die würden so gut wie zum Nulltarif arbeiten.«

»Kannst den Spandauern ausrichten, das hätte ich auch gemacht.«

Sie küßte ihn auf die Stirn. »Ick will dir moralisch uffrüsten, und du meckerst rum! Wat soll sein! Morjen drückste Frau und Tochter an't Herz, un alles is vajessen.«

»Ich geh zum Ostbahnhof und schick ein Telegramm. Daß ich unterwegs bin.«

Ingelore saß stumm neben René. Sie mußte daran denken, daß die unerwartet schnelle Rückkehr des Jungen einem ihrer schönsten Pläne den Garaus gemacht hatte. Gut und gern hätte Susanne samt Enkeltochter hier am Hackeschen Markt wohnen können, ein Jahr oder auch zwei. Solange jedenfalls, wie René in Kuba beschäftigt war. Aber nun ... René war nun mal ein echter Rechlin. Und so einer kam mit bornierten Menschen nicht klar. Der Junge, ihr Junge, er paßte nicht zu solchen Leuten. Kein Wunder, daß sie ihn nach Hause geschickt hatten. Eigentlich ein Grund mehr, auf das Kind stolz zu sein.

2 Als René mittags vor dem Haus in Niedorf stand, begrüßte ihn erwartungsgemäß die Schwiegermutter. Annerose Mollenthin lächelte süß, wollte wissen, ob er sich eine Krankheit »eingefangen« habe. Und wenn, dann hätte er die doch in Havanna auskurieren sollen, zumal als Beschäftigter eines Krankenhauses. René antwortete, leider sei er ziemlich gesund, und wie es Susanne gehe.

Die, teilte ihm Annerose mit, befände sich planmäßig bei ihrem Lehrgang. Was er denn erwartet hätte! Und Maria? Wo sollte die schon sein! Im Kindergarten natürlich. Aus dem Haus trat Roland, Annegrets derzeitiger Liebhaber, ein angeblich in Scheidung lebender Meister der Schafzucht. Annegret lehnte sich demonstrativ an die breite Männerbrust. Der Schafzuchtmeister sah nur kurz zu René, bohrte dann, Nichtinteresse demonstrierend, den Blick seiner stahlblauen Augen ins Dach der gegenüberliegenden Scheune.

Der Kerl erinnert mich verdammt an Conradi, dachte René. Ist wohl ein und dieselbe Firma, aus der diese Typen stammen.

Auf dem Weg zum Kindergarten fiel ihm ein, er hatte seiner Tochter nicht einmal etwas mitgebracht von der weiten Reise. Kein Spielzeug, keine Tafel Schokolade. Gleich morgen, so nahm er sich vor, würde er mit Maria in die Stadt fahren.

Das Mädchen aber fragte nicht nach Geschenken. Sie fiel ihrem Vater um den Hals, drückte ihr Gesicht fest an seine Wange und sagte, er müsse jetzt immer bei ihr bleiben.

Zu Hause warf René die Waschmaschine an, ließ sich von Maria ein Bilderbuch zeigen, tat, als kenne er die abgebildeten Äpfel nicht, sagte, sehr schöne rote Zitronen seien das. »Äpfel«, juchzte Maria. »Bist du aber dumm!«

Später kam Annerose ins Zimmer. Wie immer ohne anzuklopfen. Es sei sinnlos, ihrer Mutter bestimmte Dinge beibringen zu wollen, hatte Susanne einmal gemeint. Dieses Haus hätte sich die Mutter quasi mit ihren eigenen Händen geschaffen. Und in ihrem Eigentum klopfe sie niemals an.

Das hat ein Ende, nahm sich René vor, darüber wird demnächst Klartext gesprochen. Ich reiß doch bei ihr auch nicht einfach die Tür auf!

»Was hast du eigentlich angestellt, sag mal?« Sie sah sehr gut aus, diese Annerose Mollenthin, frisch und stramm. Jeder neue Liebhaber machte sie um fünf Jahre jünger. Der Meister der Schafzucht war der wievielte? Dauerte nicht mehr lange und Annerose war jünger als ihre Tochter.

»Wenn du es genau wissen willst – sie haben mich rausgeschmissen. Ich kam mit den Leuten nicht klar.«

»Und nun?«

»Läßt sich Susanne telefonisch erreichen?«

»Sie ruft jeden Tag gegen fünf im Büro an.«

»Papi sagt, das ist eine Zitrone.« Maria rutschte zu ihrer Oma.

»Hab ich auch schon gemerkt, Schätzchen. Dein Vati spinnt ein bißchen.«

»Ich geh dann zur Verwaltung. Mich bei Dornbusch zurückmelden«. Dornbusch war der Direktor der LPG, in der René vor seiner Kuba-Reise als Tischler gearbeitet hatte. René stand auf. Wie lange Susannes Lehrgang denn noch dauere?

»Acht Tage ungefähr.«

»Wieso ungefähr? Ein Lehrgang dauert eine bestimmte Zeit. Oder?«

Annerose zuckte mit den Schultern. In ihren Augen blitzte der Spott.

Sie zeigte auf das Bilderbuch, drückte Maria an sich. »Dein Vati kennt eben nur noch Zitronen.«

»Aber übers Wochenende ist Susanne zu Hause?«

»Jedenfalls ackern die ein Pensum durch, dafür brauchen andere Monate.«

»Ist gut. Ich nehm Maria zu Dornbusch mit.«

Eigentlich hatte er damit deutlich gesagt, sie möge sich jetzt bitte wieder um ihren Schäfer kümmern. Annerose aber blieb sitzen, sah zu René, zu Maria, seufzte kurz, um dann doch endlich das Zimmer zu verlassen.

Kurz vor fünf lud er sich Maria auf die Schulter. »So geht ein Bauer ...«

Tapptapptapp, langsam und schwer war jeder Schritt. »So geht ein Edelmann ...«

Vornehmes Schaukeln in den Hüften.

»Und jetzt Waldi!« forderte Maria, die sich des alten Spiels sofort entsann. René rannte los, stoppte urplötzlich, rannte wieder, lief kreuz und quer, ganz so verrückt wie der Dackel des Nachbarn. Maria kreischte vor Vergnügen. Der Weg zum LPG-Büro konnte ihr nicht lang genug sein.

Von weitem schon hörte René den kräftigen Baß Dornbuschs. Mit zwei Traktoristen stritt er diesmal. »Ich bin wieder da!« rief René. »Will nur schnell mit Susanne telefonieren.«

Dornbusch ließ die Traktoristen stehen, stakste auf René zu. »Was denn? Haben die in Kuba kein Holz mehr?«

»So ungefähr«, antwortete René und meinte, er wolle sich noch paar Tage seiner Tochter widmen, bevor er wieder in die Arbeit einsteige.

Dornbusch klopfte ihm auf die Schulter. »Heute ist der Sechzehnte ... Am nächsten ersten rechne ich auf dich.«

Das Vorstandsbüro, in dem Annerose als Ökonomin ihren Schreibtisch besaß, war zwar aufgeschlossen wie angekündigt, doch zu sehen war niemand. René konnte sich denken, wo der

Kollege seiner Schwiegermutter jetzt Dienst schob. In der Gemeindeblibliothek. Dort gab es in einem Nebenraum eine Liege, und eine nicht ausgelastete Bibliothekarin gab es auch.

Maria bemalte ein Blatt Papier. Pedantisch genau versuchte sie, einen geraden Strich neben den anderen zu setzen. Punkt fünf klingelte das Telefon.

»Rechlin.« René spürte seine Aufregung; die Kehle schien ihm zugeschnürt.

»Hallo? René?!« Susannes Stimme klang hoch und gepreßt. »Du bist in Niedorf?«

»Ja. Seit heute vormittag.«

Eine Pause und dann: »Ich kann dich kaum verstehen. Die Leitung ist wieder mal miserabel.«

»Mutti!« Maria angelte nach dem Hörer.

»Sie haben mich nach Hause geschickt«, sagte René, »in Unehren entlassen gewissermaßen.«

»War das eben Maria?«

»Ja. Sie sitzt mir gegenüber und malt Striche.«

»Entlassen? Was heißt das?«

»Keine Ahnung.«

»Ohne Grund wird doch keinem gekündigt!«

»Am ersten fang ich wieder bei Dornbusch an. Freust du dich?«

»Du hast ja Sachen drauf! Also weißt du!«

»Ich versuch's dir zu erklären. Aber nicht jetzt am Telefon. Wann kommst du? Sonnabend? Freitagnachmittag?«

»Was du dir denkst! Ich ... ich bin hier das ganze Wochenende über eingebunden!« Zunehmend gereizt klang sie, diese Stimme. Renés Hände wurden schweißnaß. Das Herz, auf einmal fühlte er sein Herz, bis zum Hals hinauf fühlte er es. Was ist los? Dachte er. Wenigstens ein bißchen könnte sie sich doch freuen.

»Ich hab Sehnsucht nach meiner Frau. Du auch nach deinem Mann?« Er spürte, Susanne holte tief Luft. Darin war sie eine Meisterin: Bevor sie im Ärger ein falsches Wort sagte – tief einatmen und bis drei zählen.

»Ich versuch, was ich kann. Viel Zeit aber hab ich auf keinen Fall. Ich muß meine schriftliche Arbeit abschließen. Bert braucht die spätestens Ende Juli.«

»Bert?«

»Doktor Fiedler. Der Veterinär von Großzechwitz. Wo ich dann in die Forschung einsteigen soll.«

»Und Fiedler ist Bert?«

»Spätestens am dreißigsten bin ich zu Hause.«

»Am dreißigsten Dezember?«

»Zynisch sein, ja, das kannst du.«

»Ich bin nicht zynisch. Nur enttäuscht. Was ich für sehr normal halte.«

»Ich leg jetzt auf. Tschüs.«

René hielt den Hörer weiter am Ohr. Tut-tut-tut ... Er hob Maria vom Bürostuhl und dachte, es sei vielleicht ganz gut, wenn er sich einmal ordentlich vollaufen ließe. Heute war Dienstag, da trafen sich die Niedorfer Kegelbrüder im Klubhaus. Dornbusch gehörte auch zu ihnen. Okay, beschloß er, kann ich ihm gleich alle Fragen beantworten. Zumindest kann ich's versuchen.

»Wie Waldi!« forderte die auf seinen Schultern sitzende Maria. »Wie Waldi!« René aber spürte auf einmal eine bleierne Müdigkeit. »Nein«, sagte er, »Waldi rennt heute nicht mehr.«

3 Zwei Tage später teilte ihm Annerose mit, er solle sich umgehend bei Dornbusch melden. Wegen der Einstellung.

Na gut, beschloß René, wenn es unbedingt sein muß, fange ich eben schon vor dem nächsten Ersten an. Ohne Susanne ist Freizeit sowieso nur die halbe Miete.

Als René im Büro erschien, war Dornbusch nicht zu finden. Nur Brodwien stand plötzlich in der Tür. Brodwien, der für Kaderfragen zuständige Mitarbeiter.

»Sekunde«, zischte der und preschte über den Flur zu Piepens Zimmer. Piepen verdiente offiziell sein Geld als Agraringenieur, die meiste Zeit jedoch verwendete der Mann zur, wie er es nannte, »Vorbereitung und Nacharbeit der Beschlüsse«. Piepen war der Parteisekretär.

René, der Brodwien langsam gefolgt war, hörte hinter der geschlossenen Tür einen heftigen Wortwechsel. Das Wort »Zuständigkeit« fiel mehrmals. Schließlich erschien Piepen auf dem Flur, um René geradezu überschwenglich zu begrüßen. »Wie geht es dem Genossen Castro?«

»Ich hab ihm gern und oft von dir erzählt.«

Piepen lachte schallend. Ja, das wäre was! strahlte er. Mit Fidel eine Runde schwatzen, Zigarre in der Hand und einen schönen Rum in Reichweite! – »Ist ja ein vitaler Mensch, der Fidel, kein bißchen verknöchert und so, kein bißchen.« Brodwien hüstelte, Piepen hustete. Dann meinte er, da wäre in der Zwischenzeit, in der Zeit also, in der René in Kuba war, na ja, eine dumme Sache ... Doch gegen Anweisungen von oben könne man nichts machen, nicht wahr. Der Kreistag nämlich, der Kreistag habe kürzlich erst beschlossen, den handwerklichen Sektor der landwirtschaftlichen Betriebe nicht weiter auszubauen, respektive zurückzufahren. »Ist ja auch Fakt, nicht wahr: Wir entziehen den Leuten in den Städten die Handwerker, nicht wahr.« Konkret würde das bedeuten, sie dürften mit dem Tischler René Rechlin keinen neuen Arbeitsvertrag abschließen. Es täte ihnen sehr leid.

René tippte einen Gruß an die Stirn, verschwand wortlos.

Am Nachmittag desselben Tages saß René in einem Zimmer des Rates des Kreises und bat um Einsicht in jene Bestimmung, erklärte, er habe in Niedorf zwar gekündigt, aber nur, um zwei Jahre in Kuba zu arbeiten. Seine Weiterbeschäftigung als Tischler in der LPG habe nie in Frage gestanden.

»Ach! Sie waren zwei Jahre in Kuba?« Die Angestellte blinzelte heftig.

»Nein. Es kam zu einem vorzeitigen Abbruch.«

»Aja.«

»Ich bestehe auf Einhaltung der mündlichen Zusage!«

»Müssen Sie denn unbedingt in Niedorf arbeiten?«

»Dort wohnt meine Familie.« Er setzte hinzu, daß er sich das alles auf keinem Fall gefallen ließe. Und wo er sich beschweren könne.

»Zum Beispiel bei dem für Ihren Wahlbezirk zuständigen Genossen. Erkundigen Sie sich nach seinen Sprechzeiten.«

Nur mit Mühe gelang es René, die Zimmertür hinter sich nicht ins Schloß zu knallen.

Auf dem Weg durch die Bezirksstadt kam er am Büro der Genossenschaft des Tischlerhandwerks vorüber. Eine gerissene Bande sei das, hatte er mehr als einmal über deren Mitglieder gehört, Pfuscher und Betrüger allesamt. Mir egal, sagte sich René und erkundigte sich nach der Möglichkeit einer Anstellung.

Der geschäftsführende Mitarbeiter kniff ungläubig die Augen zusammen. Daß da eine der so dringend benötigten Fachkräfte quasi von der Straße hereinschneite, über zwanzig Jahre Berufspraxis besaß und trotzdem noch leidlich jung war – dergleichen Glück hätte er niemals zu hoffen gewagt. »Warst du ... Waren Sie ... In Haft vorher? Ich meine, bis eben jetzt?«

»Nein. In der LPG Niedorf. Das will ich nicht mehr. Aus privaten Gründen.«

Der Mann wagte es wieder, Freude zu zeigen. »Dann bringste deine Papiere vorbei, und schon ist die Sache in Tüte und Papier.«

»Da wäre vielleicht noch was ...«, sagte René. »Ich war paar Wochen in Kuba. Als Tischler. Da wurde ich aber weit vor dem offiziellen Ende nach Hause geschickt.«

»Weiber?«

»Mein Benehmen war nicht angepaßt genug.«

»Politisch also?«

»Politik ist alles. Oder?«

»Bist du organisiert?«

»In der Gewerkschaft.«

»Ich bin in der NDPD.«

»Glückwunsch.«

»Willst mich verarschen, ja?«

»Ich will als Tischler arbeiten, nichts weiter.«

Der Mann notierte Renés Anschrift, versprach noch heute mit seinen Kollegen vom Vorstand zu sprechen. Und die Arbeitsunterlagen Renés brauche er möglichst umgehend. Es klang, als fürchte er, der unverhoffte Fisch könne aus dem Netz springen.

Bevor René nach Hause fuhr, kaufte er im Intershop nahe dem Bahnhof eine Puppe. Nach seinem Geschmack ein abgrundtief häßlichdünnes Gebilde, doch er wußte: Bei kleinen Mädchen stand das Wesen hoch im Kurs. Da er in Dollar bezahlte und der Laden nicht genügend Cent in der Kasse hatte, wurden ihm einige Päckchen Kaugummi als Wechselgeld zugesteckt. Maria bestaunte die Puppe erwartungsgemäß, verzog sich sprachlos vor Glück in ihre Spielecke, während Annerose meinte, wer für »gutes Geld« eine solche Bohnenstange kaufe und als Wechselgeld Kaugummi akzeptiere, bei dem stimme im Kopp was nicht.

Ein Auto fuhr am Haus vorbei. Wie alle Dorfbewohner sah auch René einem ihm unbekannten Fahrzeug nach. Ein Auto mit einer Berliner Nummer ... Wer in Niedorf kriegte Besuch aus der Hauptstadt? Das Auto setzte einige Meter zurück, hielt vor Renés Haus. René erkannte den Fahrer erst auf den zweiten Blick. Alt war Dieter geworden. Dieter Olm, sein Brigadier, damals vor gut zwanzig Jahren, damals in der Mongolischen Volksrepublik. Olm, der im Jugendverband Karriere gemacht und sich vor einigen Jahren bei ihm mit einem Brief in Erinnerung gebracht hatte. Ein Brief mit der Anfrage, ob er, René, nicht Lust hätte, für einige Zeit in Angola als Tischler zu wirken.

Wie immer war Dieter fein gekleidet. Anzug, Krawatte. Schon in der Mongolei hatten sie darüber ihre Witze gerissen. Was aber neu war und vorüber René erschrak: Dieter hinkte auf einem Stock gestützt dem Tor zu. Dieter Olm, der Mann mit der eisernen Kondition!

Begleitet von den Neugierblicken der Schwiegermutter ging René seinem ehemaligen Freund entgegen.

Dieter sagte, als Invalide verfüge er über viel Zeit. Da habe er sich halt gedacht, fahr ins schöne Mecklenburg.

»Komm rein«, sagte René und wußte, der Mann kam nicht ohne triftigen Grund.

Der Besucher blieb hinter der Gartenpforte stehen. Sein Atem rasselte. Oben vor der Haustür stand Annerose und tat, als müsse sie Schuhe putzen. Ihre Ohren glühten vor Empfangsbereitschaft. Olm rief ihr einen »Guten Tag« zu und zeigte auf den hinter dem Haus gelegenen Garten. »Läßt es sich schön sitzen, nicht wahr.« René verstand. Immerhin – der Arbeitsplatz von Dieter Olm war das Außenministerium. Damals, als er wegen Kuba in diesem Gebäude gewesen war, hatte er die Auskunft erhalten, der Genosse Olm sei krank, sicherlich für längere Zeit. Und jetzt? War Dieter wieder im Amt? Hatten die Leute aus Havanna einen Bericht abgeschickt? Und Dieter, der den Stein überhaupt erst ins Rollen gebracht hatte, stand irgendwie als Mitschuldiger im Gelände?

René plazierte die Gartenstühle auf die Mitte des Rasenstücks. Selbst wenn Annerose jetzt vorgab, die Fenster putzen zu müssen – sie könnte kein Wort verstehen.

»Willst du was trinken? Was essen?«

»Eine Tasse Kaffee. Möglichst eine große Tasse und sehr schwarz.« Dieter tippte auf seinen schmächtigen Brustkasten. »Manchmal muß ich meine Pumpe antreiben. Kaffee ist da noch immer das harmloseste.«

»Kennst du den Mann von Kuba her?« fragte Annerose in der Küche. »Was will er denn von dir?«

»Mich sehen.«

»Daß ich nicht lache!« sagte Annerose.

Als René das Tablett auf den Campingtisch setzte, nickte ihm Dieter freundlich zu. »Siehst immer noch aus wie in den mongolischen Zeiten. Warum verfettest du nicht, sag mal?«

»In Havanna hab ich paar Pfunde verloren.«

Dieter pustete auf den heißen Kaffee.

»Du siehst nicht eben aus wie das blühende Leben, Dieter.«

»Wäre auch ein Wunder.« Wie alle Mitarbeiter der Abteilung für die Vorbereitung der Einsätze im nichtsozialistischen Währungsgebiet so sei auch er in letzter Zeit ein bißchen durch die Mangel gedreht worden. Ein bißchen verunsichert und so, nicht wahr. Immer weniger Leute hätten sie rausschicken dürfen, dafür aber immer mehr Programme entwerfen müssen. Was mächtig genervt hätte. Rückzugsgefechte würden immer nerven. Von wegen Erfüllung des Jugendtraums, wonach die Namen von immer mehr Ländern auf allen Kontinenten mit roter Farbe gedruckt würden ... Von Jahr zu Jahr weniger wurden es. Ein Rückschlag in Nikaragua, eine Niederlage in Mocambique undundund ... Er, Olm, erzählte es mit einem gequälten Lächeln, er hatte eine Landkarte der besonderen Art entworfen. Auf der wurden Monat für Monat die Länder gestrichen, in denen die DDR vielleicht noch geduldet, ihre Handwerker noch gebraucht, ihre Ideologie aber nicht länger angehört wurde. »Meine Mutter, sie war schon alt und tapperig, auf einmal gestand sie mir, ich hätte ihren Erwartungen, ihren Hoffnungen voll entsprochen. Zuerst kapierte ich nicht, was sie meinte, bis sie mir sagte, ihr größter Wunsch sei gewesen, ich möge Missionar werden. Ein Heidentäufer. Einer, der armen Menschen in der weiten Welt die Rettung ihrer Seele verspricht, da er schon nichts zur Rettung ihres Leibes tun kann. Wenn ich ihr heute von meiner Arbeit erzähle, so erinnere sie das an die Arbeit eines Missionars.« Plötzlich verstummte Dieter, sah kurz auf. »Ich raub dir die Zeit. Kommen wir zur Sache.«

René erwiderte, er könne sich »die Sache« denken und Dieter solle seine Geschichten ruhig zu Ende erzählen.

Annerose trat aus dem Haus. Überlaut bedankte sich Dieter für den Kaffee. Annerose knurrte nur, knallte das Gartentor zu.

Ein Flugzeug war auf dem Weg zum Wald, Insektengift sprühen. René mußte an den Mückenvertilgungsapparat der dicken Mama in Havanna denken.

Dieter streckte die Beine aus, erzählte von Vorschlaghämmern, notwendigem Material für eine Baustelle in Nikaragua. Irgendeinem Überbewußten sei eingefallen, auf den Schaft eines jeden Hammers VENCEREMOS schreiben zu lassen. Mit roter Farbe. Venceremos, wir werden siegen. Er, Olm, habe die Idee für hirnrissig gehalten, aber na ja ... Hammer war Hammer. Und stören tat die Schrift ja nicht. Wurde auf die Hämmer eben VENCEREMOS gemalt, während sich auf jener Landkarte der besonderen Art die durchgestrichenen Länder fleißig mehrten. Irgendwann habe einer aus der Abteilung diese Landkarte mit besonderen Augen betrachtet, erst die Karte und dann ihn. Daraufhin mußte er vor der Parteileitung erscheinen, seine defätistischen Gedanken, seinen Geschichtspessimismus begründen. »Ich hab nur mit der Hand aus dem Fenster gezeigt und gesagt: Fahrt einmal mit dem Bus vom Alex bis Friedrichstraße. Oder setzt euch in eine Kneipe in der Nähe von Kabelwerke Oberspree. Sperrt eure Augen und Ohren auf. Dann wißt ihr, wie es aussieht auf der Welt.«

»Und dann?«

»Wurde ich krankgeschrieben. Diagnose: Nervöse Erschöpfung. Sie wollten mich loswerden, klarer Fall. Nach paar Wochen aber war ich wirklich kaputt. Meine Mutter war gestorben, ich kam grad von der Beisetzung, hatte das Fernsehen eingeschaltet, irgendeine Jubelveranstaltung. Ein Nachbar klingelte, ich stand auf, wollte schnell die Treppe runter. Da wurde mir schwindlig, und ich bin auf dem Rücken alle Stufen ... Die Ärzte sagen, ich hatte mächtig viel Schwein gehabt. In den nächsten Wochen krieg ich meine Invalidisierung. Schriftlich.«

»Du bist fünfzehn Jahre älter als ich, stimmt's?«

»Mein Arbeitsplatz ist schon geräumt. Einschließlich dieser Landkarte.«

Wieder zog das kleine, knatternde Flugzeug seine Kreise, ging tiefer. René wußte: Die Maschine landete auf einer Wiese gleich hinter Niedorf. Dort gab es eine Tankstelle für derartige Einsätze.

»Hattest du wenigstens bißchen Spaß in Havanna?«

Noch immer betrachtete René das Flugzeug. Manchmal hatte er mit Susanne darüber gesprochen: In einem solchen Apparat sitzen und plötzlich ab, Richtung Grenze. Kamen dann Abfangjäger?

»Ob es dir wenigstens in einigen Punkten gefallen hat!«

»Ja doch. Klar. Obwohl – von Havanna hab ich außer dem Hotel und dem Krankenhaus kaum was gesehen.«

»Tut es dir leid, daß sie dich nach Hause geschickt haben? Tut dir das leid?«

»Soll ich jubeln deshalb?«

»Du hast dich hoffentlich nicht entschuldigt! Weil du dem Oberstleutnant eine feuern wolltest!«

»Welchem Oberstleutnant?«

»Ich will nur wissen, ob du zu Kreuze gekrochen bist.«

»Keine Spur.«

Dieter atmete tief, sagte, daß ihn das beruhige, sehr sogar. Er rückte seine Krawatte gerade, schloß einen Jackenknopf. Dieter nahm sozusagen eine offizielle Haltung ein. »Weshalb ich gekommen bin, René ... Ich möchte mich bei dir entschuldigen. Als ich dir schrieb, damals vor zwei Jahren ...« Dieter lockerte die Krawatte wieder. »Es war zwar noch nicht spruchreif, aber ich ahnte, daß ich im Ministerium nicht alt werden würde. Hatte schon die Fäden zu meinem früheren Betrieb ausgestreckt. Irgendwo in Thüringen still vor mich hintischlern ... Was Besseres konnte ich mir nicht vorstellen. Nur, den Leuten in meinem Heimatdorf sauste der Frack. Ein ehemaliger Mitarbeiter des Außenministeriums als simpler Arbeiter? Unmöglich. Ich aber wollte runter vom Stuhl. Unbedingt. Ich verstand nicht, wie sich andere Leute im Haus zurücklehnen, mit ihren Ärschen immer fester sitzen konnten und planten und planten, als liefe alles seinen normalen Gang. Menschen bewegten sich, als würde sich ringsum nichts bewegen. Einige taten vielleicht nur so, die große Mehrheit aber, ich garantiere dir, mein Junge, die große Mehrheit fühlt sich sogar heute noch sicher. Alle, ich auch, alle waren wir im Glauben erzogen, daß mit dem Sozialismus letztendlich nichts schieflaufen kann. Die Ära des Kommunismus, nun ja, das gab man mittlerweile zu, die würde nicht so schnell Realität werden, wie man sich das vor paar Jahren noch gedacht hatte, der Sozialismus aber brach sich seine Bahn, unaufhaltsam. Einer von den Kollegen wollte in den Kaukasus, eine Urlaubsreise. Das Reisebüro hat ihm abgeraten, aus Sicherheitsgründen. Von einer Reise in die Sowjetunion wird dir abgeraten ... In diesem Fall sogar berechtigt. Na gut, sagt der Kollege, fahr ich eben nach Bulgarien, lehnt sich zurück und tut, als sei nichts passiert.« Dieter wischte sich den Schweiß von der Stirn.

René schwieg.

Annerose schob das Fahrrad aus dem Schuppen, würdigte die Männer keines Blickes.

Dieter schwieg für Sekunden. Sein Gesicht war aschfahl. Das Reden schien ihm schwerzufallen. »Als dem Krankenhaus in Havanna unerwartet eine Lieferung Holz genehmigt wurde, wußte ich: Jetzt brauchen die einen Tischler. Also hab ich im Amt angerufen, vom Krankenbett aus gewissermaßen ... Ich hab die Leute auf dich aufmerksam gemacht. Und sie haben sich an dich gewandt. Dann aber ... Dann kamen einige Genossen ins Grübeln. Ob bei uns oder in Havanna die vom diplomatischen Dienst, ich weiß es nicht. Fakt war: Auch für Kuba wurde nur noch das Allernötigste getan. Denn das ließ sich ja an den fünf Fingern abzählen: Wenn die Sowjetunion Kuba nicht länger unterstützt, muß die Regierung in Kuba umdenken. Früher oder später jedenfalls wird Kuba auf die kleine, schwache DDR pfeifen. Also: Sollen die Fensterrahmen ruhig faulen. Bevor die rausfallen, hat die DDR mit dem Krankenhaus sowieso nichts mehr zu tun. Deshalb das Telegramm aus Havanna. Mit dem Inhalt, die Anreise des Tischlers erübrige sich. Von diesem Telegramm wußten eine Kollegin im Postamt des Außenministeriums, meine Sekretärin und ich, denn zufällig war ich just an diesem Tag im Amt, um meinen Schreibtisch abzuräumen. Die Kollegin von der Post litt an Liebeskummer. Drei Minuten später schon konnte die sich an kein Telegramm erinnern. Und Hildchen, meiner Sekretärin, brauchte ich nur zu sagen: Vergiß, was drin stand, schon wußte sie nichts mehr. Tja, René, langer Rede, kurzer Sinn: Das Absagetelegramm ist offiziell im Außenministerium nie eingetroffen.«

René sah Dieter nur an.

»Warum ich das Telegramm verschwinden ließ? Ein Wink

des Schicksals. Ich konnte noch was Vernünftiges tun, während ich die Plünnen packte. Zumindest hielt ich es für was Vernünftiges. Wenn ich dir nach Kuba half, raus aus dem Mief hier. Daß es dort, wo du gelandet bist, noch miefiger war als hier – das hab ich nicht geahnt. Und noch was: Nicht daß du denkst, daß ich nur dir was Gutes wollte. Ganz so uneigennützig bin ich nicht. Ich wollte den Apparat ärgern. Diese Sesselfurzer, diese Egoisten von der schlimmsten Sorte. Leute, die von Weltrevolution tönen und doch nur dann am glücklichsten sind, wenn ihre Sanitärzelle westlichen Standard besitzt. Über einen Wasserhahn der Firma Platsch aus Saarbrücken freuen die sie mehr als über einen Container mit Bleistiften, der an Schulkinder in Nikaragua geschickt wird. Kurz und gut: Ich hab das Absagetelegramm zerrissen.«

René saß dem kranken Mann gegenüber und dachte: Mein Vater und Dieter ... Wären alle Genossen so wie die, ich könnte wahrhaftig Gefallen an der Sache finden.

»Daß sie dich nicht sofort zurückschicken, da war ich mir sicher. Daß es aber schon nach zwei Monaten passierte – tut mir leid.«

»Laß man, Dieter, ich komm drüberweg.«

»Einer wie Conradi ist eine schlimme Type, das sag ich dir. Kraftfahrer im nichtsozialistischen Ausland ... Eine höhere Verantwortung gibt es ja kaum. Der Kraftfahrer ist wichtiger als jeder Botschafter ...« Dieter lachte schallend. »Weiß der Henker, du hättest ihm in die Fresse schlagen sollen!« Er stand auf, rüttelte René an den Schultern. »Ich will auch gar nicht wissen, ob was war zwischen dir und der Dolmetscherin. Du hast dich menschlich einwandfrei verhalten. Punkt.«

»Es war nichts mit Anna.« Und plötzlich kam ihm in den Sinn, »leider« zu sagen.

Zum dritten Mal zog das giftsprühende Flugzeug Kreise über den Wald. »Es ist nur so, René ...« Fast ging die Stimme von Dieter im Lärm der Maschine unter. »Die Genossen haben dir das übelgenommen. Die Leute um Conradi, du verstehst? Was ist mit deiner Arbeit hier in Niedorf?«

René nannte den Grund, weshalb ihm die Anstellung versagt worden war, doch Dieter winkte ab. Wer sich im Ausland bewährte, bewährt sich im Inland doppelt. Stimme zwar hinten und vorn nicht, dieser Spruch werde aber eisern angewandt.

»Wer sich bewährt! Das aber hab ich nicht.«

»So ist es, René, genauso.«

Nun verstand René. Und im gleichen Moment weigerte er sich zu verstehen. Daß er in Niedorf keine Arbeit bekam, war die Strafe dafür, daß er Conradis Fresse polieren wollte?

»Du mußt dir das vorstellen ... Die Leute von der Staatssicherheit kriegen Wind davon ... Der Bürger Sowieso hat gegen gewisse Regeln verstoßen. Was tun die von der Sicherheit? Sie melden sich im Kreis, in dem der Bürger wohnt. Und machen die Leute dort zur Schnecke. Wie können die einem unzuverlässigen Menschen eine Einschätzung geben, die ihn berechtige, nach Kuba zu fliegen! Ins nichtsozialistische Währungsgebiet. Und jetzt rächen sie sich halt, die Leute vom Kreis.«

»Du meinst, auf die Antwort der PGH brauch ich nicht zu warten.«

»Wenn ich dir raten darf: Verzieh dich zurück nach Berlin. Berlin ist groß; in Berlin haben die Conradis größere Sorgen als hier in der Provinz.«

Dann fuhr Dieter davon.

René betrachtete das Haus, in dem er seit fast vier Jahren wohnte. Er betrachtete das Haus sehr lange. Wohler wurde ihm nicht dabei.

4 Manchmal schalt sich René eine Memme, einen Versager. Dann wieder redete er sich ein gutes Gewissen ein. Was hatte er sich denn vorzuwerfen? Hatte er nicht wie ein normaler Mensch reagiert? Was aber war, was ist normal? Stundenlang saß er vor dem Fernsehapparat, schaltete zwischen den Programmen hin und her. Er schluckte Beruhigungstabletten, die er sich heimlich aus dem Medizinschrank seiner Schwiegermutter nahm. Und lag doch nur im Bett und grübelte. Susanne hingegen kam gut voran. Bald würde sie in einem Betrieb mit internationaler Verbindung arbeiten. Gut möglich, daß Dienstreisen ins Ausland auf sie warteten. Nach Ungarn, Polen, Rumänien. Alles nicht direkt das Gelbe vom Ei, aber immerhin. Verantwortung würde ihr übertragen werden und ein gutes Gehalt überwiesen. er aber? Nicht einmal in jenem Lausebetrieb von Stadttischlerei hatten sie ihn genommen. Oder nehmen dürfen. Was jetzt? Wirklich zurück nach Berlin ziehen? Mit Susanne und dem

Kind? Niemals würde Susanne den Job in jenem exklusiven Institut für Hühnerzucht aufgeben, niemals. Was also sollte werden? Er wußte es nicht. Am Freitag dann erschien Susanne. René hatte es nicht zu hoffen gewagt. Stunden vorher noch hatte sie am Telefon versichert, absolut unabkömmlich zu sein. Der Streß im Labor, die schriftliche Abschlußarbeit ... René möge bitte Verständnis zeigen. »Na klar«, hatte er geantwortet, »klar.«

Dann aber war sie doch gekommen. Bert habe sie vom Lehrgang abgeholt, weil er dort dienstlich zu tun gehabt hatte, als Dozent gewissermaßen, aber auch als ihr persönlicher Mentor, wie sie betonte. Aufgeregt wirkte Susanne, nervös, verunsichert. Ist eben ein unverhofftes Wiedersehen, dachte René, ein Wiedersehen unter nicht gerade erfreulichen Umständen.

Später saßen sie sich lange schweigend am Tisch gegenüber. René holte eine Flasche und Gläser. Susanne steckte sich eine Zigarette an. Er müsse nicht erschrecken, sagte sie, sobald der ganze Streß vorbei sei, gewöhne sie sich das Rauchen wieder ab.

Er antwortete, daß er sie direkt ein wenig beneide wegen dieses Stresses. Und er wollte ihr in aller Ausführlichkeit von seinen fehlgeschlagenen Versuchen, wieder in den Beruf zurückzufinden, erzählen. Sie jedoch wehrte schnell ab. Sie wisse Bescheid, er müsse das nicht alles aufwärmen.

»Hat dir deine Mutter fleißig berichtet?«

»Sie macht sich Sorgen, was ja wohl verständlich ist.«

»Das einzige, was sie macht: Sie verzieht das Gesicht, sobald sie mich sieht.«

»Was hast du eigentlich erwartet? Daß dich hier alle im Triumphzug begrüßen?«

»Zumindest hab ich weder Krätze noch Pest.«

»Legst dich im Ausland mit dem Staat an und erwartest, der soll dich auch noch streicheln!«

»Gestreichelt haben wir uns bisher sehr wenig, findest du nicht auch?«

Susanne drückte die Zigarette aus.

»Komm ins Bett«, sagte René, »halt mich ein bißchen fest. Täte mir gut, ehrlich.«

Susanne aber drückte noch immer den Zigarettenrest aufs dicke Glas des Aschenbechers. Er habe ja keine Ahnung, sagte sie, der Job im Labor bei Berti, da kämen Bewerbungen aus

Berlin, aus Leipzig, von sonstwoher würden sie Berti die Bude einrennen. So toll sei dieser Job.

»Fast so toll wie Berti selbst.«

Da verengten sich die Augen seiner Frau doch sehr. René erwartete wütendes Schimpfen, aber nichts dergleichen geschah. Susanne zündete sich eine neue Zigarette an. Sie hatte sich eben sehr in der Gewalt.

Er faßte nach einer Hand seiner Frau. Ob sie fürchte, daß sie den Job nicht bekäme, weil er politisch Mist gebaut habe?

»Das ist ein Arbeitsplatz, daran sind alle sozialistischen Staaten Europas beteiligt!«

»Sozialistische Hühner aller Länder vereinigt euch.«

Nun war es doch vorbei mit ihrer Beherrschung. Sie schrie, sie fände ihn unmöglich, sein ganzes Benehmen sei eine einzige Unmöglichkeit. Und sie lasse sich nicht lächerlich machen und ihre Arbeit auch nicht, und ihr Mentor sei ein feiner Mensch, da könne René giften, wie er wolle. Und nur weil er Scheiße gebaut habe, lasse sie sich die Zukunft nicht verbauen.

Okay, dachte René, ich hab Mist gemacht. Darunter dürfen die Hühner des Sozialismus nicht leiden. Entschuldige; Anna, ich hab »okay« gedacht, »okay«, die Sprache der Yankees.

»Du grinst!« schrillte Susanne. »Du bepißt dich noch vor Vergnügen, ja?! Schlägst dich im Ausland rum und tönst, daß du nicht fair behandelst wirst!«

»Hör auf!« Jetzt wurde auch Renés Stimme lauter. »Ich überleg ja schon: Häng ich mich auf, oder fahr ich mit dem Auto gegen einen Brückenpfeiler. Um das Auto aber wäre es schade, nicht wahr?«

Die Antwort war das Knallen des gläsernen Aschenbechers. Susanne hatte ihn gegen die Wand geworfen.

Eine Sekunde lang spürte René große Lust, sein Weinglas dem Aschenbecher hinterherzuwerfen. Dann aber sagte er leise, er werde sich nicht entschuldigen. Bei niemandem und nirgendwo.

Susanne weinte hemmungslos.

René saß neben ihr, wollte sie trösten, wollte sagen, es werde irgendwie weitergehen, doch brachte er kein Wort heraus.

»Und dann ... Dann kaufst du auch noch so eine Puppe im Intershop! Damit ja alle sehen, daß der Herr Vater Westgeld besitzt. Weißt du überhaupt, wie bescheuert du bist?«

René stand auf. Nein, sagte er zu sich, während er aus dem Zimmer ging, nein, er wisse nicht, wie bescheuert er sei. Aber eine ganze Menge Dummheit müsse schon in ihm stecken.

5

Ingelore saß in der Küche unter der Kuckucksuhr und grübelte. Zweimal schon hatten Schiefenagels an die fällige Eintragung ins Hausbuch erinnert. Das sei nun einmal Tatsache: Besucher, welche sich länger als drei Tage in einer fremden Wohnung aufhielten, müßten sich förmlich, also auf dem Meldeamt, anmelden.

»Det is mein Sohn! Keen Besucher!« war Ingelores schroffe Antwort gewesen.

Was sie besonders beunruhigte: Zu ruhig war der Junge. Ging früh aus dem Haus, kam erst spät am Abend wieder. Nach Kneipe roch er nie, auch nicht nach Parfüm. Madame Schiefenagel hatte ihr berichtet, Elvira sei mit dem Rad unterwegs gewesen und um ein Haar mit René zusammengestoßen, draußen im Treptower Park, an der Spreepromenade. Elvira habe ihn angesprochen, aber sie sei sich nicht sicher, ob er sie überhaupt wahrgenommen habe. Sei er krank, der René?

Es half nichts: Ingelore hatte der ungeliebten Nachbarin berichten müssen, daß René demnächst im Berliner Bremsenwerk in seinem Beruf als Tischler arbeiten würde. Und sobald seine Frau den Lehrgang und die Qualifikation hinter sich habe, würde die Familie nach Berlin ziehen. René bilde gewissermaßen nur die Vorhut. Gott im Himmel möge mir den Schwindel verzeihen, dachte Ingelore, noch besser aber wäre: Der Schwindel erweiset sich als Wahrheit. Wie heißt es im Schlagerlied? »Wunder gibt es immer wieder ...«

Zumindest mit dem Arbeitsplatz, das ging ja bereits seinen Gang. Ingelore nämlich war kurzerhand zur Kaderleiterin ihres ehemaligen Betriebs marschiert. Neinnein, hatte sie erklären müssen, sie wolle nicht zurück in die Küche, ihr Sohn jedoch, der jüngste, der halte es in der Mecklenburger Steppe nicht länger aus und er sei doch ein ausgebildeter Tischler. Und ob er nicht ...

Die Kaderleiterin war vor Freude fast an die Decke gesprungen. Ein ausgebildeter Handwerker! Und ein Rechlin obendrein! Mit Kußhand würden sie den nehmen, mit Kußhand.

René zeigte sich anfangs wenig begeistert von der Initiative seiner Mutter. Als aber Susanne auch auf seinen zweiten Brief nicht geantwortet hatte, war er in die Metallbude gegangen, um zu hören, er stehe dort ab nächstem Ersten auf der Lohnliste. Worauf er einen dritten Brief nach Niedorf verfaßte und wieder auf eine Antwort wartete. Ingelore bemerkte sein Warten, kommentierte es aber lieber nicht. Was den Zustand von Ehen anging, so war sie fast der Meinung, die moderne Zeit und eine Ehe auf ewig, das gehe nicht zusammen. Ausnahmen wie die eigene Ehe mit ihrem Hannes bestätigten nur die Regel. Bernd und Steffi waren auseinandergelaufen, die Ehe ihrer Beate in Spandau galt in ihren Augen als eine Geschäftsbeziehung einschließlich gemeinsamer Bettbenutzung.

Und nun kriselte es auch in Renés Ehe ... Susanne und dieser Tierarzt namens Berti ... Ein nicht mehr ganz so junger, charmanter Herr ... Susanne, die ihren Vater nie kennengelernt hatte, besaß einen ausgeprägten Hang zu älteren Männern. Neulich erst hatte Ingelore mit Steffi darüber gesprochen. Das heißt: Ingelore hatte geredet, und die ehemalige Schwiegertochter hatte, wie sich Ingelore ausdrückte, »matsch auf dem Sofa gehangen«. Überlastung. Zuviel Arbeit. Drei Verkäuferinnen aus Steffis Abteilung waren mittlerweile in die Tschechoslowakei gereist und nicht zurückgekommen. Saßen dort im Garten der Botschaft und warteten auf einen Paß, damit sie in den anderen Teil Deutschlands ziehen durften. Nach Auskunft Steffis waren es die drei dümmsten und trägsten Weiber der Abteilung, verwöhnte Zimtzicken, nichts weiter. Dünkten sich schön und scharf, dachten, sie brauchten nur die Bluse aufzuknöpfen, schon flögen die Millionärsknaben heran. Im Grunde genommen sei es nicht schade um sie, sollten sie bleiben, wo der Pfeffer wächst. Sie aber, Stefanie Rechlin, Leiterin der Abteilung Oberbekleidung eines großen Kaufhauses, sie mußte jedes Mal vor der Leitung des Hauses antanzen, mußte erklären, daß sie die Absichten der Betreffenden vorher nicht gekannt habe, und auch billigen könne sie deren Verhalten nicht. Sie mußte sich sagen lassen, sie als Abteilungsleiterin besäße die selbstverständliche Pflicht, über ihre Kolleginnen Auskunft zu geben. »Das fehlte noch!« hatte Steffi ihrer ehemaligen Schwiegermutter erklärt. »Ich und meine Weiber verpfeifen! Wenn ich sie auch alle auf den Mond schnipsen könnten, verpfeifen kommt nicht in Frage.« Das Ende vom Lied: Steffi griff sich eine Flasche Wein aus dem Kühlschrank. Im Delikat hatte sie dafür zwanzig Mark gezahlt; in einem Spandauer Supermarkt kostete derselbe Saft drei Mark neunundzwanzig.

Ja, mit Beate hatte Ingelore auch über René gesprochen, hatte der die Sorge nehmen müssen, René werde demnächst in Begleitung eines Fernsehteams in Spandau vor Zümmrichs Wohnung stehen und um vorläufiges Asyl ersuchen. Zümmrichs zeigten Ingelore die neugestaltete Wohnung: Das frühere Kinderzimmer war jetzt ein Fitneßraum, vollgestellt mit allerlei kraftspendenden Geräten. Da wäre kein Platz für Ostverwandte, klarer Fall.

Ingelore schniefte ins Taschentuch. Was tun? Erst einmal soll der Junge eine ordentliche Arbeit anfangen, dann wird man weitersehen. Entweder Susanne bekennt sich zu ihm oder – so weh es auch tut – muß er sich eben allein ins Hausbuch schreiben.

6 Noch gut zehn Tage waren es bis zum nächsten Monatsbeginn. René fand, er solle die Zeit nicht länger mit Grübeleien totschlagen, sondern etwas Sinnvolles schaffen. Zum Beispiel ein schönes Stück Holz bearbeiten. Er beschloß, nach Grünheide zu fahren. Vor Jahren hatte er im dortigen Pfarrhaus mit seiner Fähigkeit als Tischler große Freude bereitet. René schrieb seiner Frau ein weiteres mal, schrieb, er hoffe, es störe sie nicht, wenn er kostenlos kaputte Kirchenstühle repariere. Er schickte den Brief ab, aber auf eine Antwort zu hoffen, hatte er fast schon aufgegeben.

In Grünheide, einem Dorf am Rande Berlins, erschien René alles wie bei seinem letzten Besuch. Der Zustand des Bahnhofes – gibt es eine Steigerungsform von trostlos? Die Dekoration im Konsum immer noch Kartons mit Waschmitteln. Der Bäcker hatte lediglich eine Papptafel im Schaufenster liegen, da standen die Öffnungszeiten drauf. Sonst war da nichts. Wozu auch. Die Leute rannten dem Mann doch sowieso den Laden ein.

Kurz nach Mittag war es, als René mit einer schweren Arbeits tasche in der Hand Richtung Pfarrhaus ging. Ein Mähdrescher verließ den Hof der LPG, die Fenster der Kneipe waren vernagelt. Hinter dem Dorfteich die feingeputzten, zweistöckigen Häuser, in deren Vorgärten die penibelste Sauberkeit zu besichtigen war. Dann der schmucklose Feldsteinbau der Kirche, der große Garten, das Pfarrhaus mit seinen giftgrünen Fensterläden. Wie alt mußte Pfarrer Rochow eigentlich jetzt sein? Mitte Fünfzig? Oder doch schon älter? René erinnerte sich an die permanente Nervosität des Pfarrers. Der gute Mann hatte ja auch mächtig viele Sorgen am Hals: Die ewig und drei Tage kränkelnde Frau, die Tochter, die nicht nur räumlich weit weg vom Elternhaus ein sehr weltliches Leben führte. Alles das aber sollte René nicht kümmern. Was für ihn damals gezählt hatte, sollte auch diesmal wichtig sein: Etwas Sinnvolles tun. Nicht mehr und nicht weniger. René sehnte sich nach der Beschäftigung im ruhigen Kirchenschiff, wünschte sich die heimelige Stille herbei, die er dort gefunden hatte. Das Licht fiel durch die Glasfenster, die Apostel auf den Bildern leuchteten und schienen freundlich auf ihn zu blicken, auf ihn, den Atheisten René. Der sich allerdings weder über Gott noch über Christen lustig machte. Das war wohl das Erbgut seines Vaters. Johannes Rechlin, der überzeugte Atheist, mochte es nicht, wenn gegen gute Ideale angegangen wurde.

Wieder und wieder drückte René auf den Klingelknopf. Als ihm endlich geöffnet wurde, stand ihm ein großgewachsener kräftiger Mann gegenüber, gute zehn Jahre jünger als René. Leicht unwirsch fragte der Mann, was er denn um diese Zeit schon wolle. René stellte sich vor, sagte, er sei ein Bekannter des Pfarrers, und er habe einige Tage Zeit. Die wolle er, wie vor Jahren bereits, zu Ausbesserungsarbeiten in der Kirche nutzen. Er sei Tischler von Beruf, und Herr Rochow wisse, daß seine Arbeit nichts koste.

»Herr Rochow arbeitet schon lange in Erfurt. Das wußten Sie nicht, nein?« Der junge Mann lächelte breit. »Sie wußten auch nicht, daß ich hier der Pfarrer bin? Arbeitet Ihre Behörde neuerdings so nachlässig?«

»Entschuldigung. Ich will mich nicht aufdrängen.«

Der junge Pfarrer kam einen Schritt auf René zu, flüsterte: »Wir beginnen neunzehn Uhr dreißig.«

René blinzelte verständnislos.

»Das Friedensgebet.«

»Bitte was?«

Jetzt endlich verstand René. Der Pfarrer hielt ihn für einen Spitzel der Obrigkeit. Peinlich berührt und irgendwie hastig wiederholte er, daß er als Tischler gekommen sei, als ein Bekannter vom Pfarrer Rochow und dessen Tochter, von einem Friedensgebet habe er nichts gewußt. Er, René Rechlin, sei weder ein möglicher Teilnehmer und gleich gar kein Aufpasser.

»Natürlich«, antwortete der junge Pfarrer lächelnd, »selbstverständlich.«

Langsam stieg René die Galle hoch. »Auf Wiedersehen. Ich hoffe, keiner Ihrer Friedensbeter reißt sich auf der Kirchenbank einen Span in den Arsch.«

»Warten Sie!« rief der Pfarrer. »Welches Holz hatten Sie damals bei der Ausbesserung des Gestühls auf der Empore verwendet?«

»Esche. Ich weiß, es ist zu hell. Anderes aber war nicht aufzutreiben.«

»Wenn Sie hereinkommen wollen? Mein Name ist Bästlein, Martin Bästlein.« Der Pfarrer gab die Tür frei. René möge entschuldigen, es sehe im Haus alles ein wenig ungepflegt aus. In diesen Tagen aber wisse er nicht, was zuerst zu tun sei. Und er hoffe nur, die Regenwolken entluden sich heute nicht, dann könnten sich die Teilnehmer des Friedensgebetes in den Pfarrgarten setzen. Obwohl das vielleicht als Provokation ausgelegt werde oder als eine ruhestörende Veranstaltung.

Ob er sich die Kirche ansehen dürfe, fragte René, Werkzeug habe er in der Tasche.

»Bitte«, sagte der Pfarrer. Es klang wie: Gottes Wille geschehe.

Zwei Stunden später war das Pfarrhaus voller Menschen. Junge Leute, die erregt aufeinander einredeten, sich über Papiere beugten und Schmalzbrote kauten. Als René zu ihnen trat, verstummten sie, und ein Junge mit gewaltig abstehenden Ohren, einem rotkarierten Hemd und Jeans, in die kunstvoll Löcher geschnitten waren, fragte, welcher Sender sie denn nun übertrage? Ob der Herr Tischler auch alle Mikros richtig untergebracht habe.

René antwortete nicht, verließ grußlos das Haus. Auf der Straße empfingen ihn zwei Volkspolizisten. Schroff verlangten sie Einsicht in seinen Personalausweis. Aus den Fenstern des Pfarrhauses sahen Leute, andere waren auf der Straße stehengeblieben, betrachteten teils verängstigt, teils einfach nur neugierig das Geschehen.

Für eine Sekunde hielt René seinen Personalausweis hoch, drängte dann an den Polizisten vorbei. In diesem Moment spürte er einen stechenden Schmerz zwischen den Schulterblättern; seine Hände wurden auf den Rücken gepreßt. Ein Auto hielt neben ihm, eine Autotür sprang auf. René erhielt einen Stoß und fiel auf den Rücksitz des Wagens. Der Fahrer – er trug Zivil und auch das Auto war nicht als Polizeiwagen zu erkennen – gab Gas. »Meine Tasche!« rief René. Havanna fiel ihm ein. Mußte dort nicht jener schleimige Kraftfahrer losrasen, um seine Tasche aus dem Hotel zu holen? Conradi mit C? »Meine Tasche! Da ist mein Arbeitszeug drin!«

Der Mann neben ihm zischte, er solle das Maul halten. Die Tasche sei sichergestellt.

»Und was bin ich? Verhaftet?«

Schnell fuhr der Wagen durch die Landschaft. René erkannte den Mähdrescher wieder, der sich vor Stunden aus dem LPG-Hof gequält hatte. Zwei Dörfer passierten sie, dann bog das Auto auf einen Waldweg ein, der laut Verkehrszeichen für Fahrzeuge aller Art gesperrt war. Der Sandweg mündete in eine gepflegte Asphaltstraße, an deren Ende ein zweistöckiges Gebäude von schlichter Häßlichkeit stand. Das Auto hielt. René wurde in ein Zimmer der ersten Etage geführt. Im Fenster zwei hölzerne Parkbänke und fünf Personen. Die Fenster vergittert.

»Wolltest du auch nach Grünheide?« fragte ein rothaariger Hüne mit kratziger Stimme.

»Ich hatte dort als Tischler zu tun. In der Kirche.«

»Viel los? Viele Leute?«

»Keine Ahnung.«

»Bestimmt rappelvoll«, sagte ein Junge. »Aus Berlin hatte sich 'ne ganze Meute angemeldet. Ich bin auch aus Berlin. Sven.« Der Junge gab René die Hand, worauf auch die anderen im Zimmer René mit Handschlag begrüßten.

»Red nicht so viel«, sagte Sven, »bestimmt hören die mit.«

»Glaub ick nich«, sagte der Rothaarige. »Für Schnörkel hatten die Bullen keine Zeit.« Vor zwei Wochen nämlich hätten in diesem Gebäude noch Studenten der Forstwirtschaft gewohnt. Nur die Gitter vor den Fenstern, die seien neu.

Ein dritter junger Mann hatte seine Hände hinterm Kopf

gefaltet, stand am Fenster und blinzelte in die untergehende Sonne. »Ich sage euch, die Bullen scheißen sich ein vor Angst. Die wissen genau, was auf sie zurollt.«

»Wenn se nicht kurz bei den Sowjets anrufen! Ob nich paar Panzerchen frei wären!«

»Bei Gorbatschow haben die keine Chance. Der Wagen rollt. Den Berg runter. Immer schneller.«

Der Rothaarige gähnte laut. »Hauptsache, die behalten uns nicht über Nacht hier. Meine Frau regt sich furchtbar auf, wenn ich über Nacht nicht zu Hause bin.«

»Ach was!« sagte der Junge am Fenster. »Sobald die in Grünheide fertig sind, werfen sie uns raus.«

»Werfen uns raus? Aus dem Bau hier oder aus dem Land?«

Der Junge wieherte vor Vergnügen. »Det wär'n Ei! Abschiebung nach Prag!«

»Brauchste nich zu lachen«, sagte der Rothaarige. »Das wollen die doch! Alle raus, die ein bißchen denken können. Alles, was unbequem ist, raus aus'm Land. Und die, die bleiben, die kriegen fürs nächste Quartal pro Kopp drei Bananen versprochen.«

René rieb seine schmerzenden Hände. Was das für Schwachsinn sei: Weggesperrt zu werden, bloß weil man ein Pfarrhaus betrete! Wo lebe man denn!

»In der Deutschen Demokratischen Republik.« Der Rothaarige bediente sich der Fistelstimme des Staatsratsvorsitzenden.

Auch René lachte.

Da wurde die Tür aufgerissen. Ein Uniformierter winkte René zu sich, um ihm Handschellen anzulegen.

»Was soll das?« fauchte René.

»Mach keinen Scheiß. Geradeaus.« Der Polizist zeigte zur Tür. Es ging den Flur entlang, einige Stufen hinunter, dann war da eine offene Zimmertür, die sich hinter René schloß. Im Zimmerchen ein Schreibtisch und ein Stuhl. Auf dem Stuhl thronte wie ein Fleischberg ein älterer.

René wurden die Handschellen abgenommen.

Der Dicke schnüffelte in Renés Personalausweis. »Sie sind René Rechlin?

»Geboren 1948 in Berlin?« Die Stimme klang unendlich müde.

»Weshalb bin ich eigentlich hier?«

»Eine Sicherheitsmaßnahme.« Der Mann reichte René den Ausweis, sein rechter Fuß deutete auf die neben dem Schreibtisch stehende Arbeitstasche Renès. »Sie können gehen.«

Der Polizist, der René in das Zimmer gebracht hatte, öffnete die Tür und sagte, es seien ungefähr drei Kilometer durch den Wald, dann gäbe es eine Bushaltestelle.

»Und wann kommt der Bus? Zweimal die Woche?«

»Willste lieber hierblieben?« raunzte der Uniformierte. »Mach bloß keinen Scheiß, Mann. Is sowieso alles beschissen genug.« Er brachte René bis vor das Tor. »Immer den Weg lang. Sei froh, daß es nicht regnet.«

Als René ungefähr die Hälfte der Strecke hinter sich gebracht hatte, stand sein Entschluß fest. Tut mir leid, Vater, dachte er, du hast dir das alles anders vorgestellt. Ich auch. Aber muß ich mich kaputtmachen lassen? Nein, muß ich nicht.

DRITTES KAPITEL

1 Ingelore war vor dem Fernsehapparat eingeschlafen. Erst als die Wohnungstür aufgeschlossen wurde, schreckte sie auf. René betrat das Zimmer. Daß etwas passiert war, erkannte sie sofort. Immer wenn Johannes, ihr Mann, an seinem Mitmenschen vorbeigesehen hatte, seine Lippen nicht mehr waren als ein blasser Strich, immer dann erwartete sie keine gute Nachricht. Nun sah sie ihren Jüngsten, und René, wie gesagt, glich seinem Vater sehr.

Sie fragte, ob sie etwas zu essen machen solle. Der Junge schüttelte den Kopf. Er würde gern ein paar Schritte gehen, sagte er leise. Ob sie ihn begleiten würde.

Also wollte er mit ihr reden. Auch darin ähnelte er Johannes: Am besten konnte der sich im Gehen äußern. Saß sie ihm am Tisch gegenüber, fiel er ins Stottern und Stammeln, begann das Geschirr mal hier, mal dahin zu rücken, was sie wahnsinnig machte.

Mutter und Sohn gingen die Oranienburger entlang, durchquerten den kleinen Park, erreichten das Spreeufer, wo sich ungestört gehen und reden ließ. Ingelore erwartete, er werde über sich und Susanne sprechen. Vielleicht hatte ihm seine Frau endlich geschrieben; hatte ihm ein Ultimatum gestellt: Entweder du kommst sofort nach Niedorf zurück, oder es ist aus mit uns ...

»Ich muß weg, Mutter.«

»Nach Niedorf?«

»Weg. Über Ungarn.«

»Bist du verrückt?«

»Nein. Ich will es aber auch nicht werden.«

Schließlich hörte sie, was ihr René berichtete. Verhaftet war er worden. Weil er sich vor einer Kirche nicht schnell genug ausgewiesen hatte. Er, den die Staatsmacht seit Kuba auf dem Kieker hatte, er war wieder einmal unangenehm aufgefallen.

»Du willst rüber? Und Susanne?«

Viel Zeit ließ er sich mit seiner Antwort. Ingelore hakte sich bei dem Jungen ein, zeigte auf das Unkraut vor dem Hotel. »Ob die sich keenen Gärtner leisten können?«

»Susanne führt ihr eigenes Leben. Als rechte Hand Bertis.«

Als seine Geliebte, übersetzte Ingelore für sich.

»Vater sagte immer: Wenn alle gehen, die sich über den Staat hier ärgern, was soll sich dann ändern, wo doch keiner mehr da ist, der was ändern will ... Ich weiß.« René atmete tief durch. »Vater aber hatte eine andere Haltung. Und er hat nicht erlebt, was ich erlebt hatte. Außerdem warst du an seiner Seite. Auf dich konnte er sich verlassen, egal, was passierte.«

»Haste ma'n Taschentuch? Meins is in der Strickjacke, die ick nicht anjezogen habe.« Sie schneuzte sich theatralisch. Brauchen tat sie das Tuch nur, um sich die Tränen wegzuwischen. Sie gab ihm das Taschentuch zurück. »Über Ungarn haust du nicht ab. Pech, wie du nu mal hast in letzter Zeit! Die holen dich an der Grenze aus dem Zug. Und wat is, wenn se nach dir schießen? Leute wie du un dein Vater, ihr werdet imma jetroffen, jarantier ick dir. Außerdem, wat willste im Westen? Die Gier nach dem Geld, sowat packst du nie.«

»Der Westen besteht nicht nur aus Spandau. Wenn ich abhau, dann richtig. Im Westen gibt es zum Beispiel Gemeinschaften, Vereine, die im Ausland arbeiten, in Mittelamerika zum Beispiel.«

»Nach Kuba willste wieder?«

»Oder Nikaragua. Oder Mexiko oder sonstwohin. Ich stell keine Ansprüche. Bis auf einen: Ich will gebraucht werden.«

Sie unterquerten die Straße. Wie immer stank es unter der Brücke heftig nach Urin.

»Und wenn sich hier doch noch was ändert?« Ingelore zog wieder das Tuch aus Renés Hosentasche. »Die alten Eierköppe müssen doch irjendwann abtreten. Un det nicht erst übamorjen.«

»Die werden durch junge, gesunde Eierköppe ersetzt.«

»Nimm die SU! Der Gorbatschow! Wie der die Leine locker läßt!«

»Hier ändert sich nichts, gar nichts. In Polen vielleicht, in Ungarn, meinetwegen auch in Moskau, aber wir hier, wir sind die Grenze zwischen Ost und West. Hier passiert nur eins: Es stinkt bald noch mehr als vorhin unter der Brücke.«

»Das mit Ungarn läßte sein.«

»Soll ich zur Tränenhalle und fragen, ob sie mich ausnahmsweise mal eben durchlassen?«

»Det nich. Aber ick ... Ich fahr morgen rüber.«

Wildkaninchen führten am Ufer gegenüber des Palastes der Republik ein paradiesisches Leben. Ingelore sah auf die possierlichen Viecher, atmete tief ein und aus. Ach Hannes, dachte sie, ach Hannes ... Was meinst du zu unserem Notgroschen? Bißchen mehr als 'n Groschen ist das ja mittlerweile geworden. Ick meine so, Hannes, hör zu, bevor du gleich abwinkst ... Der kleene Koch aus Beatens Restaurant, der mit der Freundin in Köpenick, der würde mir das Geld zu einem guten Kurs umtauschen. Eins zu sechs, wat sehr jut is. Jedenfalls hätten wir dann ungefähr fünftausend Westmärker in der Hand. Und dazu das Geld, wat ick bei Beate vadient habe. Neulich hat se mir'n Kontoauszug jezeigt. Jute sechstausend. Zehntausend Mark aber würden als Anzahlung reichen. Die zweite Hälfte dann, die kann der Junge mit seiner Arbeit verdienen. Det schafft der mit links un zwar in kurza Zeit. Un denn kann er in die Welt ziehen. Dahin, wo er zu seiner Zufriedenheit leben kann. Oder wo er det wenigstens zu schaffen hofft. Denn damit hat er wohl recht, unser Junge: Früher oder später rummst et hier jewaltich. Die da oben wissen jenau: Giebste den Leuten den kleenen Finga, nehmen se die janze Hand. Jenau det aber dürfen se nich zulassen. Denn haste hier det jrößte Schlamassel. Die Sowjets mit ihre Panzer sinn ja wohl all die Jahre nich zum Pilzesammeln rings um Berlin vasammelt. Also werde ick det Jeld zusammenkratzen, und denn werden wa ja sehen ...

René legte den Arm um die Schulter seiner Mutter.

»Ach ja«, sagte Ingelore, »bleib man so. Det wärmt.«

2 Das Haus befand sich in einer Nebenstraße des Kurfürstendamms. Eine noble Gegend und ein mindestens ebenso nobles Haus, zumindest von außen befand Ingelore. »Dr. Ingo Karenke Rechtsanwalt«. Ein offenbar gutgehendes Unternehmen, sonst hätte es sich wohl kaum ein derart unscheinbares Schild geleistet. Von mir aus soll es sein, was es soll, dachte Ingelore, Hauptsache, es hilft.

Mit einiger Mühe fand sie den im Rauhputz versteckten Klingelknopf. Eine Frauenstimme meldete sich, fragte nach dem Namen. »Rechlin«, sagte Ingelore, »ich hab gestern von Spandau aus angerufen.«

»Bittesehr.« Ein Summer ertönte. Noch ehe Ingelore nach dem Türknopf fassen konnte, sprang die Tür einladend auf. Ein hohes Treppenhaus, der Marmor an den Wänden schien echt, dazu die weinroten Läufer ... Wie in einem alten Ufa-Film, ging es ihr durch den Sinn. Und dann fiel ihr ein, daß in alten Ufa-Filmen die Geschichten immer ein gutes Ende nehmen. Zumindest fast immer.

Das Vorzimmerfräulein stand bereits in der Tür. »Treten Sie ein, Frau Rächin«. Ihre großen dunklen Augen sahen freundlich nach der Besucherin.

»Rechlin«, verbesserte Ingelore, fügte aber hinzu, »Rächin« klänge auch ganz hübsch, und wenn sie, Ingelore, in der Türkei arbeiten müßte, brächte sie die dortigen Namen bestimmt auch nicht richtig heraus.

»Nicht Türkei. Kroatien. Sie kennen Kroatien?«

»Vom Hörensagen. Im Restaurant meiner Tochter arbeiten Landsleute von Ihnen. Feine Menschen. Meistens jedenfalls.« Ingelore betrat ein mit Ledermöbeln gefülltes Zimmer, vernahm die Bitte um einige Sekunden Geduld; der Herr Doktor werde sie gleich empfangen.

Zunehmend verunsichert sah sich Ingelore um. Hier sollte eine Adresse für ein derartiges Geschäft sein? Und sie hier am richtigen Platz, sie, die ehemalige Köchin vom Hackeschen

Markt? Ihr gegenüber ein Bild ohne Rahmen. Schwungvolle, knallbunte Striche. Sie kniff die Augen zusammen, trat einen Meter weiter vom Gemälde. So richtig erkennen ließ sich trotzdem nichts. Nur der Name des Malers, der stand da in großen fetten Buchstaben. Ingelore, die sich nur ungern Begriffsstutzigkeit vorwerfen ließ, trat näher heran an das bunte Strichelwerk.

»Lebensschwingungen. Der Name des Gemäldes.« Ein freundlicher Bariton. »Van Haarten zählt zu den ganz Großen.« Mit einer Handbewegung lud der Mann im feinen Zwirn in sein Zimmer, bat sie auf einen Stuhl neben sich.

Das empfand Ingelore als angenehm: daß sie einem Menschen nicht auf Distanz gegenübersitzen mußte, einem Menschen, mit dem man höchst vertrauliche Dinge zu besprechen hat. Die Platte des kleinen Tisches war eine feine Intarsienarbeit. Billig, dachte sie, billig ist das alles nicht.

Vor der rechten Hand des Notars lag ein Block mit weißem Papier. »Sie hatten eine gute Anreise, gnädige Frau?«

»Anreise? Ich wohn ja nur paar S-Bahnstationen vom Zoo weg.«

»Aber doch in einer anderen Welt.« Der Mann lächelte.

»Ja«, sagte Ingelore, »eine andere Welt ist das schon.« Und eben darin liege das Problem.

»Wie lange sitzt Ihr Herr Sohn schon ein?«

»Überhaupt nicht. Paar Stunden hatten die ihn festgehalten, aber sonst – neenee.«

Der Mann strich durch, was er soeben zu Papier gebracht hatte. »Und was ist Ihr Anliegen, verehrte Frau?«

»Ich dachte, daß Sie mir helfen. Daß Sie das managen. Damit der Junge rüberkommt.«

»Meine Kanzlei befaßt sich gelegentlich mit der Abwicklung von Häftlingsfreikäufen, das ist allerdings richtig. Nur wie das Wort bereits sagt: Es handelt sich hierbei um Häftlinge.«

»Wieso muß der Junge denn erst injebuchtet werden, bevor Sie ihm helfen?« Verdammt, fiel ihr sofort ein, Hannes, ick darf jetzt nich berlinern. Kudamm un umliejende Dörfer sinn keene Jejend für Dialekt. Hier arbeiten Menschen, die sinn Experten un Mimosen zugleich. Beate hat mir jestern noch 'n Vortrag darüber jehalten. Also schluckte Ingelore und sagte: »Die Sache ist die, Herr Notar ... Bei einem Häftlingsfreikauf ... Meine Tochter hat mir das genau erklärt. Beate und ihr Mann betreiben ein

Restaurant in Spandau, das heißt, sie sind die Besitzer, nicht wahr ...« Sie bemerkte das Zucken der rechten Augenbraue ihres Nachbarn, doch sie beschloß, dieses Zucken zu ignorieren. »In meinem Fall jedenfalls wäre es so, daß der Staat absolut nichts zahlen muß. Weil nämlich wir, die Familie ... Sie verstehen schon ... Ich hab gehört: Zwanzigtausend wäre im Moment der gängige Preis für einen Paß.«

Der Anwalt hielt beide Augen geschlossen.

»Da wollte ich Sie also fragen, ob Sie uns behilflich sein würden.«

Langsam öffnete der Mann seine Augen. »Werte Dame. Wir sind kein Fluchtunternehmen oder sonstwas.«

»Das möchte sein!« versicherte Ingelore. »Von sonstwas ist keine Rede.«

Der Anwalt erhob sich federnd, breitete ein wenig die Arme aus und erklärte mit wirklich angenehm klingender Stimme, es täte ihm unendlich leid. Sie hätte sich umsonst zu ihm bemüht. Unkosten für die Beratung jedoch würden ihr nicht berechnet werden. In Anbetracht der besonderen Situation. Er deutete eine Verbeugung an, sagte, sobald er ihr helfen könne, später, falls es doch noch zu einer Verurteilung des Sohnes komme, er stünde gern bereit. »Einen schönen Tag noch, gnädige Frau.«

Als sie die Treppe hinunterging, faßte das Vorzimmerfräulein freundlich helfend nach ihrem Arm.

»Danke, Frollein. Ick brauch keene Armstütze, ick brauch frische Luft.«

»Und Paß mit Visum für Sohn.«

»Jenau.«

Ein kleines Stück Papier wurde ihr in die Hand geschoben. »Kein Wort zu Herrn Doktor. Mein Bruder wird sich kümmern. Sähr zuverlässig. Wenn Sie wollen, gehen Sie noch heite hin zu meinem Bruder.«

Im Vorgarten der Villa entfaltete Ingelore das Zettelchen. Eine Adresse war da notiert.

Wat meinste, Hannes? Ick wär doch bescheuert, wenn ick da nich anrücken würde, wa? Betrüja? Ach wat! Die Augen von der Kleenen, die waren ehrlich. In so wat kenn ick mir aus, det weeßte. Außerdem werd ick ma vorher mit dem kleenen Koch beraten. Der hat Erfahrung mit sowat.

Als sie dem Serben im »Ungarischen Hirten« den Zettel

zeigte, strahlte der über das ganze Gesicht. »Feine Gegend! Sie fahren mit S-Bahn, von S-Bahn ein Bus. Endstelle Herolsteiner Weg. Ist serbisches Restaurant, sehr beliebt bei reiche Leute.«

Beate lugte mißtrauisch zu ihnen herüber. Gespräche, die sie nur sehen, nicht aber mithören konnte, irritierten sie.

Der kleine Koch stieß »aus Versehen« gegen einen Stapel leerer Töpfe. Als die polternd zu Boden gingen und auch Ingelore sich bückte, um die Töppe aufzuheben, raunte er ihr zu, es wäre besser, sie käme gleich mit Geld, nicht mit der ganzen Summe, aber mit einer Anzahlung. Wenigstens fünftausend. Und sie solle nicht gleich heute hinfahren. Etwas Wartenlassen sei gut.

3 Von seiner Mutter erfuhr René nur, er möge sein Versprechen halten und sich in keinen Zug setzen. In weniger als einem Monat sei »die Sache« erledigt. René wußte: Vor einigen Tagen erst war die Köpenicker Freundin des kleinen Koches mit einem gefälschten Visum über die Bornholmer Brücke spaziert. Seine Mutter jedenfalls meinte, er solle sich keine grauen Haare wachsen lassen. Und nicht vergessen, den Wecker zu stellen. Denn morgen fange seine Arbeit an.

Als er pünktlich im Betrieb aufkreuzte, hatte er mit einer mehr oder weniger verklemmt vorgebrachten Erklärung gerechnet. Daß leider doch kein Arbeitsvertrag mit ihm abgeschlossen werden könne. Doch war geschah? Die hochaufgeschossene Kaderleiterin mit korallenroter Kette auf der üppigen Brust, sie schob ihm ein Papier zu. Er setzte seinen Namen neben den Betriebsstempel und fragte, ob es denn keine Schwierigkeiten gegeben habe. Kein Hinweis von oben, weil er doch in letzter Zeit mißliebig aufgefallen sei. Worauf er hörte, oben sei oben und unten sei unten. Unten bedeute Basis und Produktion. Und die von Oben sollten froh sein, wenn unten der Laden liefe. Sonst wären die oben nicht mehr lange oben.

René fand, für eine verantwortliche Genossin war das eine mutige Sprache. Er spürte schnell, es ging in diesem mittelgroßen Betrieb nahe der Protokollstrecke gen Wandlitz überhaupt bemerkenswert offen zu. Über die Wandzeitung zum Beispiel, die für Mitteilungen der Kampfgruppe reserviert war, hatte man Konfetti geklebt. An den Tischen in der Kantine redeten die

Leute frei heraus. Jupp, ein Kollege aus der Tischlerei, deutete mit dem Finger auf einen ständig verkrampft grinsenden Mann, der ihnen gegenüber seine Makkaroni futterte. Bis vor kurzem sei das der hauptamtliche Parteisekretär gewesen, jetzt hatten sie ihn abgewählt. Und weil er von seinem anno dunnemals erlernten Beruf als Elektriker nichts mehr verstünde, würde er bei den Kraftfahrern als zweiter Dispatcher arbeiten. Das aber auch nur, weil er dort nicht störe.

»Ihr habt ihn abgewählt? Du auch? Du bist Genosse?«

»Jedenfalls gehör ich nicht zu denen, die jetzt das Parteibuch abgeben. Nur weil sich damit keine Karriere mehr machen läßt.« Jupp reckte seine Gabel in die stickige Kantinenluft. »Jetzt, wo ich als Genosse was voranbringen kann, endlich einmal, jetzt hör ich doch nicht auf damit.«

»Und was bringst du voran?«

»Den Sozialismus.«

Lange sah René seinem Gegenüber ins Gesicht. Nein, dachte er dann, der Mann meint das ernst.

Überhaupt fühlte er sich wohl wie lange nicht bei seiner Arbeit. Beschäftigung gab es genug, Material war knapp und von unzureichender Güte, aber, weiß Gott, in all den Jahrzehnten vorher war das nicht anders gewesen. Inzwischen hatte man die Kunst der Improvisation gelernt. Nicht sinnlos die Zeit vertun, sich mit Menschen austauschen dürfen, die eine gleiche Sprache pflegten – René genoß es sehr. Nur der Gedanke, daß seine Mutter inzwischen emsig an seinem Abgang aus diesem Staat arbeitet, belastete ihn zunehmend. Doch dann sagte er sich wieder, daß Jupp, jener Kollege, der nun endlich meinte, den Sozialismus aufbauen zu dürfen, alsbald eins auf die Nase kriegen würde. Die Kaderchefin, die ihn eingestellt hatte trotz der Empfehlung von oben, dies nicht zu tun, sie würde entweder Selbstkritik üben müssen oder aus dem Apparat fliegen. Der mechanisch grinsende Ex-Parteichef steigt zurück auf den Thron. Bestimmte Leute untersuchen das Konfetti auf der Wandzeitung nach Fingerspuren ... Nein, sagte sich René, den Juppschen Sozialismus gibt es nicht, und niemals wird's ihn geben. Zumindest nicht in diesem Land. Wie sollte das auch funktionieren? Zum Beispiel das uneingeschränkte Recht der Menschen auf Reisen. Wovon sollen die Leute die Reisen denn bezahlen? Jupp und die Seinen drei Wochen auf Gran Canaria!

Vierhundert Mark pro Neese und Woche. Ist ja eigentlich nicht viel Geld. Allerdings heißt »Mark« in diesem Fall »DM«. Also nimmt die Familie Jupps den Preis mal sieben, und schon können sie die Sache abschreiben. Und sind noch unzufriedener als heute. Wem nämlich die Wurst vorm Mund hängt und wer doch nicht reinbeißen kann, der kriegt schlechte Laune. Drübige Welt und hiesiges Geld, nein, das funktioniert nicht. Was tut nun die Obrigkeit? Sie wird die Mauer noch höher ziehen, damit die drübige Welt immer weniger zu sehen ist. Die drübige Welt ... Die Welt, in die ich springen will. Was aber ist, wenn Susanne mit Maria am Hackeschen Markt erscheint, mich in die Arme nimmt ... Was dann mit Mutters Anzahlung? Ich wette, mein Visum ist bereits in Arbeit ...

Jetzt, Mitte September, war sein Hochzeitstag. René rechnete es seiner Mutter hoch an, daß sie das Datum nicht erwähnte. Per Fleurop schickte er einen Rosenstrauß nach Niedorf. Und wartete auf ein Echo. Am frühen Nachmittag flüchtete er in die Wuhlheide, besuchte mit Jupp ein Fußballspiel. Jupp war ein begeisterter »Eisern Union«-Rufer. Nach dem Spiel ging er den langen Weg vom Stadion zum S-Bahnhof zu Fuß. Als er am Hackeschen Markt eintraf, fragte ihn Ingelore, ob er sich wenigstens erholt habe.

»Eine Blase hab ich mir geholt. Oder ich krieg Hühneraugen. Irgendwas.« Er ließ sich in den Sessel fallen und gestand, hungrig zu sein.

Wider Erwarten sprang seine Mutter nicht sofort auf. »Die Post«, sagte sie, »du warst schon weg, als die kam.«

Noch ehe René den Brief öffnete, wußte er Bescheid: Gutes konnte ihn nicht erwarten.

»Ich mach uns was Schönes.« Ingelore verschwand in der Küche. René faltete den Bogen auseinander. Maschinenschrift ... War der Brief etwa gar nicht von Susanne? Er drehte das Papier um, sah ihre Unterschrift: »Mit freundlichen Grüßen – Susanne.« Plötzlich war ihm, als müsse er den Brief ungelesen in tausend Stücke reißen oder noch besser: So tun, als habe er den Brief nicht erhalten. Wer keine böse Nachricht erhält, dem bleibt die Hoffnung auf eine gute.

Während er die dichtbeschriebenen Zeilen dann doch las, stieg Zornesröte in sein Gesicht, vielleicht auch Scham; er hätte es in diesem Moment nicht definieren können. Als er bei der

Unterschrift angekommen war, stand er auf, faltete das Papier sorgfältig, bedächtig. Er hielt es in den Händen und sah dabei aus dem Fenster. Der Platz mit den zwei Gemüseständen, eine Straßenbahn bog in die Wendeschleife, eine zweite Richtung Apotheke. Spanisch werde ich büffeln, schoß es ihm durch den Kopf. Sobald ich im Westen bin, pauke ich spanisch. Ich mach zuerst Geld, lern dabei Spanisch und dann – je weiter weg, desto besser.

»Du mußt mir nicht erzählen, was sie geschrieben hat.« Ingelore saß am gedeckten Tisch. Im Zimmer roch es nach Bratkartoffeln. Einladend stand die Schüssel mit den kroß gebratenen Scheiben vor ihm, magerer Speck, viel Zwiebel, eine Spur Majoran und eine Prise Knoblauchpulver, aufgeschnittene Sülze, kleine Gewürzgurken und das gute Bier aus Friedrichshagen ...

Hab ich wirklich so lange am Fenster gestanden? Bratkartoffeln brauchen doch Zeit ...

»Iß. Wird doch nur kalt.«

»Erst muß ich dir das vorlesen.« Er würde keinen Bissen hinunterbringen, bevor er nicht reinen Tisch gemacht hatte. Niederlagen verkraftete ein René Rechlin stets dann am besten, wenn er sich zu ihnen bekannte. René zog seinen Stuhl neben den seiner Mutter.

»Niedorf, 16. Sept. 89

Lieber René Ausrufezeichen.« René hielt inne, dachte: Sie weiß, wie sehr ich Ausrufezeichen hinter Anreden hasse. Das ist wie bei der Grabinschrift »Ruhe sanft« Ausrufezeichen. Wehe, du bleibst nicht liegen! Wehe, du störst! Er fühlte Ingelores Hand auf seinen Arm. »Lies weiter.«

»Lange hast du nichts von mir gehört. Nicht ohne Grund. Ich brauchte erst Klarheit. Nun aber weiß ich, daß wir uns trennen sollten. Wegen fehlender gemeinsamer grundlegender Ansichten. Wahrscheinlich war deine Art des Denkens schon immer meiner Art entgegengesetzt, aber wir begingen beide den Fehler, dies nicht wahrhaben zu wollen. Du bestehst in erster Linie aus Protest gegenüber diesem Land. Zwischen Protest und Besserwisserei jedoch ist es nicht weit. Statt sich in die Gesellschaft einzubringen, schaltest du ab, reagierst zynisch. Oder du flüchtest. Was war deine Reise nach Kuba denn anderes als eine Flucht? Dann aber bringst du es nicht einmal fertig, eine von Dir selbst gewählte Alternative zu einem guten Ende zu führen. Davon jedoch will ich nicht sprechen. Was ich Dir allerdings sagen muß: Ich habe es satt, Dich wegen Deines eigenen Versagens auch noch bedauern zu sollen. Der Mensch ist ein Gesellschaftswesen, und die Gemeinschaft, in der er lebt, braucht ihn. Der Mensch muß sich in die Gesellschaft einbringen, auch wenn diese Ecken und Kanten besitzt. Jetzt sehe ich Dich ironisch lächeln, aber ich weiß, was ich sage. Du kannst dich nicht integrieren und verhöhnst die Menschen, die ihre Kraft für diesen Staat einsetzen. Ich war damals sehr erschrocken über den Brief, den Du mir in Havanna geschrieben hast. In dem stand, daß die Leute (diese zwei Ärzte) mit ihrem Westgeld ein ganzes Dorf kaufen werden, einschließlich des Parteisekretärs. Wahrscheinlich war das als Witz gemeint, aber Witze dieser Art vertrage ich nicht länger.

Am ersten November werde ich meine Funktion als stellvertretender Leiter des VEB Tierproduktion, Betriebsteil Forschung, antreten. Auch habe ich meine Bewerbung als Kandidat der Partei abgegeben. Heute gab es deshalb bereits ein erstes gutes Gespräch darüber. Daß in diesem Gespräch auch Dein Name fiel, liegt auf der Hand. Ich habe gesagt, Du bist ein schwacher Mensch, ein Mensch jedenfalls, dem die Souveränität fehlt, sobald ihm etwas danebengeht. Ich habe gesagt, daß ich mich von Dir trennen werde. Erst war ich erschrocken, weil mir dieser Satz so leicht fiel, doch ist dies bei näherer Überlegung nur allzu erklärlich. In dem Moment, in dem es galt, eine junge Familie zu festigen, hast Du Dich um einen Aufenthalt im Ausland beworben. Weil Du den für sinnvoller hieltest als Deine tägliche Arbeit. So hast Du mir das selbst gesagt. Der wahre Grund aber sitzt tiefer. Du fürchtest Dich vor Deiner alltäglichen Arbeit. Weil Du die nicht bewältigen kannst. Nicht in Niedorf und in Deinem ersehnten Ausland auch nicht.

Maria geht es sehr gut. Sie hat viele Freunde. Im Kindergarten wird sie ›Kichererbse‹ genannt, und das zu Recht.

Bitte teile mir mit, wann Du zu einem Gespräch hierher kommst. Wenn Du möchtest, so treffen wir uns in Neubrandenburg. An einem neutralen Ort, nicht wahr. Nur nicht an den nächsten zwei Wochenenden. Da hab ich zu tun.

Mit freundlichen Grüßen – Susanne.«

»Schreiben kann sie gut, nicht wahr?« sagte Ingelore.

Er faltete den Brief zusammen.

4 René hatte sich zwischen zwei Zügen entscheiden müssen. Der erste Zug kam sieben Minuten nach der verabredeten Zeit in Neubrandenburg an, der zweite runde zwei Stunden vorher. René entschloß sich zu letzterem. Er kannte seine Noch-Ehefrau. Länger als eine Viertelstunde würde Susanne nicht warten. Zugverspätungen aber waren Normalität.

Als Treffpunkt hatten sie den »Berliner Hof« ausgemacht. Dunkel nur konnte sich René an das Hotel gegenüber dem Bahnhof erinnern. Irgendwanneinmal hatte er dort mit Susanne Abendbrot essen wollen. Klappte aber nicht. Ein handgeschriebenes Schild hing an der Tür: »Küche aus!«

Während der Fahrt hatte es geregnet; als der Zug jedoch in die Station einfuhr, schien die Sonne auf das nasse Laub. Fast zwei Stunden Wartezeit ... Nutzte er die zu einem Spaziergang durch die Stadt? Und wenn er Bekannte traf? Einen der früheren Liebhaber seiner Schwiegermutter vielleicht? Viel Gelegenheit, sich in einer Stadt wie dieser aus dem Weg zu gehen, gab es nicht. Also nahm er die Sportzeitung, die er während der Fahrt gelesen hatte und wischte damit über die zwei Bretter, die von den einst vier Brettern der Sitzfläche einer Bank übriggeblieben waren. Die Bank stand in einem kleinen, parkähnlichen Gelände neben dem Bahnhof. Eine Landkarte mit Ausflugszielen hinter einer zerschlagenen Glasscheibe, ein paar Kastanien und ein halbwegs gepflegtes Rosenbeet nahm er wahr. Rechts und links vom Beet je eine Bank. Auf der einen hatte sich René niedergelassen, auf der zweiten saß ein Mann mit einem gewaltigen Bauch, schadhaften Gebiß und einer Glatze, über die in sicherlich mühevoller Arbeit die letzten paar Haare ausgebreitet waren. Das rote Säufergesicht des Mannes leuchtete René erwartungsvoll entgegen. Was soll's! dachte René und nickte zurück.

»Koof dir 'ne Ssseitung. Das Holz is naß«, sagte der Mann, der beim Näheren Hinsehen nicht viel älter als René war. »Koof dir'n ›ND‹. Da kriegste das meiste Papier.«

René ging zurück zum Bahnhof, um für drei Groschen zwei »Neue Deutschland« zu kaufen. Die Verkäuferin musterte ihn mißtrauisch. Wozu braucht ein Mensch zweimal dieselbe Zeitung? Um sie gütig zu stimmen, verlangte René zudem eine Ansichtskarte (»Egal was drauf ist«) und ein Abenteuerheft.

»Du mußt die Ssseitung arschgerecht falten«, rief ihm der Mann von seiner Bank aus zu. »Wozu haste denn sssweie?«

»Deine ist doch schon durchgeweicht.«

Der Mann schraubte sich hoch, während er die von René angebotene Zeitung nahm. »Tatsache. Danke, Kumpel. Merci.«

»Keine Ursache.«

Die Männer falteten das Zentralorgan der führenden Partei zu einem quadratischen Kissen, setzten sich nebeneinander.

»Was war überhaupt für Schlagzeile?« fragte René.

»Irgendwas. Wie immer. Bist du politisch?«

»Keine Spur.«

»Ich bin auch mehr fürs Künstlerische. Ich bin vom Theater. In der technischen Abteilung, jawohl.«

René erinnerte sich dunkel: Einmal waren die Mitglieder der Genossenschaft in einem vom Vorstand gemieteten Bus nach Neubrandenburg ins Theater gefahren. Eine Frau, fast so füllig wie sein Banknachbar, hatte ein Fräulein Briefträgerin markiert.

»In welchem Stück gibt es eine Briefträgerin, sag mal?«

»Vogelhändler. Bühnenbild war klasse, was?«

René fehlte jede Erinnerung daran, doch nickte er vorsichtshalber.

»In der Resssension ist das Bühnenbild besonders gelobt worden. War aber auch schwierig. Mit den Bergen, den Alpen, weißte. Die Sssene ohne Alpen geht nicht. Haben wir einfach Bretter hochkant gestellt und dann Stoff drüber. Das eine Brett mal so hoch, das andere so und überall grauer Stoff drüber. Obendrauf ein Klecks weiße Farbe. Das war das ewige Eis. Sehr schön, ehrlich.«

René nickte scheinbar beeindruckt. »Und das mit den Brettern, das war deine Idee?«

»Der Sssenenbildner hat gestöhnt und geflucht, weil er nicht wußte, wie er das mit den Alpen hinkriegen soll. Hab ich ihm gesagt, Treppan hat immer mit Stoff gearbeitet. Kennst du Treppan? Ernst Treppan?«

»Muß ich das?«

»Weil du aus dem Berliner Zug gestiegen bist. Treppan wohnt auch in Berlin.«

»Ich bin ihm noch nie begegnet.«

»Ist jetzt ein berühmter Mensch. Nasssionalpreisträger.« Aus der rechten Jackentasche zog der Mann eine Nullkommasiebenliterflasche. »Willste?«

Ja, René wollte. Eine Mischung aus Weinbrand und Zuckerwasser, eine teufliche Widerwärtigkeit. »Muß man sich dran gewöhnen«, sagte er, während er dem Nachbarn die Flasche zurückgab,

»Was ganz Spesssielles. Weinbrand mit Honig. Hochwertiger Honig. Am besten ist Akasssie. Linde geht aber auch. Noch'n Schluck?«

Sei kein Spielverderber, raunte sich René zu. Arme Schweine müssen zusammenhalten.

»Hast du spielfrei heute?« fragte er, nachdem es ihn ein zweites Mal durchgeschüttelt hatte. »Weil du hier rumsitzt.«

»Machst du doch auch.«

»Ich hab dann eine Verabredung.«

»Bin krankgeschrieben.« Der Theatermann nahm einen großen Schluck aus der Flasche. »Hatte Ärger mit 'nem Regisseur. Nennt sich jedenfalls Regisseur. Denkt, bloß weil er 'ne Baskenmütze aufhat und sich nicht rasiert, kann er schon was. Nischt kann der, gar nischt. Probt ein neues Stück, nichts Besonderes, wird immer nur geredet, geht um Lenin und so. Frag ich ihn, wie ist das mit dem Sssenenbild, sagt er, mach ich selber, nämlich: Die Bühne bleibt, wie sie ist. Die nackte Bühne! Nur Stühle drauf, ganz gewöhnliche Stühle. Das ist das moderne Sssenenbild!«

René stieg der süße Geschmack des Laberwassers auf.

»Nimm wenigstens Stoff, hab ich gesagt, das Zeug haben wir ballenweise. Grauer Stoff, Kunstfaser, hatte keiner kaufen wollen, hat's das Theater genommen. Im Theater kannste alles brauchen, alles.«

»Vergiß deine Rede nicht«, sagte René, »ich hol mir 'ne Bockwurst. Für dich auch?«

»Macht Appetit, der Bärenfang, nicht wahr?« Zärtlich strich der Mann über die Flasche mit der uringelben Flüssigkeit. René beeilte sich, zu einem anderen Geschmack zu kommen. Als er seinem Banknachbarn die Bockwurst in die Hand drückte, fragte der, ob es eine unangenehme Verabredung sei.

»Wahrscheinlich. Wie ist es denn ausgegangen mit dem modernen Szenenbild?«

Der Dicke winkte ab. »Die nackte Bühne ... Wenn wenigstens Stoff drüber liegen würde, dann wäre da 'ne Symbolik, verstehst du?«

»Nein.« René überlegte: War es noch der Nachgeschmack

des Honigsaftes, oder schmeckte die Wurst wirklich so grauenhaft?

»In einem Stück, wo nur geredet wird, da mußte auch was sehen, verstehste? Und dassu dient der Stoff. Oben mit dem Maul reden die Leute kluge Sachen, unten mit den Beinen, da stolpern se, da knitternse den Stoff. Das is der Untertext, verstehste? Das Künstlerische.«

Ein Zug Richtung Berlin hielt auf dem Bahnsteig.

»Ist sie da drin? Deine Verabredung?«

Nein, antwortete René, in einer halben Stunde würde er sie drüben im Hotel treffen. Seine Frau.

»Ich heiß Rüdiger. Willste noch 'n Schluck?«

»Laß man. Ich heiß René.«

»Hatten wir mal einen am Theater. Ein Tenor. René war sein Künstlername. In Wirklichkeit hieß er Reiner Müller.«

Langsam fuhr der Zug in Richtung Berlin ... Der Dicke sah ihm lange nach, kicherte plötzlich. »Stell dir vor, wenn der nicht in Lichtenberg hält oder Ostbahnhof, sondern Berlin-Ssso. Das wär'n Ding, wa?«

Überrascht sah René auf. Wollte der ihn aushorchen? Saß der Dicke gar nicht zufällig hier?

»Du guckst so?«

»Entschuldige. Manchmal hör ich schon die Flöhe husten.«

»Das steht ja sogar bei uns in der Ssseitung. Daß die Sssüge nicht mehr dort halten, wo sie eigentlich sollen. Die aus Prag, die mit den Flüchtlingen, die fahren ohne Halt durch Dresden, und wo halten se? Im Westen. Paß auf, das passiert hier auch noch. Die Leute setzen sich in Kopenhagen in die Botschaft, und dann hält der Zug Bahnhof Ssso.«

»Und wie kommen die Leute nach Kopenhagen?«

»Auch wieder wahr.«

Langsam stand René auf, reckte sich. »Ich versichere dir, unrasierte Regisseure findest du im Westen eine ganze Menge.«

»Scheiß doch aufs Theater. Theater ist sowieso vorbei für mich. Mit dem Schnaps aber, mit dem Resssept ... Wenn ich das einer großen Firma verkauf!«

»Du glaubst im Ernst, die wissen im Westen nicht, wie Honigschnaps gemacht wird?«

»Nicht so! Nicht so wie der! Und wenn du dann auch noch Akasssie nimmst – Übrigens hat eben eine Frau nach dir geguckt. Da drüben ist se aus dem Auto gestiegen. Da läuft se, neben dem Langen, siehste?«

René drückte dem Mann die Hand und sagte, es habe ihn gefreut. Dann ging er langsam über den Platz, sorgsam darauf bedacht, die vor ihm gehende Susanne nebst ihrer Begleitung nicht einzuholen. Vor dem Hotel beugte sich der René durchaus bekannte Tierarzt zu Susanne, küßte sie auf die Stirn, redete irgendwas, worauf Susanne energisch nickte.

Er wartete, bis seine Ehefrau im Hotel verschwunden war. Der Tierarzt, Susannes neuer Chef, drehte sich um. Als er den dicht hinter ihm stehenden René bemerkte, zuckte er zusammen vor Schreck. René tat, als würde er den Mann nicht kennen.

Susanne saß in der kalten Frühstücksstube des Hotels. Kaum daß er den Raum betreten hatte, erklärte sie ihm, im größeren Gästezimmer würden die Abgeordneten der Bauernpartei tagen und im Restaurant müßte für eine Reisegruppe eingedeckt werden.

»Schon gut. Ich werd mir nicht gleich den Tod holen in dieser Lausekälte.«

»Warum bist du nicht mit dem Zug dreizehn Uhr sieben gekommen? Ich hätte doch gewartet!«

»Hätte ich 'ne Unterhaltung versäumt.«

»Mit dem dicken Penner?«

»Ein Theatermann.«

»Ja. Jajaja!« Susanne fingerte Papiere aus der Handtasche. »Alles was contra ist, da hast du Verständnis für.«

»Gib es auf«, sagte René. »Du willst mit mir was regeln, stimmt's?«

Wie von René nicht anders erwartet, hatte sich seine Frau auf das Treffen bestens vorbereitet. Was auf dem Papier stand, war korrekt bis auf den Punkt. Susanne sagte, sie habe das alles nach Rücksprache mit dem Scheidungsanwalt aufgeschrieben. Wenn sie in Frieden auseinandergehen wollten, so sei dies, sie tippte auf das Papier, eine gute Basisgrundlage.

»Basisgrundlage?« Mit Mühe nur konnte René ein Aufstoßen des Likörs verhindern. »Weißer Schimmel, wie?«

»Du hast getrunken!« Ihre Stimme klang ehrlich erschreckt.

»Ja. Wahrscheinlich werde ich vor die Hunde gehen. Vielleicht mach ich mit dem Dicken zusammen ein großes Geschäft. Honiglikör, den einzig wahren.«

Angewidert verzog Susanne das Gesicht.

»Kommt hier kein Kellner?«

»Keine Ahnung.«

»Sag denen, daß du Kandidatin der Partei der Arbeiterklasse bist. Und daß nicht nur die Bündnisgenossen Kaffee wollen.« Er zog das Papier näher an seine Augen. Arbeitsstunden fand er aufgeschlüsselt, Leistungen, die er beim Ausbau der Wohnung erbracht, der geschätzte Preis von Möbeln, die er getischlert hatte.

Susanne sagte, sie wisse, daß ein handgearbeiteter Schrank weit teurer gehandelt werde, doch habe der Anwalt zur Berücksichtigung der Normpreise geraten.

In Aussicht stehende Unterhaltszahlungen ... Berechnet auf den Zeitraum von achtzehn Jahren ... René schob das Papier von sich weg. »Darf ich Maria eigentlich sehen?«

»Im Moment wäre ich dagegen. Aber ich verspreche dir, sobald sie größer ist, vernünftiger ... Wenn sie dann nach dir verlangt ... Wir würden umgehend eine entsprechende Lösung finden.«

»Wir? Du und Maria?«

»Möglicherweise habe ich dann einen neuen Partner.«

»Berti.«

»Bleib sachlich. Bitte.« Und ob das nicht ein möglicher Weg sei, das Verrechnen seiner geleisteten Arbeit mit den Unterhaltszahlungen.

»Es ist genial«, sagte er. »Genial.«

Susanne betrachtete ihn mißtrauisch, doch er nickte derart ernst und oft, daß sie ihm glauben mußte. Er hörte, demnächst möge er bitte seine Sachen abholen, möglichst in der kommenden Woche schon, denn dann sei sie mit Maria für einige Tage im Urlaub.

»Mach ich. Mach ich alles.«

»Du nimmst dir bitte nur, was dir gehört. Aber du nimmst dir auch alles, was dir gehört. Ich bin für absolute Gerechtigkeit.«

»Vielleicht ist deine Mutter so nett und sieht mir beim Packen zu.«

Susanne zündete sich eine Zigarette an. »Es tut mir leid«, flüsterte sie, »es tut mir leid, daß es so gekommen ist.«

»Ehrlich gesprochen ...« René stützte sich mit den Händen auf den Tisch, während er aufstand. »Ehrlich gesprochen: Seit einiger Zeit tut es mir nicht mehr leid.«

»Was ist damit?« Ihr rechter Zeigefinger tippte energisch auf das Papier. »Bist du einverstanden?«

René zog einen Zettel aus der hinteren Hosentasche, auf dem er die Abfahrtszeiten nach Berlin notiert hatte. In fünfzehn Minuten ging ein Zug. »Ja«, sagte er, »ich bin mit allem einverstanden. Du hast das wirklich sehr schön auf die Reihe gebracht.«

Susanne errötete.

René nickte. Er wußte, daß sie sich gern loben hörte.

5 Am Nachmittag hatte Beate sie gerufen. Eine junge Frau wolle sie sprechen. Der »Ungarische Hirte« war nur mäßig besetzt; die übliche Flaute zwischen Mittag und Abend. Ingelore saß in der Küche und putzte Rosenkohl. Eine unsinnige Arbeit, wie sie fand. Erstens mußte Rosenkohl den ersten Frost bekommen haben, bevor man ihn erntete und aß, zweitens gab es das Gemüse als Feinfrost. Da war es gewiß frischer verarbeitet worden, als diese grünen Bällchen aus den Niederlanden. Beate jedoch beharrte auf dem Prinzip, daß in ihrer Küche nur frisches Gemüse verarbeitet werde; ohne einen gewissen Standard an Qualität würde die Gaststätte sonst den Bach runtergehen. Ingelore hatte das Diskutieren über diese Frage aufgegeben, sich lediglich gesagt: Sobald ich aufhöre, als billige Kraft solche Arbeiten zu machen, wird die Tochter schon noch zu Feinfrost greifen. Zwang geht vor Prinzip.

Als sie die Tür zur Küche hinter sich schloß, um den ihr von Beate angekündigten Besuch zu treffen, schlug ihr einigermaßen das Herz in der Brust. Denn wer das war, der sie da unbedingt persönlich sprechen wollte, das ahnte sie. Und wirklich: Die adrett herausgeputzte Sekretärin des feinen Anwalts saß lächelnd an einem Tisch. Nein, sagte sie, sie wolle keinen Kaffee und auch sonst nichts, nur die Übergabe, die solle sein. Hinter dem Tresen sortierte Beate Biergläser um. Ingelore setzte sich so, daß der Tochter die Sicht auf den Tisch erschwert wurde, streckte ihre Hand unter die Tischplatte und flüsterte, sie verlasse sich darauf, daß alles in Ordnung sei.

Ein kleiner Umschlag landete auf ihrer Handfläche, fest schloß sie ihre Finger darum.

»Ihr Sohn wird sich gewiß an den Vertrag halten, nicht wahr.

Ich habe gesagt, der Sohn einer Mutter wie Sie hält sich an Vertrag.« Die junge Frau lächelte freundlich.

»Allemal«, flüsterte Ingelore.

Ihr Gegenüber nickte, stand auf, und schon saß Ingelore allein am Tisch.

Beate fragte, was es denn gegeben habe. Nichts weiter, antwortete ihre Mutter, gar nichts. Ingelore spürte: Die Antwort befriedigte Beate nicht. Zu weiteren Erklärungen aber war keine Zeit. Sie mußte sich ansehen, was ihr da in die Hand gedrückt worden war. Auf der Toilette wickelte sie die Papiere aus. Ein ausgefülltes Formular, ein Personalausweis. Stempel, Unterschriften, alles da. Alles sehr echt. Zumindest anscheinend. Zehntausend Mark hatte sie bereits bezahlt, hatte unterschrieben, daß die zweite Rate in Höhe derselben Summe spätestens vier Wochen später abgegeben werde. René würde als Möbeltischler in Westberlin sofort gutbezahlte Arbeit bekommen; seit Wochen hatte sich Ingelore entsprechende Inserate aus den Zeitungen geschnitten. Wer aber eine einträgliche Arbeit besaß, besaß Kreditwürdigkeit. Kein Problem also, den Vertrag zu erfüllen.

Ingelore tupfte sich den Schweiß von der Stirn, wickelte die kostbaren Papiere wieder ein, verstaute sie in der Handtasche, setzte sich in die Küche zurück zum Rosenkohl. Was getan werden mußte, mußte getan werden.

»Kanntest du die junge Frau?« Beate setzte sich neben ihre Mutter, half ihr beim Putzen.

Ingelore schüttelte den Kopf. »Kaum.«

»Ihr habt doch was besprochen, oder?«

»Sie hat mich was gefragt. Sie kennt jemand am Hackeschen Markt. Ob ich für den was mitnehmen würde. Über die Grenze.«

»Und?«

»Ich bin doch nicht verrückt. Niemals, hab ich gesagt. War ja auch nur eine freundliche Frage von ihr.«

Beate nickte erleichtert.

Einige Stunden später ging Ingelore auf den Grenzübergang zu. Sie schwitzte, ihr Kopf dröhnte, ihre Füße wollten entweder schneller gehen oder stehenbleiben. Mach keinen Unsinn, mahnte sie sich, ruhig bleiben, ganz ruhig. Noch nie war sie gefilzt worden. Höchste Eisenbahn also, daß mal was schief lief.

Wenn das nun heute war? Wenn man diese René zugedachten Papiere bei ihr entdeckte? Heiß und kalt wurde ihr bei dem Gedanken. Inständig hoffte sie, bei der Kontrolle ihrer Einreisepapiere nicht an eine weibliche Uniformierte zu geraten oder an einen zu klein gewachsenen Mann. Beide Erscheinungen galten als besonders eifrig. Für einen Moment schloß sie die Augen. Hannes, dachte sie, halt mir die Daumen, Hannes. Es geht ums Glück unseres Sohnes, nischt weiter.

Als sie so recht wieder bei Sinnen war, befand sie sich längst auf der anderen Seite der Oberbaumbrücke; ihre Füße steuerten den Ostbahnhof an. War sie überhaupt kontrolliert worden? Hatte sie vielleicht gar keine Grenzer angetroffen? Dochdoch, dunkel erinnerte sie sich. Ein älterer Mann in Uniform, die schnelle, geradezu nachlässige Entgegennahme ihres Passes, das Knallen des Stempels, »Schönen Abend« noch. Hatte der Grenzer das wirklich zu ihr gesagt? Ihr einen »schönen Abend« gewünscht, diese höchst private Bemerkung? Ingelore schluckte. Sie wußte mit Sicherheit, daß sie kein einziges Wort über die Lippen gebracht hatte. Wenn man aber schon unerwartet freundlich zu ihr war, sollte sie sich nicht mufflig benehmen. Bei der nächsten Gelegenheit grüß ich die auch, nahm sie sich vor. Wann aber war die nächste Gelegenheit? Nachdem ihr Sohn Republikflucht begangen hatte, war es dann nicht ratsamer für sie, erst einmal am Hackeschen Markt zu bleiben?

Als sie am S-Bahnhof Marx-Engels-Platz aus dem Zug stieg, die Stufen zum Ausgang hinunterging, sah sie dort René auf und ab tigern. Offenbar sehr erleichtert kam er auf sie zu. »Beate hat angerufen. Du hättest Besuch von einer jungen Frau bekommen, die sie nicht kannte.«

»Ich hab Beate angeschwindelt, so gut wie konnte. Alles klar, mein Junge.« Sie hakte sich bei René ein; ihre Beine drohten einzuknicken, so schwach fühlte sie sich auf einmal.

Im Flur noch, kaum daß sie die Tür hinter sich geschlossen hatten, drückte sie René den Umschlag in die Hand. »Alles Gute, Dietmar Krenzel.«

René betrachtete sie erschreckt.

»Üb mal schon immer die Unterschrift. Falls du die brauchst.«

»Ach so ...« René schlug den Paß auf, betrachtete sein Foto. Ein ernst dreinblickender junger Mensch mit dunklen Haaren, links gescheitelt, die Nase im schmalen Gesicht war eine Spur zu lang, im Kinn die Andeutung eines Grübchens. Ja, das war er. Nur daß da eine Unterschrift war, die er nicht geschrieben hatte, aber geschrieben haben sollte.

»Krenzel Dietmar ... Wie kommen die ausgerechnet auf Krenzel ...« sagte er leise. »Und dann noch Dietmar!«

»Für den Zweck würde ich an deiner Stelle auch Pumpernikkel heißen!«

René nickte, sah wieder und wieder auf das Papier in seiner Hand, dann legte er es auf die Konsole. Er brauchte zwei freie Hände, denn er mußte seine Mutter so fest es nur ging in die Arme schließen.

6 Zwischen René und seiner Mutter war ausgemacht, »die Sache« nicht auf die lange Bank zu schieben. Am letzten Oktobersonntag würde er der Westberliner Bürger Dietmar Krenzel sein, der seine Schwester in Berlin-Pankow besucht hatte und sich nun wieder auf den Heimweg nach Berlin-Tempelhof begab. Ob er vorher seinen älteren Bruder Bernd besuchen sollte? Ingelore riet ab. Die Lebensgefährtin Bernds, eine Lehrerin, war ihr irgendwie zu eifrig. Ein unbedachtes Wort und so eine schöpft Verdacht! René jedoch meinte, er werde Bernd zu einem Bier einladen. Die Lehrerin haßte Kneipen wie süße Sülze, sollte sie ruhig schmollend zu Hause auf dem Sofa bleiben, ein Bier mit Bernd war längst fällig. Und zu Steffi würde er auch gehen. Wäre einfach unfair, sie nicht noch einmal ans Herz zu drücken. »Und Emmi?« sagte Ingelore. »Was ist mit deiner Lieblingstante?«

»Wieso?«

Ingelore schlug sich mit der Hand gegen die Stirn. »Hab ich dir vergessen zu erzählen. Emmi liegt im Krankenhaus. Knöchelbruch. Und so was ist auf ihre alten Tage nicht unbedingt was Feines.«

Damit war klar, daß René am nächsten freien Tag nach Templin zu seiner Tante fuhr. Emmi, die ältere Schwester seines Vaters, ging stramm auf die Achtzig zu, hier und da plagte sie ein Zipperlein, eine Lesebrille mußte sie zu ihrem großen Kummer neuerdings auch benutzen, aber ansonsten war sie im Kopf helle und gesund wie sonst was. Ihre Schwägerin Ingelore meinte zwar, Emmi habe im Kopp sowieso nie was gehabt und wenn schon, dann nur Flausen, aber sie hatte es längst aufgegeben, in die ihr nicht recht verständliche Zuneigung ihres Sohnes René zu eben dieser Frau hineinzureden. René mochte die Tante außerordentlich. Er genoß die Stunden, da sie dank einiger Gläschen trockenen Weines locker dahererzählte. René war der einzige aus der Sippe, der sie nicht auslachte, der sich nicht mit dem Finger an die Stirn tippte, wenn sie meinte, wäre das Schicksal auch nur ein kleines bißchen günstiger für sie gelaufen, sie hätte als Künstlerin die Welt erobert.

Schon einmal hatte René für längere Zeit bei ihr gewohnt, damals, gleich nach seiner Lehre war das gewesen. Als Emmi nun von ihrer Schwägerin Ingelore erfuhr, daß René sich wieder in Berlin aufhielt, meldete sie sich bei ihm. Er müsse sie unbedingt besuchen. Und nicht erschrecken, weil sie zur Zeit im Krankenhaus liege.

René erschrak aber doch, und es machte ihm Mühe, dieses Erschrecken nicht offen zu zeigen. Alt war die Tante geworden, sehr alt, durchsichtig geradezu. Vor einem Jahr noch war sie das gewesen, was man gemeinhin »das blühende Leben« nannte. Er wußte nicht, ob sie schauspielerte, aber sie beteuerte von ihrem Krankenbett aus sehr überzeugend, es gehe ihr gut. Und er möge doch morgen wiederkommen. Und übermorgen möglichst auch. Drei Wochenenden hintereinander saß René bei seiner Tante, dann sagte sie ihm, morgen dürfe sie endlich wieder raus. Also rief René in seinem Betrieb an, bat »aus dringenden privaten Gründen« um eine Urlaubswoche. Er schob Tante Emmi im Rollstuhl durch einige Straßen in Templin, die Frau winkte huldvoll zurück, sobald sie gegrüßt wurde, was sehr oft geschah. Zu Hause mußte ihr der Junge »einen richt schen Kaffe« kochen, sich zu ihr setzen und den mit fester Stimme vorgebrachten Satz »Ick denk mir, du solltest dir in Templin 'ne Bleibe einrichten« anhören. Sie wäre sofort bereit, ihm ihr Haus zu schenken; sie brauche nur die zwei Räume links unten im Erdgeschoß; es wäre also viel Platz für René und die Seinen. Falls er wirklich keinen Betrieb fände, der ihn als Tischler einstelle, solle er sich selbständig machen; sie habe gehört, neuerdings seien die Ämter in der Erteilung derartiger Genehmigungen weit großzügiger als vor einigen Jahren noch. Das Argument, er besitze keine müde Mark zur Einrichtung einer Werkstatt, wischte die Tante mit einer kurzen Handbewegung weg. Die pure Armut säße ihm nicht gegenüber. Und er solle nicht anfangen, den Verschämten zu mimen; er wisse genau, daß er ihr keine größere Freude machen könne. »Ick uff meine alten Tage! René! Bleib hier, ja?« Die großen himmelblauen Augen Tante Emmis leuchteten.

René schluckte. Wußte die Tante von seinem Vorhaben? Redete sie deshalb so eindringlich auf ihn ein? Fest nahm er Emmi in den Arm, versprach, sich das alles durch den Kopf gehen zu lassen, aber von jetzt auf jetzt könne er darauf keine Antwort geben. Emmi nickte glücklich und verlangte »een scheenet Jlas Cognak«.

Langsam packte René seine Werkzeugkiste aus. Das Geländer vom Erdgeschoß hinauf in Emmis Schlafzimmer wackelte arg. Die Tante meinte zwar, das wackele schon ewig und drei Tage, und wenn bis dato nichts passiert sei, dann passiere auch weiterhin nichts, René jedoch erschien die Sache zu gefährlich. Während seiner Arbeit fiel ihm seine Mutter ein, ihr Räuspern, bevor er sich auf dem Weg nach Templin gemacht hatte. Und ihre Bemerkung, es sei ihr ja nur recht, wenn er noch möglichst lange im Lande bleiben wolle, aber was nun sei mit diesem Paß und dem Visum darin?

»Nur diese Woche noch«, antwortete René.

»Paß auf!« sagte Ingelore. »Ich möchte nicht, daß wir zu Hause groß aufheulen, wenn du dich auf die Socken machst. Am besten ist vielleicht, wenn ich auch nach Templin komm. Anstandsbesuch bei Emmi. Ende der Woche. Dann wirste mit dem ollen Geländer hoffentlich fertig sein. Sagen wir mal am Freitagmittag komm ich, und du verabschiedest dich am Freitagabend. Ich bleib über Nacht bei Emmi. Und am nächsten Morgen rufst du uns von Westberlin aus an. Einverstanden?«

»Einverstanden.«

Die Tante sah ihm bei seiner Arbeit zu, saß auf einer Treppenstufe und schwatzte. Ein besseres Radioprogramm war nicht auszudenken.

Am Donnerstagnachmittag meinte Emmi, eigentlich gehöre sich ein schönes Stück Torte zum Kaffee. Und wenn er im Ferienheim »Völkerfrieden« seinen Charme spielen ließe und von ihr einen schönen Gruß ausrichte, würde ihm die Dame von der dortigen Rezeption ein paar Stücke verkaufen, obwohl der

Außer-Haus-Verkauf dort nicht Usus sei. Die Torte aber sei von besonderer Qualität, da reiche »kein anderer Bäcker in der Stadt bei weitem nicht ran«.

Auf einem Waldweg kurz vor dem protzigen Haus überholte er eine junge Frau. Er stutzte, hielt an, sah sich um. »Schiefi!« rief er.

Elvira winkte ihm zu; ihr Lächeln wirkte gequält.

Was denn los sei! wollte er wissen, und hörte, es sei weiter nichts.

Er schob das Rad neben ihr und wunderte sich. Warum fuhr er nicht weiter? Ob Elvira nun allein durch den Templiner Wald spazierte oder auch nicht – was kümmerte es ihn? »Dein Mann ist auch hier?« hörte er sich fragen.

»In Berlin.«

»Und deine Kinder?«

»Auch.«

»Du bist allein hier? Zur Kur, ja?«

Elvira schüttelte den Kopf, kramte in ihren Jackentaschen nach einem Taschentuch.

»Krise?«

Sie schnaufte, schüttelte den Kopf.

»Ehekrach?«

Elvira steckte das Tuch zurück, sah ihn nicht an.

»Hast recht«, sagte René, »privat ist privat. Schönen Tag noch.« Er schwang sich aufs Rad und hörte, wie sie »René« sagte. Leise, ängstlich, aber irgendwie auch erfreut. Wieder ging er auf sie zu.

»Was ist denn los, Kleene?«

Da lehnte Elvira Klaschke, geborene Schiefenagel, ihren struwweligen Kopf an seine Schulter und flüsterte, es sei alles so sinnlos. Von vorn bis hinten sinnlos.

René traute seinen Ohren nicht. Die Berufsoptimistin Elvira hielt alles für sinnlos? Was, um Himmels willen, war da passiert?

Sie würde es ihm gern erzählen sagte Elvira, aber bestimmt habe er etwas vor, nicht wahr.

Naja, sagte er, in dieser Woche sei er bei seiner Tante; jetzt wolle er im Ferienheim Torte schnorren, das sei eigentlich kein großes Unternehmen.

Elvira fragte ihn, ob er denn nicht wisse, daß sie seit einiger

Zeit »hier in der Nähe« einen kleinen Garten mit Bungalow besäßen.

Nein, sagte er, woher solle er das wissen!

Sie beschrieb ihm den Standort des Grundstücks und sagte, sie sei mindestens bis Dienstag noch hier. Und eigentlich wollten sie sich doch schon lange mal unterhalten, nicht wahr.

Er versprach ihr seinen Besuch schon für den heutigen Abend und sah Elvira nicken, sehr entschlossen und sehr freundlich.

In den kommenden Stunden schalt er sich ein riesengroßes Schaf. Was sollte diese Verabredung mit Elvira! War er Kummerkasten oder Klagemauer? Er wußte nicht, was ihm schwerer im Magen lag: Die sahnigen Tortenstücke oder sein Versprechen.

Dann aber, bevor noch Tante Emmi den Abendbrottisch deckte, sagte er ihr, er habe im Ferienheim einen Arbeitskollegen getroffen. Der freue sich, wenn er mal auf ein Bier zu Besuch käme.

»Mach das, mein Junge«, sagte die Tante. »Und wenn du über Nacht bleibst, war es eben eine Arbeitskollegin.«

7 Sogar einen Kamin gab es im Bungalow der Familie Klaschke, nämlich einen Heizofen mit aufgemalten brennenden Holzscheiten. Im normalen Handel so gut wie nicht zu erhalten, aber für höhere Armeeleute gab es halt nicht nur den normalen Handel.

Schnitzel hatte Elvira gebraten, Kartoffelsalat zubereitet. Weil er das doch so gern essen würde. Sie könne sich sehr gut erinnern, erklärte sie mit ernstem Gesicht. An alles.

René betrachtete die junge Frau, kratzte sich den Kopf, fragte: »Wirklich an alles?«

»Ja«, antwortete sie, »warum denn nicht?«

Im gleichen Moment drückte sie ihm einen Kuß auf die Lippen. Er öffnete seinen Mund, Elviras Zunge fuhr hinein. Er drückte die junge Frau an sich, erwiderte ihren Kuß. Lange, heftig.

Im Nebenzimmer zurrte sie die Decke vom Bett, ließ sich fallen. Er stand vor dem Bett, sah zu ihr, sah, wie sie sich auf die Lippen biß, sich setzte, den oberen Blusenknopf schloß. Und bittere Tränen weinte. Da setzte er sich neben sie, nahm ihre rechte Hand zwischen seine Hände und sagte: »Na los, red.«

»Nichts weiter«, sagte sie leise, »ich könnte nur alles auf den Mond schnipsen, alles …« Von einer Veranstaltung erzählte sie ihm, einem Meeting in einem Berliner Großbetrieb. Ein Jugendforum. Sie war die Rednerin. Als sie den Raum betreten hatte, gab es »Buhrufe« und Pfiffe. Dabei hatte sie doch gar nichts gesagt, kein Wort gesagt und schon Pfiffe! Tapfer habe sie sich an das Rednerpult gestellt und über das Thema des Meetings gesprochen, nämlich die Auswertung der letzten Jugendkonferenz aus Anlaß des vierzigsten Jahrestages der DDR. Kaum aber hatte sie mit dem Ablesen der Rede begonnen, standen in der ersten Reihe zwei junge Menschen auf, gähnten ungeniert laut und verließen den Raum. Das Türschloß war hinter den zweien noch nicht zugefallen, da standen zwei andere auf, pfiffen durch die Zähne und gingen. Keine drei Minuten später befand sie sich allein im Zimmer, nein, nicht ganz allein, ein grinsender junger Mann stand da noch und fragte, ob er das Mikro lauter stellen solle. Zu Hause hatte sie einen Weinkrampf bekommen. Ihr Mann allerdings hatte mit den Schultern gezuckt und gefragt, was sie denn erwartet habe. Dann sei die große Tochter ins Zimmer gekommen und habe, ohne zu fragen, im Fernsehen auf einen der neuen privaten Sender geschaltet und zu ihrem Vater gesagt, sie wette mit ihm, daß der Lover von dieser Ische nur so tue, denn in Wirklichkeit sei der schwul. Sie, Elvira, habe auf dem Sofa gelegen und erleben müssen, daß sich ihr Mann, ein Major der Volksarmee, mit ihrer Tochter zusammen eine Serienfolge im Westfernsehen eingezogen habe, den allerbilligsten Mist! Als sie gefragt habe, was das solle, und seit wann bei ihnen Westen geguckt werde und der Ton auch noch so laut, daß man es bis auf die Straße hören könne, da hatte ihr Mann nur abgewinkt, und die Tochter hatte gesagt: »Mensch Mutter, du bist ja so was von out!« Sie habe die Beherrschung verloren und ihrer Tochter links und rechts eine geknallt, worauf ihr Mann gebrüllt habe, jetzt reiche es aber und er habe es satt, mit einer Frau zusammenzuleben, die hinten und vorn nichts mehr kapiere.

René hielt seine Hände auf dem Schoß, Elviras rechte Hand lag dazwischen. Sie sagte, daß sie sich habe krankschreiben lassen und daß sie das nicht auf sich sitzen lasse von wegen »out« und »zu dumm für die Welt«. Während sie sprach, bewegten sich ihre Finger auf seiner Hose, begannen an Knöpfen zu nesteln. Eine unerhörte Unverschämtheit sei das gewesen, sagte sie, sie als Rednerin zu bestellen und dann nicht zuzuhören.

»Wirklich, ein starkes Stück!« pflichtete ihr René bei, während er ihr eilig aus der Bluse half. Sie streifte ihm die Jeans ab, die Unterhose, sagte, daß sie sich beschweren werde, und René antwortete, eine solche Behandlung dürfe sie keineswegs auf sich sitzen lassen.

Später fragte René, ob ein Bier im Haus sei. Nein, sagte sie, nur Wein, und sie sei noch lange nicht fertig. »Sehr schön«, antwortete René, »ich auch nicht.« Sie tranken den Wein aus der Flasche, stellten die Flasche neben das Bett und schmiegten sich aneinander. Ein bißchen besser gehe es ihr schon, sagte Elvira und lächelte zum ersten Mal an diesem Abend. »Wenn du willst, geht es dir bald noch viel, viel besser«, sagte er und streichelte ihren Bauch.

»War schöner als damals vor hundert Jahren«, sagte Elvira.

»Ja, viel schöner.«

»Vielleicht war es auch das letzte Mal.«

René hob den Kopf, um ihr in die Augen zu sehen. »Das letzte Mal? Wie meinst du das?«

Ihr rechter Arm angelte nach der Weinflasche. »Geht ja sowieso alles kaputt.«

»Was ist alles? Das Land? Deine Ehe?«

»Alles ist alles«, antwortete sie und nahm einen großen Schluck. »Wenn die in solchen Massen auf die Straße gehen ... Das sind ja nun nicht nur so paar verquere Intellektuelle oder so. Arbeiter. Arbeiter demonstrieren gegen den Arbeiterstaat! Das stell dir mal vor! Wenn die nun gewalttätig werden, was dann?«

»Wie soll das denn passieren? Glaubst du, die hauen ihre Plakate irgendwelchen Funktionären über den Schädel?«

»Wenn nun die Armee angefordert wird? Wenn die oben sagen, es ist an der Zeit, die Errungenschaften zu schützen. Wenn da wirklich geschossen wird, das stell dir mal vor! Dann rückt der Westen an und mischt sich ein und schießt auch. Und was ist dann?«

»Das sind die Sorgen deines Mannes, ja?«

»Nicht nur seine.«

»Hm.« Er nahm der neben ihm sitzenden Frau die Weinflasche aus der Hand. Trockenheit saß ihm im Hals.

8 Als er seiner Tante am Frühstückstisch gegenübersaß, bemerkte diese nur, daß die Arbeitskollegin ein schweres Parfüm benutze, und falls er nicht wolle, daß man das bemerke, möge er sich die Hände mit Salz einreiben. Salz vertreibe am zuverlässigsten störenden Geruch.

René tat wie ihm geraten. Danach wandte er sich der Arbeit am Treppengeländer zu, Gelegenheit zum Tiefdurchatmen und Nachdenken. Die Nacht mit Elvira – nichts dagegen zu sagen. Auf eine Wiederholung aber verzichteten sie wohl beide lieber. (Außerdem wollte sie von ihrem Major auch gar nicht weg, und Elvira auf Dauer im Haus, nein, das wollte auch René nicht.) Ich verdrück mich, sagte sich René, mit dem Geländer werde ich heute noch fertig, und dann hau ich ab. Im wahrsten Sinn des Wortes. Nur noch Mutter »Auf Wiedersehen« sagen und Tante Emmi ebenfalls, und wenn ich an Elviras Grundstück vorbeifahr, hup ich mal kurz. Das war es dann.

Ingelore kam am frühen Nachmittag, am späten Nachmittag konnte René sein Werkzeug zusammenpacken. Daß er dabei zitterte, war nicht zu vermeiden. Seine Mutter kam ihm sehr gefaßt vor; er bewunderte sie, wie sie tat, als gehe alles seinen normalen Gang. »Bis bald«, sagte er. Zu ihr und zu seiner Tante. Dann stieg er ins Auto und fuhr nach Berlin.

Unterwegs hielt er an, nahm seinen Personalausweis aus der Tasche und zerriß ihn in kleine Stücke. Die Schnipsel schob er unter einen Haufen Laub. Dann steckte er den neuen Paß an die Stelle des Personalausweises. Als Dietmar Krenzel fuhr er weiter. Nur wenige Kilometer, dann streikte der Motor seines »Wartburg«. René kannte diese Tücke. In der Benzinleitung hatte sich eine Luftblase gebildet, die nun die Benzinzufuhr blockierte. Irgendwann würde die Luftblase platzen, in zehn Minuten oder auch erst in einer halben Stunde. René wußte: Es half nur geduldiges Warten. Also schob er das Auto von der Landstraße weg auf einen nahen Feldweg, legte die Sitze so weit wie möglich nach hinten und dachte, daß vielleicht sein altes Auto klüger sei als er. War das eine Warnung des Schicksals? Bleibe im Lande? Riskiere nicht deine Verhaftung oder was auch sonst noch Schlimmes auf dich wartet? Na gut, dachte René, zwanzig Minuten warte ich. Springt der Motor bis dahin nicht an, laß ich es bleiben mit der illegalen Ausreise ... Und die zehntausend Mark, die seine Mutter für den Paß bereits bezahlt hatte? Raus! rief er sich zu. Raus! Und wenn ich das Auto bis Berlin schieben muß! Da aber sprang der Motor an, und René kam schnell an den Parkplatz nahe einer S-Bahnstation, wo er den Wagen abstellte, dem alten Schlitten noch einmal auf die Motorhaube schlug und sagte: Wenn dich die Staatsgewalt konfisziert, mach ihr gefälligst so viel Freude wie mir.

Mit der S-Bahn fuhr er bis Warschauer Straße. Von dort bis zum Grenzübergang war der Weg nicht weit. Wäre er nicht so tief in seine Gedanken versunken, er hätte merken müssen, daß Merkwürdiges geschah. In dieser beginnenden Nacht drängten immer mehr Leute in die Bahn; alle schienen sie seltsam aufgeregt, lachten unmotiviert und sagten, glauben tun sie's nicht, aber es käme ja mal auf den Versuch an. René stieg aus, tastete nach seinem gefälschten Paß. Neben ihm gingen junge Leute, die im Gehen eine Flasche Sekt öffneten. »Wenn ich drüben bin, sauf ich die aus! Ex!« rief einer der Burschen. Die Straße war schwarz von Menschen. Ratlos sah René auf die Menge. Der Zugang zur Grenze schien versperrt. Er blieb stehen, während die Leute links und rechts neben ihm Fuß vor Fuß näher der Grenze rückten. Neben René hielt ein »Trabant«. René erkannte einen Arbeitskollegen am Steuer. »Steig ein!« rief der ihm zu. »Wir fahren zur Bornholmer. Da kommen wir mit dem Auto rüber.«

»Rüber? Was meinst du?« – »Haste noch nischt jehört davon? Die Mauer is auf! Wahnsinn, wa?«

René setzte sich auf den Beifahrersitz. »Die Mauer ist auf? Seit wann denn das?«

»Ungefähr seit einer Stunde. Wahnsinn, wa?«

»Kriegt man jetzt an der Grenze ein Visum oder was?«

»Meiner einen Schwester haben se 'n Stempel in den Personalausweis gedrückt, meine andere ist einfach so durch. Die hat 'nem Grenzer sogar noch gewunken. Und der winkte zurück. Wahnsinn, wa?«

Während das Auto auf die Bornholmer Brücke zurollte, warf René seinen Paß aus dem Fenster. Er sagte sich, statt gefälschter hab ich lieber gar keine Papiere bei mir.

Im Schrittempo fuhren sie über die Brücke. Rings um sie herum lachende, vor Glück schreiende, sich in den Armen liegende Menschen. Fremde Leute klopften begeistert auf das Autodach. »Du, wir sind drüben!« rief der Mann neben René. »Wir sind im Westen! Wahnsinn, wa?!«

VIERTES KAPITEL

1 Zum ersten Mal in Westberlin. Im größeren Teil der Stadt, im unbekannten. Charlottenburger Schloß, die interessant schöne Uhr im Europa-Center, die Freßetage im KadeWe, alles hatte sich René sehr genau und sehr gern angesehen. Er war am Grenzübergang Heinrich-Heine-Straße losgegangen, gespannt, wie sich diese Ausreise, heute am dritten Tag der Maueröffnung, gestalten würde. Routiniert hatte ein Unterleutnant einen Stempel auf den neuen, vorläufigen Personalausweis gedrückt, hatte dabei nicht einmal ins Gesicht des Ausreisenden gesehen. Leute zogen in Scharen Richtung Westen, kamen in Scharen in den Osten zurück; in ihren Gesichtern ein merkwürdiges Lächeln, eine Mischung aus »das kann wohl nicht wahr sein«, aus »daß ich das noch erleben durfte!« und »mal sehen, wie es weitergeht«. Zuerst einmal gab es Zufriedenheit, Stolz, gab es unendlich scheinendes Glück. René wäre ein rundum glücklicher Mensch gewesen, wenn er seine Familie bei sich gehabt hätte. Frau und Kind. Frau aber besaß er nicht mehr. Und das Kind? Er ahnte, daß ihm seine Tochter wohl bald sehr fremd werden würde und überlegte, wie er dem begegnen könne. Dann aber, bei seinem stundenlangen Gang durch Westberlin, schalt er sich dieser Gedanken und zwang sich, den Augenblick zu genießen. Er, René Rechlin, ein Mensch in den besten Jahren, wenn er wollte, durfte er in Berlin wohnen oder in München oder auf einer Insel mit Ebbe und Flut. Oder auch im Ausland, da und dort, überall.

In Tegel, dort, wo die Großstadt plötzlich ein bunt-beschauliches Dorf war, setzte er sich in eine Kneipe. Durstig und fußmatt. Er fragte die Kellnerin, ob der Tisch am Fenster frei sei. Sie nickte und als sie mit dem von ihm bestellten Bier kam, sagte sie, er käme bestimmt aus dem Osten. Nur Ostler würden solche Fragen stellen. Die Leute hier in Tegel würden sich hinsetzen, wo sie Platz fänden. Und das wäre ja auch völlig in Ordnung so.

Ob er das erste Mal hier sei, fragte ihn ein älterer Herr vom Nebentisch.

Ja, antwortete René, zumindest hier in Tegel. Und er komme aus Stadt-Mitte, vom Hackeschen Markt.

Der ältere Herr winkte der Kellnerin, bestellte ein Bier für sich und den »jungen Mann von drüben«. Zum Anstoßen rückten die beiden Männer ihre Stühle näher zueinander. »Prost!«

Das sei endlich einmal ein richtiges Bier, nicht wahr, sagte der Herr und wischte sich den Schaum von der Oberlippe.

René erwiderte, das Bier sei wirklich nicht schlecht, aber das aus der Brauerei in Friedrichshagen schmecke ihm fast noch besser, ehrlich gesagt.

»Friedrichshafen?« fragte der Mann.

»Friedrichshagen«, schaltete sich die Kellnerin ein, »das ist ein Ortsteil drüben. Am Müggelsee.«

»Und das Bier von dort schmeckt besser?!« Die Frage klang fast wie eine Drohung.

»Gibt eben verschiedene Geschmäcker, nicht wahr.«

Der Mann zog seinen Stuhl wieder zurück, drehte René den Rücken zu.

Beim Kassieren sagte die Kellnerin spitz »Danke« und schob die drei Groschen, die René ihr als Trinkgeld geben wollte, zurück. Sie habe das nicht nötig, sagte sie.

2 »Vollversammlung der Rechlins« hatte Bernd die Zusammenkunft genannt. Sehr zum Unwillen seiner Schwester. Für Beate war das Ganze eine überaus feierliche Angelegenheit. Und wirklich wäre ja die vor einigen Wochen noch absolut phantastisch anmutende Tatsache, daß sich Mutter und Geschwister in Spandau trafen, mit größtem Herzklopfen und freudigster Erregung vonstatten gegangen. Jetzt aber war sowohl bei Bernd als auch bei René ein leicht spöttisches Lächeln zu sehen, wenn es um die Bemühungen ihrer Schwester ging, dem Ganzen so viel Glanz wie nur möglich zu geben. Das Essen fand in einem Nebenraum des »Ungarischen Hirten« statt, Damasttischdecke, Champagner in den Gläsern. Siegfried, der Ehemann Beates, mit lindgrünem Oberhemd und violett samtschillernder Fliege. Bernd trug zum Entsetzen seiner Schwester eine Cordhose zum Holzfällerhemd und begründete das damit, er sei direkt aus dem Garten gekommen, denn der müsse winterfest gemacht werden.

Übrigens wäre die Zahl der Versammelten vor einigen Jahren noch größer gewesen. Bernd hätte seine damalige Ehefrau Steffi mitgebracht, René die Susanne. Und Ingelore wäre selig gewesen, hätte Hannes neben ihr gesessen. Sei es, wie es sei, Siegfried erhob sich, rückte die Fliege in die Waagerechte und klopfte gegen das Glas. Daß wir das alles erleben dürfen, und die Freude sei groß, und er wünsche guten Appetit.

Ingelore räusperte sich, Beate wußte, ihre Mutter hätte gern feierlichere, zu Herzen gehende Worte gehört, aber mit dem »zu-Herzen-gehend« war bei Siegfried noch nie groß Staat zu machen.

Beate fragte Bernd, weshalb er seine Lebensgefährtin, die Lehrerin, nicht mitgebracht habe. Worauf Bernd sagte, daß Isolde krank sei. Gemütsmäßig. Die Berufsschule, in der sie Staatsbürgerkunde und Kunsterziehung unterrichte, würde sicherlich in absehbarer Zeit geschlossen, weil es den Beruf, der in dieser Schule gelehrt werde, im Westen nicht gebe, zumindest nicht mit einer staatlichen Prüfung.

Warum solle die Schule denn geschlossen werden? Nur weil es den Beruf der Sozialerzieher in der im Osten praktizierten Form nicht gebe? Ingelore schüttelte den Kopf.

»Weil es bald nur noch den Westen gibt. Auch im Osten«, antwortete Bernd.

Ingelore sagte, das verstehe sie nicht, und Beate hob ihre Stimme und meinte, sie habe keine Lust, in diesem Moment irgendwelche Politik zu diskutieren, worauf alle am Tisch nickten und die Löffel in die Suppe tauchten. Käsesüppchen mit frischen Spargelstücken. René, der wirklich Hunger hatte, hoffte, es möge als nächsten Gang etwas Richtiges zu essen geben. Und falls sich diese Geselligkeit nicht bis in die Puppen hinzöge, würde er noch heute gen Templin fahren. Unter der Woche wohnte er zwar noch immer am Hackeschen Markt und ging im Bremsenwerk seiner Arbeit nach, in seiner Freizeit lief er entweder durch Westberlin oder er achtete in Templin auf das Wohlergehen Tante Emmis, die von den Ereignissen sehr geschockt war und immer wieder behauptete, sie würden alle noch erleben, daß das Ganze kein gutes Ende nähme. René hatte mittlerweile bereits einige Adressen für die Arbeit als Entwicklungshelfer in der Tasche. Das Richtige, so fand er, war noch nicht dabei. Immerhin wollte er, der immerhin die Vierzig ansteuerte, nicht mit Abiturienten in einem Zelt liegen müssen. Ohne Mauerfall hätte er sich auch eine Veranstaltung ersparen können, die in der nächsten Woche auf ihn wartete: Der Scheidungstermin. Wie leicht wäre es gewesen, wenn Susanne dem Gericht hätte mitteilen können, mein Scheidungsgegner hat die Republik verraten! Wie recht habe ich doch in meinem Verlangen, mit diesem Menschen nichts mehr zu tun haben zu wollen! Nun würde er kommenden Donnerstag also nach Neubrandenburg fahren müssen. Im Betrieb waren sie alles andere als erfreut über seinen Arbeitsausfall. Denn da war plötzlich Material in der gewünschten Menge und auch in der ersehnten Qualität vorhanden; es machte rundum Vergnügen, aus dem vollen zu schöpfen. René überlegte zuweilen, ob er nicht doch der Sehnsucht seiner Mutter nachgeben und hierzulande ein neues Zuhause gründen sollte. Nein, sagte er sich dann immer wieder, nein, dazu ist in zehn Jahren noch genug Zeit. Jetzt will ich raus und was schaffen. Was mit diesen zwei Deutschlands werden wird, interessiert mich weniger als die Tatsache, daß ich anderswo gebraucht werde. Hoffe ich jedenfalls.

Lammkotelett mit grünen Bohnen ... Ingelore nickte Beate und Siegfried lobend zu. Zu einem feierlichen Tag gehört ein außerordentliches Essen. Und Mühe hatten sich die beiden wirklich gegeben. Ihre Söhne könnten ruhig mal ein Wort der Anerkennung finden. Sie stuckte René in die Seite: »Schmeckt doch, was?« Jaja, sagte René, und sie fühlte: In seinen Gedanken war der Junge wieder mal weit, weit weg.

Als zum Dessert ein Kaffee, nein, kein Kaffee, ein Espresso, serviert wurde, sagte Beate, die dem Champagner bisher reichlich zugesprochen hatte, diese eine Geschichte müsse sie loswerden, denn die verstehe sie absolut nicht. Sie wisse genau: In der DDR habe es in den letzten Jahren den höchsten Verbrauch an Bohnenkaffee pro Kopf gegeben. Diese Kenntnis habe sie nicht aus dem »Neuen Deutschland«, sondern aus der seriösen »Frankfurter Zeitung« und ...

Ingelore wandte sich, die Worte ihrer Tochter unterbrechend, an Bernd. »Apropos deine Zeitung! Was wird denn nun mit der?« Sie wußte, was Beate erzählen wollte. Und sie hatte sich bereits beim ersten Hinhören dieser Geschichte wegen geschämt.

Seine Druckerei drucke ja nicht nur das »Neue Deutschland«, erklärte Bernd, sondern auch die meisten Illustrierten. Und wenn das Zentralorgan künftig auch weniger Abonnenten als bisher haben werde, die Illustrieren seien allemal ein gutes Geschäft.

»Noch!« warf Siegfried Zümmrich ein. »Noch! Laß man erst die Yellow Press von uns auf euren Markt flattern.«

»Darf ich nun die Geschichte erzählen oder nicht?« maulte Beate. Sie durfte. Am Tag nach dem Mauerfall hatte sie dienstlich nahe Kottbuser Tor zu tun gehabt. Sie hatte die Ostler heranströmen sehen und sich gewundert, warum die sich alle vor die erstbeste Bankfiliale stellten. Fast ein Kilometer Ostler habe sich da eingereiht, um an das Begrüßungsgeld zu kommen. Sie habe einer hochschwangeren jungen Frau auf die Schulter geklopft und ihr gesagt, kaum hundert Meter weiter weg sei eine andere Bankfiliale, und dort stünde kaum jemand an. Die junge Frau habe nur den Kopf geschüttelt und gesagt: »Sicher ist sicher. Ich bleib hier stehen.« Was Beate Zümmrich schon recht irritiert habe. Noch schlimmer aber wurde diese Irritation, als der Lieferwagen einer bekannten Kaffeefirma am Platz vor dem U-Bahnhof vorfuhr. Zwei Leute seien ausgestiegen, eine Frau und ein Mann. Die hätten die Ladeplane runtergeklappt und begonnen, allen, die aus der aus dem Osten kommenden U-Bahn stiegen, ein Päckchen Kaffee in die Hand zu drücken. Als Begrüßungsgeschenk. Urplötzlich hätte sie da die Schlange vor der Bankfiliale aufgelöst, denn alle wären sie auf den Lastwagen zugestürmt, hätten der Frau und dem Mann die Päckchen aus der Hand gerissen. Und als diese sich, verängstigt wegen der drängelnden Menge, ins Fahrerhaus flüchteten, seien die Ostler auf die Ladefläche des Kaffeewagens gestiegen, hätten so viel Kaffepäckchen gegriffen, wie sie überhaupt nur greifen konnten. »Ich hätte es verstanden, wenn es Brot gewesen wäre«, sagte Beate. »Und wenn es im Osten jahrelang zu wenig Brot gegeben hätte. Aber Kaffee! Eurer Kaffee war doch nicht viel schlechter als unserer!«

»Nur teurer«, sagte Bernd.

»Aber deshalb muß man sich doch nicht so benehmen, oder?«

Siegfried Zümmrich legte den rechten Arm um seine Frau. »Wer weiß, was da noch auf uns zukommt, Schätzchen«, sprach er mit sanfter Stimme.Woraufhin erst einmal Ruhe am Tisch einkehrte. René dachte an Tante Emmi, an den bevorstehenden Scheidungstermin, an die große überraschende Lust, die ihm der Beischlaf mit Elvira bereitet hatte, und er dachte, ob er wohl nach Kuba reisen solle, um dort Anna zu treffen. Mit ihr wäre diese Lust allemal größer. Vielleicht übernahm die Bundesrepublik das von der DDR erbaute Krankenhaus. Brauchten die dann nicht auch einen Tischler? Und das Verhältnis zwischen Anna und ihrem überstudierten Dauerverlobten, das war doch sicherlich zu kappen, nicht wahr ... Vorsicht, mahnte sich René, Siegfried drängt schon wieder zum Anstoßen, schluckschluck auf den Mauerfall und all die nicht vorhersehbare Freude. Wobei, so groß ist die Freude eigentlich gar nicht. Ein bißchen krampfig, nicht wahr. Ist eben alles noch neu und ungewohnt. Die neue politische Situation wie auch der Genuß von Champagner.

Die Servierkraft tippelte heran, um ihrer Chefin mitzuteilen, ein Fräulein sei in der Gaststube und möchte unbedingt Frau Rechlin sprechen.

»Nicht jetzt«, sagte Beate. »Wer ist es denn?«

»Noch nie gesehen.«

Beate Zümmrich wandte sich an die ihr gegenübersitzende Mutter. »Erwartest du Besuch? Jetzt?«

»Ich? Niemals.«

»Sie sagt, es ist ein dringendes Gespräch.« Das Servierfräulein wich nicht vom Tisch.

Beate stand auf, um mit ihr in die Gaststube zu gehen. Dann kam sie zurück und sagte mit besorgter Stimme zu ihrer Mutter: »Das Frollein kenn ick doch. War die nich schon mal hier? Und du hast mit ihr gesprochen?«

Ingelore nickte und sagte, sie sei gleich wieder zurück.

Die Sekretärin aus der Anwaltskanzlei ... Sie lächelte Ingelore freundlich entgegen. Schönen Gruß von ihrem Bruder, flüsterte sie, und es seien bereits zwei Tage über die Zeit.

»Was denn für Zeit?« fragte Ingelore und wußte im gleichen Augenblick, daß sie diese Frage nicht hätte stellen müssen.

»Vier Wochen nach Übergabe des Passes erfolgt die Begleichung des restlichen Geldes.«

»Aber mein Junge hat den Paß doch gar nicht gebraucht! Die zehntausend Mark Anzahlung hätten wir uns schenken können. Das wissen Sie doch!«

»Sie haben eine Ware erhalten, und eine Ware muß werden bezahlt. Das ist normal.«

»Sagen Sie Ihrem Bruder einen schönen Gruß. Den Paß kann er wiederhaben. Vielleicht braucht er den für einen Rumänen aus Siebenbürgen, der unbedingt nach Deutschland will.«

Ingelore sah Beate in der Tür zum Nebenzimmer stehen. Sie stand auf, rückte energisch den Stuhl zurecht. »Gehen wir kurz vor die Tür?«

Das Fräulein nickte freundlich.

Draußen fielen die ersten Schneeflocken der Saison. Das Mädchen schlug den Mantelkragen hoch. Sie habe nicht viel Zeit, sagte sie. Und kalt sei es auch.

»Das müssen Sie doch verstehen«, Ingelore drückte die kalten Hände der Sekretärin, »er hat den Paß nicht gebraucht, mein Junge. Die Mauer gibt es nicht mehr. Warum sollte er denn noch einmal zehntausend Mark bezahlen? Für nichts und wieder nichts?«

Das junge Fräulein hob die Schultern. Sie werde es ihrem Bruder sagen, aber sie glaube nicht, daß der Bruder sich damit zufriedengeben werde.

»Ich kann ihm auch die Polizei auf den Hals schicken«, sagte Ingelore, die Hand des Fräuleins loslassend. »Fälscherei ist 'ne Straftat. Das wissen Sie so gut wie ich. Wiedersehen.«

Ingelore sah: Das Fräulein ging auf ein schickes großes Auto zu. Die Wagentür wurde von innen geöffnet. Das Fräulein stieg ein.

Beate tippte auf die Schulter ihrer Mutter. »Was wollte die denn?«

»Ach was!« sagte Ingelore. »Den schönen Tag lassen wir uns nicht verderben.«

»Die Sache mit dem gefälschten Paß, nicht wahr? Die verlangen die zweite Rate. Stimmt's?«

»Ich hab was von der Polizei gesagt. Da ist sie sofort abgedreht.«

»Hoffentlich.« Besorgt sah Beate dem davonfahrenden Wagen nach.

»Hoffentlich.«

3 Diesmal nahm René den Zug, der planmäßig wenige Minuten vor zehn Uhr in Neubrandenburg halten sollte. Für zehn Uhr war der Termin angesetzt, der Scheidungstermin. René hätte nichts dagegen gehabt, seine Frau samt hohem Gericht ein wenig warten zu lassen, doch wie zum Hohn war der Zug diesmal sogar drei Minuten eher zum Stehen gekommen. Na gut, sagte sich René, bringen wir die Sache um so schneller hinter uns.

Zum Gericht war es nicht weit. Ein wie in jeder anderen Stadt protziger Bau von respektabler Häßlichkeit. Er fragte den Mann an der Pforte nach dem Sitzungszimmer 312 c. Der Mann deutete hinter sich, die Treppe rauf, dann links und durch eine Glastür wieder links und da sei es auf der rechten Seite. Wenige Minuten später war René mehrere Treppen auf und ab gegangen, hatte eine Glastür gesucht und nicht gefunden. Die Numerierung an den Türen war unvollständig, schien ihm wirr durcheinanderzugehen. Jedenfalls irrte er einige Minuten nach zehn Uhr noch immer über die eiskalten Flure. Schließlich hielt er eine Frau an, die einen kleinen Rollwagen voller Akten schob. »Folgen Sie mir unauffällig«, sagte die Frau und setzte lächelnd hinzu: »Sie wollen sich scheiden lassen?«

René nickte.

»Sind Sie sehr traurig deshalb?«

»Nicht unbedingt.«

»In einem halben Jahr sind Sie wieder verheiratet.«

»Mit Ihnen?«

Die Frau lachte schallend, zeigte nach links und sagte, jetzt könne er sich nicht mehr verlaufen. Und wirklich: Da saß Susanne neben einer Dame in schwarzer Anwaltsuniform.

»Tut mir leid, daß ich zu spät komme. Aber ich sollte durch eine Glastür. Die hab ich nicht gefunden.«

Die Anwältin, eine ältere, rundliche Dame, deutete auf die Tür, durch die René soeben gekommen war. »Das Glas ist kaputt.« Und Susanne sagte: »Die Richterin ist noch nicht da.«

René fragte, ob es gestattet sei. Dann setzte er sich neben Susanne.

Die fingerte eine Zigarettenpackung aus dem Handtäschchen, meinte, die Richterin werde hoffentlich jeden Moment erscheinen. Schließlich habe sie ihre Zeit nicht auf dem Jahrmarkt gewonnen. Wirkt reichlich nervös, dachte René. Hat sie Grund dazu? Mir soll, nein, mir muß es egal sein.

Da rauschte die Richterin auch schon heran, in ihrer Begleitung die beiden Schöffen. Mit einer weitausholenden Geste bat die Frau die Prozeßbeteiligten in den Saal, und nach exakt achtzehn Minuten waren Susanne und René Rechlin glücklich geschieden.

Als beide das Gericht verließen, lag René die Frage auf der Zunge, ob sie denn nicht abgeholt werde? Von Berti im schnittigen Auto Marke Moskvich. Er schluckte die Frage hinunter; es sollte nicht so aussehen, als sei er eifersüchtig. Das war er nämlich nicht. Oder doch nicht sehr. Denn irgendwie, so fand er, war Susanne eine aparte Person. Schlanker war sie geworden, eine neue Frisur hatte sie sich auch zugelegt. Die Haare trug sie jetzt kurz und kraus. Was ihr Gesicht jünger machte. Nein wirklich, dachte René, sie ist eine gutaussehende Frau. Nur ein bißchen übernervös und mir alles in allem überraschend fremd.

Die Hände in den Taschen ihrer Mäntel vergraben, gingen sie gemessenen Schrittes an den teilweise brüchigen Fassaden zweistöckiger Häuser entlang. Susanne redete. Zum ersten Mal seit langem fiel René auf, daß ihre Stimme angenehm klingen konnte. Immer dann, wenn Susanne frei von Hektik war und Überanstrengung, besaß sie eine klare, ein wenig dunkle Stimme, die man gern hörte. Er zumindest hatte diese Stimme über viele Jahre außerordentlich gemocht. Und die dazugehörige Frau nicht weniger.

Sie sagte ihm, daß im Forschungszentrum alles sehr gespannt sei auf die neue Zeit. Sicherlich sei es so, daß nun auch die Verbindungen Richtung Westen zur Normalität würden. Was ja nur gut sei, für beide Seiten.

»Was verstehst du unter beide Seiten?«

»Die BRD und uns.«

»Du meinst, das bleibt so? Die Leute rufen doch schon lange nicht mehr: Wir sind das Volk. Sie rufen: Wir sind ein Volk. Mit anderen Worten: Sie drängen darauf, die D-Mark in ihre Tasche zu kriegen. Und die kriegen sie nur, wenn sie sich dem Westen anschließen.«

»Du redest, als wäre dir das ein Greul?«

»Ich weiß nicht, was es mir ist. Ein bißchen schleierhaft vielleicht.«

»Wieso?«

»Wie das wohl gehen wird! Zwei Generationen, die im Westen aufgewachsen sind, zwei Generationen, die im Osten groß wurden. Und auf einmal, plizzplazz, ist das alles eine Soße? Kann ich mir nicht vorstellen. Du dir?«

»Berti meint, beide Seiten können voneinander lernen.«

Na endlich, dachte René, endlich fällt Bertis Name. Ich war ja schon fast beunruhigt. Wenn Susanne nämlich nur noch mit Annerose zusammen ist, verdummt sie ganz und gar. Was ein bißchen schade wäre. Immerhin ist sie die Mutter meiner Tochter.

»Berti war schon einige Male in Gründingen. Dort ist die Zentrale des marktführenden Unternehmens. Goldhuhn, kennst du ja.«

»Ich kenn nur Goldbroiler.«

»Goldhuhn ist die größte Brathendlkette der BRD. Ein irre großes Unternehmen, x-tausend Arbeitsplätze. Und natürlich auch mit einem enormen Bedarf an Forschung.«

»Mit anderen Worten: Du und Berti, ihr werdet künftig für Goldhuhn arbeiten. In Gründingen.«

»Möglicherweise übernimmt Goldhuhn unseren Betrieb. Als eigenständige Filiale. Wäre das beste, nicht wahr?«

»Keine Ahnung.«

Susanne sah auf die Uhr, schlug vor, einen Schritt zuzulegen, damit René seinen Zug nicht verpasse.

»Laß man«, sagte er, »ich lauf schnell alleine weiter.«

4 Wenige Tage nach Neujahr gab es die erste Kurzversammlung, in der den Arbeitern die Möglichkeit der unbezahlten Freistellung von der Arbeit angeboten wurde. Der Grund: Die produzierten Güter häuften sich in den Lagerhallen. Geräte, die dem Betrieb Monate vorher aus den Händen gerissen wurden, galten plötzlich als nicht absetzbar. Was willst du machen! sagte ein Arbeitskollege Renés, warum soll es mit einer Wasseruhr anders als mit einem Buch sein. Und er erzählte, daß seiner Frau fristlos gekündigt worden war, weil sie sich geweigert hatte, die Bücher in der Buchhandlung, in der sie arbeiten, in einen Müllcontainer zu werfen. Fontane, Gorki, Tschechow, Bildbände über Barock und Rokoko, fein gebundene Ausgaben, weg damit. Die neuen Bücher brauchten Platz. Die Reiseatlanten alle, die feine Küche Korsikas und was die Leser im Osten bisher alles so hatten entbehren müssen. Romane sollten natürlich auch noch verkauft werden, aber doch nicht in den preiswerten Ostausgaben. Die Frau des Kollegen jedenfalls hatte das alles für absurd gehalten und darauf bestanden, daß keines der Bücher in den Müll gehöre. Worauf ihr gekündigt wurde. Was René nicht verstanden hatte. Das war doch ein

volkseigener Betrieb, dieser Buchverkauf? Wie konnte denn dann so was passieren? Der Arbeitskollege hatte keine Antwort darauf. Es war nun einmal so. So wie die alle ganz und gar überraschende Tatsache, daß sie in ihrem Betrieb Sachen herstellten, die keiner mehr wollte.

Vier Kollegen aus Renés Schicht sollten es sein, die unfreiwillig in den Urlaub gingen. Einer hatte sich ein neues Auto geleistet – endlich ohne jahrelange Anmeldung zu haben! –, ein zweiter wollte mit der Familie zur Mandelblüte nach Mallorca, der dritte brauchte jeden Pfennig zum Hausbauen ... René als einziger Alleinstehender in der Truppe schrieb sich ein in die Liste und hatte demzufolge in den kommenden Tagen alle Zeit der Welt. Komm nach Templin! rief ihm Emmi durchs Telefon zu. Da sind neuerdings Leute, die wollen unbedingt die Wiese hinterm Haus kaufen und auch den Schuppen, der drauf steht. Guck sie dir an, diese Leute, und sag mir, ob die das wirklich ernst meinen.

Als sich René am Montagvormittag ins Auto setzte, verbaute ihm ein roter Westwagen die Ausfahrt. Zwei junge Männer standen neben diesem Auto und betrachteten einen auseinandergefalteten Stadtplan. Er fragte, ob er ihnen helfen könne, doch sie sagten, daß dies nicht nötig sei. Als er sich in sein Auto setzte, fuhren die zwei Männer mit ihrem Auto weg. An der nächsten Ampel erkannte sie René hinter sich wieder. An der ungefähr zwanzigsten Ampel ebenfalls. Da war er schon fast außerhalb Berlins. Er fuhr langsamer, damit ihn der Westschlitten überholen konnte. Doch das rote Auto blieb hinter ihm. Und als er auf Tempo drückte, fuhr es ebenfalls schneller. Zufall kann das nicht sein, dachte René, diese Scheißer von der Fälscherbande lassen wirklich nicht locker.

Die Kerle bringen es fertig und stoppen mich auf freiem Gelände ... Ich hätte es aber ganz gern, wenn Leute in der Nähe sind. Also nahm er die nächste Abfahrt, hielt an einer Tankstelle. Daß der rote Wagen hinter ihm hielt, verstand sich von selbst.

Gleichzeitig stiegen René und auch die beiden jungen Männer aus. Alle drei lächelten.

»Sie wissen, worum es geht?« fragte der Kleinere, ein Mann in Jeans und schwarzem Rollkragen und mit einer runden Nikkelbrille auf der Nase.

»Ich kann es mir denken«, sagte René. »Aber ich weiß beim

besten Willen nicht, weshalb ich Ihnen zehntausend Piepen schulde.«

Der zweite Mann zog einen Zettel aus der Jackentasche. René erkannte die Unterschrift seiner Mutter.

»Wir haben einen Vertrag«, sagte der Kleine.

René lachte kurz auf. Was das schon bedeute! In dieser Situation, in der sich die Weltgeschichte von jetzt auf jetzt geändert hatte. Er habe den gefälschten Paß nicht gebraucht, er habe für etwas, was er nicht gebraucht habe, bereits zehntausend Mark beglichen. Worüber sich die Herren freuen sollten. Und falls er weiterhin belästigt werde, so schalte er die Polizei ein.

Der Mann nahm die Brille ab, um sie sorgsam zu putzen. Sehr schade sei das alles, sagte er mit leiser Stimme. Sehr schade, denn sie wären ein seriöses Unternehmen. Und wenn sich Herr Krenzel an die Polizei wenden wolle, so dürfe er das gern tun.

»Rechlin!« rief René dazwischen. »Ich heiße Rechlin.«

»Krenzel«, sagte der Mann lächelnd. »Wir kennen nur einen Herrn Krenzel. Und eine Frau Rechlin.« Der Mann sah auf den Zettel. »Ingelore Rechlin. Eine charmante Frau, wie uns gesagt wurde. Wäre schade, wenn ihr etwas zustoßen sollte in der Zukunft.«

»Ist das eine Drohung? Gegen meine Mutter?«

Der Kleine faltete den Zettel sorgsam zusammen. Eine Drohung sei nicht ihre Art. Nur eben etwas aufmerksam solle die alte Dame in Zukunft schon sein, die Frau Mutter Ingelore. Könnte sein, sie tritt in Spandau aus dem Restaurant, in dem sie arbeitet, kommt heraus und fällt hin, rutscht aus oder so. Wie oft passiert das älteren Damen!

»Wir warten noch zwei Wochen«, sagte der Brillenmann. »Keinen Tag länger.«

Die Männer stiegen in ihr Auto und wendeten.

René sah ihnen nach, bis hinter ihm wütend gehupt wurde und gebrüllt, ob er hier vor der Zapfsäule Urlaub mache oder was. René fuhr einige Meter weiter, hielt an, stieg aus, fragte in der Tankstelle nach einer Möglichkeit zum Telefonieren.

»Ortsgespräch?« fragte der Tankwart.

»Berlin. Ostberlin.«

»Fünf Mark. Aber quatsch nicht so lange.« Der Mann schob ihm das Telefon zu. Im gleichen Moment fiel René ein, daß er unmöglich bei Schiefenagels anrufen könne, um seiner Mutter

Bescheid zu sagen. Starr vor Schreck würde Mutter neben der Kommode in Schiefenagels guter Stube stehen, Madame Schiefenagel mit großen Augen und noch größeren Ohren daneben. »Was haben Sie denn, Frau Rechlin? Ist Ihnen nicht gut, Frau Rechlin?«

René schob das Telefon zurück. Danke, er habe es sich anders überlegt. Der Tankwart murmelte etwas Unflätiges, René aber kümmerte es nicht. Er fuhr so schnell wie möglich weiter nach Templin. In der Post verlangte er nach einem Telegramm nach Berlin, so schnell es geht. Die Angestellte sah zur Uhr, versicherte ihm, am frühen Abend habe das Telegramm den Adressaten erreicht. Vermutlich.

Was soll's! dachte René und stieg zurück ins Auto. Mutter muß so schnell wie möglich Bescheid bekommen. Und mit dem Auto bin ich schneller als die Post.

5 Eben hatte Ingelore beschlossen, das Abendbrot nur aus einer Scheibe Knäckebrot und einer Tasse Tee bestehen zu lassen. Pfunde sollten runter, als René in die Wohnung stürmte. Er mußte ihr den Vorgang nicht zweimal erklären. Wildwest, dachte Ingelore, und ich mitten im Film. Sie versprach ihm, sich heute und morgen nicht aus dem Haus zu bewegen. Nein, sie werde auch niemandem die Tür öffnen und wenn, dann sähe sie vorher durch den Briefkastenschlitz. Eine fremde Person jedenfalls käme ihr nicht in die Wohnung. Und das kleine freundliche Fräulein, welches den ganzen Vorgang erst angerollt hatte, auch nicht. Nein, er müsse sich keine Sorgen machen. In diesem Punkt jedenfalls nicht. Etwas ganz anderes war: Wie sollte es weitergehen? Sollten sie wirklich zur Polizei rücken und die Leute zur Anzeige bringen? Abgesehen davon, daß die Namen der Leute sicherlich so sehr stimmten wie der Name in Renés gefälschtem Ausweis, es gab ein Papier, darauf stand ihre Verpflichtung zur Zahlung von zehntausend DM, fällig am soundsovielten.

Wichtig sei für den Moment nur, daß sie nicht durch die Gegend spaziere, weder am Hackeschen Markt noch in Spandau. Mit Wildwest sei nicht zu spaßen. Ingelore schüttelte den Kopf. Ob er das jemals für möglich gehalten habe? Daß sie und er hier im Osten vor solchen Leuten Angst haben würden?

Nein, sagte René, aber er habe schon vieles nicht für möglich gehalten. Und dennoch sei es passiert.

Dann klingelte er bei Schiefenagels an der Wohnungstür.

Die verheult aussehende Elvira öffnete. Er solle ruhig reinkommen, sie sei allein. Schiefenagels waren den Kudamm hoch- und runterspazieren. Angeblich konnten sie nicht genug davon bekommen.

René drückte einen Kuß auf die tränenfeuchte Wange Elviras. »Ich muß Emmi in Templin Bescheid sagen. Sonst denkt sie, mir ist was mit dem Auto passiert.«

Mit einer Kopfbewegung deutete Elvira auf das Telefon.

Selbstverständlich war Emmi bereits in heller Sorge. Spätestens Mittag habe er in Templin sein wollen, und jetzt sei es schon fast vier! Er versprach ihr, so schnell wie möglich zu kommen. Ja, heute am Abend noch. Während er das sagte, sah er fragend zu Elvira. Die hatte einen Lippenstift in der Hand und korrigierte ihr Aussehen.

Er setzte sich neben sie, drückte sie an seine rechte Schulter. »Und? Wie geht's sonst?«

»Keine Ahnung.«

»Was macht dein Mann jetzt? Als höherer Offizier?!«

»Er hat nie etwas Böses getan!«

»Hab ich das behauptet?!«

»Er hat nichts weiter als seinen Dienst getan. Nichts weiter.« Sie klang, als sei sie bereit, für den Major beide Hände ins Feuer zu legen. Offenbar will sie bei ihm bleiben, dachte René und fühlte sich irgendwie befreit.

Auf dem Weg zur Tür fiel ihm etwas ein. Er drehte sich zu Elvira um und sagte, daß seine Mutter in den nächsten Tagen nicht das Haus verlassen dürfe. »Sie liegt flach. Wenn deine Mutter ab und zu nach ihr sehen könnte. Fände ich riesig freundlich.«

Elvira erwiderte, das sei doch wohl eine Selbstverständlichkeit, und was sie denn habe, seine Mutter.

»Allgemeine Schwäche und so.«

Elvira nickte verständnisvoll.

In der Wohnung oben teilte René Ingelore mit, was er soeben mit Elvira ausgemacht hatte. Auch werde er sich umgehend in Westberlin um Arbeit als Tischler kümmern, Kredit beantragen, die zehntausend Piepen zahlen.

»Willst aber doch ins Ausland!«

»Ausland ist vorerst gestrichen.«

Ingelore legte sich auf die Couch; er breitete eine Decke über ihre Füße.

»Bleibst paar Tage ruhig liegen«, bat er, und Ingelore erwiderte, das werde ihr nicht einmal schwer fallen.

6 Wildwucherndes Unkraut, vermooste Wege, Brennesselwälder. Der Rasen war seit Urzeiten nicht mehr gepflegt worden, Sträucher und Obstbäume nicht zurückgeschnitten. Nein, eine Augenweide war er nicht, dieser große Garten hinter Emilies Haus. Irgendwo hinter irgendwelchen Büschen verbargen sich zwei morsche Schuppen, vollgestellt mit altem Gerümpel. Der Zaun, der die weite Fläche von der Straße abgrenzte, schien rein symbolischer Natur. Tante Emmi hatte sich einen Schemel aus dem Haus geholt, ihn in die ungefähre Mitte des Gartens gestellt, sich darauf gesetzt und sah nun mal nach links und mal nach rechts. Ihre Blicke waren verzückt, als betrachte sie den Garten Eden um sich herum.

René kam aus dem Haus, fragte, was denn los sei mit ihr. Emmis Augen leuchteten vor Glück. Sie zupfte René am Arm, fragte, ob er sich vorstellen könne, für diese schäbige Fläche zwanzigtausend Mark zu bekommen. West.

Lange betrachtete René seine Tante.

Neinnein, erwiderte die seinen besorgten Blick, sie habe bis jetzt an diesem Tag nur dünnen Salbeitee zu sich genommen und besitze einen ganz und gar klaren Kopf. Die verfallene Kneipe unten am See, rechts von der Fähre, dafür habe der alte Frantek fünfzigtausend bekommen und sei seitdem noch nicht wieder nüchtern angetroffen worden. Fünfzigtausend West.

»Und für diesen Garten gibt es zwanzigtausend.«

»Ja.«

»Immerhin besitzt du noch Humor.«

Die alte Frau zog ein Stück Karton aus der Kitteltasche. Eine Visitenkarte. »Vornehm, wa?«

Auf der Karte stand der Name eines Mannes, geschrieben in feingeschwungenen Buchstaben, Golddruck. Unter dem Namen das Wort »Immobilienhändler« und eine lange Telefonnummer. Emmi erklärte, der Mann sei im Auftrag einer

Handelskette gekommen, welche geeignete Standorte zum Errichten von Supermärkten suchte. Und von allen in der Stadt dafür in Frage kommenden Grundstücken sei dieses hier eines der idealsten. Weil zentral gelegen und von ausreichender Größe. »Wat sachste nu, mein Junge?«

Vorerst konnte René gar nichts sagen, starrte nur auf das kleine Stück Pappe in seiner Hand, dann aber schüttelte er den Kopf. Da wolle sich wer einen Scherz mit ihr erlauben.

»Der nicht. Der wirkte seriös. Für seriöse Männer hab ich 'n Blick. Hatte sich schon immer. Ich merk, wenn Männer wat ernst meinen, verlaß dich drauf.«

»Dann ruf ihn an und sag, zwanzigtausend wären zu wenig. Fünfunddreißig Tausender müsse er dafür schon springen lassen.«

Anerkennend schlug Emmi ihrem Neffen auf die Schulter. Das werde sie machen. Genau so. Und jetzt wolle sie endlich wissen, was los sei mit ihm. Dauernd dieses nervöse Gucken, dieses Erschrecken, wenn ein Fremder nicht schnell genug am Haus vorbeiginge. Und daß Ingelore nicht aus der Wohnung soll und vor der Schiefenagelsche Madame die Kranke spielt, das sei ja wohl auch nicht ganz normal. Was denn passiert sei, in drei Deiwels Namen.

René erzählte es ihr. Kurz und trocken. Worauf Emmi in ein schier unendliches Lachen ausbrach, sich dann auf den Mund schlug und flüsterte, offenbar gäbe es doch ein Schicksal oder so. Mal würde Pech verteilt und mal das Glück. Und jetzt eben Glück. Die Sache mit den zehntausend Mark sei kein Problem, absolut keines. Gott sei Dank. Oder so.

»Ich laß mir keine zehntausend Piepen schenken. Auch nicht von dir, Emmi. Das schlag dir aus dem Kopf.« Doch während er das sagte, sah er Anna vor sich und hörte die Entschiedenheit in ihrer Stimme, mit der sie seine Dollars für ein Stück Schweinefleisch ausschlug. Und sie dann doch nahm. Zumindest nehmen wollte. Weil es lächerlich, mehr noch: unendlich dumm gewesen wäre, das Angebot auszuschlagen. Sollte ihm Ähnliches passieren? Ungläubig betrachtete er die alte Frau neben sich. Emmi zupfte kokett an ihrem Lieblingstuch, welches sie sich um die Schultern gelegt hatte. Noch nie sei sie ein uneigennütziger Mensch gewesen, das wisse er ja wohl, und ohne Gegengabe würde sie das Geld nicht verschenken. Sie lehnte sich an ihn, flüsterte: »Kümmerst dich ein bißchen um mich. Siehst nach mir ab und zu, in den paar Jahren, die ich noch hab. Kann aber sein ...« Sie kicherte. »Kann aber sein, daß ich noch eine ganze Weile mach. Lust zum Abtreten habe ich nämlich keine. Dazu gefällt es mir zu sehr auf der Welt, mag die sein, wie sie will.«

René drückte seine Tante an sich. Mit Zehntausend oder ohne, er würde sie niemals allein lassen. Darauf könne sie Gift nehmen.

Emmi zog wieder die Visitenkarte aus dem Kittel. »Die Vorwahlnummer ist Hamburg.«

»Du meinst, die wollen das hier wirklich kaufen?«

»Zehntausend bar auf die Hand. Und zwar sofort. Als Anzahlung. Sonst kriegen sie's nicht.«

Über dem verwilderten Garten lag der Gesang einer Lerche. Hab ich ein Glück! dachte René, hab ich ein Glück!

7 Das Taschentuch war längst zum Auswringen naß. Ingelore wollte aufstehen, sich abtrocknen. Mühsam hob sie den Oberkörper von der Couch, fiel aber sofort zurück. Was bin ich für ein Schaf! schalt sie sich, ich bin doch gar nicht krank, ich soll nur nicht aus dem Haus gehen. Und weil ich Frau Schiefenagel keine große Erklärung abgeben möchte, haben wir uns diesen Schwindel einfallen lassen, der Junge und ich. Ein Leben ohne Notlüge, nicht wahr, Hannes, das konntest selbst du dir nicht vorstellen. Das Verrückte ist nur: Ich fühl mich in der Tat hundeelend. Mein Herz rast wie verrückt, und Fieber hab ich auch, meine Stirn, die brennt richtig. Und wenn ich mich ein bißchen bewege, wie eben jetzt, schon wird mir ganz grau vor Augen. Ich hätte mich nicht hinlegen sollen. Wer krank sein will, der wird es am Ende wirklich. Weißte noch, wie dein Vater sich einmal vorm In-den-Urlaub-fahren drücken wollte? Nur weil in den für Urlaub vorgesehenen zwei Wochen ein bedeutendes Pferderennen war, das er nicht verpassen wollte. Auf einmal tat er so, als habe er sich den Fuß vertreten, humpelte zum Erbarmen. Und was ist passiert? Er ist wirklich umgeknickt, eine Zerrung am rechten Knie. Seine Kumpels haben ihn dann mit der Taxe zum Rennplatz gebracht ... Vielleicht sollte Stefanie kommen. Aber nee, Stefanie mag Krank-

heiten nich. Die schimpft auf dich ein, bis du wieder auf den Beinen stehst. Jetzt flimmert es so komisch vor den Augen. Der Schweißausbruch aber ist weg. Irgendwie ist's kalt im Zimmer. Eine zweite Decke ... Eine zweite Decke würde ich brauchen. So eine Kälte aber auch auf einmal! Zitternd zog sie die Decke unters Kinn. Draußen ging die Tür. Schon im Flur begann Frau Schiefenagel zu reden. Die Sonne scheine so schön wie schon lange nicht, und sie habe echten Schweizer Käse bekommen, den aus Thüringen, sie wisse schon.

Die Nachbarin betrat das Zimmer und schrie auf. »Frau Rechlin! Was ist mit Ihnen?!«

»Mir ist kalt. Kalt.«

»Warten Sie!« Schon war die Frau wieder aus dem Zimmer. »Ich hol den Arzt.«

8 Tante Emmi bestand darauf, daß ein überaus kräftiger Nachbarssohn René zur Geldübergabe begleiten sollte. Vergebens hatte sich René gewehrt. Mit einem Bodyguard an der Seite in die Kneipe nahe dem Grunewald? Er mache sich doch nicht zum Affen!

»Du nimmst Claas mit! Sonst wird gar nichts!«

René kannte den Starrsinn seiner Tante. Also machte er sich mit dem Briefumschlag und dem sichtlich stolzen Claas auf den Weg, um einen gefälschten Reisepaß zu bezahlen, der – weltgeschichtlich betrachtet – ein wenig zu spät in seine Hände gelangt war. Höhere Gewalt, nicht wahr. Emmi sagte, auf die Piepen könne sie gut und gern verzichten, Hauptsache, ruhig atmen dürfen. Und wenn sie in wenigen Wochen aus dem Fenster blicken und statt auf Gestrüpp und Gesträuch auf eine Westkaufhalle sehen würde und dabei auch noch wüßte, dafür fürstlich bezahlt worden zu sein, so betrachte sie das Ganze als ein Geschenk des Himmels. Und womit sie das verdient habe, dieses Geschenk, das wisse sie nicht so genau.

Nieselregen setzte ein, als René und Claas vor der Tür der Gaststätte aus dem Bus stiegen. René streckte die Hand in die linke innere Anzugtasche, um den Umschlag mit dem Geld herauszuholen. Die Tasche war leer. Doch da klopfte ihm schon der selig lächelnde Claas auf die Schulter. »Hab ich dir abgenommen. Hast du gar nicht gemerkt, wa?«

René fluchte. Der Schlag hätte ihn treffen können, so einen Schreck habe er bekommen.

Wohlwollend verabreichte ihm Claas mit seiner Linken einen Schlag auf die Schulter, mit der Rechten öffnete er ruckartig die Tür zur Gaststätte. Bäume mit dichtem Laub ließen wenig Licht in den Raum. An einem Fenstertisch saß ein Pärchen beim Kerzenschein. »Bei denen ist wohl immer Weihnachten«, knurrte Claas und schickte ein lautes »Hallo!« hinterher.

Ein junger Mann mit Bärtchen erschien. René war sich sicher, den schon einmal gesehen zu haben, nur daß er da weder Sonnenbrille trug noch blondgefärbte Haare hatte. Die mürrische Miene des Mannes veränderte sich in dem Moment, in der er René erkannte. »Alles ist gut?« fragte er mit fester Stimme.

Claas überreichte ihm den Briefumschlag. »Kriegen wir eine Quittung!«

Der kleine Mann, er wirkte neben Claas wie ein Schüler der fünften Klasse, tippte sich an die Stirn. »Für das Finanzamt, ja?«

René knallte Claas eine Faust zwischen die Rippen. Es handele sich hier um ein Geschäft, bei dem es noch nie eine Quittung gegeben habe.

»Nur ehrliche Arbeit.« Der Blonde verkniff sich jedes Grinsen. Wenn sie bitte Platz nehmen möchten? Er sei schnell wieder zurück. Einen Kaffee vielleicht? Oder einen Kakao? René schüttelte den Kopf, und Claas knurrte, ob er aussähe wie einer, dem nach Kakao verlangt. Und verscheißern ließen sie sich nicht, damit das klar sei.

»Alles klar«, lächelte der Mann, schnipste mit zwei Fingern gegen den Briefumschlag. »Muß sehen, ob alles echt.«

Während der Mann mit dem Briefumschlag den Raum verließ, tauchte wie von unsichtbaren Seilen gezogen ein Hüne hinter dem Tresen auf. Der warf einen kurzen Blick auf Claas, wirklich nur einen sehr kurzen Blick, und verschwand wieder.

Es dauerte keine drei Minuten, da war der Blonde wieder zurück und bestand aus purer Freundlichkeit. Nun müßten sie aber einen Drink nehmen, rief er aus, auf die Freundschaft zwischen den Völkern, nicht wahr.

»Wir ... wir wollen noch mit dem Auto weiter«, stammelte René und außerdem hätten sie leider wirklich keine Zeit. Auf dem Weg zur Tür steckte ihm der Mann ein Papier zu. »Die

Quittung«, grinste er. »Steht drauf: Chef Mischa hat erklärt. Vertrag ist erfüllt. Ist beste Quittung der Welt!« Und ob sie nicht doch einen schönen Schnaps trinken wollten?

»Danke«, sagte René, »wirklich nicht.«

Achselzuckend öffnete der Mann ihnen die Tür, verbeugte sich und sagte, es sei ihm eine Freude gewesen, Freude und Vergnügen ebenso.

9 Am selben Tag noch besuchte René seine Mutter im Krankenhaus. An »Nervenfieber« leide die Patientin, hatte ihn der Stationsarzt aufgeklärt. Das sei nicht einmal selten, daß sich seelische Anspannung in körperliches Unwohlsein umwandle. Was sie, die Mediziner, tun könnten? Die Folgeerscheinung des seelischen Schmerzes lindern, an die Ursache aber – streng hatte der Internist dabei über seine Brille hinweg zu René gesehen – an die Ursache freilich kämen sie nicht heran.

Bevor René ans Krankenzimmer Ingelores klopfte, bat er eine der über den Flur eilenden Krankenschwestern um eine Minute Gehör. »Na gut«, sagte diese, »eine halbe.« Er vermute, sagte er, mit seiner Mutter werde es recht schnell wieder bergauf gehen, gesundheitlich. »Aha«, sagte die Weißbekittelte und betrachtete René genau so, wie sie es von ihrem Chef abgeguckt hatte: Über die Brille hinweg, lange und streng.

René klopfte, öffnete die Tür, noch bevor eine der zwei Patientinnen, die in diesem Krankenzimmer lagen, hätten antworten können. Er umarmte seine Mutter, flüsterte, die Sache sei erledigt, endgültig vorbei, Emmi habe ihren Garten verkauft, für dreißig Mille West und zehn davon habe er soeben in den Grunewald getragen, sie wisse schon, wohin.

Ingelore atmete tief durch, unendlich tief. »René« flüsterte sie dabei, »René ...« Sie schlang die Arme um seinen Hals, lachte und weinte.

Aus dem Nachbarbett hob sich der Oberkörper einer alten Frau. Ihr spitznasiges Gesicht sah gespannt zu Mutter und Sohn. »René«, ließ sich die Frau vernehmen, »den Namen hab ich gestern erst gehört. Im Fernsehen.«

René antwortete, seinen Namen gäbe es wie Spucke so oft, und vielleicht – er zwinkerte seiner Mutter zu – vielleicht habe es sich um die Meldung über das glückliche Ende eines Kriminalfalls gehandelt. Die alte Dame jedoch schüttelte energisch ihren Kopf. Eine aktuelle Sendung sei es gewesen, ein Beitrag, in der sich Deutsche aus Ost und West noch einmal über den Mauerfall äußerten. Und die Rede sei auch davon gewesen, daß Deutschland bald vereinigt werden müsse. Erstens, weil die Gelegenheit dazu weltpolitisch günstig sei, und zweitens, weil das Volk danach verlange, zumindest das aus dem Osten. BRD also von Kap Arkona bis zur Zugspitze. Kichernd schlug die Alte auf ihr Kopfkissen. Na, das möchte sie schon noch erleben, diesen Scheiß, diesen großen.

»Frau Lehnig war mal Lehrerin«, flüsterte Ingelore ihrem Sohn zu, und sei politisch sehr interessiert. Was das aber alles mit ihm zu tun habe ... Ingelore drehte ihr Gesicht von der Bettnachbarin weg und wischte sich mit der Handfläche die Luft vor der Stirn.

Da aber tönte es vom Nachbarbett, es sei eine junge Ausländerin gewesen, die vor der Kamera Rede und Antwort gestanden hätte. Im Ausland sei die Entwicklung in Deutschland selbstverständlich ebenfalls von größtem Interesse. In München, vor der Pinakothek, diesem berühmten Museum, da habe die junge Kubanerin dem Reporter Rede und Antwort gestanden. Die Dame aus Havanna habe gesagt, daß sie über die Entwicklung in Deutschland glücklich sei und sie gratuliere René sehr herzlich.

Ingelore sah in das erstarrte Gesicht ihres Jungen. »Ob das vielleicht ... Die Anna! Wenn das nun die Anna gewesen ist?«

»Jung, ja, aber nicht die allerjüngste. Zierliche Figur, große Augen, Pockennarben links und rechts von der Nase, die Haare so kurz ins Gesicht gekämmt. Jedenfalls eine sehr aparte Person.« Die Bettnachbarin lehnte sich zurück. »Wenn ich der von ihr erwähnte René wäre, ich fühlte mich sehr geehrt.«

»Ich fahr noch heute.« René stand auf, nickte seiner Mutter zu. »Mit dem nächsten Zug.«

»Und wohin, um Himmels willen?«

»Wohin schon! Nach München.«

Keine drei Stunden später saß er im Zug, halb vier in der Nacht stand er auf einem Bahnsteig von München-Hauptbahnhof. Während der Fahrt hatte er versucht, Zeitungen zu lesen, hatte die Blätter aber nur immer wieder auf- und umgeschlagen. Bis ihn ein Mitreisender im Abteil fragte, ob er denn nicht Ruhe geben könne, jetzt, zu nachtschlafener Zeit. Also legte er die Zeitungen aus der Hand, schloß die Augen, öffnete sie, starrte hinaus in die Dunkelheit. Wie hätte er jetzt schlafen können, jetzt, kurz bevor er Anna wiedersehen würde! Zur Pinakothek würde er gehen, nach einer kubanischen Delegation fragen, die gestern oder vorgestern das Museum besucht hatte. Delegation oder nicht, Kubaner jedenfalls, mit einer jungen Dolmetscherin namens Anna. Und dann? Er wußte es nicht, wußte nur, daß er sie sehen, umarmen mußte. Einmal während der Fahrt lachte er zum Erschrecken der Mitfahrenden laut auf. War das denn nicht alles der pure Wahnsinn? Erst fällt die Mauer, fällt genau in dem Moment, in dem er einen falschen Paß in den Händen hält. Dann kaufte ein Konzern ein verwildertes Anwesen in Templin, und René bekam zehntausend Mark West in die Hand. Die Bettnachbarin seiner Mutter schaltet das Fernsehen ein und hört, wie ein gewisser René von Anna gegrüßt wird ... Verrückt das alles, aber wahr.

In der Halle des Hauptbahnhofs suchte er nach einer Informationstafel. Die Sehenswürdigkeiten der Stadt ... Zwei offenbar gelangweilte Polizisten fragten, ob sie mit einer Auskunft dienlich sein könnten.

Ja, antwortete René, den Weg zur Pinakothek wisse er gern.

»Nehmen's a Taxn«, sagte der eine Polizist, und der zweite ergänzte: »Da is jetzt allerdings geschlossen. Jetzt mitten in der Nacht.«

Ja, sagte René, das könne er sich denken und man käme gewiß mit Bus oder Straßenbahn ebenfalls in jenes Museum, nicht wahr?

Worauf die beiden Uniformierten in einer Mischung aus Erstaunen und Mitleid René betrachteten. Aus dem Osten käme er sicher, ja? Und wenn er wolle, sie brächten ihn gern zur Bahnhofswache, wo er einen guten Kaffee oder auch einen Tee trinken könne und warten, bis die Öffnungszeit des Museums herangekommen sei.

René nickte.

Im Aufenthaltsraum der Wache setzte sich der Ältere der beiden Polizisten zu ihm. Darauf sei er gewiß schon über Jahre hinweg gespannt, daß er mal in die Pinakothek dürfe, nicht wahr.

»Gespannt?« René verstand nicht.

»Begierig drauf gewartet. Und jetzt, wo die Mauer weg ist, könnens all die Bilder sehen und Kostbarkeiten, nicht wahr.«

Er antwortete, daß es ihm auf die Bilder nicht ankomme, und weil der Mann ihm gegenüber wirklich sehr freundlich interessiert dreinschaute, erzählte er ihm den Grund seiner Fahrt.

»Jo mei!« rief der Polizist eins ums andere. »Da schlagt's di nieder. Dein Gspusi willst treffen?« Und er wies darauf hin, daß das Museum Tag für Tag von Tausenden besucht werde. Aus aller Herren Länder kämen sie, die Kunstbegierigen. Daß sich die Leute dort auf eine einzelne Kubanerin besinnen möchten, also da wären Zweifel schon angebracht, aber versuchen solle er's allemal. Plötzlich schlug er sich mit der Hand auf die Stirn. Ob es nicht besser sei, den Flughafen anzurufen. Ob ein gewisses Fräulein da auf einer Passagierliste stehe. Wie sei ihr Name? Anna Casabravo? No, wenn das Fräulein nur halb so schön wär wie dieser Name, dann könne er René gut verstehen. Seine Schwägerin arbeite nämlich auf dem Flughafen, jetzt in der Nacht habe sie oft wenig zu tun, aber einschlafen dürfe sie auch nicht. Also werde er sie jetzt beauftragen, nach einer gewissen Anna Casabravo zu fahnden. Was selbstverständlich nicht gestattet sei, eine solche Auskunft. René selbst würde die auf keinen Fall bekommen. Aber wenn die Polizei anriefe, stehe das Ganze doch in einem anderen Licht, und wenn er einem Mann aus dem Osten helfen könne, so sei ihm das die Mühe wert. »Moment, bin gleich zurück!«

Keine zehn Minuten später kam der Mann wieder, strahlte von einem Ohr zum anderen. Nach Frankfurt würde sie jetzt fliegen, die besagte Dame, und von dort weiter nach Havanna. Super, nicht wahr.

»Jetzt?« stammelte René, »was heißt jetzt?«

»Um acht in der Früh. I bring di zur S-Bahn, das schaffst wunderbar.«

Beim Aufstehen wurde René für den Bruchteil einer Sekunde schwarz vor Augen. Der Polizist schlug ihm freundlich auf die Schulter. Das sei die Vorfreude, das könne er verstehen.

Gate siebzehn, Flug 122 nach Frankfurt/Main, geplanter Abflug der Maschine: acht Uhr fünf. Jetzt war es sieben Minuten nach sieben. Wann kam sie? Kam sie überhaupt? Und wenn? Was würde er sagen? Vielleicht ist sie in Begleitung ihres Freundes, vielleicht haben die beiden geheiratet? Ich drück sie an mich, mag sein, was will.

Zehn Minuten vor acht Uhr drängten zwei große, braunhäutige Männer heran, schleppten Koffer, steckten in schwarzen Anzügen, die Oberhemden leuchteten blendendweiß. Zwischen den Riesen, kaum sichtbar, eine junge Frau.

»Anna!« rief René und eilte auf sie zu.

Die Frau riß die Augen auf, ließ sich in seine Arme fallen.

Ihre beiden Begleiter hüstelten ratlos, die Umarmung aber nahm und nahm kein Ende.

»Bleib hier«, sagte René, »ich bin geschieden. Ich liebe dich.«

Anna blieb stumm, erwiderte seine Umarmung.

»Oder bist du und Fernando ...«

Sie schüttelte den Kopf.

Eine Stewardeß drängte zur Abfertigung.

»Ich schreib dir einen Brief«, flüsterte sie. Dann war Anna weg.

Drei Wochen später kam dieser Brief in Templin an. René las ihn immer wieder, und bei jedem Lesen klopfte sein Herz wie wild. Tante Emmi sah zu ihm: »Sie schreibt, daß du zu ihr kommen sollst. Denk dran, du bist jetzt selbständiger Tischlermeister, baust dir einen eigenen Betrieb auf. Was willst du auf Dauer in Kuba?«

»Sie liebt mich, weißt du. Sie ist so frei wie ich. Sie liebt mich. Und ich lieb sie auch.«

»Also?«

»Keine Bange, Tantchen, ich zieh nicht nach Kuba.«

»Nicht, so lange ich lebe, bitte.«

Er nickte ihr beruhigend zu, sagte, er müsse den Brief seiner Mutter zeigen.

Es war früher Abend, als er vor der Wohnungstür am Hakkeschen Markt stand. Doch auf sein beharrliches Klingeln hin öffnete nicht seine Mutter, sondern eine Etage tiefer die Frau Schiefenagel die Wohnungstür. Seine Mutter sei wieder einmal mit dem »Futterkorb« unterwegs. Der kleine Lieferwagen vom katholischen Krankenhaus sei damit gemeint, mit dem Ingelore nach Ladenschluß Bäckereien und Fleischereien die Straßen auf- und abfuhr. Sie und der Fahrer bekämen dann in die Hand gedrückt, was am nächsten Tag nicht mehr über den Ladentisch gehen dürfe, was aber durchaus geeignet war, den Hunger von Leuten zu stillen. Und es sei ja ganz erstaunlich, wie viele Leute so plötzlich in Not wären und nicht wüßten, wie sie ihre Kinder sattkriegen sollten.

René kannte den Weg zum Krankenhaus, und er wußte um das kleine Zimmer neben der großen Küche. Zwei Ordensschwestern schmierten Stullen, Ingelore schnitt Eier zu Salat. Es schien ihr gut zu gehen. Wieso auch nicht! dachte René, sobald meine Mutter Hunger stillen kann, ist sie glücklich. Er zeigte ihr Annas Brief, sie nahm ihn, roch am Papier und sagte, das Parfüm sei sehr angenehm, offenbar handele es sich bei Anna um eine Frau mit gutem Geschmack.

»Was soll ich machen?« fragte er leise. »Sie liebt mich und ich liebe sie.«

Lange las Ingelore Annas Sätze. Zwischendurch weinte sie ein bißchen, wischte mit dem Handrücken über die Tränen. »Das ist doch schön«, sagte sie endlich, »das ist doch alles sehr schön.«

»Sie sitzt in Kuba und ich in Templin.«

»Hol sie.«

»Nach Templin?«

»Wenn ihr euch liebt, liebt ihr euch auch in Templin.«

»Weißt du was, Mutter? Ich hab gehofft, daß du das sagst.«

Ingelore sah zur Uhr, leider habe sie jetzt nicht viel Zeit, in einer halben Stunde sei Essenausgabe. René bot seine Hilfe an, doch Ingelore meinte, er solle lieber seine im Moment wichtigste Arbeit machen und diese Anna möglichst schnell zu sich holen.

Leute drängten in den Raum, fragten nach belegten Broten. René sah, seine Mutter hatte zu tun. Auch das war ihm eine große Freude.

ENDE

INHALT

Was bisher geschah	5
I. Ingelore	7
Erstes Kapitel	7
Zweites Kapitel	30
Drittes Kapitel	49
Viertes Kapitel	75
Fünftes Kapitel	100
II. René	135
Erstes Kapitel	135
Zweites Kapitel	166
Drittes Kapitel	195
Viertes Kapitel	224

Leseprobe aus:

Gabriele Tergit
Der erste Zug nach Berlin
Novelle

192 Seiten, geb., mit Schutzumschlag
ISBN 3-360-00938-X

Erschienen im Jahr 2000 im Verlag
Das Neue Berlin

1. Kapitel

Es war purer Zufall, daß ich nach Deutschland kam. Mein Onkel Charles Phipps sollte sich der amerikanischen Mission in Deutschland anschließen, und ich war gerade bei ihm zu Besuch, als Tante Ketta sagte: »Ich denke gar nicht daran, nach Berlin zu gehen. Ich habe mich mit unseren Leuten für Miami verabredet, und ich müßte mir für ein kaltes Land lauter andere Sachen anschaffen.«

»Onkel Charles«, sagte ich, »nimm mich mit. Ich würde rasend gern mitkommen. Ich könnte zum Beispiel Spenden für eine Kantine sammeln oder Altkleider für Polen oder Pakete für ausgebombte Engländer.«

»Das ist gar nicht nötig«, sagte Onkel Charles, »komm nur mit. Du kannst chauffieren, Schreibmaschine schreiben und Photos machen. Dafür kann ich dich gut gebrauchen.«

»Vergiß nicht, Onkel Charles, ich bin ein selbständiger Mensch.«

Anfang Mai verabschiedete ich mich von der ganzen Bande, und wir besuchten ein letztes Mal das »Twenty-one«. Dann ging ich zum Flughafen, noch in meinem großen Abendkleid von Chanel und mit einem Pfauenfächer, dem letzten Schrei aus Paris. Ich war die erste, die ihn hatte. Er wird an einer langen Stange hinter einem hergetragen. Meinen trug der Sohn von Gouverneur Perry. Er war der bestaussehende Junge in der Clique, und alle beneideten mich. Er sagte, ich sei eine Närrin, ins wilde Europa zu reisen, wenn ich im schönen New York mit seinem sanften Klima und seinen noch sanfteren Sitten bleiben könnte. Daß ein Mensch aus Vergnügen nach Europa gehe, habe er überhaupt noch nicht gehört. Er will mich heiraten, und wir wollen dann sehr viel Geld ausgeben, denn das verlangt die Regierung von uns. Von einem bestimmten Verbrauch an werden die Steuern gesenkt. Wenn man zur schlauen Sippschaft gehört, sagt man: »Unser Hausbau wird wahrscheinlich vier Jahre dauern. Wir wohnen im Moment nur in einem Flügel.« Man läßt sich die Wände bemalen oder mit Figuren überziehen. Gianetto und Rosenbaum, die jetzt so en vogue sind, brauchen für einen geschnitzten Stuhl mindestens ein halbes Jahr. Da kann man sich vorstellen, wie lange sie für die gesamte Einrichtung brauchen. Niemand, der irgend etwas auf sich hält, kauft Sachen, die am Fließband gefertigt werden. Es ist unvorstellbar, wie teuer alles auf diese Weise wird. Gianetto und Rosenbaum stellen ihre Rechnungen so aus: Sie schreiben einem auf: 2000 Dollar für Lohn, 1000 Dollar für den Entwurf, macht zusammen 3000 Dollar. Mit so einer Rechnung geht man zum Finanzamt, und auf die 2000 Dollar Lohn braucht man keine Steuern zu zahlen. Seitdem werden kaum noch große Brillanten gekauft, sondern lieber Ketten mit 100 Splittern, die kunstvoll verarbeitet sind. Ehefrauen von Senatoren zum Beispiel tragen nur noch sogenannten »Gehörnschmuck«, das sind Schmucksachen von der Firma Gehörn, die in über 500 Arbeitsstunden hergestellt werden. Auch Bilder werden so gekauft. Die modernen Maler dürfen bei jedem Bild die Arbeitsstunden von zwei Studienjahren dazurechnen. Infolgedessen ist Rembrandt sehr im Preis gesunken, und wir kaufen alle Henry Porter, der sehr schöne Bilder malt und überdies zwanzig Jahre lang studiert hat. Die Bilder kosten einen, da steuerlich absetzbar, fast gar nichts.

Was aber meine Heirat mit Clark Perry angeht, so sind wir schließlich beide erst neunzehn Jahre alt.

Als ich ins Flugzeug stieg, brüllten sie alle in Megaphone und sangen und trugen kleine Papierkappen. Kurz und gut, es war himmlisch. Als das Flugzeug sich in Bewegung setzte und ich den guten, alten, friedlichen Kontinent verließ, um in das wilde, unkultivierte Europa zu fliegen, da war mir doch sehr anders, und ich ging in die Bar, um einen Cocktail zu trinken. Neben mir saß ein junger Engländer mit einem merkwürdig unbeweglichen Gesicht, sehr groß, sehr schwarz, mit einer Pfeife, und in der Eiseskälte des späten März ohne Mantel, nur Schal und Handschuhe. Er war der 53. Lord Dolgelly, der noch gestern ein Mr. Randall gewesen war, aber zufälligerweise war sein älterer Bruder, der Träger des Titels, verunglückt,

und zwar bei dem Versuch, mit einer Rakete zur Minerva, dem kürzlich entdeckten Planeten, zu gelangen. Lord Dolgelly sprach nicht, rauchte und machte auch sonst einen leicht idiotischen Eindruck. Neben ihm saß ein dicker Amerikaner, Mr. Merton, die ziemlich gewöhnliche Pflanze des mittleren Westens mit Blockhütte, Selfmademan und alles so etwas. Nachdem er mich zu mehreren Cocktails eingeladen hatte, sagte er: »Miss Phipps, ich gebe Ihnen die Telefonnummer unseres Fleetstreet-Büros. Wenn Sie eine Geschichte haben, rufen Sie einfach an, 700 bis 900 Worte höchstens.« So wurde ich Journalistin.

Wir kamen gegen Abend in London an und übernachteten dort unglücklicherweise. Das Hotel war ungeheizt. Nach dem ersten Mai heizen sie in England nicht mehr. Der Portier war höchst unfreundlich, als ich sagte: »Ich bezahle mit Dollars, und dafür möchte ich wenigstens ein geheiztes Badezimmer haben.«

Das Frühstückszimmer hatte an zwei Seiten rohe Ziegelwände. Wenn ich daran denke, wie Tante Ketta geweint hat, weil Monsieur Lepêtre, den sie sich extra aus Paris hatte kommen lassen, die Wände einen Ton zu blau gestrichen hatte, und daß Onkel Charles dann wegen des Honorars mit ihm prozessierte, und daß wir hier vor nackten Mauern sitzen mußten! Onkel Charles war auch höchst angewidert. Merton sagte, das Hotel habe schwere Bombentreffer abbekommen, obwohl es eines der elegantesten von London sei. Überhaupt sollen in London auch sehr reiche Leute ausgebombt worden sein, nicht viele natürlich, aber immerhin. Nachdem man das Hotel wieder in Ordnung gebracht hatte, habe man entdeckt, daß im Holz Schwamm war, und darum die Mauer freigelegt. So sieht das nun also aus. Hübsch, wenn das typisch für Europa ist! Dabei gibt es noch immer Leute in Amerika, die von der europäischen Kultur schwärmen. Merton sagte, der Portier sei typisch für das, worauf wir vorbereitet sein müßten. Sein Haus und seine Familie seien den Bomben zum Opfer gefallen, und das ganze Hotel mit seinen ahnungslosen Fremden komme ihm blödsinnig vor.

Wir machten einen Spaziergang zum Piccadilly Circus. Er besteht im wesentlichen aus niedrigen Häusern und Reklamen. Die Hauptreklame war ein John Bull mit einem großen

Glas Bier, aus dem der Schaum herausquoll. Darüber stand in Leuchtschrift: »Britisches Bier ist das beste.« Daneben war ein Champagnerglas, das durchgestrichen war, und darunter stand: »Trinke lieber Whisky.« Neben mir rief ein Veilchen-Verkäufer: »Englische Veilchen, englische Veilchen!« Ein anderer Höker rief: »Garantiert englischer Teddy-Bär! Wenn man ihn drückt, brummt er auf englisch.«

Zwei riesige beleuchtete Köpfe bedeckten eine ganze Häuserwand: »Die Konservativen verkörpern die einzig wahre britische Politik.« Unter dem anderen Kopf stand: »Die einzig wahren Briten sind die Sozialisten.«

Wir gingen dort in ein Restaurant. Auf der Speisenkarte standen nur kalter Hammelbraten, zwei Gemüsesorten und Dampfnudeln (englischer Pudding).

Merton fragte den Kellner: »Haben Sie nichts anderes?«

»Nein«, sagte der Kellner, »wir haben uns auf englische Speisen spezialisiert. Wir haben das ganze Jahr über Kohl und englischen Pudding.«

»Nein, danke«, sagte Merton, und wir verließen das Lokal, was in England als schlechter Stil angesehen wird.

»Es gibt immer noch Soho«, sagte Merton, der England gut kannte, war er doch einer der meistbeschäftigten und berühmtesten amerikanischen Journalisten, »dort ist das alte Viertel der Leute aus Frankreich und Italien, und sie kochen vorzüglich.«

Wir kamen an eine Straße, über der ein riesiges weißes Tuch aufgespannt war. Darauf stand: »We are British.« Wir gingen von Restaurant zu Restaurant, und überall stand auf den Speisenkarten, die draußen hingen: »Mutton and 2 Veg.« Nur die Preise variierten zwischen 1 Shilling / 6 Pence bis 7 Shilling / 6 Pence. Schließlich gingen wir in eines der teureren Restaurants, und Merton fragte den Inhaber, was denn das bedeute, daß man überall nur Hammel und Gemüse zu essen bekomme. Der Wirt sagte, das sei Vorschrift: »Wir dürfen alle nur noch Hammel und Gemüse zubereiten. Der Verband der englischen Restaurantbesitzer hat bestimmt: 1) Kein ausländischer Koch darf in England arbeiten, zunächst zehn Jahre lang. 2) Kein Engländer darf im Ausland oder bei einem Ausländer in England kochen lernen. 3) Kein Engländer darf etwas anderes als englisches Essen kochen. 4) Zuwiderhandelnde werden aus dem Restaurantgewerbe ausgeschlossen und zu Ausländern erklärt.«

»Es wird überhaupt«, so sagte der Restaurantbesitzer in Soho, »anstelle von Gefängnisstrafen üblicherweise die englische Staatsangehörigkeit entzogen. Nicht nur wer ausländisch kocht, sondern auch wer ausländisch baut, singt, schreibt, zeichnet, malt, unterrichtet, tischlert, schlossert, Fenster einsetzt, chauffiert und tapeziert, kann aus seinem Verband ausgeschlossen werden und schließlich auch das englische Bürgerrecht verlieren. Der Verband der Klempner zum Beispiel hat dieselben Bestimmungen wie die Wirte angenommen. Wer Rohre nicht außen verlegt oder sonst irgend etwas in Tat oder Schrift gegen das Platzen von Rohren unternimmt, wird aus dem Verband der Klempner als Schädling ausgeschlossen. Bei gefährlichem Zuwiderhandeln wird er zum Ausländer erklärt. Zu Ausländern erklärte können nur in Bergwerken oder als Hausangestellte arbeiten.«

»Sehr interessant«, sagte Merton, »bei uns in Amerika ist es ähnlich. Zum Beispiel müssen die Ausländer in den Hotels erst einmal ein Jahr lang unter der Erde, im sogenannten basement, arbeiten, bis man sie wieder ans Tageslicht läßt. Aber Ausländer ist man eben nur fünf Jahre.«

Nachdem wir unser abscheuliches Essen heruntergewürgt hatten, ging Merton mit mir in ein Konzert im Rahmen einer Ausstellung von Bildern, die während der deutschen Besatzung in Europa gemalt worden waren. Es war überfüllt. Eine deutsche Sängerin sang Volkslieder auf deutsch, französisch, spanisch und italienisch. Das Publikum war begeistert.

»Ulkig!« sagte Merton, »das sind die Leute, die heute morgen alle gelesen haben, was Gauntlett in der Zeitung schrieb, daß sie sich nämlich nicht mehr um Europa kümmern sollen.«

ISBN 3-360-01260-7

Rosa-Luxemburg-Str. 39, 10178 Berlin
Umschlagentwurf: Atelier für grafische Gestaltung Frank Eilenberger
unter Verwendung eines Filmfotos © DRA/Stockowy
Druck und Bindung: Salzland Druck Staßfurt

Die Bücher des Verlags Das Neue Berlin
erscheinen in der Eulenspiegel Verlagsgruppe.

www.das-neue-berlin.de